続 寂聴伝

拈華微笑《ねんげみしょう》

齋藤愼爾
saito shinji

白水社

続・寂聴伝　拈華微笑

装幀＝高林昭太

目次

はじめに

二〇一一（平成二十三）年三月十一日の東北関東を中心としたマグニチュード九の大地震に始まり、大津波、原発事故へと続く巨大複合災害は、わが国の歴史上最大級の危機をもたらした。

東日本大震災と呼ばれることになるが、核時代における地震は、仮に地域の名が冠せられようと、その場所に限定されるものではない。それは複合災害として、わが国全土から直ちに全世界規模に波及することを意味する（マスコミで使われる用語で「複合災害」と書いたが、「はじまりは災害。わずか数秒の。あとは殆どが人災ではないか」という季村敏夫を肯う）。

翌十二日、東京電力、福島第一原発の一号機の中央制御室で、通常の一千倍の放射線量が検出されたと報じられた。事実か流言か蜚語《ひご》か判別の出来ない〈情報〉が夥しく氾濫するなかで、わずかに心にとどめたのが、「『以後』の思想を培《つちか》うために」（米田綱路「図書新聞」三月二十六日号）の一文であった。

そこでは地震（一九九五年　阪神淡路大震災、二〇一〇年　ハイチ）、津波（一九九三年　北海道南

西沖地震　奥尻島、二〇〇四年　スマトラ沖地震）、原発事故（一九八六年　チェルノブイリ）の三重の激甚災害をくぐってきた経験をもとに、これからは「以後」の思想――阪神淡路以後、奥尻・スマトラ以後、チェルノブイリ以後――を培う人間の叡智が問われることになると主張されていた。システムに依存した社会からの全的脱却、現在的パラダイムの転換が喫緊の課題というプログラムの提示も説得力があった。

それを享けて私は〈以後〉が問われなければならないのは、文学、思想、宗教の領域とて同じであろうと、発売直前の拙著（『寂聴伝　良夜玲瓏』新潮文庫）の「前書き」として開巻劈頭に急遽、捩《ね》じ込んだ。以下、摘録したい。

〈以後〉を、人間存在の危機を検証しつつ真実の生を生きる倫理にまで敷衍したい。寂聴さんは、婦人解放運動の理論と組織が貧困であった「戦前・戦中」以後を、「女」固有の性意識や存在感覚を基底にした原点から出立することで、後続するウーマン・リブ運動、フェミニズム思想の指針となってきた。鋭利な思想的骨格と歴史への透徹したまなざしで現在および未来の闇を照射し、時代の最先端に文学者・宗教者として佇立してきた。今年八十九歳、ゲーテやトルストイの長命を超えてなお元気に創作に打ち込んでおられる。

東日本大震災に直面して求められた「苦難を乗り越える一冊」というアンケートに、寂聴は、

『一遍上人語録』（岩波文庫）を挙げて、〈私は心萎《な》えた時、道を見失ったかと迷う時、つい引き寄せているのが、『一遍上人語録』です。時宗の開祖で、空也上人を心の師と仰いだ一遍は、師の「捨ててこそ」の思想を実践して、捨聖《すてひじり》と呼ばれています〉と書いた。

自ら捨聖となることで、死の側と生の側を両方見ようとする決意の表明と受けとりたい。七行ほど蛇足を加えている。

〈心萎えた時、私もまた呟く。

「所有は貧しくあれ、存在は豊かなれ。おまえの存在の深さは、おまえの貧しい庭を星まで拡《ひろ》げるだろう」（G・ティボン）

初めて文庫になる『寂聴伝　良夜玲瓏』は、そんな心衰える貧しい日々に綴ったものである。江戸時代末、安政の大地震が起こったときに、江戸の庶民は地震を「地新」ととらえ、新たな世の到来を待ち望み、予感しつつ生きようとしたという。新しい世直しとしての地新となることを心から祈念せずにいられない。二〇一一年三月二十五日〉

日附を見ると、震災の日から二週間後に書いたことがわかる。そのときは触れなかったが、二〇一一年は、一九一〇（明治四十三）年に起きた思想大弾圧「大逆事件」の翌年、一月二十四日と二十五日の二日で十二人の死刑が執行されて百年目に当たる。九月には平塚らいてう主宰の「青鞜」が発刊されている。これも百年目である。

〈ところがマスコミはほとんどこの歴史を無視して忘れたかのようであった。私はこのことが納得出来ず、かって書いた自分の作品『美は乱調にあり』『諧調は偽りなり』『青鞜（上下）』『遠い声』などを読み返し、現代の若い人たちに、この当時の事件や日本人の思想を識って欲しいと切実に思った〉（『烈しい生と美しい死を』「あとがき」二〇一二年六月二十九日刊）

前著『寂聴伝　良夜玲瓏』（白水社、後に新潮文庫）の「雁の便り『あとがき』に代えて」のなかで、〈『寂聴伝』では、「湾岸戦争犠牲者救済イラク行」「断食」「阪神大震災、中越地震被災地見舞い」など、歴史的現実にコミットしてきた寂聴さんに触れる余裕がありませんでした。「連合赤軍事件の控訴審証人」「徳島ラジオ商事件」でも奔走しています。「人殺しの助命運動などするより、足許の古都税の問題が大切」と舞い込む投書には、「古都税問題なんかより、ずっと人ひとりの命のほうが大切です」と爽やかに返事をされます〉と書いている。

『続・寂聴伝　拈華《ねんげ》微笑《みしょう》』では、いま述べた前著の欠落部分を補塡し、寂聴の中間小説・大衆小説にも言及していきたい。「大逆事件」の真相、樋口一葉をめぐる文学論争のゆくすえも気がかりである。わが駒よ逸るな、型やぶりの評伝を試行するつもりである。

当然、「文学と宗教」という問題を避けるわけにはいかない。予め言っておくが、私は宗教家でも宗教研究者でもない。有神論者でもなければ無神論者でもない。現代に生きる人間として、思想や倫理を探究するため、「聖書」や「仏典」を古典の一冊、テキストにして読んできた。畏敬する宗教思想史家・笠原芳光氏の「宗教の止揚や匿名化」という主張に久しく共感してきたといってもいい。匿名化とは形態としての宗教よりも内実としての宗教性を重んずる立場である。宗教の内面化、思想化、匿名化――〈匿名化とは名を匿して実を顕わすという意味であり、思想化とはたとえば宗教というような特殊な領域における観念を一般社会に通ずる観念として表現するという意味である。そのことによって、宗教を問題にする文学はいわゆる宗教文学ではなく、宗教の内実を思想として含む文学となる。それを徹底してゆけば「宗教の止揚としての文学」ということになるだろう。宗教という形態が無化されて、その内容が文学として生かされるところに宗教と文学の関係の究極の姿があるのではないか〉(『信と不信の文学』)

この思想を継承し、拡大し、深化させれば、最後に宗教を解体するという思想に到達するであろう。

第一章　苦艾《チェルノブイリ》と黙示録

一

チェルノブイリの原発事故（一九八六〔昭和六十一〕年）を予言した日本人がいるという話がある。トンデモ本の世界の話ではなく、歴《れっき》とした人物の真実の物語である。まず歌人の安森敏隆が現代短歌の巨星塚《ママ》本邦雄にインタビューした『獨斷の榮耀――聖書見ザルハ遺恨ノ事』（葉文館出版）の第一章「聖書《バイブル》――獨斷の榮耀」で次のような対話が交わされている。耳傾けられよ。

安森　あれは、先生、小説に書かれましたね。雑誌の「すばる」に載せられた、「この星の名を苦艾といふ」、あの時点と、チェルノブイリの大事件と、どっちが先でしたでしょう。

塚本　ああ、僕のが先です。

安森　そうですか！　現在は『荊冠伝説――イエス・キリスト』（集英社　一九七六）とい

うタイトルになっているんだけども、雑誌の初出時のタイトルは、「この星の名を苦艾といふ」でしたね。「ヨハネの黙示録」の中に出てくる「第三の御使《みつかひ》喇叭《ラッパ》を吹きしに、燈火《ともしび》の如く燃ゆる大《おおい》なる星、天より隕《お》ちきたり、川の三分の一と水の源泉《みなもと》との上に落ちたり。この星の名を苦艾《にがよもぎ》といふ。水の三分の一は苦艾となり、水の苦くなりしに因りて多くの人死にたり。第四の御使喇叭を吹きしに、日の三分の一と月の三分の一と星の三分の一と撃たれて、その三分の一は暗くなり昼も三分の一は光なく夜も亦同じ。また見しに一つの鷲は中空を飛び、大なる声して言ふを聞けり。曰く「地に住める者どもは禍害《わざはひ》なるかな、禍害なるかな、尚他に三人の御使の吹かんとする喇叭の声あるに因《よ》りてなり」（新約聖書「ヨハネの黙示録」第八章10–13）という、まさに「苦艾」＝「チェルノブイリ」は、先生が小説を書かれたその後のことですよ、チェルノブイリであの大事故が起こったのは。先生の方が先に予言してるじゃないですか（笑）。

塚本邦雄自身が「現代詩手帖」一九九四（平成六）年七月号で「苦艾《チェルノブイリ》変相曲——わたしの詞華集」というエッセイを執筆している。〈ヨハネの黙示録の第八章第一〇節から第一三節に至る預言中、特に『苦艾』の箇所は一読肝胆を冷やす。すなはち旧ソ連チェルノブイリ原発事故を、ドミティアヌス帝治政下の一世紀に、ありありと豫告してゐることである。この苦艾こそ、ロシア語ではチェルノブイリに他ならぬ。単なる全くの偶然の暗号とするには、余りにも符節が合ひすぎる。折しも一九九四年五月下旬の発表によると、チェルノブイリ周辺五万人を対象とした調査の結果、子供の甲状腺癌発症率が驚くべき数字を示してゐるといふ。〉

チェルノブイリ（Chernobyl'）は集英社『国語辞典（第三版）』（二〇一二年十二月刊）に早くも収録されている。〈ウクライナの首都キエフ北方の都市。一九八六年、同地の発電用原子炉が爆発。放射能汚染はヨーロッパを中心に広範囲に及んだ〉と説明される。

特異な話題だけに、ショーロホフの『静かなドン』やドストエフスキーの『カラマーゾフの兄弟』の訳者、ロシア文学者の原卓也が、「チェルノブイリと黙示録」（「すばる」一九八六年九月号）で、〈六月はじめの読売新聞に、イタリアの作家アルベルト・モラヴィアが昨年の暮に出版した小説『視る男』の中に、あたかも今回の原発事故の悲劇を予言しているかのような新約聖書『ヨハネの黙示録』の記述を、反核運動に熱心な主人公によって解釈させた箇所があるという紹介記事が載った。実は、チェルノブイリと『黙示録』との不吉な符合については、事故直後から、わたしの勤め先である東京外国語大学の研究室で話題になっていたものだった。というより、この春（註・一九八六年）から新しく同僚となったロシア思想史専攻の俊英、渡辺雅司君が、五月はじめの連休明けに、少なからず興奮した口調で、チェルノブィーリ（地名の場合はチェルノーブィリと発音する）が、ロシア語でポルイニ（苦艾《にがよもぎ》）の一種を意味し、この世の終りを語る『ヨハネの黙示録』に今回の事故とそのまま重ね合わさるような形で記されていることを、わたしに教えてくれたのである。渡辺君自身も前任校である同志社大学の教え子から示唆を受けたということだった〉と書いていることを、私が想起したことはいうまでもない。だからロシア語に精通しているなら、チェルノブイリ＝苦艾《にがよもぎ》の連想に及ぶのは自然、ましてや聖書が広く読まれている国では……ということになるのだが、といって指摘した人たちのプライオリティに文句をつけたいのではない。また話はこれで終わるのでもない。

原卓也は更に続ける。

これをきいた渡辺ゼミの学生が今度は、その箇所ならドストエフスキーの『カラマーゾフの兄弟』にも出てくることを思いだした。

『黙示録』とは「神が、すぐにも起るべきことをその僕《しもべ》たちに示すためキリストに与え、そして、キリストが、御使《みつかい》をつかわして、僕《しもべ》ヨハネ（これは福音書を記したヨハネとは異なる人物といわれている）に伝えられた書」とされているが、そのヨハネが見ていると、開いた門が天にあり、そこに設けられた御座にいます神の右手に、七つの封印で封じられた巻物が握られている。やがて、七つの角と七つの目を持つ小羊がその封印をつぎつぎに解いてゆく。第一の封印を解くと、弓を手にした人が白い馬に乗ってあらわれ、勝利の上になおも勝利を得ようとして出かけてゆく。第二の封印を解くと、赤い馬が出てきて、それにまたがっている人は、人びとがたがいに殺し合うようになるために大きなつるぎを与えられる。第三の封印を解くと、はかりを手にした人の乗る黒い馬があらわれ、「小麦一ますは一デナリ。大麦三ますも一デナリ。オリーブ油とぶどう酒とを、そこなうな」という声がきこえる。小羊が第四の封印を解くと、「死」という名の人のまたがる青白い馬が出てくる。彼らには、地の四分の一を支配する権威、および、つるぎと、飢饉と、死と、地の獣らとによって人を殺す権威とが与えられた。第五の封印を解くと、神の言葉のゆえに殺された人びとの霊魂が祭壇の下にいるのが見える。その人たちは神に向って大声で、「いつまであなたは裁きをなさらないのか、地に住む者に対してなぜわたしたちの血の報復をしてくれないのか」と叫ぶ。彼らは白い衣を与えられ、「お前たちと同じく殺されようとする兄弟たちの数がみちるまで、もうしばらく休んでいなさい」と言い渡される。第六の封印が解かれると、大地震が起り、太陽は毛織の荒布のように黒くなり、月は全面、血のようになり、天の星はばらばらと地に落ちる。人びとはほら穴や山の岩かげに身をかくし、神に庇護を求める。すると四人の御使が地の四すみに立って、風を防ぎ、そこに、生ける神の印《いん》を持ったもう一人の御使があらわれて、神の僕たちの額に印をおす。そのあと、ヨハネが見ていると、あらゆる国民、部族のうちから、数えきれないほど大勢の人が白い衣を着てあらわれる。彼らは大きな艱難を通ってきた人たちであり、その衣を小羊の血で洗って白くしたのであって、それゆえ、もはや飢えることも、渇くこともない。さて、いよいよ小羊が最後の第七の封印を解くと、半時間ばかり静けさがあったのち、七人の御使が神の前にあらわれ、彼らに七つのラッパが与えられる。そこへまた別の御使が金の香炉を持ってあらわれ、それに祭壇の火をみたして地に投げつける。すると、多くの雷鳴と、もろもろの声と、いなずまと、地震とが起る。そしてラッパを持った七人の御使が、それを吹く用意をする。

第一の御使がラッパを吹き鳴らすと、血のまじった雹と火が地上に降ってきて、地の三分の一が焼け、木の三分の一が焼け、すべての青草も焼けてしまう。

第二の御使がラッパを吹き鳴らすと、火の燃えさかっている大きな山のようなものが海に投げこまれ、海の三分の一は血となり、海の中の生き物の三分の一は死に、舟の三分の一はこわされてしまう。

さて、次がいよいよ問題の箇所である。（註・「ヨハネの黙示録」の引用は省略）

たしかに、この文章のポルイニ（註・苦艾）をチェルノブイリにおきかえ、川をプリピャチ河、そして水源をキエフ貯水池とすれば、今回の原発事故そのままと言ってよい。

ドストエフスキーはこの箇所を『カラマーゾフの兄弟』の「大審問官」の中で、イワンにこう語らせる。

「……しかし悪魔も居眠りをしちゃいないから、人類の間にはすでにそうした奇蹟の真実性に対する疑惑が起りはじめていた。北国ドイツに恐るべき異端が現われたのは、ちょうどこの頃だよ。《たいまつに似た》巨大な星が《水源の上に落ち、水が苦くなった》のだ……」

イワン・カラマーゾフがここで「たいまつに似た巨大な星」によって意味させているのは十六世紀の宗教改革とプロテスタンチズムであるが、『白痴』のレーベジェフはこの星を、ヨーロッパ全体にひろがった鉄道網と解釈している。

『ヨハネの黙示録』のほかにも聖書に苦艾《にがよもぎ》は、『申命記』（第二十九章十八）、『箴言』（第五章四）、『エレミア書』（第九章十五、第二十三章十五）、『哀歌』（第三章十五、十九）、『アモス書』（第五章七、第六章十二）に出てくる。いずれも不幸な、悲しいものの象徴として、である。『哀歌』では、敵に歯を石で砕かれ、灰の中にころがされて幸福を忘れた者が神にこう訴えるのだ。

「どうか、わが悩みと苦しみ、苦よもぎと胆汁とを心に留めて下さい」

原卓也もさすがに「あまりにもできすぎた話だ」と、なにやら不気味な感慨にとらわれながらも、その一方でチェルノブイリという地名が記憶のどこかにひっかかっているような気がして落ち着かない。そこでかつてアンドレーエフの『教会分裂《ラスコール》とロシア民衆史におけるその意義』（一八七〇年）を読んだときに作ったノートを急いで繙いて見た。そして発見する。分離派セクトの一つに、まさしくチェルノーボリ派の存在することを。

エッセイは更にロシアの教会分裂《ラスコール》について言及されるのだが、それらは省略する。しかし延々とエッセイを紹介してきたのは、もはや黙示録とか中世神話の類いの話に好奇心を刺激されてなどという段階ではないという確信にも近い予感に私自身が脳髄を覆われてしまったからである。ドストエフスキーの作品が死後百年を経た現在でも私たちを引きつけるのは、『大審問官』で頂点に達した感のある二十世紀への予言によってであるといわれてきた理由にまたしても慄然とさせられたことになる。

〈十七世紀後半、ロシア正教は真二つに分裂した。これを教会分裂（ラスコール）といい、改革反対派を分離派（ラスコーリニキ）とよぶ。ついでにつけ加えるなら、『罪と罰』の主人公ラスコーリニコフの名前も、ここからとっている。ドストエフスキーがあの小説を書いた頃には、分離派といえばもう、差別され迫害される人びとの代名詞にもひとしくなっていたのである〉

チェルノーボリ派はポーランドと、現在ルーマニア領のワラキヤ地方を主たる勢力範囲とし、ロシアのいくつかの場所でも素朴な民衆の間で支持を得たという。彼らは世界の終末の近いことを固く信じていたともいわれる。またベルジャーエフは〈ドストエフスキー、トルストイの世界は『黙示録』的終末観とのかかわりをぬきにしては理解できぬはず〉と指摘しているらしい。

さてエッセイの結びは原卓也から私たちへの矢継ぎ早の問いかけで終始する。

世界の終末の近さを信じていた分離派教徒の拠点であり、苦よもぎを意味する土地チェルノブイリに、二十世紀文明の極である原発が建てられ、その事故によって多くの犠牲者が出る。これはやはりただの偶然とはいえぬ、『黙示録』の世界を思わせはしないか。（中略）日本語でも「よもぎの宿」と言えば、「よもぎなどが生い茂って荒れはてた宿」を意味し、あまり好もしいひびきを持たない。あれほど『黙示録』にこだわった信心深いロシア人が、はたしてチェルノブイリという地名になんのこだわりも持たなかったのだろうか。わたしはそれがふしぎでならない。

かくして原卓也の結びの言葉は、〈今回の不幸な事故で、チェルノブイリは文字通り、名は体をあらわす町となった。そして、ことによると、すでに第四の御使がラッパを口にあてているかもしれないのである〉ということになる。

初出誌の時日をみればわかるように、まさにチェルノブイリの事故があって、すぐに執筆されたものである。「第四の御使のラッパ」については、引用の最初の部分を再読してほしい。原卓也は二〇〇四年十月二十六日に逝去。氏の予言（警告）は不幸にも適中した。福島＝フクシマはチェルノブイリと同じくカタストローファ（大惨事）のレベルは七でチェルノブイリと同じになって顕現したのだ。

引用はしなかったが、原はチェルノブイリ原発事故をあらわすために用いる言葉も、ソ連当局は当初はアワーリヤ（事故）から、その後ビェダー（不幸）を経て、最近になってようやく事態にふさわしいカタストローファ（大惨事）と次々に変更したことを指摘している。パリで刊行されている亡命ロシア人の新聞「ルースカヤ・ムイスリ（ロシア思想）」（六月二十日付）は、白ロシアのコルホーズで働く女性が西側に住む肉親にあてて書いた手紙の一節を紹介していて、それによると、被災地に巨大なお化けキノコが生えだしたという。土の表面が炭のように黒くなり、もう二度と何一つ生まぬ不毛の土地になったような気がするし、樹木はまるで下から断ち切られたかのように短くなったそうだ。これは土が被曝によって多孔質となったため、木の重さを受けとめきれず、木が陥没してゆくのだと、新聞は解説しているという。

原卓也が心配していたことがある。〈チェルノブイリには復興のため全国から多くの人が動員され、その人たちを慰安するために市の文化宮殿で毎日、クラシックやジャズ、民族音楽などのコンサートが催されるようになって、これまたソ連各地からさまざまなオーケストラやバンド、舞踊団などが送りこまれてきているというが、考えてみると、これまた実におそろしいことではないだろうか。わたしは原子力に関しては小学生ほどの知識も持ち合わせていないし、もちろん放射能汚染と伝染病とはまったく別のものだろうが、なんとなく病原菌をわざわざソ連全土にまきちらしているような気がするのである〉

チェルノブイリから二十八年、阪神淡路大震災から十九年、東日本大震災から三年半が過ぎた。阪神淡路大震災の死者は六千四百余人であった。東日本大震災で被災した高野ムツオ氏は明石市在住の友岡子郷からの手紙を主宰誌「小熊座」で紹介していたが、それによると、二十年の歳月で〈よく「神戸は復旧した」と言われますが、自殺者数知れず、孤独死七百名を超え、子どもにも精神不安定増加などを思うと、それは嘘〉ということになる。

一七五五年、リスボンに大地震が起こったとき、ヨーロッパの知識人の多くは従来のキリスト教に、かってなかったほどの懐疑と不信を覚えたという。棄教者も多数あらわれたということが、宗教に無縁の私でも推測がついた。クリスチャンにとって、棄教するということは自殺にも匹敵する行為であろう。私がかって「ヨブ記」を座右に置く気になったのも神に対する不信、懐疑があったことは事実だ。

『寂聴伝』を書き上げたとき、「宗教に冥く信仰を持たぬ人間に寂聴のことがわかるのか」と糺問する人があった。その人に私は、寂聴が故郷徳島で開講（二〇〇〇年）した寂聴塾に講師として招かれた石牟礼道子が、エッセイ『名残りの世』のなかで、〈一人の人間の実人生、その生涯、いかに平凡に見えようとも、一人の人間の生涯を超えるような文学はなかろうと思う。（略）人間の生ま身と傷心の世界、人間存在よりも深い作品というものはなく、すべての宗教や文学は、人間存在への解説の試みなのだろう〉と語ったことを、そのまま伝えたものである。

東日本大震災のとき、千葉に住む五歳の少女はローマ法王に「なぜこんなに悲しまなければならないの」と訊ねたことが報道された。法王は「それは私も考えている」とだけ答えたらしい。少女の問いはアウグスティヌスのそれに通底するものであったろう。

もし神が世界を創造されたのであるならば、何故この世界に悪や災害が存在するのか。それが、若きアウグスティヌスにとっての一大疑問であった。神は最も善き方であるといわれる。善き神が悪いもの（悪、悲惨、災害、事故）を創造するはずがない。神は悪いものを創造しなかったはずである。とすれば、神の力は悪の世界には及ばないことになる。これは「神は全能」ということに反する。逆に、「神は全能である」という前提から出発してみる。そうすると、神は悪をも創ったことになる。これは「神は善である」ということに矛盾する。いずれにしても、もし神が世界を創造したのであるならば、何故この世界に悪や悲惨事が存在するのかという疑問は残る。

教会の人々はアウグスティヌスに答えた。

「神は世界を善きものとして創りたもうた。人間をも善きものとして創りたもうた。しかるに、人間は自分の意志によって神に背き、意志を悪用することによって罪におちいった。その罪の結果として、世界の中に悪が生じてきたのだ。この罪から人間を救うために、イエス・キリストは来たりたもうた。それゆえわれわれは、イエス・キリストを信ずることによって、すべての悪から救われるのだ」

アウグスティヌスは納得しない。すぐ反問する。

「では、何故神は人間を、意志を悪用し罪を犯すような者として創ったのですか」と。さらに鋭く追及しただろう。

「もしもキリストによって人間が救われるとするならば、キリスト教によって世界には悪がなくなるはずである。しかるに、キリスト教が存在するにもかかわらず、何故世界には悪が存在するのか」

つまりながらも、教会のキリスト信者たちは、辛くも答えたことであろう。

「世界の人間が、すべてキリスト教に回心するならば、世界には悪がなくなります。まだ回心しない人が多いから、悪が存在するんです」

若きアウグスティヌスは、間髪を容れず反問したであろう。

「では、キリスト教に回心した人々の集まりである教会の中に、悪が存在するのは何故ですか」

ここで、教会のキリスト信者たちは、恐らく沈黙したであろう。（参考・山田晶『アウグスティヌス講話』）

二

寂聴がもっとも心惹かれた三人の出家者、良寛、一遍、西行の生涯をそれぞれ描く『手毬』『花に問え』『白道』、いわゆる「仏道三部作」の長篇小説三篇は、ほとんど同時期に書かれた。六十八歳から七十歳にかけての三年間である。前著『寂聴伝　良夜玲瓏』では、良寛の遭遇した文政十一（一八二八）年十一月十二日の三条大地震については全く触れなかったので、本書ではその周辺を探索したい。

良寛（宝暦八年十二月―天保二年一月六日）は、江戸後期の漢詩人、歌人である。越後出雲崎の名主兼神職の家に生れた。家業を嫌って出家、諸国を行脚したのち、寛政八年頃、郷里に帰り、庵を求め、孤独清貧の日を過ごす。書にも秀で、その草書は当代の名手、亀田鵬斎が激賞。歌集に貞心尼編の『はちすの露』がある。

貞心尼は長岡藩の貧乏士族の娘で、嫁いだ医者は不能に近く、家権は姑に握られ、五年ののちに夫の死によって離縁となる。尼寺に入り、やがて剃髪、人の噂から良寛を知り、一途に敬愛するようになる。良寛六十九歳、貞心尼二十九歳のときの出会いである。

そこで前述した三条大地震の話に戻る。〈倒壊した家屋に火災がおこり、死者一四一三名、負傷者一七四九名、家屋全壊九八八〇戸、半壊七〇七六戸という大惨事であった〉（立松和平）

昼すぎ頃から、地震は三条を中心にこれまでにない大地震で、火災も伴い、全壊した家は数えきれず、死人は一万人にも及んでいるとか、弥彦山《やひこさん》が海の方へ移ってしまったとかいう噂が流れてきた。こういう非常の際に流言蜚語《りゅうげんひご》はつきものなので、信じるまいと思っても、誰もがまるで見てきたようにまことしやかに伝えるので、里の人々は仕事も手につかず、庵に集まってきては地震の噂ばかりする。（『手毬』）

この時、良寛は友人で大外護者《げごしゃ》でもある酒造家の山田杜皐《とこう》に見舞いの手紙を書いている。

「早々と地しん見舞 辱《かたじけ》なく存じ候。そこもとには被害之なき由安心仕候。

当方、何事なく、能登屋もつつがなく御放念被下度候。
うちつけに死なば死なずてながらへて
　か丶るうきめをみるがわびしさ
しかし災難に逢ふ時節には災難に逢ふがよく候。死ぬ時節には死ぬがよく候。是はこれ災難をのがる丶妙法にて候。かしこ
良寛」

とある。この災難逃れの妙法は、悟りすました良寛さまだからこそ効力もあろうというもの、とてもここまで凡夫の私など達観出来るものではない。（同前）

寂聴は良寛の手紙を右のように記しているが、「災難に逢ふ時節には……」以下のこのあまりにも有名な手紙は別の書によれば、次のような表記になっている。

〈地《ぢ》しんは信《まこと》に大変に候。野僧草庵ハ何事なく、親《しん》るい中《ぢゅう》、死人もなく、めで度存候《たくぞんじさうらふ》。うちつけに　しなばしなずて　ながらへて　か丶るうきめを　見るがは（わ）びしさ
しかし、災難に逢時節《せつ》には、災難に逢がよく候。死ぬ時節には、死ぬがよく候。是《これ》ハ災難をのがる丶妙法にて候。かしこ。臘八　山田杜皐老　良寛〉

後者は『良寛の歌ごころ』（上田三四二）から引いたが、他の著者の場合も殆どがこれに準じている。〈災難に逢時節には、災難に逢がよく候。死ぬ時節には、死ぬがよく候〉は、良寛の

悟達の心境を示すものとして、よく引用される言葉である。事実、寂聴もそう解釈して、貞心尼に仮託して「ここまで凡夫の私など達観出来るものではない」としている。

立松和平は〈何もかもが自然でというのが、良寛という生き方だ。生老病死はすべての生きとし生けるものにとって自然である。つまりそれが真理なのだから、死を避けようとして無理な苦闘をするのではなく、受け入れる。それが災難を逃がれる唯一の道で、死ぬ時には死ねばよいのである。道元『正法眼蔵』の言葉が、良寛のこの言葉と感応する。

「自己に無量の法あるなかに、生あり、死あるなり」〉

しかしこれとて禅坊主良寛の一喝として、激語はおのずから、悟道の非情さをさえ、あからさまにしているかのようであることに変わりはない。

上田三四二は、良寛の隻語《せき》を、それを容れる全体の文脈において理解しなくては趣旨を謬《あやま》ると注意を促す。その言葉のあった例の手紙の中の一節として受け取ることが大切。すると、〈隻語のもつ逆説的な舌鋒の鋭さは、じつは至って素直な「任」の心境の告白だと知れよう〉と断を下す。さきの手紙をいま一度読み返してみよう。上田の読みとりは、

〈身辺無事のよろこびを報じる良寛は、そのよろこびの下から、すぐにも鋭い自意識の痛みのおこるのを抑えかねている。なぜ、自分は震災にもあわず、非業の死も遂げなかったのであろうか。一体、こんな数知れぬ人々の不幸をよそに、老ぼれひとり安穏の生をむさぼってよいものだろうか。「うちつけに死なば死なずてながらへてかかる憂きめを見るがわびしさ」—こ

の歌には、そういう自省から出た良寛のこころの痛み、いっそ愚痴といった趣が認められる。そうして、この歌を中にはさんで、「しかし」で始まる例の一節は、その愚痴に、一種慷慨の気を添えることによって心を立て直そうとしているかのようだ。これは人をきめつけるために言われた言葉の機鋒ではない。われとわが胸に向かって、人は運命とあらば災厄にさえ素直に随順すべきものだと納得している言葉なのである。ただしかし、この納得の仕方には何か激しい慷慨の気といったものがあり、それがこの言葉に、悟達のすがすがしさよりは、むしろ、悲劇的な語調の暗さを与えているのである〉（同前）

長々と引いたのは、この論考が上田三四二が再発した前立腺がんとの闘病中に執筆されたことを知っていたからである。上田は一旦は回復したものの術後の再発で一九八九年一月八日、享年六十五の若さで逝去。生前の松本市壽（全国良寛会常任理事）に、良寛に関心を抱きつづけたのは、「良寛におけるこの世の止まり方に、学びたくて、しかもとうてい及びがたいものを見たからだ」と述べ、最も気に入っている良寛の漢詩の「生涯身を立つるに懶《ものう》く／騰々天真に任《まか》す／嚢中《のうちゅう》三升の米／炉辺一束の薪／誰か問はん迷悟の跡／何《いづくん》ぞ知らん名利の塵／夜雨草庵の裡《うち》、双脚等閑《とうかん》に伸《のば》す」を口誦したあと、「良寛に惹かれて十五年。すなわち再発をおそれて過ごしたそれだけの期間に、私はどれほどこの詩に慰めを得たことだろう」と、ことに最後の二行、「夜雨草庵の裡、双脚等間に伸す」はほとんど自分を酔わせる、とまで賞揚したという。

寂聴に「阪神大震災に」という一文がある。『悲傷と鎮魂——阪神大震災を詠む』（朝日出版

社　一九九五年）に収録された。文中に例の良寛の言葉が出てくる。

「手毬」を書いた時、私は良寛のこの手紙にある種の意外性と違和感を覚えたが、今、この老荘思想の影響を受けたらしい良寛の諦念に、ようやく共感が湧いてきた。人間良寛は、まず親類の無事に安堵したのであり、出家者良寛は人間の非力と無常を思い知らされたのであろう。

この地震の時、良寛は「地震後之詩」という漢詩も作っているが、その力強さには、やさしい良寛のイメージと全く違う良寛の烈しさを見る。

その漢詩は、「地震後作」とか「地震後之詩」とか題されて、似たようなものが数点残されていた。

寂聴訳のその詩を引く。

日々《にちにち》　また日々
日々　夜々《やや》　寒さ肌《はだえ》を裂く
漫天の黒雲　日色薄く
匝地《そうち》の狂風　雪を巻いて飛ぶ

悪浪　天を蹴って　魚竜　漂《ただよ》い
墻壁《しょうへき》　鳴動して　蒼生《そうせい》　哀しむ
四十年来　一たび首を廻らせば
世の軽靡《けいび》に移ること　まことに馳せるがごとし
いわんや大平を怙《たの》んで　人心　弛《ゆる》み
邪魔　党を結んで　競うてこれに乗ず
恩義　とみに亡滅し
忠厚　さらに知るなし
利を論ずれば　毫末《ごうまつ》を争い
道を語るを　徹骨《てっこつ》の癡《ち》とす
己を慢《あなど》り　人を欺《あざむく》を　好手《こうしゅ》と称し
土上　泥《でい》を加えて　了期なし
大地　茫々《ぼうぼう》として　皆かくのごとし

〈来る日も来る日も寒く暴風や吹雪の中に、大地震がおこり、海も荒れ狂い、陸の家屋は柱も壁もゆれて鳴り、人々は嘆き悲しんだ。さてこの四十年を顧みると、世間の風潮は軽はずみに走り、長い大平に狎れて人心はゆるみ、悪者は徒党を組み、悪事を働き、恩義などはどこへやら、親切の美風など知る人もない。傲慢で人をだますのを世渡り上手とほめそやす。地上どこでもこんな有様。そこへ地震が来たのである。まるで「文政」の地震か「平成」の地震か、わからぬような現代の世相ではないか〉（『悲傷と鎮魂──阪神大震災を詠む』）

吉本隆明は瀬戸内寂聴が造型した良寛像、ことに晩年の良寛の長歌が、病苦と老死苦の描写で緊迫してくるのを見逃がしていないことを評価する。良寛の長歌が病苦と老苦の難を絶したリアリズムのすさまじい表現を介して世界苦に到達せんとする、近世では比べるもののない独特の世界をもっているからだ。エロスの自在さを与えられる貞心尼のモデルは〈瀬戸内寂聴からみた瀬戸内寂聴だ〉という吉本の裁断は鮮烈である。吉本もまたこの本質的な生き方を自らの典型としていることは疑うことができない。

吉本は『最後の親鸞』の中で、ここのイメージを次のように述べている。

最後の親鸞を訪れた幻は、「知」を放棄し、称名念仏を結果にたいする計いと成仏への期待を放棄し、まったくの愚者となって老いたじぶんの姿だったかもしれない。

「悪・不思」というのは、思議の法は聖道自力の門における八万四千の諸善であり、不思というのは浄土の教えが不可思議の教法であることをいっている。こういうように記した。よく知っている人にたずねて下さい。また詳しくはこの文では述べることもできません。わたしは眼も見えなくなりました。何ごともみな忘れてしまいましたうえに、人にははっきりと義解を施すべき柄でもありません。詳しいことは、よく浄土門の学者にたずねられたらよろしいでしょう。(註・『末燈鈔』八・吉本隆明訳)

眼もみえなくなった、何ごともみな忘れてしまった、と親鸞がいうとき、老もうして痴愚になってしまったじぶんの老いぼれた姿を、そのまま知らせたかったにちがいない。だが、読むものは、本願他力の思想を果てまで歩いていった思想の恐ろしさと逆説を、こういう言葉にみてしまうのをどうすることもできない。

そう、これは親鸞の最後を語っているのではない。吉本隆明自身が「最後の吉本隆明」を語っているのである。

上田三四二が生前、良寛の漢詩「生涯身を立つるに懶《ものう》く/騰々《とうとう》天真に任《まか》す/嚢中《のうちゅう》三升の米/炉辺一束の薪/誰か問はん迷悟の跡/何《いづく》んぞ知らん名利の塵/夜雨《やう》草庵の裡《うち》/双脚等間に伸《のば》す」の、寂聴訳を読むことが出来なかったのは、かえすがえすも残念なことであった。

身すぎ世すぎは面倒で
運天まかせの暢気者
袋に三升米があり

炉辺に薪の一束あれば
迷いも悟も何のその
名誉も金もみれんなし
草の庵に夜の雨
中で大の字この自由

こんなふうに訳してみると、良寛さまの、すでに悟られた何ものにも捕われない自由自在な玲瓏とした心境が羨しくなってくる。(『手毬』)

「三条の市にいでて
ながらへむことや思ひしかくばかり
変はりはてぬる世とは知らずて
かにかくに止らぬものは涙なり
人の見る目も忍ぶばかりに」

御自身は死ぬ時節には死ぬがよく候といいながら、他者の悲惨には人目もはばからず泣けてたまらないという良寛さまは、やはり心底おやさしい慈悲であふれたあたたかなお人柄な

のである。子供は無垢な直感でそれがわかるから、慕いよっていくのであろう。（同前）

〈三作の中で、この作品だけが何の賞ももらわなかったが、一番読者を獲得した〉（寂聴）。

文芸時評もおおむね好評であった。

（著者は）貞心になりきり、彼女の観点から良寛の姿を描く。この思い入れは同じ仏門にある著者にして初めて可能であったもので、実際迫真の良寛像を再構成するのに成功しえている。（略）本書の主題は心身が深く介在する二つのことがら、男女の間柄と生死であろう。これら二つのことがらには究極の解決というものはあり得ない。（略）十二世紀フランスのアベラールとエロイーズの関係にも似た美しい物語を提供された著者にはただ感謝の念を捧げるのみである。（佐々木力「毎日新聞」一九九一年四月二十九日）

良寛は決して禁欲者として、不自然にエロスを抑圧すること、それを仏法の根本義としたのではない。（略）酒の飲みたい時に飲みたいといい、一人寝で体の冷たい時は同衾するもいい。そうした自然体の良寛が、貞心尼にはまさに〝菩薩〟であり、また即ありうべき人間の姿として見えたのである。作者はここで伝説上の人物としての良寛ではなく、貞心尼という女性を描いた。（川村湊「文學界」一九九一年六月号）

東日本大震災から半年後に刊行された同人誌「豈」で不思議な文章を目にした。筆者はマグニチュード九・〇の巨大地震に襲われた宮城県塩竈に住む俳人渡辺誠一郎である。

三月十一日夜、漆黒の空から降り注ぐ牡丹雪の白さと静けさは、この世とはおもえない不思議な光景であった。湿り気を含んだ雪は、この地に永遠に降り注ぐようにさえ思われた。今までに見たことのない光景であった。今考えると、まさに鎮魂の夜であったと思うのだが、同時に、あの日から世の中の一切が変わってしまったかのように、白い幕が降ろされた気がしてならない。その夜から電力が停まり、町中が漆黒の闇に包まれた。雪が止むと、満天の星が頭上に拡がっていた。しかしそれはいつもの夜空には思えず、われわれを拒絶するように恐ろしいほど静まりかえっていた。本当に何もかも変わってしまったのだと感じた。大地震・大津波後に発生した福島の原発の事故は、まさに新しい時代の序幕であったように思える。(「東北から大震災に想う」)

これが冒頭の書き出しである。どうしてこんなに冷静な文章が書けるのだろう。それに続くのは阿鼻叫喚の現実であるのに……。

その日、津波警報が鳴り響く塩竈は、瞬く間に四メートル近い大津波に襲われた。港内に係留されていた遊覧船や漁船は、たちまち軽々と市街地まで押し上げられた。市街地を走っていた数百台の車は流され、横転し、あるものは商店のシャッターを突き破り、店内に突っ込んだ。市街地の中心部は津波に呑まれ、湾内の離島、桂島、野々島、寒風沢島の家屋の半数は流失・全壊した。多くの家屋は跡形もなく、土台だけが残った。後日、寒風沢島に足を運ぶと、津波で島が二分されたことが分かった。市内での死者は約四十人。それでも他の三陸沿岸の町に比べれば少ないほうだ。しかし避難者は、人口五万五千人の内、九千人に及んだ……。（同前）

塩竈の隣の漁業の町、七ヶ浜町沿岸の集落の被害は壊滅的だ。津波で持ち上げられた漁船が、倉庫の屋根の上に今も旗をへんぽんと翻させながら〈美しく〉乗っている。地震の数日後、仙台の沿岸部へ車を走らせるとその光景に息を呑んだ。大津波によって沿岸の防砂林や家屋が一気になぎ倒され、今までに見えなかった太平洋が丸見えになって広がっていた。防風林の松は瓦礫とともに沿岸の仙台平野を覆い、凄惨な光景。ここでも多くの命が亡くなった。（同前）

テレビの画像では数秒で見終わる場面をこれだけ正確に表現した文章を他に見ることは出来

ない。いま少し転写したい。

……それでも五月になると塩竈神社の塩竈桜は、満開を迎えた。いつもの年より心なしか花びらがくすんでいるように思えたが、自然の不条理を感じた。近頃は大津波の話や被災の光景を目の当たりにすると、涙が自然と溢れ出るようになった。そして何故か大地震の日から、私の顎の関節のズレと左腕の腱鞘炎が始まった。大地震は、わが痩《そう》身と共振れを起こしたようだ。さらにこの身には頭上から、毎日毎日、静かにセシウムが降り注いでいる。福島の原発の水素爆発の雨の中で、数万個作られた炊き出しのお握りを食したわが体内からは、今も放射線が放出し続けているのだろう。妻の実家福島は、原発事故以来、フクシマと呼ばれ、日々放射線量のニュースから目が離せない。一時、妻の母は愛犬とともに塩竈に避難を余儀なくされた。仙台の友人は小学一年生の子どもを神戸に「原発疎開」させた。(同前)

冒頭の「三月十一日夜」に戻る。漆黒の空から降り注ぐ雪の白さと静けさに衝撃を受けたのは、良寛の歌が想起されたからだ。

沫雪《あはゆき》の中にたちたる三千大千《みちあふち》世界またその中に沫雪ぞ降る

上田三四二の解釈を謹んで借用する。

降る雪をじっと見詰めていると、自分の体が、天に向かってしずかに浮上しはじめる。子供のころ、だれもが経験する錯覚であるが、良寛も、いま、そんな子供の心をもって、一面におちてくる沫雪――おそらくは大きな春の牡丹雪を見つめ、その中に立ちつくしている。するとと、落ちてくる雪が、彼の眼の前に無限に拡大して一つの大宇宙を幻覚させる。清浄そのものの三千大千世界。よくみると、その大千世界の中に、また霏々《ひひ》として沫雪が降っている。沫雪は、清浄の極致であるとともに、また無常の極致であり、その美しくはかない氷の結晶と、壮大で堅固な宇宙的秩序との織りなす面々相対の弁証法的世界は、「つきて見よ」の歌に見られる遊戯三昧の人生的態度に対する、遊戯三昧の世界観ともいうべきものであろう。これは、われを忘れて、ひとり手毬に打ち興じる良寛を容れて拡がるあの空間の図像化であり、謂《い》わば良寛の曼荼羅《まんだら》に外ならないのである。(「歌びと良寛」)

渡辺誠一郎に良寛への言及はないが、これこそ集合的無意識の発現かもしれない。上田三四二にこの歌をめぐって、いま一つ息を呑む指摘がある。

おく山の　すがのねしのぎふる雪の　ふる雪の　ふるとはすれど
つむとはなしに　その雪の　その雪の

死を目前にした良寛の病床にあった歌の草稿があり、与板から雪をおかして見舞いに来た由之が見付け、手控えをとった未完の長歌である。上田三四二は未完の歌の「その雪の　その雪の」という繰り返しによる絶句に、「何かそこに、しきりに降る雪を招きよせているような感じがある」と思う。「ふる雪の　ふる雪の……その雪の　その雪の」……「雪はしきりに降り、しかもつもるにはいたらない沫雪で、死に瀕した良寛はその清浄《しようじよう》で華やぎさえともなった沫雪にむかって佇《た》ち、沫雪に身を禊《みそ》いでいる。すると沫雪の中にふたたび見えてくるものがある。

　沫雪の中にたちたる三千大千世界《みちあふち》またその中に沫雪ぞ降る

死を覚悟した良寛を包んで降るこの雪の幻想は、幻想であろうか。幻想なら、幻想こそ真《しん》如《によ》だと言わねばならない。そしてもし良寛の死の季節が冬ではなく春であったならば、「ふる雪の　ふる雪の……その雪の　その雪の」――この幻想は「つく毬の　つく毬の……その毬の　その毬の」にかかわっていただろう。

　つきて見よひふみよいむなやここのとをとをと納めてまたはじまるを

良寛の臨終までの経過はかなり苦しみの多いものであったようだが、苦しみつつ死へとずり落ちて行く良寛の足許には、「沫雪の中にたちたる三千大千世界またその中に沫雪ぞ降る」の水晶宮幻想による透視空間がどこまでも拡がり、頭上には、「つきて見よひふみよいむなやここのとをとをと納めてまたはじまるを」の遊戯《ゆげ》法楽の時間讃歌が、いつまでも響《な》っていた。（同前）

吉本隆明が指摘するように瀬戸内寂聴の『手毬』、水上勉の『良寛』も、相馬御風の良寛像を超えようとして生まれた作品であった。ニーチェの「永劫回帰」説に通底する上田三四二の『良寛の歌ごころ』も、その系譜に列する作品といえよう。

三

『手毬』の「解説」を執筆した吉本隆明は二〇一二（平成二十四）年、逝去された。享年八十七。「解説」執筆時は六十七歳と良寛の没年（七十三歳）には達していないものの、人間の老いと死に関しては幾つも深い思索を発表している。『手毬』においても、前述したように寂聴の筆が晩年の良寛を語る作品の終わりにちかづくにつれて緊迫してくることに注意を促がしている。その理由を〈これは良寛の長歌の作品が病苦と老死苦の描写でとても緊迫してくるのを、作者が見逃がしていないからだ。また作者の関心が人間の老いと死に傾いているからだともいえる〉と説明している。

寂聴の関心は吉本隆明のそれでもあった。だから氏は続けて〈良寛の長歌は、病苦と労苦の表現を介して世界苦に到達しようとしている。近世では比べるもののない独特の世界をもっていて、どうしてもそこに関心がむく〉と早くも作品の「解説」の範疇を逸脱する気配をみせる。〈良寛の老病苦の長歌は、近世の詩歌の伝統のなかでは類を絶したリアリズムのすさまじさを表現している。憂苦が詩歌になりうることをはじめて伝統詩のなかで表現した画期的なものでであった〉という評価が提示されることになる。

寂聴もまた臆することなく吉本隆明に拮抗しうるような未知の良寛像を差し出している。『手毬』は一九九〇年の「新潮」一月号から同年十二月号まで連載している。六十八歳の時であった。驚くべきことは、この年、「群像」二月号から『白道』（西行が主人公）の連載を、『花に問え』（一遍が主人公）を前年（一九八九年）六月から「中央公論文芸特集」に連載中であった。大先達の三人の出家者の生涯をそれぞれに描くいわゆる「仏道三部作」は、殆ど同時期に書かれていたことになる。かの一葉に倣って奇跡の歳月というべきか。

〈どうしてそんな無謀なことをしたのか、自分でもわからない。これまでも私は大作三つを同時に書くというようなことを何度もしてきているので、その時は無謀だとも考えないのであった〉（「解説」）

良寛と貞心尼との交流を貞心尼の側から描こうとすれば寂聴にしろ、吉本にしろ、貞心尼の文章『はちすの露』という、いちばんの資料を読み込む以外にない。寂聴も貞心尼の文章のなかの良寛との問答歌から想像をふくらませ、ふたりの交歓の入り口に立ちあっている……。『寂聴伝　良夜玲瓏』で引用しなかった「独自な工夫」のいま一つの例を引いてみる。

つぎに、佐吉という行商の町人のようにみえながら、武家の素養ももち、良寛の人となりや若いころの所行もよくしった人物を、狂言まわしとして設定している。（中略）貞心尼の側からいえば佐吉には男としての魅力で好意をいだいており、良寛にたいしては尊敬をまじえた精神の愛をいだいているように設定されている。佐吉は名主見習役だった良寛の青年のころをしっている。代々の出雲崎の庄屋であり神官であった良寛の生家山本家の見分をうけて、佐吉の祖父が処刑されたことがあり、父も拷問で狂死したからだということになっている。この佐吉の設定が、作品に濃度と強度をあたえる要《かな》めになっており、作者の手腕だといっていい。佐吉はたった一度佐吉を待ち焦《こ》がれて燃えていた貞心と淡く抱きあったのを機に、旅にでるといつわって、じつは遊女屋のきくの世話になって労咳《ろうがい》の病を養ったあげく死んでしまう。この作者には宗教にむかう人間のこころを真面目《まじめ》な浄業《じょうごう》にしてしまいたくない思いがあり、貞心の一方の相手に佐吉のような人物を設定してみたかったに相違ない。これは水上勉の『良寛』が一方にラヂカルな越後の妙好人《みょうこうにん》をすえているのとおなじだ。水上良寛もあれば瀬戸内良寛もあり、それぞれ相馬御風が最初につくった良寛像を超えようと試みている。
（同前）

『良寛』の大著がある吉本自身は、良寛の像に近づくにさまざまな道があることを指摘している。漱石のように「書」からゆく道があり、大愚という名を国仙《こくせん》からおくられて印可をうけた禅の「師家」として近づく道もある。また近世の指おりの歌人や詩人や長歌の人として近づく方法もある。宗派をたばねるような俗情と才幹がない性格悲劇をもてあました人として近づく道も考えられる。むろん手毬をついて里の子どもと遊ぶ良寛も忘れてはいない。宗門からも外れて隠棲してしまった良寛。師家のいうとおりに慣れ合いの修行をやり、宗門の位階に眼がくらんだ僧侶にたいして、激しい批判をあびせる良寛像もある。

瀬戸内寂聴の良寛像はこれまでのどの良寛像ともちがっている。それを強いていってみれば、エロスによって融けてゆく良寛だといっていい。(エロスに融ける良寛)

貞心も最後の訪問のときは良寛の死がそう遠くないことをおもい、ひる夜そばで介護することになる。この『はちすの露』におさめられた良寛の歌から作者は貞心尼がじぶんの体で良寛をあたためる場面をつくりあげた。これはどこにでもあり病苦、老苦のひとびとが誰も繰返し、年代や世代をこえてやってきているありふれた光景のようにみえるし、また誰もこまでは付きあえないような、稀有《けう》の光景のようにもみえる。ただいえることは詩歌の人としての良寛の特徴は、この病苦や老苦における「苦」のあり方をとてもまっとうに歌いあげ、この「苦」が近代の世界苦につながることを詩としてはじめて表現したところにあった。また思想としての良寛は「戒語」というやり方で、おそろしく鋭利な人間洞察のエピグラムを刻みこんだところに、すぐれた姿をあらわした。

この『手毬』の作者は老いた静かなエロスが、老苦や死の病苦を鎮《しず》めうることを、こころから信じてこの作品を書いているようにおもえる。（同前）

『手毬』から少し離れて、吉本の老人観やエロスについての発言を拾っておこう。

性に関したことわざで、よく「女は灰になるまで」とか言います。それは男も同じであって、性行為そのものがどうだということではなくて、老人の親密度も男女の性的な関係がある。（『老いの流儀』）

吉本を新潟に招き三回にわたって「『良寛』をめぐる講演会」を主催した太田修は、〈人間誰でも老い、病気になり、死ぬ。吉本の凄いところは、それを見逃さないで、思考の対象として語り切ってしまうところである。同世代の三島由紀夫や村上一郎は自裁して、若さを保った。あれだけ老成し保守的思想の権威であった江藤淳でさえ、妻の死を追いかけて老いる前に自殺を遂げてしまった。親鸞を読み、良寛を語る吉本隆明は、娑婆の縁がつきるまで生きていくはずだ。けっこう毒舌を吐きつつ他人の悪口ばかり言ったり書いたりしながら大往生するはずだ〉（「叔父の思想　吉本隆明論」）という。

そう、太田修が予想したとおりに吉本は臨終を迎えている。禅僧の良寛にとっては、食べること、寝ること、文学すること、遊ぶことに僧としての意義が与えられていた。その源流をたどれば、村落共同体に依拠していた僧＝知識人のアジア的な形態である。良寛は「勧受食文」という文章で書いているように、禅僧の戒律以外に独自な行動と意義を与えていた。他の人々から見れば、それは自由に行動することと、禅宗からの逸脱に見えたはずだ。良寛は逸脱などと考えずに、それは禅僧の極意と考え、精神が生理や生活、自然や制度に服従することと考えていた。自らの鋭い精神もまた老いに服従することと考えた。最晩年、老いた良寛は若い尼僧貞心尼と出会った。ここでも良寛は、無理をせず服従する。寂聴がエロスによって融けてゆく良寛を描いたのを、「独自な工夫で手腕だ」と吉本が評価した所以である。

〈平成九年、文化功労者に選ばれ、天皇皇后両陛下と初めてお目にかかった時でした。皇后様が「ぜんまいの綿の手毬は、どれほど弾むのでしょうね。鈴の音がすると、どんなに可愛いでしょう」と。その読み取りの細やかさ、深さに感激しました〉と寂聴は回想する。

第二章　管野須賀子再考

一

一九八三（昭和五十八）年四月、寂聴は哲学者の鶴見俊輔と対談している。主要部分を摘録する。

鶴見　女性の伝記を、瀬戸内さんほど書かれた方は知らないんです。わたしがいま記憶のなかにあるだけで、田村俊子、管野すが（須賀子）、伊藤野枝、金子文子、岡本かの子、それから智照尼がありますね。

瀬戸内　高群逸枝、それからオペラ歌手、お蝶夫人。

鶴見　三浦環。

瀬戸内　いま「青鞜」を書いていますから平塚らいてう、「ここ過ぎて」（新潮社）で北原白秋の第二の奥さん、江口章子。（中略）わたしは好きになれる人でないと書けないわけです。どこかで好きになれそうだなと思うと書くんですけれども、あんまり気が進まない場合でも、書いているあいだにたいへんすばらしい人だとびっくりさせられて好きになった場合もございます。たとえば金子文子（註・『余白の春』）。金子文子は、書く前は、とてもわたしの手に負えないと思ったんですね。生き方が激しいし、育ち方も違いますし、なにか激烈な人ですから、とってもわたしの手に負えないと思っていた。でも、やりはじめましたら、ほんとうにやってよかったと思いました。

鶴見　まったく自力で、獄中だからだれの講義を聴くわけでもないのに、終わりには生命の流れ全体を見て像をつくっているでしょう。

瀬戸内　すばらしいですね。若いですものね。まだ二十すぐでつかまっているんですから。

鶴見　まったく自力で一つの哲学をつくった人ですね。獄中孤独ですしね。人間ってえらいものだなと思いますね。

瀬戸内　それから管野須賀子（註・『遠い声』）の場合も、捕えられてからがすばらしいですね。捕えられてから死ぬまで、死刑の宣告をうけたのが一月十八日で、殺されたのが二十五日ですから、ほんとうにすぐなんですけれども、その間の彼女の凝縮した生命の燃焼度というのはすばらしいですね。ほんとうに昇華してしまうのですね。

鶴見　それまでのいろんなことが全部凝集するんですね。大地とともに書く書き方というのが、男の場合にはやっぱりパランと落ちちゃっているというかな、実になって落ちてしまっているという感じがするんですが、女性の場合には大地と共に生きているという感じがあって、もっと大きな背景をぐるに書かないと書けないみたいな感じがしますね。（略）

瀬戸内　わたしは『思想の科学』（一九六八年四月号〜十二月号）に管野須賀子を書かしていただきまして、とてもうれしかったのです。あのとき、信じられない話ですけど、どこも書かしてくれなかったんですよ。おもしろいですね、あの時代で。瀬戸内さんの管野須賀子、結構ですね、と言うんですけど、うちでもらいますとはだれも言わなかったですよ。だから、やっぱり世の中はこういうふうなんだなと、あのときとっても怖く思いました。

鶴見　あれはその時の編集者の吉田貞子さんの打ち込みで、一方あの人は打ち込みがあるから、それをいただいてきたんですね。

瀬戸内　たとえば、わたしが管野須賀子を書きますと言ったら、あの時点でどこでもどうぞと言うと思っていたんですよね。ところがどこも書かしてくれなかった。『思想の科学』で書かしてくださったのであれは仕上がったわけなんです。その意味でとても感謝しています。

鶴見　どういう人に瀬戸内さんは関心をもたれるのでしょうね。

瀬戸内　やっぱり自分に正直に生きている人です。それからごまかさないで——まあ正直と同じですけども、自分をごまかさないで、それから情熱的に生きている人です。情熱のない人はいやですね。

革命家なんていうのは、まず情熱がないとやれませんから、どうしてもそういう人にいっちゃうんですね。それから、なにも社会的にどうこうしたという人を選ぶわけじゃないのですけれども、やはり情熱があって、自分の人生を精いっぱいに生きると、どうしても社会的に目立ちますね。だから、結果的にそういう人になりますけれども、でも、そのために失敗して社会の路線から落ちていく人もあります。そういう人にもとても愛情を感じます。（「伝記にあらわれた女性」「思想の科学」一九八三年四月号）

一八九八（明治三十一）年に日本に社会主義研究会、ついで二年後に社会主義協会が結成されて以来、明治の末から大正の末にかけて、いわゆる思想弾圧下に大逆罪の名によって裁かれた三つの事件があった。幸徳秋水事件、虎の門事件、朴烈事件の三件である。寂聴はこの著名な一連の事件をすべて作品化している。事件発生の順でいえば、『遠い声』『美は乱調にあり』『諧調は偽りなり』『余白の春』である。但し執筆の順番は事件の発生の順ではない。『遠い声』執筆の三年前に関東大震災の直後、大杉栄と共に虐殺された伊藤野枝を描く小説『美は乱調にあり』（「文藝春秋」一九六五年四月号―十二月号）を発表し、大杉栄と野枝との核心を描くその後篇『諧調は偽りなり』（「文藝春秋」一九八一年一月号―一九八三年八月号）が書かれるのは十五年後のことである。一連の事件の執筆期間を算定すれば、十八年にも及ぶ。

寂聴は色紙を乞われると、「烈しい生と美しい死を」と書くことが多かったが、若い時から烈しい生き方を望む傾向があった。女学生時代、『小島の春』の著者小川正子の講演を聞いて感激し、〈何にでもすぐ感動し易く、たちまち、身を挺して実践してしまいたくなる後年の私の性癖は、もうこの時、はっきりと私の内部に生れて〉（『いずこより』）おり、〈何かのために尽したいという、いのちの燃焼を希《ねが》う気持〉が漠然とあった、という。

〈文学などやめて女革命家にでもなりたいような気持〉（「本とつき合う法」）とか、〈もしそれが必要とされる時代に生きていたら、革命家にでもなったかもしれない〉という発言もしばしば発せられる。〈著者の熱い血にとって、須賀子、文子の両女性は恰好の素材であった。心魂傾けたその筆によって、単なる歴史の裏面の、「事件の裏に女あり」という陰の存在としてではなく、自己の意識に強く目覚め、迷うことなく一筋の思いを貫き、死に至る道をも恐れずに進んだ、稀な女性として、その全容を浮き彫りにし得たのである〉（解題・小島千加子）

『遠い声』を執筆するにあたって、寂聴は『瀬戸内寂聴全集六』での自作解説で次のように書いている。

この事件（註・大逆事件）で、日本史上でただ一人の女性革命家として死刑になった管野スガのことが、私の心を捕えた。国家権力に反抗して、天皇暗殺を企て、事前に捕えられてしまった管野スガの生涯は、わずか三十年の短さであった。しかしこれほど烈しい生を生き抜いた女性はいなかった。

私は大逆事件を調べることに夢中になった。次第に判明してきた事件の真相は恐しく、この裁判は世界史上にも稀なほど、歴然とした冤罪で、近代日本史上の恥しい汚点であることを知った。（同前、傍点・引用者）

管野スガはものを書きはじめて以来、自分の戸籍名をほとんど使っていない。須賀子という字をあてている。彼女が須賀子という名をあえて選び好んだのは、漢字の方が近代的で智的な匂いがしたからではないだろうか。処刑されるまで須賀子という署名をしていた。それを知ったのは、彼女が明治四十四年一月十八日、死刑判決を受けたその日から獄中で書きつづった日記「死出の道艸《みちくさ》」の存在によってであった。判決の一週間後の一月二十四日で、その日記は終っている。翌二十五日の朝、死刑にされたからだ。

「死出の道艸」と自ら題したその日記は、和罫紙六十一枚とじ、毎日墨で書かれていたが、六十一枚を書き終らず、処刑の日が訪れたのであった。その表紙には「死出の道艸」と書かれていて、序文として、

「死刑の宣告を受けし今日より絞首台に上るまでの己れを飾らず偽らず自ら欺かず極めて率直に記し置かんとするものなれ

明治四十四年一月十八日

須賀子

（於東京監獄女監）」

とある。つまり死の直前まで、スガは須賀子でありたかったのだ。私は「遠い声」を書く時、ためらわず管野須賀子という名前で通す結論を出していた。それが須賀子への供養になると信じたからである。（同前、傍点・引用者）

長い引用になったが、必要あってのことだからである。二〇一四年四月三十日、関口すみ子著『管野スガ再考――婦人矯風会から大逆事件へ』（白澤社）が出版され、帯文に〈「妖婦」像を一掃し、その実像に迫る〉との惹句の傍に〈明治期の思想大弾圧「大逆事件」で処刑された唯一の女性、管野スガ／処刑から一〇〇年を経た今／スガに関するこれまでの表象を検証し、処刑前に書かれた日誌などから／その真の姿を浮き彫りにする〉とリードがあったからである。

著者関口すみ子の略歴は奥付によれば、東京大学大学院法学政治学研究科博士課程修了、博士（法学）。現在、法政大学法学部政治学科教授、専攻、ジェンダー史・思想史。著書に『御一新とジェンダ――荻生徂徠から教育勅語まで』（東京大学出版会、サントリー学芸賞［二〇〇五年］受賞）、『大江戸の姫さま――ペットからお輿入れまで』（角川選書）、『国民道徳とジェンダー――福沢諭吉・井上哲次郎・和辻哲郎』（東京大学出版会）とある。

『管野スガ再考』「あとがき」で、〈正直に言えば、あの「管野スガ」について書くことになろうとは思いもよらなかった。大逆事件で処刑された「管野スガ」は、近寄りがたい、わかりにくい存在であった〉と書き出される。それでも、〈まだ、明らかにすべきことは残されているように思えた〉は、帯文でも強調されていたが、スガに関するこれまでの表象が、〈今日にいたるまで払拭されきってはいない。「大逆」罪による処刑が、でっち上げによる冤罪であることは（敗戦後徐々に）承認されてきたとはいえ、この点では、でっち上げ直後の言説から抜けきってはいないのである。なかでも「紅一点」管野に関して歪曲が著しい。（中略）いったい、管野にこうした表象がつきまとうのはどうしたわけなのであろうか。言い換えれば、管野に関するこうした表象は、いかなる経緯で形成され、広められ、しかも、長い間、崩されずにきたのであろうか。他方、実際の須賀子はどういう人間で、何をしたのであろうか、あるいは、また、いかなる経緯で処刑されるにいたったのであろうか。――本書は、百年間、いまだ解明されたとは言えないこの問いに答えようとするものである〉（「序」）

著者は一九一〇（明治四十三）年十一月十日の「東京朝日新聞」に注目する。記事「無政府主義者　公判開始決定」は、「被告中の紅一点　菅《ママ》野すが子の経歴」を次のように描く。

……多少の「文字《もんじ》ある女」に能《よ》くある慣《ならい》として、すが子は沢山の男にも関係したし、多くの文学的書籍にも読み耽《ふけ》つた、一時は大阪の古い小説家宇田川文海と同棲して、夫婦同様に暮して居た事もあるし、紀州田辺の牟婁新報、大阪の大阪朝報などで、婦人記者として探訪に従事したこともある、その間にすが子は社会主義の事を見聞して、その女性《によしよう》たる身体に相応《ふさわ》しからぬ男らしい思想の人となつた。

著者関口には見すごすわけにはいかない記述であった。〈被告たちを「無政府主義者」と決めつけ、なかでも、「紅一点」「すが子」に関しては、松崎天民による紹介――「大阪の博覧会時分には宇田川文海翁のもとに居て、黄色新聞大阪朝報にも筆を執つていた」――が「宇田川文海と同棲して、夫婦同様に暮して居た事もある」に変えられ、さらに、「沢山の男にも関係したし」、「その女性たる身体」云々と――男たちの性の対象として投げだす句が――入れられている〉

これが糺弾されざるをえない「今日にいたるまで払拭されきってはいない表象」なのだ。表象の最たるものが、管野「妖婦」伝説（妖術で男を蕩かす女）である。そしていきなり伝説の震源地（直接の起源）が明らかにされる。そのひとりが荒畑寒村（一八八七―一九八一年）である。寒村は管野須賀子と一時期結婚していた。『寒村自伝』（現在、岩波文庫）は、管野の〈身近にいた人間の証言として長い間尊重されてきた（略）社会主義者としての自己史を書いたものであるが、須賀子に関するかなりの記述を含んでいる。その内容は、好意的とは言い難い〉（関口）。

『寒村自伝』上巻の「管野須賀子の出現」の章に〈次のような情報が詰め込まれている〉と関口が摘録する箇所を引いてみよう。〈まず、自分を、恋愛に初心《うぶ》な一少年（「恋愛の初心者に過ぎない一少年」）だったと描き出す。そして、「そこへ現れたのが後年、幸徳氏らのいわゆる大逆事件に連坐刑死して、日本のソフィア・ペロフスカヤのように謳われた管野須賀子である〉とする。

彼女は私に六歳の年長で、色こそ白かったがいわゆる盤台面《ばんだいづら》で鼻は低く、どうひいき目に見ても美人というには遠かったが、それにもかかわらず身辺つねに一種の艶冶《えんや》な色気を漂わせていた。後日、久津見《くつみ》蕨村《けつそん》が、「管野という女はちっとも美人じゃないのだが、それでいてどこかに男をトロリとさせるような魅力をもっている」といったように、実に不思議な魔力をもっていた。

そして、「後で知ったようなその道のヴェテランであった彼女が、恋愛の初心者に過ぎない一少年の感情を転換させる如きは、赤ん坊の手をねじるよりも容易であったに違いない」と評する。

さらに、（自分は知らなかったのであるが）、須賀子の人生は、「放縦淫逸《ほうしょういんいつ》な生活に沈湎《ちんめん》」し、「さまざまな男と浮名を流す」ものであったとする。

管野須賀子の閲歴はすべて私が後に知ったところであるが、彼女は大阪の生まれで幼少の折から継母《ままはは》のために苦しみ、一たび東京の商家に嫁したが故あって離婚した後、〔中略〕父親と二人の弟妹とをかかえて、人生の荒浪を凌いで行かねばならなかった。彼女は大阪の小説家宇田川文海に師事して小説家を志したが、しかし作家として成功し得る才分があったとはどうも思われない。それ故、その名を署した幼稚な小説を大阪の小新聞に発表して、やっと一家を支えるだけの金を得るためには、文海の力に頼るとともに貞操をもって支払わねばならなかったのである。そういう生活はやがて彼女を捨て鉢におちいらせ、われから享楽に耽溺させ、そして後に新聞記者となってからはますます放縦淫逸《ほうしょういんいつ》な生活に沈湎して、さまざまな男と浮名を流すに至らしめた。

こうした話が延々と続く。〈記者に採用されたのは、自分の能力ではなく、師事した宇田川文海の力であるとし、同時に、それ故に貞操をもって支払わざるをえなかった、つまり、文海の妾のような存在になったと主張する〉〈少女の折、継母の奸策で旨をふくめられた鉱夫から凌辱された〉〈『六大新報』の主筆だった清滝智竜とも情交を結んだ〉等々、関心ある向きは関口本で検証されたし。

しかし思想のために短い生涯を捧げた革命者に石を投げる荒畑寒村という社会主義者はそも何者なのか。後述するが、「妖婦」伝説の震源地は、『寒村自伝』ばかりではない。関口すみ子の追跡によれば、〈じつは、こうした寒村の語りは、「自伝」への加筆訂正によって長年かけて練り上げられたものである〉という衝撃的な指摘があるのだ。

岩波文庫の〈身辺つねに一種の艶冶な色気を漂わせていた〉の部分は、当初の板垣書店版『寒村自伝』（一九四七年七月刊）には、〈その身辺にはつねに一種の娼婦的な艶冶な雰囲気がただよっていた〉と、〈娼婦的な〉という言葉を伴っていた。関口は、そもそも、
①須賀子は、「娼婦的な艶冶な雰囲気」を持つ女である。
②本人は、永い「放縦淫逸な」暮らしから抜け出したいと思ってはいるのだが、どうしても抜け出すことができない。
③それで自己嫌悪・自暴自棄に陥り、それを動機に、キリスト教や社会主義に向かう。
と、寒村は須賀子を描き出しているとみている。

関口は寒村の語りを詳細に分析したとして、『管野スガと石上露子』（東方出版　一九八九年）の著者大谷渡をも合わせ紹介している。

それによると、まず原型として板垣書店版『寒村自伝』（敗戦・占領期の一九四七年）の管野についての記述が存在し、これに手を加えるかたちで、慶友社版『ひとすじの道』（一九五四年）での脚色があり、以下、論争社版『寒村自伝』（一九六一年）、筑摩書房版『新版寒村自伝〈上巻〉』（一九六五年）、岩波文庫版『寒村自伝〈上巻〉』（一九七五年）を経て、管野についての記述部分ができあがったのである。

しかもその際、〈「恋愛の初心者」だった荒畑を、「その道のヴェテラン」の管野が惑わした

のだと強調する意図で貫かれていて、この点をより効果的に表現する方向での加筆や削除がなされている〉（大谷）。

私たちの世代というより寂聴の世代にとって荒畑寒村は、日本社会主義の歴史を文字通り生き抜いてきた巨人である。『寒村自伝』は〈資料的にも貴重だが、それ以上に著者のヒューマンな情熱、純粋、正直な人がらが巧みな文章とあいまって、近代の自伝文学の中でも優れた達成を示していることに注目したい。多年にわたる社会運動の実践と著作活動の功績により、昭和四十九年度朝日文化賞を受賞。『荒畑寒村著作集』全十巻（昭和五十一—五十二年、平凡社）〉（『日本近代文学大事典』この項は堀切利高）。

しかしここに到れば、関口すみ子の言葉を引用しないわけにはいかない。

ここまで見てくれば、須賀子に関する寒村の語りが、多くの問題をはらんだ、信頼に値しない（おそらく虚偽を含む）ものであることは明白であるように思われる。だが、往年の闘士・荒畑寒村とその「自伝」への信頼は厚く、須賀子に関する部分に疑義が出されることはなかったのである。明確で具体的な批判は一九八〇年代まで待たねばならない。その間、寒村の語りが、多かれ少なかれ、須賀子に関する叙述の構成要素となっていく。（同前）

「具体的な批判は一九八〇年代」といわれれば、寂聴の『遠い声』の初出は一九六八年。単行本化が新潮社で一九七〇年である。八〇年代に次々と発掘された資料、新事実は出現するに至ってはいない。

関口は管野須賀子受容史を、〈まず、占領・敗戦期の、「解放」という（ナショナルな）ナラティヴの中で、その存在が人々の前に明らかにされながら、同時に、寒村によって「妖婦」と描き出された〉という。つぎに、

一九七〇年頃の、いうなればカウンター・カルチャーの主流化の中で、愛と反逆のヒロインとして、好意的・楽観的に読み替えられた。（男性中心の）社会運動に飛び込む女性たちの、「恋と革命」というエートスの一部となったと言えるであろう。

また、女性解放運動（ウーマン・リブ）の先駆者という眼差しも注がれ、さらに、「女性史」の一部となった。

だが、たとえ好意的であったとしても、『寒村自伝』にある〝妖婦〟像が再考されたわけではない。それどころか、『寒村自伝』を基に、「管野スガ」は、エロス化された（eroticized）、反逆のヒロインに変態したのである。（傍点・引用者）

傍点の部分に、註の印が付いている。章末の註を参照すると、案の定、『遠い声』（寂聴）に対する疑問になっている。註の全文を摘記する。

こうしたものの典型として、瀬戸内晴美の小説『遠い声』（新潮社、一九七〇年三月）が挙げられる。同書は、寒村の語りを基に、それをさらにふくらませている。まず、「よく人がいっていたように、私という女は、常人より肉欲的な女なのか」とする。さらに、「別れた夫とあの意地の悪い姑、立命館の中川小十郎、牟婁新報の毛利柴庵、六大新報の清滝智竜、伊藤銀月、荒畑寒村……その他おもいだしたくもない……私の上を通りすぎた屑のような男たち……」とする。

なお、『遠い声』は、「遠い声・管野すが子抄」として、「思想の科学」一九六八年（四月号〜十二月号）で連載されたものである。『瀬戸内寂聴伝記小説集成』第三巻（文藝春秋、一九九〇年）「解題」。

寂聴が管野須賀子の評伝を執筆したのは一九六八年である。関口が〈『寒村自伝』への明確で具体的な批判は一九八〇年代まで待たねばならない〉と述べていることにはほぼ十年余の時間差がある。関口が「近年の主な先行研究」として評価する大谷渡『管野スガと石上露子』が出版されたのが一九八九年であり、清水卯之助『記者・クリスチャン・革命家——管野須賀子の生涯』が出たのは二〇〇二年である。管野須賀子が主筆代行を務めた『牟婁新報』が復刻されたのも二〇〇一年だから、寂聴がこれを参照するのは不可能だが、復刻以前の原典にあたっていることは間違いないだろう。

しかし〈『寒村自伝』を基に、「管野スガ」は、エロス化された（eroticized）、反逆のヒロインに変態したのである〉と寂聴の管野像を批判するのはどうだろう。たとえ管野が女性記者の草分けであり、婦人矯風会の活動家で、公娼制に反対し女権拡張の論陣を張った女性革命家であったとしても、作家がどう書くかは自由である筈である。寂聴はエロスに融ける良寛像を彫琢し、管野須賀子のエロス化した姿を描いている。それは菅野の場合に限られていたわけではない。デビュー作の『女子大生・曲愛玲《チュイアイリン》』（新潮社同人雑誌賞）が、佐藤春夫から〈反ＰＴＡ的なとも思ひながら、それでも、その要領のいい（限界を心得た）エロティシズムと文章の比較的読みやすいのとを推した〉と言われ、三島由紀夫は〈『女子大生』は官能性の一語を以て推す〉と評している。エロティシズムという思想について関心を示すのは寂聴の作家的本質からして必然であったといえよう。

二

寂聴は折に触れ、〈子宮作家とレッテルを貼られ、文芸誌から干された〉と発言する。そもそもの発端は、『花芯』が同人雑誌賞受賞後第一作として、同じ年（一九五七〔昭和三十二〕年）の「新潮」十月号に掲載されたときの、平野謙による新聞の文芸時評に始まる。平野は〈平凡な人妻が完全な娼婦にまで変容してゆく過程を描いたこの作品には、必要以上に「子宮」という言葉がつかわれている。（中略）明らかにマス・コミのセンセーショナリズムに対する追随が読みとれた〉（「毎日新聞」同年九月十八日）と評したのである。

寂聴は書いている。〈その後は、まるでその評に追随するように匿名批評などで散々叩かれた。作者は性交しながら書いたのだろうとか、自分の性感度の好さを誇示しているとかいう類の下司なものばかりであった。私は怒りの余り、「そういうことをいう批評家はインポテンツで、女房は不感症なのであろう」と、これまた下司な文章で反撃した。そのため匿名批評家たちの憎しみを買った。「新潮」はじめ、他の文芸雑誌からも一切声がかからず、五年間干されてしまった〉（『全集』「解説」）。作家たるもの、これくらいの矜持と覚悟は最低限持っていなければならないだろう。

しかし寂聴はまだ幸せであったといわなければならない。管野須賀子は何ひとつ知らされていなかったのだ。彼女を死へと追いつめたのは時の権力にとどまらない。須賀子が味方と思っていた関係者たちが蝟集していたのだ。先に「妖婦」伝説の震源地は、敗戦後の『寒村自伝』だけではないと留意を促した所以である。

前述した通り、『寒村自伝』によって刷り込まれた先入観を超えて、事実を発掘し、実像を結ぼうとする努力が、まず結実するのが、清水卯之助編『管野須賀子全集』（全三巻　弘隆社　一九八四年）である。さらに大谷渡『管野スガと石上露子』（東方出版　一九八九年）、清水卯之助『記者・クリスチャン・革命家――管野須賀子の生涯』（和泉書院　二〇〇二年）が続き、これらを統合して紹介し、さらに新しい地平を拓いた力稿が関口すみ子『管野スガ再考――婦人矯風会から大逆事件へ』（白澤社　二〇一四年）ということになる。

関口すみ子は〈これらは、須賀子に口汚い非難を浴びせながら、そうと認識されることもなく、むしろ、持ち上げられてきた荒畑寒村を正面から批判し、須賀子の名誉挽回をめざすものである〉（同前）と冒頭から遠慮会釈もない。

前著『寂聴伝　良夜玲瓏』で、私は〈大逆事件の弁護士を務めた平出修の弁論を聞き、須賀子は感激のあまり、仮監に帰るなり、看守に平出を讃える言葉を繰り出す。この場面は須賀子の手記があるにしても、看守と須賀子の、「あの人はスバルを出していますよ」「えっ、スバルの平出修があの弁護士さんなの」といったやりとりは、晴美の想像力の結晶であろう。このあたりの高潮する描写に、私は作者の心のたかぶりを感得する。平出修は後に須賀子との約束を守り、須賀子と幸徳秋水をモデルにした短篇「計画」を、大正元（一九一二）年十月の「昴」に発表している。私見では平出修の弁論は、近現代の裁判史上、最高のものに属するのではないか。現代においてもこれに拮抗できる弁論をなしうる人がいるとは思えない〉とまで書いた。

当時はそう考えていた。「大逆罪」という刑法第七十三条が厳然として存在していた、天皇、太皇太后、皇太后、皇后、皇太子、皇太孫に対して危害を加え、または加えようとしたものは、死刑に処すという罪が人々に恐怖を醸成していた時代、幸徳や管野を弁護するということは、見方を変えれば、いくら弁護といえども自体、「大逆」行為として世論は沸騰するだろう。私が若き詩人弁護士・平出修に憧憬めいたものを覚えたのもことわりというものであろう。そして『遠い声』を書き終えた寂聴の「あとがき」がまた感動的なものであったのだ。

〈書き終った時、私はペンを置いて泣いた。思いがけない熱い涙があふれるのに自分で愕いていた。書きあげた解放感からの涙ではなかった。私は自分が書きあげた管野須賀子の生涯の潔さと痛ましさと、過剰すぎる情熱の熱さのために涙を流したのだと思う。後にも先にも、自分の書いたものにこれほど涙を誘われたことなどはなかった。同時に、この作品で、はじめて私は伝記を自分の小説として消化出来た喜びを味わった〉と綴っていたのである。私はこの寂聴の情熱の熱さのために流した涙に流されたのかもしれない。平出修という人間はこういう涙とは無縁な人間であった。

寂聴のエッセイ「平出修について」(「海」一九七〇年一月号)は、この人物に対してのオマージュで満たされている。〈今はもうあまり文学青年にも知られていないだろう〉が、日本文学を考えるとき、「明星」と「スバル」の果たした役割は大きく、平出は与謝野鉄幹の新詩社に二十二歳で加入、やがて鉄幹を扶《たす》け、「明星」の発展をはかり、後、「スバル」を発行した、とその来歴を紹介している。「スバル」では、執筆だけではなく、〈編集責任者となり、発行所も自宅に置き、経営面の責任もとった〉というから、単なる文学青年ではないことがわかる。

〈高村光太郎、平野万里、吉井勇、石川啄木、与謝野晶子、川上賢三、茅野蕭々、栗山茂、江南文三、修等が中心で、森鷗外、上田敏、与謝野寛、木下杢太郎、北原白秋、長田秀雄たち

が援助したが、平出修の献身的努力がなかったら、発行も、運営も到底かなわぬものがあったようだ。その証拠に、大正二年、平出修三十五歳の九月、修が骨瘍症で倒れてから僅か三ヵ月しか持ちこたえることが出来ず、十二月には「スバル」は廃刊している〉

与謝野夫妻とも、歌を通じての師弟関係以上に、殆ど親類づきあいのような親交を結んでいて、二人とも修の人物に深い信頼をよせていたという。〈森鷗外が平出修の第一小説集『畜生道』に序文を寄せているが、これは遺稿として出されたために書いたのではなく、生前、修の業績を認めていて贈ったものだと伝えられている〉と寂聴も平出の人物に露一粒の疑いを持たない。

平出修の短い生涯の業績の中では「スバル」の発行と並び、大逆事件の弁論は、特筆されていい大事業といわれる。平出は与謝野晶子と同じ年（一八七八〔明治十一〕年）に生まれていて、大逆事件がおこった年、一九一〇年には数え年三十三歳で、自分の法律事務所を持つ開業弁護士であった。

一九一一年十二月の、公判廷における平出修の弁論は、幸徳秋水はじめ、管野須賀子、岡林寅松、大石誠之助、成石平四郎、新村善兵衛ら、同席したすべての人々に強烈な感動を与えた。管野須賀子の礼状を引く。

御弁論を承はりあまりの嬉しさに一筆御礼申上げんと筆とりながら又思ひ返して今村先生

へ御伝言を願上候、同じ日に御認めの御芳書に図らず接し、実に〳〵嬉しく存じ申候、実は御弁論を承はり候迄は、他の五六の御方と共に御名も存ぜず、只一人目に立つは若き方の御熱心さ同時に又如何なる御論の出づべきやなど、ひそかに存じ居り候ひしに、力ある御論、殊に私の耳には千万言の法律論にもまして、嬉しき思想論を承はり、余りの嬉しさに、仮監に帰りて直ちに没交渉の看守の人に御噂致し候程にて候、私は性来の口不調法と罪なき多数の相被告に遠慮して終に何事をも述べ得ず候ひしが、御高論を承はり候て、全く日頃の蟠り《わだかま》一時に晴れたる心地致し申し候、改めて厚く〳〵御礼申上度候、感想記御起稿被下候由、御趣味といひ御思想といひ私は御手になる事を衷心より喜び申候、私は元旦より追想感想懺悔希望等時折々のあらゆる感じを率直に日記として記し居り申候、終の日の後何卒御一覧被下度候、また仰に随ひ折ふしつまらぬ感想なども御目にかけ申すべく候、禁止解除後、一二人の人に頼みて待ちこがれ候御経営のスバル並に佐保姫御差入れ被下何より有難く御礼申上候、晶子女史は、鳳を名乗られ候頃より、私の大すきな人とて候、紫式部よりも一葉よりも日本の女性中一番すきな人に候、学なく才なき私は、読んで自ら学ぶ程の力は御座なく候へども、只この女天才等一派の人の短詩の前に常に涙多き己の境遇を忘れ得るの楽しさを味はい得るのみに候

先は不取敢乱筆もて御礼のみ

この手紙は死刑の判決の九日前、一月九日に書かれている。処刑の日はこの日から二週間後の一月二十五日早朝であった。

〈平出修は、この事件を題材に、『公判』『畜生道』『逆徒』『計画』を書き、『計画』は、秋水と須賀子をモデルにしたもので、『逆徒』の中にも須賀子の法廷での様子が活写されている。ちなみに『逆徒』は大正二年「太陽」に載り、発売禁止に逢い、十月、「太陽」にその反駁文を載せている〉（寂聴「平出修について」）

寂聴のエッセイ「平出修について」は、次の記述で終わる。

大逆事件の一件記録は、平出修が伯父とふたりで徹夜で写しておいた。それを啄木も見せてもらっている。その写しや、事件関係の手紙などすべてまとめて、平出家に秘かに保存されていたため、戦後、大逆事件の全貌をわれわれも知ることが出来たのであった。三十六歳で夭折しているけれども平出修は充分、並の人間の一生分を密度濃く生ききったという感じを抱かせられる。

何か問題があるのだろうか、平出修の営為を讃歌する余韻だけが残響しているだけではないかと、不審に思う読者もいるかもしれない。

関口すみ子は、最後の公判廷（一九一〇年十二月二十九日）で陳述した管野須賀子の姿を、その場にいた弁護人・平出修の短篇『逆徒』から窺おうとする。

「〔前略〕私は潔く死にます。これが私の運命ですから。犠牲者はいつでも最高の栄誉と尊敬とを後代から受けます。私もその犠牲者となつて、今死にます。私はいつの時代にか、私の志のある所が明にされる時代が来るだらうと信じて居ますから何の心残りもありません。」

彼女がこんな陳述をして居たとき、若い弁護人は、片腹痛いことに思つた。彼女は何ものだ。何の理解があると云ふのだ。云はでものことを云ひふらし、書かでものことを書き散らし、〔中略〕とどのつまりは此の如き犯罪を計画した。それが何の犠牲者である、何の栄誉と尊敬とが報いられる。元来当局者の騒ぎ方からして仰々しい。〔中略〕こんなことは、彼女等をして益々得意にならせる許《ばか》りである。革命の先覚者たるかの如くに振舞ふ彼女の暴状を見よ、苦《にがにが》しいことだ。(『定本　平出修集』第一巻)

作中の「若い弁護人」というのは、平出修自身のことだろう。私は平出の短篇『計画』は読んでいるが、『逆徒』は初見である。これを目にしていたら、平出修の私の評価は当然変わっていた筈だ。〈片腹痛いことに思つた。彼女は何ものだ〉というような台詞を書きつけるエリート弁護人を私が許すことはない。「そんなことを口にする、お前は何ものだ」というのが平出への疑問だ。検事ならいざ知らず、弁護人として恥ずかしくはないのか。関口すみ子によれば、同作のなかで〈「彼女は尚饒舌をやめない」。ついに、「私共がこんな計画を企てたばつかりに、罪のない人が殺される」なら「死んでも死にきれません」と涙交じりに訴えるに及んで、「若い弁護人も、彼女の此陳述には共鳴を感じた。いかにも女の美しい同情が籠つてゐると思つた」。「彼女」の名は、「真野すゞ子」である〉と平出は書いている。

関口の『逆徒』評は、〈平出の男／女観に沿って須賀子を切り分けるものである。彼女が「革命の先覚者たるかの如くに振舞ふ」のは「暴状」であり、他方、涙の陳述には「女の美しい同情が籠つてゐる」〉ということになる。

短篇『計画』では「女」（すず子）には「ある計画」があり、「私は戦士です。革命家です。闘ひます。あくまでも」と言い張り、〈「計画」と「男」の間で引き裂かれながらも、労役に行く支度を着々と進める。冷静沈着な「男」（註・秋水）は、それに対して為す術がない。しかも、金策の相談に行くと、友人（「大川」）に次のように言われる〉。

君と僕との事だから僕は直言するが、なぜあの女を労役にやらないのか。君があの女と関係を絶つべき絶好の機会が到来してるぢやないか。あの女が君の傍にある間は、とても平和が得られはしないよ。君が男子として此上もない汚名をきせられて居るのも、もとはといへばあいつの為だ。君の半生の事業はあいつが蹂みにじつて仕舞つた。此上君に惑乱と危険を与へるのもあの女だ。僕は君が此迷夢からさめない間は、之《こ》れまで以上の援助を与へることは出来ない。

ここでも関口は〈「計画」における「革命家」という言葉は、必ずしも肯定的に使われているわけではない。言うなれば、男は、女による「ある計画」の推進、女からの「革命」という越権を前に、受身に立たせられるのである。この点、「逆徒」ではさらに、「彼女」が「革命の先覚者たるかの如くに振舞ふ」ことに対する、「若い弁護人」の嫌悪感がむき出しにされている〉と言い、〈さらに、付言すれば、平出の作品のこうした側面についての指摘は従来なされていない」〉（傍点・引用者）。管野須賀子が死去して百三年後に明らかになった真実である。

管野須賀子の実像の発掘に功績のある大谷渡も、〈思想論を中心とした平出の弁論に、管野は非常に心を打たれ〉たと、須賀子の今村力三郎宛のはがきと平出宛の書簡を証拠にあげ、須賀子が〈思想論展開に対する感謝の気持ちを述べていた〉と記すのみだと失望をあらわにしている。

平出修のような人物は今風の言葉でいえば、モラル・ハラスメント（もっと正確にいえば、セカンド・ハラスメント）の加害者といえないか。ハラスメントに遭った人間が、警官、役人、弁護士、相談員、カウンセラー等々、人を助ける仕事をしている公的な立場の者に相談に行くと、更なるハラスメントに遭う……。平出修らから「セカンド・ハラスメント」（ハラスメントの二次被害）に遭っていたのが管野須賀子ではなかったか。

〈男（たち）が直面した破滅の原因として「女」を名指し、この行為を通じて、（男性の）共同性を再構築しようとする試みである。「妖婦」とは、男性中心社会のスケープゴートの名に他ならない」（関口）という結論になるのではなかろうか。

『パンとペン――社会主義者・堺利彦と「売文社」の闘い』で第六十二回読売文学賞を受賞した黒岩比佐子は、〈二十九歳で生を絶たれた菅野《ママ》すがは、死後に何をいわれてもいっさい弁明はできなかった。だが、はたして実像はどうだったのか。菅野すがは本当に魔女、妖婦のような女性だったのだろうか〉と同書で問うている。彼女に関する文献として、黒岩比佐子があげているのは、岩波新書の絲屋寿雄《としお》『管野すが』（一九七〇年）、大谷渡『管野スガと石上露子』（一九八九年）、清水卯之助『記者・クリスチャン・革命家―管野須賀子の生涯』（二〇〇二年）で、〈絲屋著とあとの二冊の評伝を比較すると、読後の印象がまったく異なっている。意外に思われるかもしれないが、後者からは、女性解放運動の先駆者であり、優れた女性ジャーナリストである管野すがの姿が浮かび上がってくる。だが、残念ながら、彼女についてはいまだに絲屋寿雄著『管野すが』に準拠した記述が目立つ〉（『パンとペン』）と述べている。黒岩は同書を刊行した後、二〇一〇年十一月十七日、五十二歳で急逝しているので、関口すみ子『管野スガ再考』（二〇一四年）を参照することが出来なかった。

絲屋寿雄（一九〇八―一九九七）の岩波新書『管野すが――平民社の婦人革命家像』は、副題の通り、須賀子を平民社の婦人革命家と見ての伝記である。関口すみ子はもとより同書を検証している。そして『大逆事件』（一九六〇年）や『幸徳秋水研究』（一九六七年）の著書のある絲屋が、敗戦後の管野須賀子の表象が分裂していることに気づいていたと指摘している。〈一部からは革命婦人として英雄視され、一部からは魔女、奸婦、妖婦などといわれた彼女〉と見ており、〈それゆえ、その生涯をとり上げて、その刑死までの道筋を、平民社の運動を歴史的背景として、描き出そうとした〉（「まえがき」）と書いた箇所を引いている。

関口も〈「力のおよぶ限り」と自ら言う力作であり、以後、同書が、須賀子の叙述の土台となる〉ことは認めるが、〈同時に、同書には、寒村の語りが、身近にいた人間の貴重な証言として織り込まれている〉として、「文海の妾」説など、寒村の次のような言葉が引用され（A）、それに沿って叙述（B）がなされていることも証している。

（A）「もともと小学校を出たくらいで別に学問があったわけではなく、ただ多少の文才があったので、まずい小説なんか書いて、文海の世話でいくらか原稿料にしていた。そして病父と二人の弟妹を養っているうちに、お定まりの文海の妾みたいになっちゃったわけですね」（絲屋一七頁）

（B）「すがが彼女の名を冠した幼稚な小説を『大阪朝報』に発表して、やっと一家を支えるだけの金を得るためには、どうしても文海の力に頼らねばならず、その庇護をうけねばならなかったのである」（同一八頁）

他にも寒村の語りや『寒村自伝』が転記されたりする。つまり〈寒村の言葉を疑ってみることは、絲屋には、思いもよらぬことだったのであろうか〉（関口）。堺利彦、平出修、そして千駄ヶ谷平民社の周辺など、囚われた須賀子の身近におり、須賀子自身が信頼を寄せていた人々が、それぞれ「妖婦」、「革命家」（女）という表象の直接の震源となっていたことを瞥見し、寂聴『遠い声』をめぐっての章」を閉じたい。前出の黒岩比佐子が、管野すがの魅力を問われた坂本清馬の言葉を引いている。

「明治の日本の女性には表情というものがなかった。管野さんには表情があった」（「大逆事件の真相をあきらかにする会ニュース」第十一号）。管野すがという情熱的な女性革命家が、何人もの男性を魅了した理由がわかるような気がする。（『パンとペン』）

大逆事件に異様なほどの関心をもった文学者に夏目漱石、石川啄木、永井荷風がいる。永井荷風が一九一九年に執筆した『花火』は、大逆事件との関連でよく引かれる。

明治四十四年慶應義塾に通勤する頃、わたしはその道すがら折々市ヶ谷の通で囚人馬車が五、六台も引続いて日比谷の裁判所の方へ走つて行くのを見た。わたしはこれ迄見聞した世上の事件の中で、この折程云ふに云はれない厭《いや》な心持のした事はなかつた。わたしは文学者たる以上この思想問題について黙してゐてはならない。小説家ゾラはドレフュー事件について正義を叫んだ為国外に亡命したではないか。然しわたしは世の文学者と共に何も言はなかつた。私は何となく良心の苦痛に堪へられぬやうな気がした。私は自ら文学者たる事について甚しき羞恥を感じた。以来わたしは自分の芸術の品位を江戸戯作者のなした程度まで引下げるに如《し》くはないと思案した。

〈自分の芸術の品位を江戸戯作者のなした程度まで引下げる〉という永井荷風の文学者としての抵抗、「大逆事件」で幸徳秋水らとともに死刑判決を受けた二十四人のなかにいた真宗大谷派僧侶・高木顕明。彼は恩赦で無期刑となったが、収監されていた監獄で三年後に自死した。尋問調書に残されていた四千字ほどの「余が社会主義」と題された文書。幸徳秋水の「最後の文章であり、生前の遺稿である」としたためられた『基督抹殺論』の真のモチーフを極限まで大胆に語った木下尚江。幸徳の思想の最良の理解者の一人であった石川啄木等々。「大逆事件」には言及されなければならない人物、事柄が山積されている。

一言でいえば、大逆事件によって、国家を超える、あるいは国家を相対化する思想的営為が、近代日本からついに見失われてしまったということである。事件によってわが国の思想や宗教の位相もがらりと変化してしまった。石川啄木の言葉を借りていえば、時代は以後、「閉塞」状態に陥ったのである。啄木は事件の翌年、平出修への手紙を出している。

僕はあの日夕方位心に疲労を感じたことはありませんでした。そうして翌日の国民新聞の社説を床の中で呼んだ時には、思わず知らず「日本は駄目だ」と叫びました。そうして不思議にも涙が出ました。僕は決して宮下やすがの企てを賛成するものではありません。しかし、「次の時代」というものについての一切の思索を禁じようとする帯剣政治家の圧制には、何と思いかえしてもこのままに置くことは出来ないように思いました。(「明治四四年の手紙」)

「寂聴と宗教」の章で論じるが、大逆事件には、仏教徒のかかわりが目立つ。死刑となった内山愚童は曹洞宗の住職であり、前出の高木顕明は真宗大谷派の住職であった。同じく無期懲役の峯尾節堂が臨済宗の僧侶であり、佐々木道元は浄土宗本願寺派末寺の出身である。

宗教学者の阿満利麿によれば、〈この事件に関連して家宅捜索を受けた人物のなかにも、二人の仏教徒がいた。一人は、毛利清雅で真言宗の住職、もう一人は、井上秀夫、カルカッタで原始仏教を研究した経歴をもつ。死刑の求刑を受けた二四名中、四名が仏教徒であったのは、なぜか。単なる偶然であろうか。私には、それなりの必然性があったように思われる、では、その必然性とはなにか〉(『国家主義を超える』)

吉田久一『幸徳事件と仏教』や阿満利麿『国家主義を超える——近代日本の検証』は、それら仏教徒の所属する教団が、おしなべて卑屈きわまりない弁明と謝罪を当局に差し出したことを鋭く告発している。

内山（愚童）の所属していた曹洞宗は、彼を破門の上、陳謝の文を宮内大臣に提出し、今後は、「尊皇護国」を立教の本義として教団をあげて邁進すると誓っている。また、林泉寺の檀家は、内山の引導では、先祖に申し訳ないということで、引導のやり直しを協議したという。（阿満利麿『国家主義を超える』）

高木（顕明）の所属した真宗大谷派は、高木が死刑の判決を受けた日に、僧侶の身分を剝奪し、教団から永久追放の処分を下した。そして、教団は、真宗が世俗生活では国法を順守することを教える宗教だということをあらためて社会に訴え、天皇の恩、国家の恩を第一に説いていくと誓った。大谷派は、高木顕明の無罪が論証された今も、彼をいわば破門のままにしているという。（同前『真宗』一九九三年五月号）

高木の檀家には、〈未解放部落の人々が多く、寺は貧乏であった。高木は、早くから部落差別に反対し、階級打破、非戦論を唱え、熱烈な廃娼論者でもあった。社会主義は、同じ新宮の大石誠之助から学んだ。彼の寺で、社会主義講演会も開かれている〉（阿満利麿）。

大逆事件は、日本近代史のなかではほんの瞬間の出来事であったが、ほんの瞬間でも、国家を超える視点が示された啓示の刻だったのである。

第三章　寂聴と樋口一葉

一

〈すでに一葉の伝記は塩田良平氏、和田芳恵氏の見事な労作が決定版としてある以上、今更、新しい伝記など必要はないと思ったが、私は与えられた機会に、ずっと心にかかりつづけていたこの同性の天才に、私なりに近づき、彼女の声を聞いたように思った〉――寂聴は『炎凍る――樋口一葉の恋』（小学館　一九九六年十一月刊）の「序」にあたる「作家の幸福とは」のなかで書いている。評伝を試みようとするとき、誰しもがまず考える心理的障壁であろう。私ごときものを例に出すのも烏滸《おこ》の沙汰、噴飯物だが、『周五郎伝　虚空巡礼』（白水社）を執筆しながら、木村久邇典という九九・九九九までその全生涯を熟知した人士による文字通りの決定版があるのにと、最後まで心に拘りつづけていたことを思い出す。

それでも単純に考えても、寂聴はこと一葉に関しては恵まれているといわねばならぬ。一葉伝記の決定版を書いたという「塩田良平、和田芳恵」、ともに男性である。「女性だからこそ書けた」といわれる余地が最初から用意されているのである。果たせるかな、『炎凍る――樋口一葉の恋』が小学館文庫に収録されたとき、解説を執筆した田中優子（評論家、現在、法政大学総長）は、「今までのどの本とも違う一葉に、まさに指先を触れたように感じた」と書き、新たな眼を開かされた特徴などを四項目に分けて記述している。

寂聴と前田愛が対談（一九八三〔昭和五十八〕年）している。題して「一葉の町を歩く」。例によって注目した発言（抄）を摘録したい。

前田　吉原を琵琶湖畔の雄琴にたとえられたんですが、確かにいまの吉原は東京で最大のソープランド地帯の一つで、実にけばけばしいながめです。一葉が『たけくらべ』を書いたころの吉原はもうすでに江戸時代の情緒がなくなって、相当にけばけばしい俗悪な風景だったんじゃないかと思っております。長谷川時雨さんに『旧聞日本橋』という回想録がありまして、それにちょうど鹿鳴館時代の吉原のことが書いてあります。吉原の遊女が椅子に座って、鹿鳴館時代のあの衣装、ウエストがキュッと締まったバッスルスタイルで張店《はりみせ》をしていたなんていう思い出が書いてある。

やはり一葉も、新奇な風俗をどんどんとりこむ吉原のしたたかさをよく見ていたんだろうし、またそういう俗悪さにたいしてはかなり反発を持ったんじゃないでしょうか。『たけくらべ』に描かれた吉原は、明治二十年代の吉原の実像であるかのように思うけれども、あれは一葉の心の中に描き出された幻の絵巻物だというふうに考えるほうがいいと思います。

寂聴　ああ、それは初めて伺いました。なるほどね。小説ですからね、何もそのとおりでなくていいわけですものね。それから、一葉の旧居跡から歩いて吉原へ行くまでの道のりが、私が『たけくらべ』を読んで思い描いていた感じよりも、距離が遠いように思いました。小説では子供たちがしょっちゅう走り回ってるから、うんと近いような感じがしたんですけれども。あのころは、一葉記念館の模型なんか見ますと、ずっとまわりは田んぼだったわけですね。

前田　その田んぼを東西に下谷《したや》からの通りがとおっている。一葉の住んでいた通りは茶屋町通りということで、上野のほうから吉原通りの人力車が夜どおし通り過ぎる。その騒音におどろかされたということが日記に書かれていますけど、あのころの人力車はまだゴム輪ではなく、鉄輪ですから、いまでいうと家の前をダンプカーがひっきりなしに通るのと同じことになります。

それから大巻が哀れな風情に書かれていないということは、たぶん、姉の大巻の全盛をうらやみ、そして大巻のおかげで大黒屋からふんだんに小遣いを与えられている、美登利の目をとおして描かれていることがあると思うのです。哀れさというよりむしろ華やかさのほうが浮き立ってくる。いまの国もとへ着飾った写真を送るお話から感銘を受けたんですけれども、美登利が廓の世界の暗さというものを見とおすことができなくて、華やかな面だけを夢見ていたということ、そこのところに『たけくらべ』の物語の哀れさというものの一つがあるんじゃないかとぼくは思っています。

寂聴 私は一葉を書いて、そのときに読み直して感じたことは、『たけくらべ』は日本文学で女の初潮、メンスを正面から取り上げて書いたただ一つの文学だと思うんですね。いまわれわれは生理の話など平気でしますけれども、私の子供のころはそれは男の前では絶対に言ってはいけないことでした。女学校で毎月、神社参りがあるんですが、そのときには生理の人は鳥居をくぐっちゃいけないんですね。拝んじゃいけないというんで、鳥居さんの外にズラーッと並ぶんです。汚《けが》れてるというんですね。それが昭和の話でしょう。明治のあの時代に一葉がそういうことを書くということは、大変、画期的なことだったんじゃないかと思うんですね。一葉は女の生理について非常にはっきりした考えを持っていたと思うんです。

亡くなる前に、最後に書いた小説で『裏紫』という未完がございますね。その未完の小説は姦通を正面から取り上げておりますね。やさしい気のいい亭主がいるのに、亭主を裏切ってほかの男に会いにいくというところで切れてるんですけれども、あれはそれまでの小説とちょっと課題が違ってて、なにか、それだっていいじゃないかという、ちょっと開き直ったすごさがある。あとが続いてないもんですから、私が勝手に……。私、あれは一葉が姦通を肯定するつもりだったと思うんです。それでも肯定しきれないで、あそこでどうしようかなと思ってるうちに病気になって死んだんじゃないか、と。
一葉が随筆やなんかで書いてるものに、あの当時、女が姦通して、それが社会的に大変糾弾されて新聞やなんかに出ましたけど、そのときに、男はしてるのに、何で女だけそういうふうに言われなければならないかと言って、糾弾された女性の側に立った、非常に同情した随筆なんかございますね、二、三。それを見ると、私は一葉があの頃から、ウーマンリブ的な男女同権というんじゃなくてね、人間として、男がすることを女がしてどうして悪いという気持が確かにあったというふうに思うんですね。それも結局は女の生理に根づいたことであって、セックスは男のものだけではないという考え。そういうことがしっかりと思想にまでなってたかどうかわからないんだけれども、女であるがために、そこで彼女になんか不都合ではないかという思いいれがあったんじゃないか。

後述するが寂聴は〈私は一葉の全作品の中でただひとつといわれたら『にごりえ』を推す。一葉の傑作といっていいだろう〉（朝日選書『読みなおす一冊』一九九四年八月）と言明し、それは今日においても変わりはない。従って寂聴の総括的な一葉観は『にごりえ』の項に詳述するが、周知の通り、『たけくらべ』には現在も結着のついていない、佐多稲子『『たけくらべ』解釈へのひとつの疑問』（「群像」一九八五年五月号）を端緒とする所謂「『たけくらべ』論争」というものがある。そしてこの論争に寂聴も前出の対談者、前田愛も深くかかわっているのだ。

一瞥しておきたい。
作家の佐多稲子による文芸誌「群像」を舞台にしての異色の文学論争だけに、国文学界を超え、一般ジャーナリズムでも話題を呼び、研究史も多彩、豊饒を極める。論争以降に限定し、主要な評価を「研究史」を総覧風に綴った高田知波の「『たけくらべ』評価」（「國文學」一九九四年十月号）から摘録する。

三の酉の日を境にした美登利変貌の原因は「初潮ぐらいのことではな」く「初店」がおこなわれたと読むべきであり、それによって母親の残酷さが鮮明になるとする佐多の提起は、近い将来「遊女」になる宿命を予感させつつ「処女」・美登利の最後の姿を示して物語時間が終わっていることを前提にしてきた従来の『たけくらべ』論の枠組みを揺るがした。佐多には娼妓における水揚げ（芸者などが初めて客に接すること）と初店との混同があり、実質的には「水揚げ」説だったと言えるが、この説に基本的に賛成する論として、野口冨士男「『たけくらべ』論考を読んで――前田愛氏への疑問」（「群像」一九八五年九月号）、酉の日の美登利の装いと行動を、前夜に「水揚げを済ませた旨の挨拶（無論一種の儀式）」と見る榎克朗「美登利の水揚――『たけくらべ』の謎解き」（『深井一郎教授退官記念論文集』一九九〇年三月）等があり、論争当初は「読者の自由裁量」説（「美登利の変貌――佐多稲子さんの『たけくらべ』解釈をめぐって」「日本文学ノート」二一　一九八六年二月）を採っていた蒲生芳郎も、その後、「美登利の変貌・再考――『風呂場に加減見る母親』の読み」（同二六　一九九二年一月）で、「風呂場に加減見る母親」という一句が、無意味に（略）挿入されたはずはな」く、「身を汚し」て「黄金」をもたらした美登利への「ねぎらい」だったとする読みを基軸にして、明確な水揚げ説へ自説修正を行なった。

一方、「初潮」説を補強した前田愛「美登利のために――『たけくらべ』佐多説を読んで」（「群像」一九八五年七月号）や関礼子「美登利私考――悪場所の少女」（「日本文学」一九八七年六月号）、「唐突に自己のおかれた状況の意味を知ることこそ、悲劇たる理由があるのであり「突然に始まる初潮であったほうが物語の論理には相応しい」と見る重松恵子「『たけくらべ』の哀感――語りの手法」（「日本文学研究」二七、一九九一年十一月号）等があり、関は最近の「少女を語ることば――樋口一葉『たけくらべ』の美登利の変貌をめぐって」（「國文學解釈と鑑賞」一九九四年四月号）で「美登利の変貌に『処女喪失』のみを置こうという読みは（略）「失われた処女性」の物語――処女か非処女かの分割を至上のものとする解釈――を再生産し、読みの可能性をせばめているのではないだろうか」という問題提起を行なっている。

当の高田知波は「〈女・子ども〉の視座から――『たけくらべ』を素材として」（「日本文学」一九八九年三月号）の中で、〈美登利の変貌を因果律的判断による解釈の枠の中に収まらない不安定な状態のままで」終わらせることで「美登利の内面への読者の想像力をくりかえし喚起し続けようとした」作品である〉とする。

寂聴・前田愛対談から「続き」を引く。

前田　初潮の描写は、非常に優れたものだと思います。ただ、この問題だけは、ぼくは男ですから、わが身に引き比べて考えることはできませんので（笑）、一般論としてしかいえませんが、初潮の問題は『たけくらべ』に出てくる二つのマツリにからんでくる。千束神社の夏祭りと十一月の酉《とり》の市です。千束神社の夏祭りのときに美登利は横町組の餓鬼大将の長吉に泥草履を投げつけられて、「何を女郎め頰桁《ほうげた》たゝく、姉の跡つぎの乞食め」とののしられる。これが一つの受難ですけれども、酉の市の祭りのときに初潮という受難を迎えて、それをきっかけに少女から大人の世界へと境界をこえて行く。この時間的な通過儀礼《イニシエーション》が同時に大音寺前から吉原の廓の中に入るという空間的な移動と見事に重なっている。初潮の問題を生理の問題として書いているだけではなくて、それがもっと普遍的な問題につながるような書き方をしているところに、『たけくらべ』の凄味があります。

寂聴　その初潮のところで、私はそれは外国にもないうまい表現だと思ったのは、初潮の翌日、非常におとなしくなるとかね、非常にすんなりと書いてございましょう。原文読めばわかりますけど。それから、西鶴の『（好色）五人女』の中のお夏・清十郎が花見のときに小袖幕《こそでまく》の陰で初めてできて、それから幕から出てきたらお夏の腰つきが滑らかになったとかね……。

前田　「はやお夏腰つきひらたくなりぬ」。

寂聴　あの一言で全部わかる。西鶴のあそこ、その二つがなにか呼応し合った、女の生理で変わる一つの表現の大変いい例の極致じゃないかと思ったんです。

前田　西鶴というのは明治二十年代に劇的な復活があって、露伴が西鶴の文体を取り入れたり、尾崎紅葉が『好色一代女』にならって『伽羅枕《きやらまくら》』を書いたりしますが、一番本質的なところで西鶴のリアリズムをうけとめたのは、一葉じゃないかとぼくは思っているんです。

寂聴　ああ、やっぱりそうですか。

前田　ええ。『五人女』のお夏・清十郎、つまり性の問題と、それから西鶴のもう一つの主題である金銭……。『たけくらべ』や『にごりえ』の性の問題と『大つごもり』の金銭の問題は、西鶴からのヒントがなければあのように書けたかどうか。『大つごもり』は、『世間胸算用』の主題が明治の時代にたくして生かされています。

『たけくらべ』が「文芸倶楽部」（一八九六年四月号）に一括再掲載されたとき、「三人冗語」（「めさまし草」同年五月号）で当時文壇の大御所ともいうべき森鷗外・幸田露伴・斎藤緑雨が、〈われはたとへ世の人に一葉崇拝のあざけりを受けんまでも、此人にまことの詩人といふ名を送る事を惜しまざるべし〉とか〈作中の文字五六字づゝ今の評家作家に技倆上達の霊符として呑ませたきもの〉と絶讃。

小説の舞台は「大音寺前」と呼ばれる吉原の西隣の地域。八月二十日は千束神社のお祭礼。吉原の遊廓をひかえた大音寺界隈の早熟な少年たちは各々組に分かれて揃いの浴衣に思いおもいの趣向をこらしている。横町組の餓鬼大将は鳶《とび》の頭《かしら》の息子長吉、乱暴者でも知恵はない。竜華寺《りゅうげじ》の住職の息子信如は、おとなしいが、学校でもよくでき、人望もあるので横町組の顧問格だ。これに対して表町組の総帥は両親こそなけれ祖母にかわいがられた育ちのよい田中屋の正太郎、これを支持するのが〈切れ離れよき気象〉を好かれる大黒屋の美登利《みどり》、いま全盛の遊女大巻を姉にもつこの界隈の女王である。

横町に住むおどけ者の小男三五郎は親の義理から表町組に与しているので、祭礼を機に対立する横町組にうらまれて制裁をうける。これをかばおうとした美登利は長吉の泥草履をしたたか額に受けて激怒し、これを信如のしり押しと誤解して一途に信如を恨んだ。信如と美登利は元々同じ学校の同級生で、美登利は信如に好意を寄せ、素直にそれを表現したが、信如は人に騒がれるのを嫌って、わざと美登利を避けていた。

信如は静かに物思う少年で、両親の如才ない生活態度にもなじめないような内向的な性格であった。彼は祭礼の晩の出来事を全く知らなかった。彼は母の用事で田町へゆこうとお歯ぐろ溝《どぶ》を曲がって出かけた雨の日、前鼻緒《はなお》を切って立ちどまったのは大黒屋の寮の前であった。美登利は布ぎれをもって出て来たが、それが信如であることがわかると、なぜか顔の赤らんでくるのを覚えた。美登利は無言で格子のあいだから赤い布ぎれを投げてやった。信如はなぜか虚心にそれを受け取りかねた。「紅入り友仙《ゆうぜん》」の布きれは雨に打たれて、しみ入るように美しく土の上によこたわっていた。

やがて美登利にも子供から女になる心身の変化がおとずれる。十一月の三の酉の日を境にしてきのうまでお侠《きゃん》で活発だった美登利もなんとなくもの憂く、恥かしい思いで仲よしの正太郎とも遊びたくないやるせない思いにとじこもる。人生の春に目覚めようとする美登利の胸にわだかまるいいしれぬあこがれを追究してゆくとき、そこにはおぼろな信如の姿を見いだすのであった。

ある霜の朝、美登利は寮の格子戸に差し入れてある造花の水仙を見いだした。彼女はそれを手に取ってひそかにそのさびしい清らかさをいとおしんだ。そのあけの日は信如が学校を退学して、僧としての修行に立つ日であった。

さて所謂「『たけくらべ』論争」に言及していかねばならない。藪禎子の「非望の生の物語――樋口一葉『たけくらべ』」（『フェミニズム批評への招待――近代女性文学を読む』（學藝書林　一九九五年五月）によれば、〈『たけくらべ』に関する佐多稲子の発言が注目を集めてから、既に十年になる。十四章以下の美登利の変貌、そのもとにあるとされている「憂く恥《はず》かしく、つゝましき事」を、「初潮」ではない、「初店」と解すべきであるとするものであった。これをめぐる論議が『たけくらべ』論の中心となり、にぎやかとなったが、それも一応おさまり、大勢はほぼ佐多説に傾いて今日に至っている。論調も、全体に穏やかなものになってきた〉らしい。するとわが前田愛説は、本田和子言う〈バフチンやイーザーを引用しつつ、こうして堂々と開陳される小説論からは、新しく該博な知的土壌に立って、文学を狭い専門家集団から解放しようと企てた、チャレンジャー前田愛〉は、遂に敗北したのであろうか。

前田愛は〈……一昨年、瀬戸内晴美さんとおつきあいした『名作のなかの女たち』という連載対談（「月刊カドカワ」）の第一回で『たけくらべ』をとりあげたとき、格別な初潮説の支持者に出会った想いだった。瀬戸内さんによれば、『たけくらべ』は、日本の文学で初潮を正面から描いたただ一つの文学だというのである。これはもう男の立ち入る領分ではない、というのが、瀬戸内さんの強い語気から受けた印象である〉（「美登利のために――『たけくらべ』佐多説を読んで」「群像」一九八五年七月号）

瀬戸内寂聴・前田愛の強力タッグを打ち負かした論敵は誰か。その人物は前田愛説に固執する筆者の当面の敵でもある。その前田愛の画期的論考「子どもたちの時間――『たけくらべ』試論」（「展望」一九七五年六月号）の書き出しを一読されたい。

一葉の『たけくらべ』は、私たちにとって二度と繰返すことのできない子どもの時間が封じこめられている物語である。私たちは、古いアルバムの色褪せた写真から失われた記憶の一齣一齣をとりもどすように、『たけくらべ』の信如や美登利に導かれて、めいめいの子どもの時間を手ぐりよせようとする。信如や美登利は、明治の子どもたちであるとともに、かつて子どもであった私たちの原像なのだ。

無垢の象徴としての子どもは、テクノロジーの世界への反措定として、さまざまな現代的意味を引きうけるようになっている。かつて子どもに「未来の大人」としての役割を期待し、抑圧と監視の眼を光らせてきた大人は、逆に子どものまなざしをとりかえすことによって自分たちの世界の歪みを再点検し、修正する可能性を模索しはじめている。

このようなヴィヴィッドな評価を書くだけに、前田愛は佐多稲子のエッセイにびっくりする。

自分の『たけくらべ』論を読みかえしてみて、頭を抱えてしまった。酉の市の当日に、大黒屋の花魁をつとめる姉の大巻と同じ現実が、美登利の身の上に襲ったという佐多さんの断案には、瀬戸内さんに劣らぬ迫力があった。佐多さんの見方によると、初潮説を肯定するかぎり、『たけくらべ』は、人の世の哀れさには触れていない底の浅い作品、つまり美しい少女小説の域を出ない作品ということになるのだ。（「美登利のために」）

長々と引いたのは、佐多説を読んだとき、筆者もまたここに描出されたと同じ反応をとっていたのだ。びっくりし、頭を抱えてしまったのである。

前田説は鉄壁の陣容を誇った。自身でも書いているが、美登利初潮説は、一葉研究の大先達、塩田良平・和田芳恵いらいの定説であった。〈「『たけくらべ』の世界」(『樋口一葉　考証と試論』所収　昭和四十五年十月)というじつに凄味のある作品論を書いた関良一氏もこの初潮説自体には疑いをさしはさんでいない〉(同前)

前田説のこれまでの常識を破る斬新な説は、伝統的事実を作品解読に直結させる傾向を断ち切り、また作品を作家の内面理解の手段にしていくのでもなく、〈「作品の言葉を同時代の習俗や言葉の世界に解き放ち、そこから作品のなかに隠されているコンテクストを掘り起こして行く方法」(前田愛)を通して、「一葉の作品を明治への郷愁の中に封じこめておくかわりに、現代の私たちの生き方に照らして大胆に読みかえて行く」(同)ことが目指されている〉(高田知波「樋口一葉研究史眺望」)。

一葉研究の三大先達である塩田良平(一九七一年没)、和田芳恵(一九七七年没)、関良一(一九七八年没)の三氏が逝去した頃から、前田愛の一葉研究が脚光を浴び始める。

高田知波は更に言葉を継ぎ、〈歴史資料や風俗資料だけでなく、文化人類学、民俗学、都市空間論といった隣接諸学を積極的に取り入れた文化記号論的な「読みかえ」作業は、一九七〇年代の一葉研究に新機軸を作り出し、大きな影響力を持った〉と言い、一例に前田の論考「子どもたちの時間――『たけくらべ試論』」(「展望」一九七五年六月号)を挙げ、〈(『たけくらべ』

の）作品舞台が当時は東京の市街地が郊外の農村部と交錯する地帯だったことを実証して、下町の物語という固定観念を修正し、農村から市街地への移行にともなう土地の変貌過程を背景にした二つのマツリの対照性を浮かび上がらせたこの論文によって、『たけくらべ』は初めて、「ロカアル・コロリット」や季節感といった情緒的なレベルを超えて、時間と空間の構造が浮き彫りにされた〉（同前）と瞑目している。

筆者が前田論文で最も感嘆した例を、亀井秀雄が『前田愛著作集　第三巻　樋口一葉の世界』（筑摩書房）で「解説」している。

前田さんの一葉研究の独創的なところはほとんど数えきれないほどであるが、テクスト論の面では、一葉の『日記』それ自体を一個のテクストとしてとらえたことと、写真や肖像画などのヴィジュアルなものさえもテクストとして解読してみせたことがあげられるであろう。まず後者について言えば、前田さんは明治二十年二月の萩の舎発会式の記念写真で、「一葉の右のこぶしがちょうど前列に入る田辺花圃の肩のあたりに、にゅっとつきだされている」ことに注目する。だが明治二四年の記念写真で手は写っていない。「明治時代の中流以上の女性がキモノ姿で写真を撮るときには、袖のなかに手をおさめておくのがたしなみとされていたらしい」とは、前田さんの推定であるが、なるほど明治二二年七月頃に母親と妹と一緒に撮った写真でも、三人の手はしっかりと袖のなかに隠されている。二十年の写真で一葉の手だけが袖からのぞいているのは、単なる偶然かもしれないが、はからずもそこに上流階級の子女のなかに置かれた彼女のこだわりが露呈してしまったのだ、と読み取ることは可能である」、というものである。

亀井論考は次いで、鏑木清方の描いた肖像画「一葉」にも言及するが、ここでは省略する。ただ一葉における針仕事の意味を明らかにし、明治の女子教育のなかの「裁縫」の位置という社会的コンテクストによってとらえ返して、あの写真にみえていた手を〈針とる手、針をとらねばならぬ手を萩の舎の世界でかくしておく偽善〉の露呈ととらえた、眼のさめるようなあざやかな解読は是非テクストにあたって味読してほしい。

なお『前田愛著作集　第三巻　樋口一葉の世界』のもうひとりの解説者である本田和子は、前田愛が、「子どもたちの変容」と題された一稿において、近代文学に現われた子ども像を、三つのキー・ワード、「なる・帰る・である」で把えることに注目する。即ち、子どもとは、何かに「なる」存在であり、また、大人が「帰っていく」対象であり、いま一つ、「子どもは子どもである」と……。そして前田愛の近代文学の中に「子ども」を探る諸論考は圧巻で、〈とりわけ、その『たけくらべ』論が『子どもたちの時間』と命名されたのは、まこと、見事としか言いようもない〉と言い、一つの挿話を披露する。直接のタイトル選定者は、当時「展望」の編輯者だった間宮幹彦氏であるとのこと。しかし、著者自身〈このタイトルは今でも気に入っている〉と、あとがきに記しているし、また、樋口一葉関係の論考を集めた単著にも、このタイトルが、積極的に選び取られたのだった。失われた「子どもの時間」への遡行、それは、「近代」によって圧殺された様々なものを照し返す……。氏自身の筆は、このことを次のように綴っていた。

子どもの時間への遡行は自然回帰の志向と併せて、近代産業社会からの離脱へと私たちを促したてている幻想軸であり、同時にまた日常生活の背後にかくされている生の不毛への透視を可能にするかけがえのない視座なのである。(「子どもたちの時間」)

さて忘れたわけではない。佐多稲子VS前田愛の「『たけくらべ』論争」に結着をつけなければならない。佐多稲子(一九九八年没)、前田愛(一九八七年没)。つまり「初店」派と「初潮」派の弔い合戦である。論争の火つけ役は、佐多の「『たけくらべ』解釈へのひとつの疑問」(「群像」一九八五年五月号)に始まる。朝日新聞文化欄が、さっそく取り上げて〈佐多説は『たけくらべ』の前後の筋の流れからいって、強い説得力がある〉と書いた。前田愛の「美登利のために――『たけくらべ』佐多説を読んで」が「群像」(同年七月号)に掲載される。すかさず佐多の「『たけくらべ』解釈のその後」(「學鐙」同年八月号)が書かれ、論争は多くの国文学者、研究者、一般読者を巻き込む大がかりのものとなっていく。

一九七〇年代に活躍し始めた一葉研究者としては、前田愛のほかに木村真佐幸、山田有策、山本洋、松坂俊夫、西尾能仁、山根賢吉。八〇年代に入ると前田愛の仕事を発展的に継承した関礼子、フェミニズムの観点を底流させた作品の読みを展開した藪禎子、高田知波、菅聡子、岩淵宏子、北田幸恵、岩見照代、長谷川啓らがいる。

前述したが、寂聴が前田愛と「一葉の町を歩く」と題して対談を行ったのは、一九八三年であった。佐多稲子の問題の原稿はまだ発表されていなかった。従って後に勃発した佐多対前田の『たけくらべ』論争」の直接の当事者ではないが、後述する理由で『たけくらべ』一篇限り、寂聴は前田＝初潮派の側の証人になる資格を有することとなる。

対談の翌年四月、朝日新聞朝刊家庭面（東京本社管内）は「読みなおす一冊」と題した連載ものをスタートさせている。毎週日曜日の週一回、三年間連載されたその九週目に寂聴は「にごりえ——樋口一葉」を寄稿している。『たけくらべ』に言及した箇所のみを引く。

『たけくらべ』で少女の初潮を真っ向から書いた一葉が、女の生理や性に無関心だったとは思えない。『たけくらべ』は少年少女の淡い恋物語ではない。初潮を迎えた少女の自己嫌悪や不安や前途への暗い予兆などをこれほど繊細にエロチックに書いたものはかつてなかった。『にごりえ』は『たけくらべ』と並行して書かれているが、長編の『たけくらべ』に対して、『にごりえ』は短編だが、私は一葉の全作品の中でただひとつといわれたら『にごりえ』を推す。一葉の傑作といっていいだろう。（朝日新聞学芸部編『読みなおす一冊』）

樋口一葉研究の単行研究書、雑誌紀要論文の類は膨大な量になる。松坂俊夫編『参考文献目録』（『鑑賞日本現代文学②』一九八二年八月）で、一九七三年一月から一九八二年十二月までを区切って報告するのは、その十年間（プラス一年）が、研究史の一転期といわれているからだ。塩田良平、和田芳恵、関良一の一葉研究の三大先達が、世を去ったのは右にいう時期の直前あるいは時期中である。そして三氏の伝記研究の画期的大著が公刊されたのもその時期だった。

右の十年間に発表された論文は、ざっと二百三十編で、その執筆者は百十余名。単行本に一九八四年七月までで二十数点。そして「静かな一葉ブーム」と朝日新聞が伝えたのは同年七月十日付である（現在から三十年以上前の古いデータだが、他の近代作家と比べても遜色が無い活況といっても差し支えなかろう）。しかし以下に紹介するのは研究の最前線に屹立すると判断されるものである。佐多対前田などという対項が破砕される強靱な思索と論理が奔騰する出色の論考といえる。

「非望の生の物語」というタイトルが藪禎子の『たけくらべ』論である。藪は十四章以下の美登利の変貌、そのもとにあるとされている「憂く恥《はづ》かしく、つゝましき事」を、「初潮」ではない、「初店」と解すべきだとする佐多稲子の発言が注目を集めてから、既に十年になり、大勢がほぼ佐多説に傾いて今日に至っていることに苛立ちを隠さない。これで落着するのは早計ではないかと言う。〈もともと、佐多稲子の論の受けとめ方と、その後の展開には、肝心なところで抜け落ちてしまったものがあった〉と糾問する藪に虚を突かれて、あわてる人間もいるのではないか。〈「初店」は単に「初店」として提示されたのではない。佐多論のポイントは、そこから母親に注目し、更にここに「近代小説」としての面目をみて行ったところにある〉と考える藪は、肝心の『たけくらべ』論が、〈佐多稲子のペースにはまったまま、その土俵上から抜けられないでいるのは、好ましいとは思われない〉と、ずばり斬り込む。

引用の煩雑を避けるために、佐多の文章を引かず、藪の見解だけを摘録する（かつて佐多論考を読み、論争に参戦した人は十分に意が通じる筈だ）。

佐多稲子の文脈で言うと、『たけくらべ』の近代小説としての成否は、かかって、「非情」な母親の造型にあるということになる。この見解に問題はないのだろうか。「美登利の変りようの原因」が「初潮」だったら、『たけくらべ』も樋口一葉も「ずっと軽いものになる」のだろうか。美登利の「憂く恥かしく、つゝましき事」が、仮に「初店」であったとしても、母親の「非情」さという線でしか『たけくらべ』を評価できないとしたら、これは又違った意味で、捉われた、狭い読みということになりはしないだろうか。その意味で、佐多稲子の発言は、ひとつの刺激であったにしても、それ以上のものでなく、一面だけを異常に拡大した、その点で検証されねばならぬ質のものであった。（中略）

佐多稲子の最大の問題点は、『たけくらべ』を、いわば単線で読み取っているところにある。『たけくらべ』は、もっと多面体の、奥行も深い小説である。（中略）
大切なのは、その多面体を多面体なりに読み取り、味わうことではないだろうか。「非情」と言うならば、吉原の価値観に狎らされた母親の「非情」と言うより、人の世の「非情」に迫り、それを「大人への目覚めの時」に重ねてきわめて有効に描き切ったところに、『たけくらべ』の見事さがあると言うべきである。（中略）
『たけくらべ』は、美登利の物語ではない。少年少女の物語である。（中略）
中心に据えられているのは、もちろん信如と美登利だが、美登利に思慕を寄せる正太郎、あばれ者の長吉、道化役の三五郎、誰もが立体的によく生かされている。
彼等はみな精一杯に生きている。それぞれに辛いものを抱えながら、めげず健気である。甘ったれは一人もいない。それが『たけくらべ』のピーンと張り詰めた魅力になっている。善玉も悪玉もない。みんなが優しくて、純情で、強い。

自明のことを繰り返し引いていると思われるだろうか。『たけくらべ』そして一葉の評価自体に関わる右のような感慨がそれまでの論者たちの文体には宿っていないのだ。〈百年の後も変わらぬ、と言うより一層の共感と感服をよんでいるゆえんが、佐多稲子の線だけで説きうるとは、とても思えないし、「初潮」「初店」云々の次元だけでそれが簡単に入れ替わるとも思えない〉（同前）のだ。藪の次の言葉もいい。しんと胸の底にしみる。

だが、現実は苛酷だ。それにさらされる時がくる。「大人」になるとは、つまり、人がおのれの位置を知る、換言すれば人と人との関係性を知り、その中で「孤独」を知るということである。『たけくらべ』の子供たちは、正にその地点に立っている。いち早くそれを知ったのが信如であり、いちばん遅れてその時を迎えたのが美登利である。作品は、美登利の目覚めを中心に構築されているが、それを前後で支え上げているのが信如であり、それだけ信如の意味は大きい。

筆者は最終章で「寂聴と宗教」について祖述する準備をしているが、右のように藪論稿を転写していると、何やら寂聴尼に蹤いて『般若心経』を写経している気分になる。思わず執筆者の年齢を確かめてみる。一九三〇年北海道生まれ。日本近代文学専攻。東北大学文学部国文科卒。北大大学院修士課程修了。藤女子大文学部教授。著書『透谷・藤村・一葉』（一九九一年）、『小説の中の女たち』（一九八九年）など（一九九五年のデータ）。つい悪しき編集者気質が出て、履歴調べに走ったが、初出誌『藤女子大学国文雑誌』（一九七九年三月）を参照すれば、執筆時は四十代であることがわかる。その年齢時の己が凡庸を顧み、「何という深さ、何という繊細さ」と嘆息せざるをえない。

いま一度、確認するが、佐多稲子が「『たけくらべ』解釈へのひとつの疑問」を執筆したのは、一九八五年五月、八十歳時である（寂聴は六十三歳）。そしてその論考には寂聴も言及されている。佐多は〈美登利の最後の方での変りようを、彼女が初潮をむかえたからであると解釈した例は、私の知る限り三つほどある〉と言い、和田芳恵、長谷川時雨に続けて、〈また先頃、たしかテレビで瀬戸内晴美さんが「樋口一葉」について話されたときだったとおもうが、瀬戸内さんもやはり初潮説であった。「一葉は美登利を描くのに、彼女の初潮をむかえたことを書いております」とこの点を一葉の確かさとして話された、と私は覚えている〉と、三人目に寂聴を挙げている。寂聴が反論ないしは応答しても不都合はない。

佐多が〈美登利のこの変りようは尋常ではないのである。が美登利のこの変りようは、初潮に原因があると解釈されている。それですむなら『たけくらべ』の良さは単なる少年少女の成長の記に終ると云えないであろうか。それで終るなら、この作品は人の世の哀れさにはならず、ずっと浅くなる〉と書くとき、藪はその言は〈如上の筋からしても、当たらない〉と峻拒する。「『美しい少女小説』で何が悪い」と嘯く筆者などとは大違いだ（実際に永遠の少年少女小説と考えている）。

子供社会の共同性から抜け出し、一人立つ試練の時を迎えている美登利、僧になるべく運命づけられている信如、祖母と二人暮しの淋しい正太郎、祭りの日も一人普段着のままでいて、「揃ひが間に合はなんだ」と苦しい言い訳をしている三五郎、――藪は〈彼らに共通しているのは、自立の場をもち始めた、傷つきながら、一人立つきびしさを我がものとし始めたということである。（中略）大人の世界に否応無しに侵食され、それに一方で馴染みながら、一方で違和と拒否を示す子供たちの世界は、現代の状況とも驚くほど見合う質のものたりえている。信如も美登利も正太郎も三五郎も、条件こそ違え、そのまま私だと叫ぶ少年少女は多いのではなかろうか〉と自問している。「ボヴァリー夫人、いえ美登利は私だ」と名乗り出る少女がわが界隈にもいそうだ。

〈少年少女が織り成す意地と哀しみの劇、「たけくらべ」の魅力はそれが醸し出す一種の緊張した「気」にある。聖（信如）と性（美登利）と金（正太郎）と力（長吉）と道化（三五郎）と、きちっと割り振りながら、それとあらわに感じさせず、優しさでくるんだ手法も見事である〉と高評価を与えながら、藪は更に踏み込む。〈しかし、上のようなものだけなら、『たけくらべ』は、佐多稲子とは違った意味であるにしろ、やっぱり「少年少女小説」だということになるかも知れない。これを、それ以上のものにしているのは、信如と美登利によって具体的に呈示される、「非望」の生の寂寥である〉という認識の提示である。

藪禎子は、さらに野口碩が表題の『たけくらべ』という言葉が『伊勢物語』の歌から合成した造語でなく、〈「中世以来の古い歴史をもっていて」、「さまざまな競争を表現している」〉という理解を示したことを、〈新鮮だが、だからといって、『伊勢物語』（二十三段）の筒井筒のイメージを消すことはできまい〉と返し、〈既に早く、『別れ霜』（『改進新聞』明治二十五年四月四

〜十八日?）の本文中に、「井筒にかけし丈《たけ》くらべ振わけ髪のかみならね」とあることからみても、『たけくらべ』が筒井筒を内在させ、展開させた作品であることは間違いあるまい〉とやんわり修正を促しながら、〈『たけくらべ』は、現代の筒井筒として意図されたものであったろう。ただ、この時、筒井筒の幸福なイメージが、もはや現実不可能であるという認識も、一葉は否応なく迫られていたはずである」との主張を隠すこともしない（註・『伊勢物語』筒井筒の段「筒井づつ井筒にかけしまろがたけ過ぎにけらしな妹見ざるまに」「くらべこしふりわけ髪も肩すぎぬ君ならずしてたれかあぐべき」）。

『たけくらべ』は、挫折や屈折と言うより喪失と断念でしかないというところに別のきわだった特色をもつ、本質的に「非望」の物語だ、との認識（筆者風にいえば「辛い覚醒の刻、非望の夢を刻む物語」）は、佐多稲子を始め、凡百の一葉研究者の『たけくらべ』論を凌駕するものではないか。

一葉に即して言えば、「家の名」や「世の義理」の中で、心理的に翻弄されてむなしく潰えたみずからの恋の記憶もあった。しかし、直接の契機は、吉原で身近にみた、「女の性」が売買される現実であったろう。筒井筒の夢は、ここで根底から崩壊した。「性」が「遊び」となり、それがそのまま貨幣経済の中で金銭の支配下に完全に取り込まれた現実ほど、筒井筒の神話を突き崩すものはなかったはずである。これを社会的な告発や制度への批判にもって行くだけの理解と認識を、一葉はまだ持ちえず、個人の恨みとしてしか出し得なかったけれども、それだけ過剰なイデオロギー化の危険から自由であることができた。『たけくらべ』は、そうして成立した。（藪）

そして「非望」に遊女と僧とのタブーとしての恋を含意しているとも考えられるという。〈『たけくらべ』は、その「堕落」の怖れを内に秘めて、立ち止まった者の物語である。それが、この作品を、不安と抑制、闇と光の交錯する、妖しいと同時に清明なものにしている〉（同前）

『たけくらべ』が、信如に始まり、信如に終わる物語であることにも藪は注意をうながす。一番早く登場するのが信如であり、彼の退場をもって小説世界は閉じられる。それがどうかしましたかと、筆者と同じような問を発してはならぬ。美登利の華やかさの前に影は薄れがちだが、信如は吉原的世界を映し出す光源としての役割も大きく、〈佐多稲子発言以後の『たけくらべ』論の最大の陥穽は、この点を見失ったことにある〉と藪は断を下す（傍点・引用者）。ここから藪の批評は開始されるのである。〈フェミニズムの観点を底流させた読みの展開〉と畏怖されてきた藪の批評が、これだけのものだったら、それだけのものでしかない、と佐多の口振りを真似したくなる。

吉原的世界に、ただ一人異質の存在として登場するのが信如である。

「性」の世界に「聖」を据える、それ自体きわめて意識的な構図である。もっとも、ここでは、「聖」は、「性」に対峙するものたりえない。「聖」は正に「聖」ゆえに嘲笑の対象となるのだ。信如は、「さま〴〵の悪戯をしかけ」られ、「猫の死骸を繩にくゝりてお役目なれば引導をたのみますと投げ」(一章)つけられもする。こうしたからかいに傷ついている信如の内面を理解しなくてはいけない。信如を、「特権的な存在」とか、美登利への「加害者」とみるのは、見当違いである。美登利が哀しい少女であるならば、信如も同じく哀しい少年なのである。フェミニズムとは、男女をいたずらに対立関係に置くことではあるまい。加害者、被害者の視点への固執は、事のまっとうな理解を妨げることもある。作者が刻んだ、「異形の人」たる信如の心理的な屈折を理解できなければ、『たけくらべ』は、ほとんど何物でもありえないはずである。(註・信如を「特権的な存在」と見たのは菅聡子「語られなかった物語――『たけくらべ』を読む」、美登利への「加害者」とみたのは高良留美子「無意識の加害者たち――『たけくらべ』論」)

苛酷な「運命」にあるのは美登利ばかりではない。真宗寺の「仏門」「世襲」という軛に、生まれながら絡めとられた信如が何で特権でありえようと、藪は同じフェミニズムのメンバーに反駁する。大岡昇平が〈『たけくらべ』は少年少女群像であると同時に、あまり女に持てそうもないネクラの信如型の読者をよろこばせる小説だった〉と語っていることに対しても、

〈ネクラと限定する必要はおそらくあるまい。こういう少年は決して少なくなかったし、現在でも珍しくないのである。信如の場合、これは、寺の息子という世間の眼の中でなお増幅されていた。心理的呪縛も、もちろんあった〉と理解は深い。

平成の時代を生きる若い世代は、〈男と女ということが、ただそれだけで関心の的となり、好奇の対象になるというのは、あえて吉原といわず二十世紀後半までの日本の現実であった〉という藪の記述にどんな反応をみせるであろうか。東北の僻村で少年時代を過ごした筆者は少しも違和を覚えない。二十一世紀を生きていながら、そのトラウマ、心理的呪縛から解放されたとも思っていない。〈それも、つまりは、性が異常なまでに抑圧され、隠微なものとして引き継がれてきたことの反作用〉（藪）であったろう。

信如と美登利は、〈途中に逢ひたりとて挨拶など思ひもかけず、唯いつとなく二人の中に大川一つ横たはりて、舟も筏も此処には御法度、岸に添ふておもひおもひの道をある〉くまでになる。二人の恋は正に「ご法度」であった。十、十一章を思い出してほしい。秋雨の降る夜、筆やの店先で、正太郎らと遊んでいた美登利は、ふと近づいてくる足音を聞く。正太郎は潜りから顔を出し、二三軒先の軒下を行く信如の後影を認め、美登利に〈自分の頭を丸めて〉みせる。「坊主＝信如」と知らせたのだ。祭りの喧嘩の後のことで、信如に恨みの残る美登利は、〈意地悪るの、根性まがりの、ひねつこびれの、吃りの、歯かけの、嫌やな奴め〉と正太郎に言ってみせるが、しかし、信如の後影を、〈何時までも、何時までも、何時までも〉（傍点・引用者）見送っている。一葉は三度も繰り返している。傍点を打ちながら筆者の瞼の裏は潤んでくる。この世に生を享け、誰でも一度はこんな場面に立ち会っているのではないか。

〈二人が正面から向き合う時を、作者は一度も設けていない。好意も恨みも互いの中で一方的にふくらみ、内向するだけである。「禁忌」としての恋、「非望」の恋が、既に二人の中に予感としてあるということである〉（藪）。信如と美登利が二人だけで向かい合えるほとんど唯一の時が、雨の日の大黒屋の前であるはずだった。鼻緒を切ってしまった信如は緊張と焦りでその機会を失う。そして物語は終章を迎える。

或る霜の朝水仙の作り花を格子門の外よりさし入れ置きし者の有けり、誰《た》れの仕業と知るよし無けれど、美登利は何ゆゑとなく懐かしき思ひにて違ひ棚の一輪ざしに入れて淋しく清き姿をめでけるが、聞くともなしに伝へ聞く其《その》明けの日は信如が何がしの学林に袖の色かへぬべき当日なりしとぞ。

女性作家松浦理英子の現代語訳では、

ある霜の降りた朝水仙の作り花を格子門の外から差し入れておいた者があった、誰のしたことか知るすべはなかったけれども、美登利は何故ともなく慕わしい思いがして違い棚の一輪ざしに入れて淋しく清らかな姿をめでていたが、聞くともなしに伝え聞いたのはそのあくる日は信如が例の学校に入り袖の色を変えてしまったまさに当日であったこと。(「文藝」一九九五年秋季号)

二〇一五年二月十三日刊行の『日本文学全集』(第十三巻、樋口一葉・夏目漱石・森鷗外篇)で、『たけくらべ』は川上未映子が翻訳を試みている。

ある霜の降りた朝のこと、水仙の作り花を、格子門の外から差して入れていった人がいた。それが誰のしたことなのか美登利には知りようもなかったけれど、どうしてなのか、懐かしいような、よく知っているような気がして、違い棚の一輪挿しに入れて、淋しくて清らかなその花を見つめていたけれど、聞くともなしに伝わってきたのは、その翌日は、信如がどこかの学校に入って袖の色をかえてしまった、まさにその日であったこと。

一葉の原文は百三十三字、松浦理英子訳が百五十八字、川上未映子訳は百九十七字である。川上未映子(一九七六年生まれ、作家・詩人、二〇〇八年『乳と卵』で芥川賞。〇九年『先端で、さすわ　さされるわ　そらええわ』で中原中也賞。一〇年『ヘヴン』で芸術選奨文部科学大臣新人賞、紫式部文学賞。一三年『愛の夢とか』で谷崎潤一郎賞)は「訳者あとがき」で、〈わたしにとっての『たけくらべ』は、ふたつある。ひとつはもちろん樋口一葉が書いた原作で、もうひとつは松浦理英子氏によって現代語に訳されたものである。（略）原文と松浦訳さえあれば、日本語の『たけくらべ』はもうそれでいいと思っていたからである〉と書いている。

藪禎子の「非望の生の物語」も、なぜ水仙なのかと自問自答している。

> 信如の「淋しく清き姿」、つまり孤高の「聖」性そのものが、美登利の憧れをよび、それが「懐かしい」ものとして反芻されていることになる。季節の香りたかい菊よりも、浅春の花水仙というのも、年齢にいかにもふさわしい。その淡さが、束の間の春、はかなく、駆け足で過ぎる思春期のイメージとしても有効に生きている。（中略）
>
> 吉原という煩悩界に、修業の時を終えて戻ってくる信如が、遊女となった美登利に、どう向かい合うか、一切は過ぎ去った遠い日のこととして押し流されているのか、あるいは又妖しい揺らめきを生むのか、父と同じなまぐさに堕する時もあるのか、苦界に灯りをともす者たりうるのか、『たけくらべ』は、それを物語の向こうに点滅させて、私たちの前にある。
>
> （傍点・引用者）

傍点の問いは、遥かな少年少女時代に『たけくらべ』を読んだ読者に、「あなたはかつて苦界＝現世に灯りをともす人間のひとりでありたいと望んだような、志を今でも喪失していないか」と問うているように思われる。

以上の中に、美登利の〈憂く恥かしく、つゝましきこと〉は、どういう風に織り込まれているか、それを押さえるのが、残された課題である。結論は、やはり「初潮」である。〈そういう受けとめ方を誘うようなものが、あちこちに嵌め込まれている〉という藪禎子説を支持したい。

北川秋雄の「『たけくらべ』——美登利〈初店〉説への疑問」（「姫路獨協大学外国語学部紀要」第八号、一九九五年一月）によれば、〈一九九三年までに管見に入った先行研究の中で、美登利変貌の原因を初潮と断定しているもの〉は次の通りである。他の説と併せて列記するが、引用は膨大になるので、筆者＝引用者の摘録としたい。

《「初潮」説》

長谷川時雨『評釈一葉小説全集』（冨山房　一九三八年）

吉田精一『樋口一葉研究』（新潮社　一九五六年）

和田芳恵「『たけくらべ』樋口一葉　十六」（「国文学　解釈と鑑賞」一九五八年）

蒲生芳郎「『たけくらべ』小論」（研究集録第二号、宮城県高等学校国語科教育研究会、一九六一年）

村松定孝『評伝樋口一葉』（実業之日本社　一九六七年）

関良一『樋口一葉——考証と試論』（有精堂　一九七〇年）

松原新一「『たけくらべ』のこと」(「国文学　解釈と鑑賞」一九七四年)
前田愛「子どもたちの時間――『たけくらべ』試論」(「展望」一九七五年)
岡保生『薄倖の才媛――樋口一葉』(新典社　一九八二年)
満谷マーガレット「『たけくらべ』の普遍性」(「群像」一九八五年)
山田有策「『たけくらべ』論」(「国文学　解釈と鑑賞」一九八六年)
増田みず子「下谷龍泉寺」(「海燕」一九八六年)
塚田満江「祭り比べ――『たけくらべ』再考Ⅰ」(『論究日本文学』一九八七年)
吉田裕「一葉試論――出奔する狂女たち」(「文学」一九八八年)

《「初店」もしくは「水揚げ」説》

まず佐多説を支持する形で野口冨士男が「『たけくらべ』論考を読んで――前田愛氏説への疑問」(「群像」一九八五年九月)を発表し、火ぶたがきられる。
大岡昇平「成城だよりⅢ・批評の季節」(「文學界」一九八五年)
吉行淳之介「初体験の巻」(『あの道この道』光文社　一九八六年所収)
澤地久枝「秋元松代・佐多稲子の〝学歴〟」(『ひたむきに生きる』講談社　一九八六年所収)
松坂俊夫「『たけくらべ』解釈論議考」(「山形女子短期大学紀要」一九八七年)
西川祐子「性別のあるテクスト――一葉と読者」(「文学」一九八八年)
蒲生芳郎「美登利の変貌・再考――『風呂場に加減見る母親』の読み」(「日本文学ノート　第

二七号」一九九二年）
前田愛「美登利のために――『たけくらべ』佐多説を読んで」（「群像」一九八五年）
小森陽一「樋口一葉『たけくらべ』」（「國文學」一九八五年）
関礼子「美登利私考――悪場所の少女」（「日本文学」一九八七年）

《初潮と廓内での成女式、新造出し儀式》

「『たけくらべ』論争」は、美登利初潮説が一葉研究の大先達であった塩田良平・和田芳恵両氏いらいの定説であったのを、佐多稲子の初店説の提出で動揺をきたしたという経過をたどったが、その過程で、〈佐多稲子に先じて松坂俊夫は、一九五六年三月の『明日香路』に太田一夫が「美登利憂鬱の原因」と題して、〈水揚げ〉説を発表していたことを明らかにしている〉。つまり〈現在のところ〈初店〉説における佐多稲子のプライオリティには不確定要素がある〉（北川秋雄）ということらしい。

北川秋雄の『一葉という現象――明治と樋口一葉』（双文社出版　一九九八年）で論争史を眺望してきたが、著者の北川は〈「たけくらべ」というテクストの中で、一四歳の美登利の処女喪失解釈は、あらかじめ封じられているとみるべきではないか〉と言う。また佐多の『たけくらべ』解釈へのひとつの疑問」や前田に対する反論「『たけくらべ』解釈のその後」を取り上げ、論争の姿勢に不信を表明している。

佐多稲子はここで、前夜に〈初店〉が行われたと主張する。しかもこの前夜〈初店〉説は、先の「『たけくらべ』解釈へのひとつの疑問」でもすでに主張していたかのような口吻である。しかし、先述した通り「『たけくらべ』解釈へのひとつの疑問」からは、どう読んでも〈初店〉が前夜に行われたという主張は読み取れない。佐多稲子は再論の「『たけくらべ』解釈のその後」において、但し書きもなく、前説に時間的修正を加えたと思われる。論争の姿勢として、その当否が問われるところである。さらに佐多稲子は、この再論で、〈そして再び美登利は恥じを抱えて揚屋町の刎橋から入って行く〉と述べているが、なぜ、何のために美登利が再び揚屋町の刎橋から廓の中に入っていくのかということも明記されていない。

一五章では、この後、美登利の家について行った正太に対して、美登利は帰れと愛想尽かしをするものの、この一四章では、思わず正太を見て駆け寄っているのである。佐多稲子の主張のように、前夜もしくは揚屋町の刎橋に入って、再び出て来た間に〈初店〉が行われたとするなら、上杉省和もいうように、それほど衝撃的な体験をした直後に、思わず出会った正太に駆け寄るであろうか。むしろ恥じて、避けるのが自然であろう。

佐多稲子は「『たけくらべ』解釈のその後」において、「従来女は、月のさわりのとき、風呂には這入らなかった」として、母親が風呂を沸かしている事実をあげ、美登利が風呂に入るかぎり、初潮ではないと述べる。しかし、「従来女は……」という一般化は佐多の見聞や体験に基づく擬似的な普遍的操作であって、美登利の場合（たとえば、掛かり湯だけをすることも含めて）を覆う一般的習俗であるとはいえないのではないか。

北川秋雄もまた『たけくらべ』をテクストとして読もうとする前田愛の視点に大いなる共感を寄せる。それは次のような言葉に凝縮している。

「たけくらべ」に、消えていく子供達の時間という、通過儀礼的意味を読み取った前田愛の見解は、明らかに先行の湯地孝や和田芳恵の論に多くを負っている。前田愛の独創性は、邦訳フィリップ・アリエス『〈子供〉の誕生』に先立って、消えていく子供達の時間に、近代社会の制度の導入によって消滅していく前近代の時空間の問題を絡めて論じた点にある。

西洋の一八、九世紀のロマン派の詩人や作家の影響を受け、日本にその作品や思潮を紹介し、根付かせる試みをした『文学界』同人達との交流を契機にして、一葉はブレイクやワーズワス、さらにはディケンズが発見した子供達の時間を、「たけくらべ」というテクストの中でとらえることが出来たのではないかと思う。それは同時に、日本の近代文学における、子供達の発見であったと思われる。それゆえ、佐多稲子〈初店〉説でにわかに美登利変貌の原因解明に集中しがちであった「たけくらべ」研究は、今一度静かに、前田愛の提起した子供達の時間の喪失と近代という問題の地平に立ち帰って、さらに深められる必要があると思うのである。（同前）

二

瀬戸内寂聴は一九九八（平成十）年九月十七日から翌九九年十一月十七日の期間、ＪＴアートホールアフィニスで行われた日本ペンクラブ主催の「作家が語る作家」という連続講演会で、「樋口一葉の恋愛」と題して講演している。講演会の趣旨を当時日本ペンクラブの会長を務めた梅原猛は次のように説明している。

「作家が語る作家」というこの講演会は次のような目的をもって始められた。作家は自らが作品を書くことを任務としているので、過去の日本の作家をみるときも、自ら批評家や文学研究者とは違った目をもとう。おそらくそこに作家ならではのユニークな見方があり、また未来の文学の萌芽があろう。それで、現代を代表する作家にこういう題で講演をしていただき、日本文学を振興させようと思ったのである。（中略）従来、このような講演会は成功しないことが多かった。しかし今回の講演会は大成功で、毎回聴衆が会場にあふれた。

講演は各自、「多少の手直しを加えて、ほぼそのまま書物にした」として、日本ペンクラブ編『文学夜話　作家が語る作家』（講談社　二〇〇〇年）という表題で出版された。寂聴の「樋口一葉の恋愛」は、単著には未収録である。全文を紹介するわけにはいかないが、寂聴の講演は名調子との評定がある。その一端を知ってほしい、味わってもらいたいという思いで、筆者の摘録で以下に紹介したい。

創作としての「日記」

十七、八年前、小学館で一葉の全集が出ることになり、それと合わせて一葉のことを書くことになり、集中的に勉強しました。実はそれまで一葉はあまり好きじゃなかった。一葉といいますと、非常に清純で、二十四歳で死んだ天才で、美人で、そして処女で、という印象がございまして、そういう優等生みたいな人は肌が合いませんので、初めから敬遠していたんです。

二十四歳で肺結核で死にますけれども、その最後の十四ヵ月、「奇蹟の十四ヵ月」というぐらい、今、傑作といわれているほとんどの名作を集中して書いている。特に私は『にごりえ』にびっくりいたしました。『にごりえ』は、二十四歳の処女が書ける小説ではありません。それ以来私は、一葉が一般に伝えられているように、清純無垢のまま生涯を終わったというのは信じられなくなったのです。

小説の他に一葉は、とにかく日記がすばらしいんですね。丹念につけた、小説よりもはるかに膨大な量の日記を残しています。私は日記もまた、一葉の創作であるというふうに受け取っております。私は女流作家の伝記をいろいろ書きましたけれども、資料として一番信用ならないのが、自筆年譜と日記なんです。女流作家というのは、なぜか自筆年譜で自分の年にサバを読みます。それもどうせなら五つくらい若くいえばいいのに、気が小さくて一つか二つサバを読むんですね。（笑）これは林芙美子も岡本かの子もそうでした。

それから日記というのは、これは全くうそばかり書いてあります。永井荷風の日記、あれは全くの創作で、何度も清書したそうです。日付の上に、セックスをした印として朱印を押してあるんですけど、私はじーっと何度も読み返して、絶対にこれはうそだと思いました。だんだんとダメになっていったから、わざと多くつけたんじゃないでしょうか。（笑）

一葉の日記も全部本当だとは思えません。ところどころ切りとってある。恐らく一葉が切ったのではなく、後に妹の邦子さんが、お姉さんの都合の悪いところを切ったんじゃないかと思うのですけれども、元の日記そのものにも、たくさんうそがある。うそというと言い方が悪いですけれども、つまり創作があるんです。

小説家というものは、後世だれかに見られることを考えずに日記を書くことはないと思います。私自身は日記を残すとろくなことがないと思いますし、日記をつけますと、どうしてもうそばっかり書いてしまいますので、日記とラブレターは全部焼いてしまいました。私が死んでも、それは幾ら探してもありません。

師にして恋人・半井桃水

一葉は、紹介する人があって半井桃水に弟子入りをするわけですが、一葉は一目で桃水に夢中になりました。これが一葉の初恋でした。当時の日記を読みますと、いかに桃水に夢中になったかが、それは隠しようもなくあらわれています。桃水は一葉の世話をよくしてやります。そのうちに、私は一葉は処女ではなくて、半井桃水とそういう関係になったと思っております。私は何でもそういうふうに思うたちですけど、(笑)これは皆さん、日記を読めば自然にわかるんですよ。

例えば、ある雪の日に、一葉は桃水の家へ行きます。勝手に入りこんで、台所の板の間へ座ってじっと待つ。奥からいびきが聞こえてくるから、彼がいるということがわかった。じーっと待っていると、やっと桃水が目を覚ました。一葉がいたから、びっくりしまして、「どうして起こしてくれなかったの」なんていう。それで「まあ、お入んなさい」といわれて入っていったら、これはちゃんと日記に書いてあるんですが、部屋には男が寝ていた布団が敷いてある。そして前の日に芝居を見に行ったとき着ていった着物が、壁にかけてある。

桃水は急いで顔を洗いにいって、火種を持ってきて、火鉢に火を入れてくれた。一葉は

「私にも何かさせてください。せめてお布団を畳みましょうか」というんですが、桃水は「いやいや、そのままにしといてくれ」。狭い部屋に男が寝ていた布団が敷いてあって、男の昨夜着ていた着物がぶら下がっている。そこで火鉢に二人で向かい合って、文学の話をするんですよ。ちょっとおかしいと思いません。(笑)その後、桃水はお汁粉をつくってくれる。そして「あなたは文学の才能があるから頑張れ」とか、そんな話をした。狭い、むんむんと体臭のこもった部屋で、桃水は寝間着の上にどてらみたいなのを着ているだけなんですよ。そうして、「じゃ、さようなら」と雪の中を帰った。しかし、人力車に乗って堀端を帰るとき、彼女は泣きむせんでいるんです。お汁粉を食べて、おなかいっぱいになって、何で泣くんですか。(笑)お汁粉を食べたところまでしか書いていないけれども、その後で何かあったはずだと、私は思うんです。そうでなければ、何も泣くことないじゃないですか。

そういう場面がところどころに出てくるんです。それは皆さん、さーっと読み流さないで、一字一行ずっと心を込めて読めば、行間から全部わかってくるんですね。(笑)一葉は書かなければわからないと思っていたのでしょうが、そんなものじゃありません。

一葉のしたたかさ

一葉は桃水にお金がないということをしきりに訴えるんですね。桃水は、「家事の経済などに付て憂ひたまふことあらばそはともかくも我すべし」。家の経済などで、何かあなたに心配があれば、それは自分が引き受けてやろうといって、お金を貸してくれる。一葉が「お金を貸してください」といったら、「白湯《さゆ》のみ給ふやう」に聞いた。白湯をぐっと飲むように、いともたやすく貸してくれたというんですね。何も関係がないのにそういうことをしますか（笑）。

しかも、桃水だけではないんです。久佐賀義孝《くさかよしたか》というあやしげな男のところへ乗り込んでいって、今でいえば一千万円ぐらい貸せというんですよ。久佐賀はすぐに条件を出した。「妾になるなら、あんたの生活ぐらい見てあげる」といったんです。一葉は「私は断固として断った」と書いていています。その久佐賀から十五円ずつもらってるんです。（笑）ということは、桃水と久佐賀から十五円ずつで、三十円もらってるんですよ。だから、そんなに貧乏をしているはずはありません。一葉の実家は十円あれば親子三人生活できた。そして一葉は桃水にはずっと久佐賀の存在を隠している。死ぬ直前まで、桃水にお金の無心をしている。妹の邦子さんには、半井桃水には絶対に久佐賀のことを内緒にしておけと口どめして、そういう二人の男をちゃんと使い分けている。これはもう純情可憐な処女なんかではございません。なかなかやり手の相当すごい女ですよ。久佐賀にだって「あなたは嫌だ」なんていいながら、ちゃんとお金をもらっている。何もしないで、どうしてお金が来ますか。（笑）お金をもらっているということは、これも久佐賀の側に証拠が残っているんですね。

しかし、それがわかりましても、私は一葉が悪い女とは思いません。このしたたかさがあればこそ、あの時代、女が全く認められない時代に、まして女の小説家なんて一人もいない時代に、あれだけの文学を残したということで、ただのかわいらしいお嬢さんでは、小説なんか書けるはずがないんです。大体今も女流作家というのは、みんな相当のワルでございます。（笑）

女の生理を描いた小説

精神と肉体の乖離《かいり》、精神と官能の乖離ということは、私たち二十世紀の作家がよく扱うことですが、それを千年前の紫式部がちゃんと書いている。これを読んでいるんですから、一葉が頭に入れないはずはないんですね。一葉は半井桃水と久佐賀に身をまかしていたのですが、私は、桃水より久佐賀の方が生理的によかったんだと思うんです。そうでなければ、悪口をいいながら、何でずっとそういうことが続きますか。これは今夜初めて発表する新説ですけれども。（笑）

『にごりえ』が一番好きですけれども、そういう女の生理というものがよく出ております。お力は自分が不幸にした男を忘れてはいないけれど、やはり生理的には新しい男の方がよくなっている。結局前の男に無理心中で殺されてしまうのですけれど、お力という女の生理がちゃんと書かれております。女は恋をするときとか男に身をまかせるときは、気持ちだけじゃない。精神と肉体とでは違う。そういうことをちゃんと書いてある。

有名な『たけくらべ』、一葉は近代日本の文学で初めて、女の月の生理を書いた。美登利に初潮があったことについて、佐多稲子さんと私は意見が対立するのですけれど、これは私の方が正しい。(笑)佐多さんは、美登利が遊女として、吉原の女として買われた、その処女を喪失した嘆きだと書いていらした。そうではないと思うんです。美登利もお姉さんのような花魁にしようということで、非常に大切にされている。そういう娘の水揚げというのは、大臣とか、経済界の大御所とか、そういうすごい金持ちに売りつけるんですよ。ですから、まだ少女の姿をしている美登利を、そんなに簡単には売らない。

佐多さんは潔癖な方で、そこまで考えなかった。私は祇園で金を使って遊んでますから、裏を知っていて、そうじゃないと思う。ではなぜ美登利は憂鬱なのか。それは初潮を見たからなんです。「ああ、あたしは汚い人間だ」なんていうんです。しかし学者の前田愛さんによれば、瀬戸内さんの案は全部おもしろい。しかし学者はそれをそのまま使えない。なぜかというと、文献にないからだというんです。学者ってつまらないですね。(笑)文献がないと、妄想だとか、単なる想像だといわれる。文献だけではダメなんです。最後はその人の想像力で飛躍したところに、新しい学説ができるんですよ。(註・「ぼくは瀬戸内さんのように、一葉が半井桃水、あるいは久佐賀義孝と体の関係があったということは、資料が出てこない限り書けないし言えない」と前田愛)

恋愛の自由を求めて

一葉の最後の小説『うらむらさき』は、未完で終わっています。私はこれを読んだときに、非常に衝撃を受けました。これは今はやりの不倫の小説なんですね。何度も、切れたところまでを読むうちに、つづきを書きたくてしょうがなくなった。もし一葉だったら、どう書いただろうということを考えまして、一葉の文体を勉強して、同じ文体で後をつけました。それが一葉と私の合作の『うらむらさき』。これを一葉の作品を全部朗読しておられる幸田弘子さんが舞台にかけてくれたのですが、どこまでが一葉で、どこからが瀬戸内寂聴かわからなかったというぐらいのよくできたものでございます。(笑) 一葉は、自分たちの生きている時代は、女にとって非常に不利な時代だと思っていた。何とかして女の恋愛の自由を訴えたくて、この小説を書き始めたと思う。しかしそれは書き切れなかった。当時の社会ではそういう女は許されなかったし、生きていかれなかったんです。一葉はこの女を殺したくなかったんだと思いますね。私も何とか主人公を生かしてやろうとしましたけれど、やっぱりこれは殺すしかないと思って、鉄道自殺させました。それはもう、そうするしかなかったんです。

寂聴の『うらむらさき』については、後に触れる。まず一葉の全作品の中でただひとつといわれたら躊躇することなく推すという『にごりえ』(「文芸倶楽部」一八九五［明治二十八］年九月二十日）について考えたい。この傑作が書かれたころ、一葉は『たけくらべ』の舞台になった吉原の竜泉寺町から、本郷区丸山福山町に移転して、背水の陣を敷き、筆一本の生活に賭けていた。家のまわりは新開地の銘酒屋街で、一葉はそこに働く私娼たちから恋文の代筆を頼まれたりもしていた。偶々訪れた川上眉山から「自伝をものし給うべし」とすすめられ、『にごりえ』を書く気になったと日記にはある。まずストーリーを紹介しよう。

主人公のお力は、新開地の銘酒屋「菊の井」の酌婦で、そこの一枚看板だ。中肉の背恰好すらりっとして、洗い髪の大島田に新わらのさわやかさ、頸《えり》もとばかりの白粉も栄えなく見ゆる天然の色白を、これみよがしに乳のあたりまで胸くつろげて、烟草《たばこ》すぱすぱ長烟管《きせる》に立膝の無作法さも、咎《とが》める人のなきこそよけれ、と一葉に描写される。彼女には昔なじみの源七という男がいたが、源七はお力に入れあげたあげく、布団屋の身代を潰してしまい、現在は妻のお初、子の太吉とともに貧乏長屋に移り住み、車夫にまで身を落としている。それでも源七はお力を諦めきれず、今もしばしば会いにくるが、お力はどういうつもりか決して会おうとしなかった。

お力がある日呼びこんだのが結城朝之助《とものすけ》という正体不明の客である。どうやら身分の高い高等遊民めいたインテリで、金離れのいい男前だ。彼は暗い過去と祖父の代からの怨念を背負ったお力の内面の苦悩を一瞬にして見抜く。結城はお力にひかれ、「菊の井」に週に二、三度通うようになり、お力も彼に心ひかれ出し、彼にだけは子供時代の辛く悲惨な思い出や、源七のことを打ち明けるのだが、朝之助はそれに対して、「お前は出世を望むな」と言うのだった。

小説は「菊の井」の場と、長屋の源七の家が交互にあらわれ、次第にお力と源七の暗い情事の全貌があらわれてくる。源七の妻お初は、自暴自棄の夫を励まし、けなげに貧しい暮らしを支えていた。その女房ぶりは、近松の浄瑠璃の女のような古風ないじらしさがあった。ある日、太吉がお力からカステラをもらって帰ってくる。「菊の井の鬼姉さんからもらった」と無邪気につげるのを聞き、逆上したお初は、それを裏の空き地へたたきつける。

激昂したお初がお力を呪うことばを言ったのをきっかけに、お初はその場で離縁され、太吉ともども家を追い出されてしまう。それから何日かした盂蘭盆《うらぼん》のころ、後袈裟《うしろげさ》に切られたお力の死体と、自害して果てた源七の死体が発見され、その死の真相については、お力と源七の無理心中とも納得ずく合意の上とも、町の噂はさまざまであった……。

寂聴は〈『にごりえ』のすばらしさは、人間の心にひそむ無明の闇の暗さをあばきだし、各人物にそれぞれぬきさしならない個性と命を吹きこんだ点にある。お力に一葉が自分の心を託しているならば、一葉が死ぬまで抱えこんでいた心の闇の世界には、理性の外の女の肉の秘密がかくされているような気がする〉（『読みなおす一冊』）といい、件の前田愛との対談でも次のように述べている。

寂聴　『にごりえ』は一葉が人間として、女として成長して書いたもののような気がするんですね。それで、これは先生と意見が違うかもしれないんですけど、私は、『にごりえ』は絶対、一葉が男を知って書いたと思うんですね。処女では書けないようなところがある。しかも二人の男を知ったというふうなのが私の想像でございます。

前田 その二人の男の名前をおっしゃっていただかないと、話は進みません（笑）。

寂聴 それはやはり、半井桃水とは師弟の関係で、プラトニックだというふうに言っておりますけれども、私はやっぱりあったと思うんですね。それから久佐賀義孝という占い師のような予想屋のような男がございまして、それに一葉が非常に興味を持って、乗り込んでいって、一千円ですか、貸せとか言いますね。（中略）そしたら久佐賀が自分の妾《めかけ》になれと言ったというので、日記には一葉がプンプン怒って、汚らわしいというふうに書いてあるんです。

ところがそれからちょっと後に月十五円、お金をもらってるんですね。久佐賀から。それは久佐賀のほうの文献に残っている。一葉の日記にそこはないんです。（中略）

何もしないで男が女に十五円やるかな、いまでいえば何十万になるか。私は知りませんね、そんな崇高な男（笑）。だからやっぱりこれは何かの報酬ではなかろうかと私は思うんです。

（「一葉の町を歩く」）

ところで『にごりえ』という作品は一葉作品中、最も難解だといわれている。国文学者の山田有策（東京学芸大学教授）によれば、〈これは普通は一葉の中では最も魅力的で読み解きにくい作品であり、深さが一番ある作品だと言われていますが、これについて、これは現実の世界なんだという読みが一方にあり、いや、そうではない、これは反現実の世界なんだ、つまり死と狂気の世界なんだ、という読みがあるわけですが——前田（愛）さんなんかはそういう読みをしていますね〉（「共同討議　樋口一葉の作品を読む」「國文學」一九八四年十月号）ということになる。

また今井泰子は〈『にごりえ』は樋口一葉の出世作であり、問題作である。発表早々にして多くの批評家を動員し、その後およそ八十年を経た今日も、なお一葉研究における焦点の一つでもありつづける〉（「『にごりえ』私解」）。そういう作品にしては、寂聴の『にごりえ』に関する発言は少ないのではないか、それは何故であろうか。

『にごりえ』をめぐって沸騰した議論は、『たけくらべ』の比ではない。作品の解釈だけでも議論は百出。それに対する寂聴の考えが、前出した数行だけでは隔靴掻痒を払拭するわけにはいかないのである。

『にごりえ』は発表当時、「雲中語」（「めさまし草」一八九七年二月）でも〈読者の忖度に任せたる区域の余り広すぎしこと〉という特色があると指摘されている。読者や研究者の忖度に任せたことが、多くの議論を呼び起こしたことの予言ともなっている。

寂聴と対談した前田愛が、一九八四年一月から三月にかけて、新宿の朝日カルチャーセンターで、近代文学の名作のなかから、六人のヒロインを選び、講義するのに、一葉の『にごりえ』のお力を取り上げている。そこで同作品は、後半に「少なくとも三つの謎が指摘されている」と語っている。

謎の一つは、〈お力は一散に家を出て、行かれる物ならこのままに唐天竺《からてんじく》の果までも行つてしまいたい〉というところから、〈我れながら酷《ひど》く逆上《のぼせ》て人心のないのにと覚束《おぼつか》なく、気が狂ひはせぬかと立どまる途端〉のところの描写。とくに丸木橋を渡るとか渡らないとかいうところが謎になっている。次に結城朝之助に身の上話をしたあと、「お前は出世を望むな」と突然《だしぬけ》に言われて、〈ゑツと驚きし様子に見えしが〉の〈ゑツと驚きし〉が二番目の謎。それから三番目の謎は、源七とお力は無理心中だったのか、あるいは合意心中だったかという謎である。

まず第一の謎、「お力は一散に家を出て」云々というところを、前田は「これは非常に深い心理描写で、明治二十年代という時期で、こういう描写があるということは不思議な感じがする」と述べ、これはお力が軽い精神異常の症状に襲われたとみる。そして〈ああ嫌だ嫌だと道端の立木へ夢中に寄りかかって暫時《しばらく》そこに立ちどまれば、渡るにや怕《こわ》し渡らねばと自分の謳《うた》ひし声をそのまま何処ともなく響いて来るに〉と、書かれているが、これは自分の声があたかも他人の声のように聴こえてくる幻聴だととる。こういう描写を通して、この銘酒屋というどん底の世界で精一杯生き抜いて行こうというお力の心の中に、どうしようもない空虚なものがあるということ、そういう空虚なもの、死の世界というものを抱えているお力は、どうしても何らかのかたちで死を迎えなければならないということが、ここに予告されている。そう読みとれば、源七とお力の心中の場面はこと改めて書かなくてもいいわけになる、と前田愛は考える。次に二番目の謎。結城に〈お前は出世を望むなと突然に朝之助に言はれて、ゑッと驚きし様子に見えしが〉の箇所。

ここはいままでどういうふうに考えられていたかというと、お力はこういう日陰の世界にいながらも、玉の輿にのって出世する、そういう願いをずっとあたためていた。あるいは「天下を望む大伴の黒主とは私が事」というようなせりふも前にあるわけです。そういうお力の志を結城に見抜かれまして、そこでお力は、えっと驚いた。普通はこういうふうに考えられているわけです。

ところが、僕はちょっと違うことを考えておりまして、（中略）明治の社会の日の当たる世界に住んでいる朝之助と、日陰の世界にいるお力のあいだをつなぐものというのはほんとうに何もないんだと、そういう二人の断絶というものがこの場面ではっきり出てきてる。（中略）結城と自分とは非常に離れている世界の人間だということがここではっきりわかる。（中略）そうすると、別々の世界に住んでいる結城とお力を結ぶものは、体の関係しかないという考え方です。これが二番目の謎への回答です。

三番目の無理心中が合意心中か。

「あの子もとんだ運のわるいつまらぬ奴に見込れて可愛さうな事をしたといへば、イヤあれは得心づくだと言ひまする」云々。そのあとに「一処に歩いて話しはしてもゐたらうなれど、切られたは後袈裟《うしろげさ》、頬先《ほおさき》のかすり疵《きず》、頸筋《くびすじ》の突疵《つききず》など色々あれども、たしかに逃げる処を遣られたに相違ない」云々と書かれています。

ここからいままでどういうふうに推理されてるかといいますと、お風呂屋の帰りにお力が源七と行き合う、それで源七が心中しようと迫るわけです。はじめはお力は承知しなかったけれども、承知して源七について行く。ところが急にお力が心を翻して逃げようとする、そのとき源七が切りつけたのが後袈裟のきずだと。そのきずをあびせられたお力は観念して源七のいうままにいっしょに心中をした。こういう筋書です。だからこれで無理心中と合意心中とがつじつまが合わせられるということです。

この推理は、新開の町の人びとが、お力と源七の柩を見おくりながら、寄りよりに噂話を交換する場面を、四人の発話者に分解し、それらのモンタージュによってお力の死の場面を再構成した関良一の見解（「『にごりえ』考」「文学」一九五四年七月）そのものであろう。すなわち湯屋のかえりに源七に会ったお力は、いったんは情死に合意したものの、決行の刹那に前言をひるがえしのがれようとした。逆上した源七に後袈裟に切りかけられ、自分の宿命に思いいたったお力は、ふたたび情死をうべなったという顚末である。

前田愛の見解は、〈お力と源七の二人がこういう無責任なうわさ話によって葬送された、その死を送られたという、そのことのほうが大事だと思うのです。心中というとすぐ近松の『心中天網島』であるとか、あるいは『曾根崎心中』、そういうものが連想されます。そうして近松の心中物ではそういう死んで行く二人の魂をしずめる、そういう語りものになってるんですね。いわば町というものがひとつの共同体をかたちづくっていて、心中という非業の死を遂げた二人の魂をしずめるという論理があった。ところが、明治に入ってからの東京の場末、『にごりえ』の舞台になっている「新開」は、実に雑多な人間が吹き寄せられてくる吹きだまりのようなところなんです〉(「『にごりえ』断想」一九七四年九月)。

この「『にごりえ』断想」の前後に、前田愛が『にごりえ』に言及したエッセイの一篇から核心的箇所を録しておきたい(「『にごりえ』の世界」「立教大学日本文学」二十六号、一九七一年六月)。

〈遊客の心をそそる御神燈が銘酒屋の軒先を明るませている前半とはうらはらに、『にごりえ』の後半は盆提燈のかげが支配する死の世界である〉(この記述が先行する関良一の文章に拠ることを前田はフェアに註している)。関は〈この小説(『にごりえ』)は、極熱、氷寒の、生きながらの地獄が、死をもって終止符を打たれ、なお恨み人魂となって折ふし飛ぶと結ばれている。それは現代の読者の眼には、あまりに草双紙風、因果物風と映るかもしれない。しかし、この小説の世界では、生者も死者であり、逆に死者もまた生者なのか、それを、精霊が年に一度この世にもどって来るという盂蘭盆会の情調、その薄寂しい盆ちょうちんのかげが支配しきっているのである〉（『樋口一葉――考証と試論』）と書いている。

お力と源七は近松の『曾根崎心中』や『心中天網島』の恋人たちとはうらはらに、彼岸の救済を約束されているわけでもなく、生き残った者たちの鎮魂の対象ですらない（江戸時代の都市住民を結びつけていた共同体の論理にかわってあらわれた近代都市の冷酷な実態である）。死者の霊を生者の世界へと迎えとる盆提燈がまだ軒先に灯っている季節に、お力と源七がこのような死の手にとらえられてしまうところに、『にごりえ』のもっとも深いアイロニーがある。そのかぎりで人魂の光がお寺の山を飛びめぐるという草双紙ふうのどぎつい結末は、この不条理な死の世界を閉ざす封印としてきわめて適切なのである〉（「『にごりえ』の世界」）

一葉小説の結びを現象的に分類した関礼子によれば、未完の『裏紫』をのぞく一葉作品全二十一篇の結びで、「心中」というテーマで書かれた作品は『別れ霜』と『にごりえ』の二作だけだという。他は〈病死・自死（『闇桜』『たま欅』『うつせみ』）、別れ（『五月雨』『暁月夜』『花ごもり』『ゆく雲』『十三夜』『たけくらべ』『わかれ道』『われから』）、行方不明（『やみ夜』）、後悔（『経つくえ』『うもれ木』『雪の日』)、昇華(『琴の音』『軒もる月』)、危機回避(『大つごもり』『この子』)ということになる。つまり終わり方からだけ見ると、一葉小説とは生別・死別などの「別れ」をテーマにしたものがその半分以上を占めることになり、日清戦争前後の日本の近代化のなかで心中ではなく周縁的な女性的世界における違和や葛藤が表現されていることに改めて気づかされる〉(「結びの美学とジェンダー――『にごりえ』の場合」「国文学 解釈と鑑賞」二〇一〇年九月号)

「心中」というテーマは二作だけ、その「心中」(情死)というテーマも、〈一葉が内発的に選んだものではなかった〉と、関はいう。〈一葉はその作家修業の時代、小説の師である「東京朝日新聞」専属の小説作家半井桃水から「趣向」として情死を提示され、それに応える形で『別れ霜』(「改進新聞」一八九二年三月三十一日〜四月十七日)を執筆した。その三年数カ月後に書かれたのが『にごりえ』ということになり、結末の形態だけに注目すると『にごりえ』は『別れ霜』の変形ということになる。だが〈心中〉(情死)という形態こそ似ているものの、『別れ霜』と『にごりえ』では物語内容はまったく異なる〉(同前)というが、もし半井桃水の提言がなければ、名作『にごりえ』は幻に終わっていたことになる。

萩の舎という歌塾に籍を置いた一葉が、和歌の圏内から逸脱し、小説散文に和歌的想像力をフルに投入したこと、一葉小説の題名のほとんどが、和歌的・題詠的なネーミングをされていること等々は、一葉研究家の間ではつとに知られているらしい。

〈『にごりえ』も例外ではなかった。水辺、つまり湖のほとりや川の河口、海の入江を想像させるこの命名は、すでに物語が始まる前から読者に水の女としての遍歴遊女や一所在住で色をひさぐ女性を想像させる（中略）おそらく、一葉は『にごりえ』をめぐるこのような同時代的連想基盤に賭けたのであろう〉と関は記述し、同時代的連想基盤に無知な筆者のような存在を想定し、書き継ぐのである。即ち〈すでに緑雨の『かくれんぼ』（初刊、春陽堂、明治二十四年）、『油地獄』（同、同二十四年）や紅葉の『三人妻』（初刊、同、同二十五年）を得ていた読者共同体においては、このような水の女およびその末裔たちの物語の結末は、悲劇的かあるいは散文的で残酷なものになると大方の読者は予想できたはずである〉（同前）

『にごりえ』に対する同時代評を紹介しておこう。

内田魯庵「一葉女史の『にごり江』」

余が近日得たる佳什の中随一に位すべきは一葉女史の『にごり江』とす。『にごり江』は独り文芸倶楽部第九編に於て秀逸なるのみならず、之を男子の作として近日突飛して文壇に佳名を擅にする鏡花、天外等諸子の作品に属するもの丶間に厠《まじ》ゆるも決して遜色を見ざる也（中略）女流作家頗る秀才に富めり。花圃女史の優麗閑静なる文藻、若松賤子の流暢自在なる訳文、小金井君子の清新自在なる詩筆いづれが優り劣りあるべき（中略）一葉女史は最も後れ出でしものなれども小説家としての技倆は優に以上の三女史に抽《ぬき》んづるものあり。（「国民之友」一八九五年十月）

田岡嶺雲「一葉女史の『にごりえ』」
近事有髯《ゆうぜん》の作家中猶よく此作に駕《が》して遜色なきを得るものありや、作者が新進として優に其技倆の先輩に抽んづると、其筆致の軽妙《けいめう》、着眼の奇警、観察の精緻、大に〔小杉〕天外と相似たるものなきに非ず。吾人は後進中に在《あり》て男作者には天外を推し、女流にあっては此作者を推す。二人は実に今日文壇の麒麟児なる哉。（「明治評論」一八九五年十二月）

男性読者の熱狂的な支持と女性読者の非難と沈黙。関礼子によれば、〈萩の舎の中島歌子が、「読売新聞」紙上（註・一八九六年五月二十九日）でこの小説を批難攻撃したのはある意味で当然といえる。歌子は女性読者のひとりとしてほぼ確信犯的にこの小説にたいし、「場所がきたない、「人間がどうやら活きて居」ないなどと罵倒に近い評価を下した。個人経営の歌塾という民間の女子教育機関に等しい歌子のような立場の人間は、小説という「虚の論理」ではなく「実の論理」のほうを選択したのである〉（同前）。

一葉が父則義の友人、遠田澄庵の紹介で萩の舎塾に入門したのは一八八六年八月二十日、数え年十五歳、歌子は四十二歳だった。塾には当時の権門の令嬢・令夫人が集まり、おりからの鹿鳴館的な風潮もあって、さながら明治の宮廷サロンのおもむきさえあった。一葉が身分や貧富の差を意識したのはいうまでもない。しかし、同門では田辺龍子、伊東夏子とともに三才媛とよばれる位置を占めた。さまざまな経緯を経て、一八九三年七月、一葉は〈桜かざしてあそびたる大宮人のまどゐなどは昨日のはるの夢とわすれて〉下谷竜泉寺町へ転居し、小さな店を開く。翌年、店をたたむに際し、歌子を訪問し、歌子から〈我が萩の舎の号をさながらゆづりて我が死後の事を頼むべき人門下の中に一人も有事なきに君ならましかばと思ふ〉(一八九四年三月二十七日)とか、〈我れを親として生涯の事を計らひくれよ〉(同年四月)と懇切な提案をした。中島歌子を知っているだけにその変容ぶりには驚かされる。〈事実、歌子も一葉を萩の舎の後継者と考えた時もあったのである〉(山根賢吉「視線のなかの一葉」「國文學」一九九四年十月号)

一葉作品は映画、テレビ、舞台、ラジオでのドラマ化や上演が何度も繰り返されてきた。『たけくらべ』や『にごりえ』が特に多いが、『にごりえ』の題名で映画化されても、たとえば一九五三年制作の『にごりえ』(今井正監督　文学座・新世紀映画社)は、『十三夜』『大つごもり』『にごりえ』の三作品を映画化したオムニバス作品である。

脚本=水木洋子、井手俊郎。撮影=中尾駿一郎。音楽=團伊玖磨。

配役[第一話　十三夜]齋藤主計(三津田健)、齋藤もよ(田村秋子)、原田せき(丹阿弥谷津子)、高坂録之助(芥川比呂志)

[第二話　大つごもり]

山村嘉兵衛（龍岡晋）、山村あや（長岡輝子）、山村石之助（仲谷昇）、みね（久我美子）、安兵衛（中村伸郎）、しん（荒木道子）

［第三話　にごりえ］

お力（淡島千景）、朝之助（山村聰）、源七（宮口精二）、お初（杉村春子）、お高（北條まき子）

ところで第八回（一九九五年）の東京国際映画祭の記念行事として上映され、評判をよんだ並木鏡太郎監督『樋口一葉』（一九三九年公開）を観た人はいるだろうか。この一葉の研究者たちも触れない貴重なフィルムのことを内藤誠が『シネマと銃口と怪人——映画が駆けぬけた二十世紀』（平凡社）のなかで紹介している。まずこの内藤誠という筆者が畏敬する映画監督、著述家、翻訳家について、阿部嘉昭の一文を紹介したい。

東映の助監督から一本立ちしたのちの「不良番長」シリーズ、天才映画作家・大和屋竺との最高のコラボレーション『番格ロック』。また東映から独立後は、筒井康隆原作による『俗物図鑑』『スタア』、さらには時間を主題にしながら作品の進行そのものが奇妙な時間論ともなる『時の娘』。このように作品を連ねれば自明なように、映画監督としての内藤誠は、一貫して噛めば噛むほど「おいしい」カルト映画を撮ってきた。つまり内藤映画は師匠石井輝男ゆずりか否かはわからないが、キッチュな毒性にあふれていたのだ。その氏の著作が（映画に反し？）温厚そのものなのは、一種の奇観といえるかもしれない。

あらためてその映画関係の著作を整理すれば、『昭和の映画少年』(一九八一、秀英書房)、『映画的筒井論と康隆的映画論』(一九八五、実業之日本社)、『物語依存症』(一九九一、白地社)、『映画百年の事件簿』(一九九五、角川文庫)、そして本書(註・『シネマと銃口と怪人』)ということになるのだが(中略)、どれもが玉手箱のように、映画人名、映画題名――さらには映画に限定されない書籍名、人名、出来事にあふれかえっている。映画が語られる場所がすごく開かれているのだ。そして特有の柔らかい文体。その結果、氏の映画書は結果的に博覧強記を印象づけても、「映画そのものをして映画を語らしめる」という、一時期はやった肩肘張った批評姿勢とは無縁で、気持よく、するすると読了できてしまう。(「映画と書物が織り成す楽園的世界」)

その内藤誠が観た映画『樋口一葉』とは、どんな映画だったのか。一葉が最初の日記と推定される『身のふる衣　まきのいち』を執筆したのは一八八七年。日記は没年までに四十数巻におよぶが、映画『樋口一葉』はそれを軸にすえたものという。

一八八九年七月、その父は警視庁を転職後の事業に失敗した心労で死去、一葉は女戸主として一家を支えなければならぬ身となる。長兄の泉太郎が病没し、次兄虎之助はすでに分籍されていたからだ。一八九〇年、萩の舎の内弟子となる。歌子に小間使い同様に使われた。九月、本郷菊坂町七十番地の借家で母、妹と女所帯の生活がはじまる。一八九一年四月十五日、妹邦子の友人・野々宮菊子の紹介により、半井桃水を訪問。ここにおいてようやく、映画『樋口一葉』の時代につながっていく……。

並木鏡太郎監督『樋口一葉』は、一葉が小説の指導を受けていた半井桃水(高田稔)との恋に悩み、貧窮の生活に追われながらも、新時代の自立した女として文学を志す姿を、『たけくらべ』や『にごりえ』『十三夜』『大つごもり』などの作品世界を周辺に織りまぜつつ、当時としては精いっぱい、伝記・史実を調べて映画化したものである(略)八住利雄の脚本はいわゆる起承転結のドラマに終始せず、むしろ一葉の日記に取材して話をすすめているのが、今日の眼には新鮮だ。(内藤)

一葉を演じたのは山田五十鈴。一九一七(大正六)年生まれの山田は当時二十一、二歳だから、映画で描かれている明治二十五、六年頃の一葉とほぼ同年齢。山田はこの役に意欲を燃やし、一葉を知る先達にいろいろとものをたずねている。一九三九年三月号の「映画朝日」誌に座談会「樋口一葉を語る――東宝映画『樋口一葉』製作を前に」がのっている。出席者が凄い。馬場孤蝶、戸川秋骨、長谷川時雨、久保田万太郎、鏑木清方、神崎清のほか、映画関係者として企画製作者の森岩雄、竹井諒、監督の並木鏡太郎、脚本の八住利雄、主演の山田五十鈴である。

山田　一葉さんの立ち居振舞《ふるま》いは淑《しと》やかでしたか。

馬場　淑かでした。

山田　お笑いになるときの声は……

馬場　声はいくらか出しましたようです。あまり高い声で上を向いて笑うようではありませんでした。といって気取ったように笑うのでもなかったようです。

戸川　人を馬鹿にしたような笑いです。

竹井　冷笑ですね。

戸川　冷笑が多かった。そのかわり話は魅力がある。とにかく非常に魅力がある話ぶりですね。ときどき人の弱いところを突っこんできまして、そうして嘲笑するというところがあります。

〈このあとさらに戸川秋骨は、一葉が「わざとと思われるくらい、つつましやかな風で、そうしていて、ぐっと押してくることがある」と語っているが、映画のなかで彼は馬場孤蝶とともに樋口一葉を訪ねる文学青年のモデルとして登場する。一葉の家は一種の文芸サロンでもあったのだ。若くて血気さかんな二人が、一葉の師である桃水の小説の通俗性をこきおろすと、黙って聴いていた一葉がとつぜん、「でも、この小説に出てくる人物の性格はよく描けていると思います」などと、ぴしゃりいいきるシーンは印象的だった〉と内藤誠。

座談会では馬場孤蝶が、〈古いことにこだわってやると、早い話が、今は着物なぞないものがある。もう一つは一葉の時分《じぶん》は若い女の人が地味だった。ことに一葉がまた非常に地味だったようです。それでそんな地味な着物を娘さんに着せちゃ、どうしても芝居などは見る者がテコ変な気持ちになりはしないかと思う〉と発言している。内藤は〈昭和十年代にはもう、明治二十年代の衣裳をイメージするのが大変だったのだ〉と感想を書きとめている。脚本家の八住利雄によれば、映画製作にあたっては、〈衣裳や頭や持ち物やその他は、長谷川時雨女史に考証を頼んだ〉という。

長谷川時雨は樋口一葉より七つ年下、映画が撮影される一年前の一九三八年に『評釈一葉小説全集』を刊行していた。一葉の習作『棚なし小舟』から『うらむらさき』まで全作品二十五篇について、時雨の解説をまじえた梗概と語釈をつけたもので、作家の岩橋邦枝が同書に関し、『評伝　長谷川時雨』（筑摩書房）のなかで、次のように書いている。

各作品に付けた時雨の「語釈」が、今の私たち読者にはありがたい。彼女は作者一葉と同時代に東京下町で育ち、それぱかりか新職業の父の生活も旧式な邸奉公も身をもって知っている人だ。一葉のえがく風俗は、各作中人物の服装髪型にいたるまで精通していた。時雨の「語釈」から一例を挙げると、

〈半天の襟の観光が糸ばかりになりしを淋しがる〉（「われから」）――〈半天は、羽織を平常《ふだん》着に着るより低き暮しである。その襟にかけた観光繻子は、繻子の中《うち》の安ものだが、それが摺りきれても、掛けかえることができないのだ〉

このように説明してもらうと、私などようやく合点がゆく。

内藤誠は〈映画『樋口一葉』のスタッフは、抜群の人選をしたわけである。それより二年後の昭和十六年、多数の女性作家を世に送り出した『女人藝術』誌の主宰者、あるいは『近代美人伝』の作者として知られる長谷川時雨は享年六十一歳で亡くなるのだが、その臨終の床でまで、「一葉のことだよ。わたしが書かなくて誰に書けるかい」と一葉の評釈に手を加えたがっていたという〉と書き継ぐ。

件の座談会で、馬場が一葉の髪がひっつめの銀杏返《いちょうがえ》しで薄かったといい、話ははずむ。

並木　ちょっと伺いますが、日記に出ております蟬表《せみおもて》というのは、どういうのですか。

鏑木　あれは畳の表――藤《ふじ》おもてです。

長谷川　拭くことができるので、その時分には足袋《たび》をはいておりませんから、素足にたいへん重要だったのです。

馬場　蟬表というのは長谷川さんのおっしゃるのが正確だろうと思うのですが、樋口一葉の妹の方は蟬がなく時分からあれを使うので、蟬表というのだと言っておりました。
竹井　当時はおこそ頭巾《ずきん》はかまわないわけでしょうね。
鏑木　かまいませんとも。
久保田　今度は山田君にぜひかむってもらいたいね。
鏑木　いいですね。確かにおこそ頭巾は。
山田　ええ、私も好きなんですけれど……それから櫛は？
鏑木　黄楊《つげ》ですよ、髪はざっとこんな風に。（スケッチ）それから先刻《さつき》の話に出た板草履《いたぞうり》もこんな風のものです。（スケッチ）

〈画伯のスケッチまであって、現在の映画人には羨ましいほどの時代考証であるが、鏑木清方はこの座談会で、文展に大音寺前に住んでいた頃の一葉を描いて出したいという意向をもらし、馬場に向かって、樋口家に一葉の机や硯、調度などが残っていないかとたずねている。それに対し、馬場は樋口家の二階にあると思うと答え、机や硯の特徴まで教える。現在、東京芸術大学に所蔵されている鏑木清方の「一葉」は、同画伯の三遊亭円朝の像に匹敵する名作であり、前田愛は『樋口一葉の世界』（平凡社ライブラリー）で次のように書いている〉（内藤）
この内藤の記述は、現在の国文学者たちには羨ましいほどの内容が語られているといえよう。前田愛の発言は、前（93ページ）ページで触れた箇所とは異なる箇所を以下に引きたい。鏑木清方の『一葉』が描かれる経緯は、この座談会で初めて明らかにされたことは事実であろう。前田愛はこう述べる。

清方は、針箱と小布をひろげた畳紙《たとう》を前にして端座しているこの一葉像の画想を、一葉の随筆「雨の夜」から引きだしたという。庭の芭蕉いと高やかに延びてという書き出しにつづく、「寝られぬ夜なれば臥床に入らんも詮なしとて小切れ入れたる畳紙とり出し、何とはなしに針をも取られぬ」とあるくだりだ。ところが、じっさいにこの図に描かれているのは、針とる手を休めた一葉が心のなかをよぎる小説の想にとらわれて行く微妙な一瞬である。針箱とは反対側におかれた一管の筆と原稿用紙の束もそういう想像をたすける。(『前田愛著作集3　樋口一葉の世界』)

鏑木清方『一葉』は、切手にもなった。内藤誠は、〈(座談会の)馬場孤蝶への質問からもわかるように、鏑木清方が針仕事よりも小説のことを想っている一葉を描いたことはたしかである。さらに前田愛によれば、一葉の肖像写真は短い生涯にもかかわらず、伝記アルバムや全集の口絵に複写されているものだけでも九枚ほどあるといい、映画『樋口一葉』の関係者もそれらを充分に研究しただろう〉と書き添えている。

いずれにしろ、明治人の樋口一葉を後世の人々が想い浮かべるとき、切手や教科書で知った鏑木清方の『一葉』像が頭にこびりついていることは間違いないだろう。座談会には〈一葉は近眼だったから、人の顔をじっと見た〉という馬場の発言に、東宝の森岩雄が、〈山田（五十鈴）さんによく似ておりますね〉と笑って応じるくだりもあるというが、たしかにそっくりというほど似ている。

内藤は〈馬場孤蝶ら同時代人が語りのこしたものにもとづき、作家の山田風太郎がイメージした一葉像も忘れがたい〉といい、『明治波濤歌』から引いている。

一葉は一見目立たない女であった。それは貧しい衣服、化粧一つしない顔、そしていかにも病身げな蒼白い肌などのせいで、容貌そのものはまず十人並みといっていい。しかも、大勢の女の中では影のように見えるだけだが、一対一で向い合っていると、相手におやと思わせ、さらに次第に相手をとらえる力がたしかにある。それは彼女の気力と頭の冴えが透き通って来る印象からであった。

その一葉のオーラにとらえられて、馬場孤蝶や戸川秋骨ばかりか、一筋縄ではいかない斎藤緑雨や横山源之助も魅かれていったというのだから、その霊気の威力たるやよほどのものだったのであろう。先に東宝の森岩雄が、〈山田（五十鈴）さんによく似ておりますね〉と発言したことを録したが、脚本家の八住利雄は「樋口一葉の映画化」と題した随想で〈樋口一葉のような、古いといっても、生前の彼女を知っている人達が未《ま》だ沢山生きているような人物を映画化する場合、主人公やその他の人物に扮する俳優の柄や感じとの間のギャップの問題に、一番当惑するのである。たとえば、山田五十鈴にしても、現存する一葉の写真とは大分《だいぶ》いろいろの点で違っているし、一葉の妹で、つい先年まで生きていたくに子さんに扮する堤眞佐子などは、まるで違うらしい。それにまた、樋口一葉のような熱狂的な、客観的な尺度を喪失したファンの多い人物には、いつのまにやら、ファンとしての色々のイリュージョンが積み重ねられているので、それにも思わず牽引《けんいん》されてしまう〉（「エスエス」一九三九年四月号）と書いている。

必殺のオーラにしても次のような朝日新聞の記事を読むと、半井桃水には通用しなかったようである。

明治文壇の異彩樋口一葉を慕って、その生涯を芝居にしたいと、二十九日夜銀座の鳥屋に俳優学校卒業生が先輩を招いて「一葉を偲ぶ会」を開いた。一葉と肩を並べて塾に通った三宅雪嶺博士夫人花圃女史、一葉の困ってゐる時代原稿の世話をしてやった戸川秋骨氏、一葉研究家では湯池孝氏、今井邦子、大村嘉代子女史等、一葉の血をひく樋口悦氏（引用者註・一葉の甥）もまじって、さながら三宅夫人に「ものを聴く会」だった。一葉の生活を右から左から種々の角度から眺めて、落ちるところは二十五歳で夭折した女流作家の恋愛問題……既に知られてゐる一葉の師事した半井桃水との問題であるが、三宅女史「夏ちゃん（一葉女史）はそれはモダーンでしたよ、桃水先生のことを始終のろけて、その聞き役が私……エー……それは大変な熱でしたが、先生の方はそれ程でもなかつたやうでしたねえ、先生から断られた時なども、夏ちやんは駄目だつたと平気で私に話してゐましたよエ……〉（「朝日新聞」一九三五年一月三十日）

「朝日新聞」もその頃はこの種のゴシップを満載していたのである。

三

さて寂聴と樋口一葉の対峙との最終章が巡り合うときが来た。一八九六（明治二十九）年二月、一葉は「新文壇」に『裏紫』を発表する。（一葉は『うらむらさき』としていたが、同誌の編集人・高瀬文淵により、『裏紫』とされた）未完の作品である。一葉最後の作品は、その次に書かれた『われから』だが、『裏紫』が未完となっているため、これを最後の作品と考える研究家もいる。寂聴はその立場に立つ。また寂聴は『うらむらさき』の表記に固執している。藪禎子も〈本来の仮名表記に返すのが、作者のためには妥当であろう〉と言う。

『樋口一葉作品集』（東芝ＥＭＩ）所収のエッセイ『一葉の声』（原題「『うらむらさき』と幸田弘子」）で、寂聴は、現代の語部《かたりべ》・幸田弘子について書いている。〈一葉の魂が幸田弘子にとり憑《つ》いたと見るのは私ひとりの妄想であろうか〉と。少し続けてみる。

ある日、一葉の霊魂が幸田弘子に乗り憑《うつ》った。幸田弘子は遠い国から聞えてくる潮騒のようなものにつつまれていた。波の音に似た雑音の中から、幸田さんは細い女の声を聞く。声はやがて、はっきりした口調になって幸田弘子の耳に入る。耳から入ったものが息のように口から出る。幸田弘子は自分の柔かな顔の上に、何かの面がしっかりとはりつけられたのを感じる。その面は肉について離れない。

「おい、木村さん、信さん、寄ってお出よ、お寄りといったら寄ってもいいではないか。又素通りで二葉やへ行く気だろう……」

なげやりな嬌声で客を呼びこむ新開地の銘酒屋の女の声……幸田弘子は愕《おどろ》いて自分の声とも覚えない声を聞く。日頃、好きで読みこみ、ほとんどの一行も暗誦してしまうほどになった一葉の『にごりえ』の冒頭のせりふだと気づく。目を閉じつづけて耳から入る声を聞くと、それがそのまま舌に乗る。(中略)

『にごりえ』のヒロインお力の描写が幸田弘子の口をついて出る頃は、幸田弘子がお力か、お力が幸田弘子かわからなくなっている。幸田弘子の顔にはりついていた白い面は、お力の顔だったのだ。(後略)

長々と書いてきたのは、瀬戸内寂聴が一葉の『うらむらさき』(『裏紫』)の「上」をうけて、

「中」「下」の章を書き継ぐに至る経緯を語るには、このくらいは必要と判断するからである。一葉は、のちに書く予定として、「中」の未定稿をⅠからⅧまで断片的に残しているのだ。それらは新世社版『樋口一葉全集』第一巻（一九四二年一月）及び『一葉全集』第二巻（一九五三年九月　筑摩書房）、『樋口一葉全集』第二巻（一九七四年三月　筑摩書房）に掲載されたが、寂聴がその断片に目を通したかどうかは不明である。なお、一葉の未発表遺稿が、没後四十五年の一九四一年、幸田露伴や平田禿木、佐藤春夫らのあっせんで世に出ることになったことを「朝日新聞」が伝えたのは、同年六月十四日付で、「内容は小説草稿約二十篇、和歌や書簡、断片等」とある。

前出のエッセイ『一葉の声』のなかで、未完の『うらむらさき』を完結させる切っ掛けになった挿話が書かれている。

……一葉ならぬ幸田さんの声で電話がかかってきた。『うらむらさき』の結末を書いてくれないかというのである。私はなぜか、その場で引き受けてしまった。めったにないことであった。第一、一葉の後をつづけるなどという大それたことが、そうたやすく出来るわけでもない。それなのに、私は考える閑もなく、「書いてみたいわ」と言ってしまったのだ。その瞬間、私は自分の声ではないと思った。幸田さんの中から、電話に乗って、一葉の魂が私に憑いたのかもしれないと、後になって私は幸田さんに語った。

寂聴はこのことについて、幸田弘子と対談「『うらむらさき』を書きつぐまで」(「おんなの四季・冬」幸田弘子の会パンフレット、一九八三年秋)をしている。

瀬戸内　(……)あなたからすすめられなければ、絶対あれは書かなかったものね。だから、あれはあなたがつくったものですよ。未完の『裏紫』の後半を書き継いで完結してくれといわれたとき、なるほどと思ってね。気もついていなかったんだけど、やってみたら、とても面白かった。

幸田　あの女主人公、お律さんが恋人のところへ行こうといったん家は出たけれど、途中で思い返して立ちどまる。夜風に吹かれて、また決心を翻《ひるがえ》して、恋人のもとに急ぐところで一葉の文章は終わっていますね。〈色なき唇《くちびる》には冷やかなる笑みを浮びぬ〉というところまで。そのあとどうなるか、いや、どうするか、とても気になっていたんです。それで、先生にぜひ書いて下さいとお願いして……(略)

ある評論家の方が、一葉の書いた『裏紫』をお読みになって、それから私の舞台を聴いて下さったのですけれど、どこから瀬戸内さんだったか——途中までしかないことはわかっているし、瀬戸内さんがお書きになったことも知っているけれど——どこから変わったか、全然わからないまま終わりのところへきてしまった。終わりのところはさすがに瀬戸内さんだったがって、おっしゃってました。それはどちらでも、わかってもわからなくても関係ないんですけれど、明治を代表する女流作家と現代の代表的作家が合作で完成させた『うらむらさき』はいい仕事だ、いい話だと、ずいぶんあちこちでほめていただいて……。

『裏紫』（一葉）は、どんな小説か。姉からの急ぎの用と夫を偽って家を出たお律は実は結婚前からの恋人吉岡のもとへ向かおうとしていた。西洋小間物屋を営む夫の小松原東二郎は財産家で、お律も世間の認める〈お怜悧なお内儀さま〉である。恋女房のお律に対して〈仏性の旦那どの〉である夫のことを思い、一旦は思い止まろうともするが、自らの心のままにお律は吉岡との恋を遂げようと決意するのであった……。（上）

寂聴はどう続けて完結させたか。そしてそれは国文学界では、どう評価されたか。ことは樋口一葉という天才作家の論者たちの評価にも関係する、うっかりしたことは言えないのである。執筆前の寂聴の心境は次のようなものであった。

未完の『裏紫』を読んだ時、私はここに来て、どうしても、定められた人の世の枠の中では生ききれない、あり余る情熱を持った女が、夫以外の男との恋に生きてもいいのではないかという、世間の常識と道徳への反逆に、抗《あらが》い難い力で引きよせられていく新しいタイプの女を見た。それは一葉の中に、小説を書くことによって止《や》み難く湧いてきた、同性の弱い立場への反逆ではなかっただろうか。人のいい夫をあざむく女のいきいきした描写に、私は目をはじかれたように思った。

一葉は、この女の行末にどんな運命を期待し、何を描きたかったのだろう。

なぜ、この小説は中断してしまったのか。

なぜ、前へ話を進められなかったのか。

私は思わず、一葉の文体でその先を書いてみたくなった。書いてみて、一葉の書きあぐねた気持が、わかったような気がした。一葉の生きた時代では、こうした道ならぬ恋をした人妻は、身を滅ぼすよりほかなかったのであろう。私は何度も、女を生かそうとしたが出来なかった。一葉は、そうさせたくなくて、『裏紫』の先が進められなかったのではあるまいか。

姦通罪がなくなったのは、一葉の時代から半世紀も過ぎてからであった。(『わたしの樋口一葉』「あとがき」小学館　一九九六年十一月)

長谷川啓の『恋の狂気が意味するもの――『裏紫』を読む』からの孫引きになるが、〈萱沼紀子の『女の座標―古典と現代の間』によれば、姦通が公的法的な制裁の対象になったのは鎌倉時代で、江戸期に「密通致シ候妻同男トモ死罪」となったという。明治の刑法はこれを踏襲したもので、「有夫の女姦通したるものは五ケ月以上二年以下の重禁錮に処す」と、妻を厳しく制裁する制度だった。妻を夫一人の所有物としか考えないこの姦通罪は、日本では昭和二十二年（一九四七）まで、女を束縛するもっとも苛酷な制度として残りつづけた〉ことになる。

　古い六法全書では、姦通罪は〈夫のある女性が夫以外の男性と姦通することで、その女性と相手方について成立する犯罪。一八八二（明治十五）年施行の旧刑法では三一一条「本夫其妻ノ姦通ヲ覚知シ姦所ニ於テ直チニ姦夫又ハ姦婦ヲ殺傷シタル者ハ其罪ヲ宥恕ス」三五三条「有夫ノ婦姦通シタル者ハ六月以上二年以下ノ重禁錮ニ処ス　其相姦スル者亦同シ　此条ノ罪ハ本夫ノ告訴ヲ待テ其罪ヲ論ス　但本夫先ニ姦通ヲ縦容シタル者ハ告訴ノ効ナシ」〉とある。

　さて『うらむらさき』は小篇、未完ということもあって、まとまった論稿が少ない。この作品を〈一葉文学を全体として見通す上でも、重要な作品であるはずだった〉と、かの藪禎子がやはり際立っている。藪は〈『うらむらさき』と『われから』に、「固定道徳に挑戦する不敵な意図」をみ、作品価値としては『たけくらべ』、思想的価値から言えばこの二作と早く賞揚した塩田良平は、その面でも先駆的だったが、作品論としては結晶させ得ずに終わっている〉と断じる（「『うらむらさき』作品鑑賞」「女性文学」一九八七年四月号、傍点・引用者）一方で、〈『うらむらさき』が本格的に取り上げられたのは、河村清一郎の「一葉における抒情の構造――『うらむらさき』をめぐって」（昭和41・1『明治大学教養論集』）からである。それから二十余年、この作品を単独で論じたものは、なお数編に満たない〉という。またもや藪論考をとり上げるのは、彼女が寂聴の『うらむらさき』に対する最も苛烈な批判者だからである。

　まず藪禎子は『うらむらさき』をどう見ているのか。一葉研究の新星として刮目されながら夭折した菅聡子が〈姦通に走るお律の背後に「日常の虚妄」を見た上で結構人や善良さが「生の充足」にはなりえないことを指摘し、「夫への不敵な嘲弄はそのまま世俗の倫理を引っくり返し、その虚妄を衝《つ》く有効性を発揮しえている」〉と要約している。

この要約で藪の論旨は十全には伝えられないと考え、いま少しく補足したい。

「書き継ぎ、完成すべき意志が十分にありながら完結できなかったと考えるとき、『うらむらさき』こそ、一葉の最終作と考えてよいであろう（註・傍点の部分は寂聴の見解に相同じ）。一葉の病床にかけめぐった『夢』は、（略）未完の『うらむらさき』のうえにあったのではないか」（増補改訂『樋口一葉研究』一九八三年十月）という松坂俊夫の見解が〈なお十分に成立しうるだけの内実を、この作品は持っている〉と称揚するところに、藪の主張の特徴がある。といっても藪は松坂俊夫の論を全的に肯定しているわけではない。

〈一葉が果たせなかった解放への夢を一気に噴出させた注目すべき作品〉、それが『うらむらさき』だと藪はいう。同作品は〈ずばり姦通に走る女の物語である。具体的な展開の前で筆は断たれたが、それを選びとること自体がこの作品の課題だったのであり、その意味では、作者の意は既に一つの実現をみていると言えるであろう〉（同前、傍点・引用者）。

こう主張する藪には、一八九四年以降の一葉文学は「魔」とか「狂」を核として成立、自己の中の「怪しうひそむ物」の実体に迫ろうとした時期に重なっているという認識がある。この展開に影響を与えたのが久佐賀義孝との交際をきっかけとした一葉自身の身体性の発見、内なる性の目覚めであり、自身の「魔」を見つめる眼だということは容易にみてとれよう。
そのことに触れただけで、たとえ「未完」といえども、〈作者の意は既に一つの実現をみている〉（藪）は首肯されねばなるまい。長谷川啓も〈『裏紫』は（……）未完に終わっているが、にもかかわらず完結性が高く、一篇の短編小説として十分読むことができる。しかも一葉にはめずらしいほど、上村松園の絵でいえば、『焔』のように、女性でなければ描けない恐いあでやかさを放っている〉と書いている。藪、長谷川ともに、寂聴の続篇など不要といわんばかりだ。

作品の中絶の理由は、「『われから』の不評による」とする見解（例えば和田芳恵）、「作家としての活力の衰えからくる」という見方（後藤積）、「あたらしい女性を形象化することの大いなる困難さ」（松坂俊夫）、「すべての責任を女性側に引き受けさせながら姦通への道を走らせることの難しさ」（藤井淑禎）が原因だの、多々、提出された。

藪はそれら一つ一つに反論する。〈これからさき予想される「濃厚な愛の場面を描く」ことが「一葉には大きすぎる課題」だったのだ（松坂）と言われると同じかねる。一葉にとって、愛の場面そのものはさして関心事でなかったのであるまいか。姦通というドラマ自体がテーマだったとも考えられない〉とすら断定する。〈特にこれを女性解放といったイデオロギーで捉えるのは、正しくない。「妻の愛の自由」（西尾能二《ママ》）というだけならまだ分かるが、「姦通の犯罪性の否定に向って直接男性支配権力に抵抗」すべく、「真っ向から取りくんだ」（同上）作品というのは、一葉贄のようにみえて、実はきわめて筋違いの理解であり、論外と言わざるを得ない〉と手厳しい。

藪は、〈一葉の筆を支えていたのは、何よりも女の情念の解放への夢そのものである。とすれば、（中略）「上」で既に一葉の希求は果たされているわけで、未完に終わったのは「上」の完結性自体によるという河村の早い指摘に、同感できる部分が多い〉といい、こう続ける。

こうした眼からみると、瀬戸内晴美の『うらむらさき』完結の試みは、失笑ものと言わざるを得ない。当代の一葉通を自負する瀬戸内だが、これは似て非なるものである。松坂が予想した濃厚な愛の場面があつらえたように出てくるが、そこでお律は「稀代の淫女」になり下がっている。その上で倫理的責任をとり、一人鉄道自殺を遂げるのだが、淫の果ての死への下降では、一葉が志したお律の意味は、根底から揺るがされることになろう。

ただ、現実の虚を突き破って誇り高く踏み出した女が、それにふさわしい小説空間を得られなかったところに、この作の歴史的な性格があることは確かなわけで、それを総合的に抑え込むことが、より緊要な課題であると思われる。（同前）

このやや性急な論に関して、長谷川啓は、〈瀬戸内寂聴は『アンナ・カレーニナ』のようにお律を鉄道自殺させているけれども、恋の狂気の末路はやはり「死」か「狂」しかないのかも知れない。しかしそれは「稀代の淫女」としてではなく、自我をつらぬいたがための誇り高き「死」であり「狂」であることをことわっておきたい〉と書き添えるが、寂聴の擁護にはなってはいない。ただ『アンナ・カレーニナ』を引いたのは卓見だろう。寂聴には「不倫の恋に殉じた悲劇の女——トルストイ『アンナ・カレーニナ』」(「マダム」一九八五年九月号)というエッセイがあるからだ。

寂聴はトルストイ夫人ソフィヤの一八七〇年二月二十三日の日記から〈昨晩、夫は上流社会出身の人妻で道をあやまった婦人のタイプについてある構想が浮んだと語った。夫の語るところによると、夫はその婦人をただ哀れな罪のないものとして描きたいとのことで、その婦人のタイプが浮ぶにつれて、それまで考えていたさまざまな人物や男性のタイプが、たちどころにところをえて、その婦人のまわりをとりまいたということだ〉——。ところがその二年後、一八七二年一月に、近くのヤーセンキ駅で、アンナ・ステパーノヴナ・ピロゴヴァという女が、貨車に飛びこんで自殺した。彼女は、情人の地主が息子の家庭教師に結婚を申し込んだことを嫉妬して自殺したのだ。トルストイは、わざわざヤーセンキ駅まで駆けつけ、その検死に立ち合い、無残なアンナの轢死体を目撃している……。トルストイが構想中の小説に大きな刺激を受けたであろうことは間違いない。小説のヒロイン、アンナも列車に飛び込み絶望的な死を選ぶ。

『アンナ・カレーニナ』には〈復讐するは我にあり、我これを与えん〉という聖書の聖句がエピグラムにかかげられている。寂聴は〈様々に解釈されてきているが、人のおかす罪は神のみがさばくもので、人は人を裁くなかれという意味に私は取りたい〉と書いている。

〈トルストイが道徳の法則をおかした者は罰しなければならぬという思想で書かれたという説も私は採らない。もしそうなら、どうして、道徳にそむいたアンナ・カレーニナを、かくまで魅力的に、いとしい女として、トルストイは愛を惜しみなく注いで造形するであろうか。むしろ、人間の定める道徳のむなしさをトルストイは見ぬき、形式主義の道徳家を糾弾しているのではあるまいか〉と一文は擱筆される。

若い世代の研究者の論稿も見ておこう。「『裏紫』の構造が意味するもの――〈形〉と〈心〉」（「国文学　解釈と鑑賞」二〇〇三年五月号）の山崎真由美は、遺された未定稿をも参照したうえで、〈形〉と〈心〉について分析をすることで、『裏紫』がどのような構造をもち、そしてその構造が何を意味しているのかを探ったものである。

ここでいう〈形〉は、法的拘束がかかる結婚を意味し、〈心〉は結婚などの法的拘束がかからない自由な恋愛を意味する。山崎は主人公のお律が恵まれた環境にいながらも、〈形〉より〈心〉を重視した女性であると読みとり、しかも『裏紫』からは『十三夜』のような「貧」や「子供」といったネックになる設定もされていないことで、作者一葉が〈心〉を重視する、つまり〈愛に生きる女性〉を描くのに最適な環境設定をしていると理解している。

そこから導き出される結論は、作品『裏紫』は、〈明治という姦通罪の存在する時代に、夫をもつ妻が「心」の恋人の関係を継続させる、つまり姦通を貫くことの困難さを意味する作品というよりもむしろ、「愛に生きる女性」を紙面のギリギリまで描ききろうとした作品である〉という判断である。そう、『裏紫』を〈女の情念の解放への夢そのもの〉と述べた藪禎子説への接近である。そのことに以下の見解が付け加えられる。

お律に、現段階で可能な最大限のことを託し、「心の鬼や自づと面ぼてりして、胸には動悸の波たかゝ」っている状態から、「胸の動悸のいつしか絶えて、心静かに気の冴えて色なき唇には冷やかなる笑みさへ浮かびぬ」と、変貌の境地に達したお律を描いた時点で、まずは『裏紫』(上)で当初の目的を果たし、(中)以降からはお律と吉岡が直面する「心」の継続の困難さが綴られる予定ではなかったのだろうか。

目的は必ずしも作品が完結してから達成するものとは限らない。もし『裏紫』が、完結された作品だったとしても、本来『裏紫』が意味するものは変わらないのではないだろうか。「心」も「形」も自分に捧げる夫をもちながらも、法や世間といった大きな壁があったとしても、お律が愛する男性と愛を貫くことに、己のすべてをかけることと、それらを実現することが困難であることとは別なのだ。未定稿では姦通を貫くための環境設定よりも、正妻の存在をほのめかすなどの、姦通を貫けない設定が強調されている。となると、「私の命が有る限り、逢ひ通しましよ切れますまい。良人を持たうと奥様がお出来なさらうと此約束は破るまい」ということが『裏紫』の最終目的ではなく、「其やうな心弱い事に引かれて成らうか」といったお律の前進する姿勢と「愛に生きる女性」に変貌したあとの「冷やかなる笑み」に『裏紫』の本来意味するものが凝縮されているのである。

『純愛の精神誌』（新潮選書）の著者、藤井淑禎は『うらむらさき』は「夕暮の店先」に始まる物語だといい、読者に芥川作品を中心に論じた平岡敏夫の卓論「日暮れからはじまる物語」を喚起させ、〈薄暮の店先（すでに洋燈がともっていた）に始まった物語は、お律が店を出る頃までにはもうすっかり闇があたりをおおい尽し、その中をお律は車にも乗らずに歩き出すわけで、そこでは世俗道徳に支配された白昼の日常性は完璧に遮断され、反日常的な魔の時間が時を刻み始める。さらにここに柳田民俗学にいう「逢魔が時」「誰彼時《たそがれどき》」といった考え方を重ねあわせられるとすれば、『うらむらさき』の冬の黄昏という設定は、「神隠し」を警戒して婦人や子供が一人で戸外に出ることを厳しく戒めたという（柳田「妖怪古意」）習俗の世界の論理にもつながっていくのである〉（「うらむらさき」「国文学　解説と鑑賞」一九八六年三月号）という魅力的な書き込みの後に、独特の判断が加えられる。

藤井はかつて『わかれ道』を論じた際に、緑雨書簡中の「乱にあらず寧ろ濫也」という指摘を「一葉固有の問題が設定の枠を越えて無制限に溢れ始めたことへの警告」（「作品論――わかれ道」「国文学　解釈と鑑賞」一九八〇年一月号）と考えたことに読者の喚起をうながしつつ次のように述べる。

　そうした一種の突出現象はむしろ離婚問題を中心にすえた晩年の作品全体に広く見られる特徴であったといいかえなくてはならない。『軒もる月』のお袖のあたりを睥睨した高笑いや『十三夜』の録之助の〈考へれば何も彼も悉皆厭やで〉という妙に生々しい呻きがそうだし、『うらむらさき』の〈冷やかなる笑み〉、『われから』の〈我れをば捨てゝ御覧ぜよ、一念が御座りまする〉という〈白睨《にら》〉みなどもそれにあたるが、いずれも作者の肉声が生々し過ぎて、作品内の論理の必然性を踏み越えてしまっている。

『うらむらさき』に即していえば、一種凄みのある〈冷やかなる笑み〉が示唆するしたたかで不敵な女性像と、たとえば瀬戸内晴美氏が「『うらむらさき』――一葉をうけて」（昭和五五・秋）において描き出しているひたむきな〈可愛い女〉との間にはやはり少なからぬ衝撃をともなう段差が存在するとの印象は拭いがたいのである。（同前、傍点・藤井）

　藤井は一葉の内なる激情と小説的枠組みとの乖離《かいり》は晩年に近づくにつれて、小説自体を破綻（ないしは質の低下）へと追いこみかねないほどにまで拡がっていったとみる。そして〈それらの破綻・駄作化・中絶といった作品内裂傷が浮かび上がらせているのは、小説などというキャシャなものを生活の手段・人生の同伴者としてふとしたことから選びとってしまった一人の薄命の女性の困惑しきった横顔にほかならないのである〉（同前、傍点・藤井）と結んでいる。

文芸誌「すばる」（二〇〇七年一月号）は「樋口一葉」を特集し、菅聡子・佐伯順子の「デュラス、ウルフ、そして一葉」と題する対談を掲載している。冒頭で菅が〈今回は樋口一葉（一八七二―九六）を西暦で語ろうという、新しいコンセプトというか、アプローチをしてみようと思っています。こういうアプローチは、これまでの研究のあり方からすると叱られる……という気もしますが（笑）。佐伯さんは、最初から一葉を西暦でとらえていたのでしょうか？〉と比較文学者で『一葉語録』の著者でもある佐伯順子に問いかけている。一葉と同じようなテーマを追究したとして、マルグリット・デュラス（一九一四―九六）、ヴァージニア・ウルフ（一八八二―一九四一）、さらにオルコット（一八三二―八八）を俎上にのせ、一葉と同時代の海外作家たちの語りと一葉との類似性を縦横に話し合っている。

「寂聴と樋口一葉」の最終章として、妹の邦子について書いておかねばならないであろう。菅聡子が山田有策との「〈リアル対談〉日記を読む」（「國文學」二〇〇四年八月号）で、次のように語っている。

菅　活字になったものを見るしかないので、「文學界」同人たちの回想に偏りがちですが、一葉を取り巻く人物の中で、最も重要な人は邦子さんでしょう。一葉の日記の中で一箇所だけ、今日から邦子が日記を書き始めたという一行があるのですが（「日記二」明治二五・二・一一）、この日記を邦子さんは一葉に見せて、感想を述べさせています。その日記がどこかにないのか、つまり邦子さんのことばを知りたい。

加えて私は邦子さんは偉大な人だと思っているんです。女家長の苦労云々という点では一葉の死後の邦子さんも同じだった。一葉が死んで、お母さんが続けて亡くなって、そうすると樋口家の家長は邦子さん。おまけに一葉の借金が全部妹である邦子さんの肩にかかってきて、その中で生き延び、サバイバルして、と同時に一葉の書いたものを守った。すごい人物ですよね。

山田　最大のプロデューサーでディレクターでもある。一葉神話を作り上げていく最初の人間ですからね。昔から僕は邦子さんの伝記を書きたかったのですけど、まったく資料がないし、近づけない。いずれは誰かがやらなきゃいけないでしょう。もう一人の女家長、もう一人の一葉という感じがしますよね。作品を残したわけではないけれども、一葉をこれだけ巨大にしたわけですから。

菅　邦子さんが一葉のことばを守ったのは、姉だからとか、家族だからとかそういう域を超えていたのではないですか。一葉の作品や日記は、当時の女たちの沈黙の中のことばを代弁していたわけで、そこを邦子さんはわかっていたのではないでしょうか。もしかしたら、邦子さんのことばも一葉によって代弁されているかもしれない。だから彼女も一葉のことばをあんなにも守ったんだろうと思います。

前に紹介した『シネマと銃口と怪人』の著者内藤誠も同書の第一章「『一葉の時代』の画像」で、次のように述べている。

今日では一葉だけでなく、彼女と二歳ちがいの妹・邦子のファンもけっこう多いのだ。それというのも、旧時代の士族の誇りをもちつづけ、必ずしも自由には行動できなかった母の滝子や一葉と異なり、邦子が見栄や外聞をあまり気にせず、庶民的に明るく振るまったせいであろう。父の死後、女三人だけでやっていくほかないとわかった一時期、母が勝手元を引き受け、姉妹は洗い張りや縫い物の仕事をとってきて暮らしをたてることになった。そこで姉妹は午前中に露地の井戸端で単衣三枚を洗い、一日で綿入れを縫いあげてみせるなどとはりきったものだが、近眼の一葉にくらべ、邦子は何倍も仕事がはやかった。映画座談会にも出た雪駄の蟬表を編む内職をとってきて、その道の手利きとの評判を得たのも邦子である。

さらに後年、森鷗外が一葉の葬儀に花を添えようとして、陸軍の礼服を着て騎馬で葬列につき従おうと申し出たとき、邦子がきっぱり断わったシーンも彼女らしい。研究者・前田愛もまた、「邦子にしてみれば侘しい葬式に、馬に乗った森鷗外があとに従うというのは、じつにちぐはぐで滑稽な図になるだろうと考えたのではないか」と、相当に肩入れした推測をしている。

菅聡子は〈鷗外としては若くして世を去った「まことの詩人」に対する最大の敬意の表現であったと思われるが、わずか十数名の参列者という貧しい葬儀の列に、制服に騎乗の正装でつき従うことの不釣り合いに、鷗外はあるいは思い至らなかったのかも知れない。一葉の『たけくらべ』を絶賛し、彼女を〈まことの詩人〉とたたえた鷗外だったが、陸軍軍医という最高の地位にあった鷗外は、一葉が生き、そして描いた社会の底辺の貧しさというものを、本当の意味で知ることはなかったのだ〉という。(『時代と女と樋口一葉』)

〈一葉の葬列は、先導が二人、続いて博文館から贈られた花が一対、それに提灯一対、位牌の後に喪主の邦子、棺の脇には四、五人の男たちが徒歩で従い、最後に萩の舎時代からの友人である伊東夏子と田中みの子らが俥に乗ってつづいた。そして映画にも出てくるけれども、一葉に男への恋文の代筆をたのんだ、近所の銘酒屋の女たちが眠そうな顔で見送ったのである〉(内藤)

朝日新聞(一八九六年十一月二十六日)は以下のように報じた。

樋口一葉(明治29年11月23日没)

女流の小説家として遒勁《しゆうけい》の筆重厚の想と得を以て名声文壇に嘖々《さくさく》たりし一葉女史樋口夏子は予《かね》て肺患にかかりをりしが二十三日午前十一時を以て簀《さく》を易《か》へたり享年僅か二十有五。

映画『樋口一葉』の脚本家、八住利雄は、〈樋口一葉をシナリオ化しながら、絶えず、僕の頭に浮んだことは、もし一葉が現代の映画を見たら、何と思うだろうということであった。一葉の小説をよく読み返して見ると、その文章の美しい流れが移動やパンの美しい流れを思い出させる個所が、非常に多い。案外、映画というもののよき理解者となってくれたのではないかと思う〉と前出「『樋口一葉を語る――東宝映画『樋口一葉』製作を前に」で語っている。この話に関連する事柄を一つ付録したい。刊行されたばかりの齋藤礎英《そえい》（「群像」新人賞評論部門受賞）の『骨と酸漿《ほおずき》――文学と映画とに関する104章』（鬣の会　二〇一五年二月二十日）の扉には次のエピグラフが掲げられている。

一八九五年、リュミエール兄弟がパリで最初に映画を公開し、同年、ワイルドが懲役に処せられ、樋口一葉が『たけくらべ』を発表した。

これに付け合わせたのが、以下の拙文である。

リュミエール兄弟のシネマトグラフが、わが国に渡来したのは、日清戦争直後、一八九六

（明治二十九）で、十一月二十五日、神戸・神港倶楽部で一般公開。これが最初の映画興行の記録、日本の映画元年とされる。

翌一八九七年にはエジソン発明によるヴァイタスコープも輸入され、二月十五日、大阪・南地演舞場で初興行、連日大入り満員。当時、ヴァイタスコープは「活動大写真」、シネマトグラフは「自動幻画」と呼ばれた。リュミエール兄弟は同年、映画技師を日本に派遣し、『明治の日本』と題する二十分ほどのフィルムを製作している。

樋口一葉は、映画がパリで誕生した年に死去している。もう一、二年永らえていたら、啄木や漱石が日記で触れている「動く写真、活動写真」に夢中になれただろう。当時、幻燈は存在したが、これは映画とはまるで別物である。一葉をモデルにした最初の映画は昭和十四年に公開された『樋口一葉』で、一葉ブームが起きている。

一葉は和歌を四千三百四十一首作ったが、俳句には殆ど関心を示していない。一葉研究の第一人者、作家の和田芳恵が一九六五年、雑誌「馬酔木」六月号に、一葉の一八九三年五月二日の『日記』から、〈蔵のうちにはるかくれ行《ゆく》ころもがへ〉と、「『日記無題』その三」から、〈柳みえ人みえ人はかくれけり〉〈ひな棚やまどにはそつと三日の月〉を引く。それから半世紀、私は『日記』から三句見つけた。〈来而《きて》とまる蝶も有けりしぼみ花〉〈やがてまた露ふく風よはなかろし〉〈この人数わが上輿《あげこし》のあとやさき〉。上輿は自分の柩を乗せた輿《こし》の意だ。この三句の存在に俳人・歌人は気付いているのであろうか。

第四章　寂聴と海外作家

一

新しい文学世代をも含め、寂聴ほど多くの外国の作家の文学作品（小説・詩・戯曲・評論）を読んでいる作家はいないのではないか。それもいわゆる世界文学の古典ばかりではなく、デュラスやサガン、ボーヴォワール、シリトーなど、同時代作家の作品にも目配りが行き届いているなど驚嘆すべきものがある。サガンやボーヴォワールとは実際に対面し、対談や座談会もしている。しかしなぜかこれまで海外の文学と寂聴といったテーマが殆んど俎上にのせられたことはない。この章では、寂聴と世界文学の周縁を追尋してみることにしたい。

さしあたって通覧する資料は、寂聴が自分の読書遍歴を綴ったエッセイ『本とつきあう法』（「週刊読書人」一九六七［昭和四十二］年七月―八月）である。生まれた家が商家であったこと、父母とも中学も出ていなかったので、物心ついた時、身のまわりには本らしい本はなかった。五歳年上の姉が通う小学校の先生に文学趣味の古島という女の先生がいて、姉といっしょに、自分まで可愛がってくれたことが、本とのつきあい始めとなる。

古島先生の部屋の本棚には、新潮社の世界文学全集や、改造社の現代日本文学全集が揃っていて、いつのまにかそれを片っぱしから読む癖がついたらしい。どうせ、わからないと思っていたので、先生は、寂聴の引き出すままに貸し与えておいたふうだったという。

小学校の三年生の時、文学好きの広田先生という女の先生が担任になり、白秋や藤村の詩を暗誦させること、それにアンデルセンやグリムの童話を一日一つくらい覚えさせるという特別の課外授業をされる。〈私は小学校を出る頃、小説家より詩人になりたいと心ひそかに思うようになっていた。そんなころ読んだ世界文学全集の何が印象にのこっているかといえば、トルストイの『復活』の、川の水のわれる音が本当に聞いたように耳に残った〉

女学生になってからは、〈岩波文庫ではシュトルム、シュニツラー、メリメ、ドーデー、ジイド、モーパッサン、ワイルド、プーシキン、チェーホフ、ツルゲーネフ等の名を識った。それらはほとんど姉の本棚にみつけたもので、自分では、ボードレールや、ヴェルレーヌ、ランボオ、コクトオ、ハイネの詩集を集めたりした。一時はリルケに熱中して、明けても暮れても、リルケ、リルケだった〉。

東京女子大入学時は一九四〇年、いわゆる二千六百年祭が行われるといった軍国調一色に塗りつぶされた世相の中で、国文科を専攻。卒論は岡本かの子。他に〈チェーホフとドストエフスキーとジイドと、泉鏡花と谷崎潤一郎と永井荷風をすみからすみまで読み、西鶴に読みふけったくらいが、女子大の読書量〉のすべて。戦争のため半年繰り上げの卒業。婚約し、式だけは挙げておいた夫に従って、北京行。終戦の翌年の六月、引き揚げるまでの北京での結婚生活は生涯で最も貧しい読書量の時代で、その〈三年間に、私の読んだ本というのは、宇野千代の『人形師天狗屋久吉』と松岡譲の『敦煌物語』のたった二冊なのだからすさまじい〉。

引き揚げて来て四年め、離婚、それから上京し、京都に行きまた東京に帰るまで、半生では最もどん底生活。しかし〈この頃は現実の生活の惨めさや貧乏など、本を読んでいる幸福の前には全く忘れていられた。翻訳物の古典、特にドストエフスキーやトルストイやチェーホフなど、ロシアの作家の物が当時の私には心にしみた〉。京都から上京、福田恆存にすすめられて、『文学者』に入り、ここで小田仁二郎と出逢う。小田の『触手』を読み、空恐ろしくなる。一九五三年のことだ。

それ以来、様々な感動を与えられた本にめぐりあって来たけれど、『触手』を読んだ時の激しい愕きと、全身が震えだすような感動を上回るものにはめぐりあっていない。私にとっては『触手』は私の文学の上でも、人生の上でも、決定的な意味を持つ作品であった。福田恆存氏が『触手』のあとがきに「日本のプルースト」だと評してあったことばに刺激され、プルーストの『失われた時を求めて』を読了した。それから八年間、私は小田仁二郎の影響下に小田仁二郎の読書の後を追いつづけた。結果として、二十世紀文学への目をひらかれたのと、作品の高さ、低さということをほとんど皮膚感覚的に、彼から教えられた。
この期間、私の本を読む目は、小田仁二郎の目でもあった。彼は、私に必要なものとして『アドルフ』と『テレーズ・デスケイルウ』をくりかえし読むことを教えた。（傍点・引用者）

エッセイ『本とつきあう法』は、このあとコレットの『青い麦』『牝猫』『シェリ』、グレアム・グリーンの『情事の終り』、ヘンリー・ミラー、ロレンス・ダレルとの出会いに及ぶ。その頃、一九五五年から寂聴は小説を書きはじめ、最初の小説を『文学者』に発表することで、〈私の読書はそれまでとちがった様相をおびてきた。楽しみに読んでいたすべてが、もう一度真剣に〝小説を書くために〟読み直されてきた。そうなると、外国文学の骨組のたしかさと、スケールの大きさと、思想の深さに改めて圧倒されて、手当り次第、翻訳小説を読みあさった〉ことが回想される。

個々の作品についての寂聴の論考が存在するので、その二、三作については後に触れたい。ここではロレンス・ダレルの『アレキサンドリア・カルテット』四部作の中でも特に『ジュスティーヌ』に心を捕えられ、手垢で汚れるほど読んだという箇所に注目しておきたい。寂聴は〈漠然と自分で描いていた「小説」の典型をそこに示されたように思った〉と書いている。普段本に赤いラインをひいたり、読書のノートをとったりする習慣をもたないのに、『ジュスティーヌ』だけは、真赤になるほど線をひいたり、克明なノートをとったりしたという。〈あんまり汚くしたので、二冊めを需めたのは、この本だけだった。もちろん『黒い詩集』（註・『黒い本』か？）も需めて読んだ。作品を読んで作家に逢いたいとは思ったことはないけれど、ダレルにだけは一度逢ってみたいと思った〉とまで力説（それもその理由の説明もなく……）されたら、気になって仕方がない。

話題を少しずらしてみたい。藤井淑禎の評論集『名作がくれた勇気――戦後読書ブームと日本人』（平凡社　二〇一二年八月）は、敗戦復興から高度成長の発展の時期にかけて、私たち日本人を精神面で強力に後押し鼓舞した懐かしい名作を、探訪し直し、実際に人々がそこからどんな知恵や勇気をもらおうとしたか、そしてそれらの本とはどんな本だったのか（タイトルに明らかなように、それが古今東西の名作であったわけだが）再確認しようと試みる。

敗戦後、知的なものに餓えていた人々が、戦時中は思想統制と出版統制のせいで思うように読めなかった本や雑誌にとびつき、貪《むさぼ》るように読んだ……空前と言っていい戦後の出版ブーム、読書ブームを指摘しながら、藤井は〈ここで、見逃してはいけないことが二つある〉と言う。一つは、その動機が単なる「文化に対する欲求」、即ち知的欲求や新しいものへの関心などからだけではなかった、という点である。二つ目は、そのブームは戦後の一時期で終わったのではなく、実際は二十年以上にも及んだということ、即ち後の高度成長期の巨大な読書ブームにそれは接続していることである。ここでは一つ目の動機について、藤井の考えを摘録したい。

戦後日本の再出発が、戦前戦中への根底的な反省のもとに進められたことは当然だろう。なにしろ結果からみても、国は焦土と化し、多くの国民が戦死し傷つき、何よりも、アジアの国々や人々に与えた迷惑は大変なものだったのだから。

いったい、なぜそのようなことになってしまったのか。何が悪くて、どこに問題があったのか。それらを究明・自覚し、それらを改めることから、再出発は図られなくてはならない。そうした時、まず第一に槍玉に挙げられたのは当然のことながら軍国主義だった。付随して、それを推進した男性中心社会、とりわけ封建的家父長制度。さらにはそれらを下支えした言論・思想統制を始めとするさまざまな統制や弾圧、ひと言で言えば、自由の抑圧だ。(中略)

こうした多くの目標を掲げた戦後日本の再出発であったわけだが、課題山積のなかにあって、人々が書物、とりわけとっつきやすい文学作品から、それらの難題に立ち向かうためのヒントやお手本、さらには励ましや勇気をもらおうとしたのは自然な成り行きだった。戦後の出版ブーム、読書ブームの動機・背景は単なる「文化に対する欲求」などといったのんきなものではなく、もっと切実なものであり、戦後日本が、あるいは日本人が、生き残れるかどうか、ちゃんとした方向に生まれ変わることができるかどうか、といった切実な願いに支えられたものだったのである。

かくして〈過ちは二度と繰り返すまいと固く心に決意し、戦争の悲惨さ、平和の貴さを学ぼうとして人々が書物、なかでもとっつきやすい文学書の読書に向かったのは自然な成り行きだった〉(藤井)ということになる。右傾化が問題となった一九六七年に、雑誌「出版ニュース」は二月上旬号の巻頭言で、子どもたちに、〈戦争のもつ非情、悲惨、残虐といったことを知らすのが大切〉〈戦争と平和という問題を深く追求した読みものによって、正確な戦争観を養い育てていくことが大切になって行く〉〈平和を望む日本人をつくりあげるには、子どものうちから平和を指向する読みものを与えなければならない〉と提言を行っている。

ヘミングウェイの『武器よさらば』、トルストイの『戦争と平和』が競って読まれた。「読書世論調査」「学校読書調査」によれば、「その本を読もうと思ったキッカケ」の第一位を占めたのが、〈書名がおもしろそうだから〉というものだったという。

さて藤井淑禎『名作がくれた勇気――戦後読書ブームと日本人』を取りあげたが、そろそろ本章の本筋に入っていくとしよう。同書のⅡ章は「『女の一生』はなぜ『人形の家』に勝てたのか」というタイトルになっている。

これからの女性はどうあるべきか、は、軍国主義の克服と並んで、戦後の日本人が直面させられた大問題だった。そのヒントを得るために、当事者である女性たちを中心に大挙して書物に向かったというわけだが、なかでもさまざまな名作の中のヒロインたちの生き方は、戦前の男性中心主義や封建的家父長制度、さらには恋愛や結婚への過干渉を乗り越えようとしてあるべき姿を探しあぐねていた戦後日本の女性たちにとって、かっこうの参考材料であり、時にはお手本となった。(同前)

女性たちの圧倒的な支持を得たのが、モーパッサンの『女の一生』である。〈戦後最大の「国民文学」としての『風と共に去りぬ』にはわずかに及ばないものの、『風と共に去りぬ』が横綱級の作品であるとすれば、優に大関、それも東の正大関級の作品だったのである〉(同前)

『女の一生』のヒロイン、ジャンヌについて語られる時、〈必ずと言っていいほど、他の名作の中のヒロインたちが引き合いに出される。『ボヴァリー夫人』のエンマであり、『アンナ・カレーニナ』のアンナであり、さらには『人形の家』のノラ、『復活』のカチューシャ、『魅せられたる魂』のアンネットらである〉(藤井)に続けて、わが寂聴が藤井によって招聘される。

〈たとえば瀬戸内晴美は、『女の一生』を『復活』、『ボヴァリー夫人』、『アンナ・カレーニナ』と比べて、ヒロイン論をこころみている(『世界の文学24』月報　一九六三年)。読書遍歴としては『復活』と『ボヴァリー夫人』が先で、ついで『女の一生』を読み、「『女の一生』が、一番面白く、一気に読めた」と回想している。ところが少し大人になって読み直したところむしろ「一番類型的」でつまらなく感じ、さらに何年かしてさまざまな人生経験を積んだあとまた読み直してみると、今度は「『女の一生』が、実に深い人生の真理と真実を描いているのに、

今更のように驚かされた」と言っている〉

カチューシャのような境遇に生まれ、雇主の甥とのあやまちで、つまずく女は、今でも世の中にはたくさんいる。エンマのように、夫以外の男との情事で破滅する女もたくさんいる。けれども、『女の一生』のジャンヌのように、自分は何もしないのに、一生への夢が片はしから打ちくだかれ、人生に裏切られつづけて生きる女は、最も多く、女のほとんどの運命をそれは代表しているといえる。(『女の一生』瀬戸内晴美)

以下、藤井淑禎による寂聴のヒロイン論の要約を示せば、〈この『ボヴァリー夫人』のエンマの同類が『アンナ・カレーニナ』のアンナであり、要するに彼女らは、「共に女の不幸を代表しているけれど、彼女たちはそれぞれ、自分で選んだ行為の結果としての不幸」であり、それに対してジャンヌの場合は、「どれもみな、他動的に襲いかかってきた、天災のような不幸で、防ぎようのないものだった」とみるのである。「そして、今でも、何と多くの人妻が、女が、このジャンヌのような、他動的な暴力的な不幸が襲いかかるのに、泣きながら堪えていることだろう」〉と慨嘆することになる。

フロベールの『ボヴァリー夫人』は田舎医者のシャルルのもとに後妻として嫁いだエンマが、夫との生活に満たされず、最初はレオンという青年と、レオンがパリに去った後は遊び人のロドルフという男と付き合い、やがて捨てられてしまう話だ。その後、レオンと再会した彼女はただれた生活を復活させたが、乱脈な生活ぶりがたたり、多額の借金で首が回らなくなってしまう。窮したエンマはロドルフにまで借金を申し込み、断られると薬局でヒ素をあおり、シャルルらの処置もむなしく、絶命する。そして悲嘆に暮れるシャルルも、ほどなく愛する妻のあとを追うように亡くなってしまう。

二人の男と三度の不倫をはたらいた『ボヴァリー夫人』のエンマに対する〈瀬戸内の点は辛いけれども、天性のわがままな妻と献身的な夫との一種の愛情物語とも読めなくはない〉というのが藤井の意見だ。ただここで注意しておかなければならないのは、瀬戸内晴美のそのヒロイン論即ち『女の一生』論は、『世界の文学24』月報、一九六三年に執筆されたことだ。得度（出家）前の四十一歳時である。それから二十二年後の一九八五年、六十三歳時に、雑誌「マダム」（一九八五年十一月号）に「純真無垢ゆえに落魄する女——モーパッサン『女の一生』」（『愛と別れ——世界の小説のヒロインたち』講談社、一九八七年五月刊に収録）を寂聴の名で新たに執筆している。藤井の論考はそのことに触れてはいない。

寂聴は新稿で『女の一生』は、〈モーパッサンが書いた年代より六十四年も昔の物語として書かれているのだ。つまり、アンナやエンマの祖母に当る年代の女の物語として設定されている。とすれば、こんな箱入娘の天使のような純真さもあって不思議ではなかったことになる〉と重要な指摘をしている。「箱入娘」というのが当たっているかどうかは措くとして、ジャンヌのこの世の悪に染まらぬ善良・純真・素朴で、人を疑うことを知らぬ性格。素直で感じ易く、無垢の心をもち、いきいきと生活に夢を描き、快活に人や自然や動物までをもあふれる愛で包む……天使のような女性は素敵だという以外にない。

小間使いのロザリイの生活力の旺盛さ、生命力にあふれた労働者階級の頼もしさが強調されていることも忘れてはならないだろう。そして作者がロザリイをジャンヌに負けないくらい愛していたことも。全く無気力になって幸運に出逢ったことがないと愚痴るジャンヌに対して、ロザリイは、「そんなら、もし、あなたが食を得るために働かねばならなかったらなんと言います。一日の仕事に出かけるために、毎日、朝の六時に起きなければならないなら、あなたはなんといいます」と優しく問いかける。

叱咤するロザリイの言葉は頼もしいし、正しい。善良なだけで生活力のない貴族階級がもはや滅びゆく運命だということを、そして次の世を支配するのは、額に汗して働く者たちだということをこの小説は予感させている。意識してモーパッサンがそう書いたのかどうかはわからない。(『愛と別れ』)

人生にとって、女が、女との愛が、あらゆる幸福にまさると考えたモーパッサンだからこそ、愛しても愛しても、なお孤独な人生の真実を、見落しはしなかったのである。(同前)

『女の一生』が、救い道のない女の悲惨な落魄への、生涯の物語であろうと結論づけながら、寂聴は右の所見を加えている。

藤井論考の第Ⅱ章「『女の一生』はなぜ『人形の家』に勝てたのか」についても触れないわけにはいかない。〈敗戦後数年の間に矢継ぎ早に実現された女性の意識改革、地位向上のための施策は、その具体化と肉付けを、すなわち、では具体的にこれからの女性はどうあるべきかへの答えを要求しており、そうした必要上からも、手っ取り早い方法として、名作の中にヒントやお手本が探られた〉という事情が当然考えられる。

そうなると、憲法にいう「基本的人権」、「個人として尊重」、「法の下に平等」を実践しているのは、「ほんとうに一人立ち」し、「一個の人間」として生きたいと願うイプセン作の『人形の家』のノラであり、「自分の魂」という一番本質的なもののために義務として「自分を十分に保って」おこうとするロマン・ロラン作『魅せられたる魂』のアンネットというヒロインが当該者として浮上する。

にもかかわらずこの両作品は、『女の一生』ほどには読者の支持を集めなかった。なぜか？藤井淑禎は〈理由は簡単だ。立派な施策こそ整備されたものの、まだ、日本の社会も女性たちの意識も、そこまで達していなかったのである〉と応える。そして〈『魅せられたる魂』の支持者といえばたとえば宮本百合子のような進歩的女性であり〉〈一九五三年にこの作品を映画化するにあたって脚色を任された田中澄江は、のちに当時を回想して「わたくしはアンネットの強烈な生き方を、日本の風土に移し植えるなどという願望が、本質的に無理至難な業《わざ》なのであろうと思った」(『世界の文学29』月報、一九六三年)と述べており、むしろこちらのほうが平均的な受け止め方だったのではないだろうか〉と続けている。

これらとは逆に、『女の一生』への高い支持は、〈ジャンヌの生活の、なんとまざまざと身近に感じられたことだろう〉(佐多稲子)とか、〈登場人物が、新しい型の人物どころか、読者のよく知っている、読者のなじみのある人たちばかりだから〉(青柳瑞穂)云々といわれる、当時の日本社会や女性たちの意識の現実と、かけ離れていなかった点に圧倒的な支持を得たその理由が求められなくてはならないというのである。

藤井淑禎は、〈瀬戸内のヒロイン論から脇道に入ってここまで諸作を紹介してきた〉と断りながら、当時、『女の一生』のジャンヌより、なお『ボヴァリー夫人』のエンマへの偏愛ぶりを隠しえなかった評論家の堀秀彦の意見を紹介している。堀はジャンヌを「母としての女」、エンマを「恋人としての女」として、二人の悲しみや悲劇は、〈それぞれ女としての半分、あるいは半面だけにしか生きることができなかったところから来ている〉と言う。「母親としての女の悲しみ」が描かれているのが『女の一生』で、「愛に生きる女の悲しみ」を描いたのが、『ボヴァリー夫人』のエンマだというのである(堀秀彦「ジャンヌとエマ《ママ》——二人の女」新潮社『世界文学全集11』月報 一九六一年)。

藤井は堀のもう一篇のエッセイ「飢え乾いた女の一生」（新潮社『新版世界文学全集13』月報一九五八年）をも参照しながら、堀のエッセイのポイントを指摘する。一つは『ボヴァリー夫人』が「完全な小説」であり「リアリズム文学の頂点」だということ。二つ目は、それゆえに読者は、「人間というものをはっきり知る」ことができ、「女というものを彼女の『たましい』の底の底から理解」できるということ。〈人間と人生をかぎりない誠実さを以て見詰め、描くこと〉で、エンマとシャルル（エンマが後妻として嫁いだ『ボヴァリー夫人』の田舎医者）という〈あわれな一粒の男と、女〉を描きえたのだと言っている。〈愛し、求め、しかも限りなくいつまでも飢え乾いた彼女の一生〉とも言っており、ジャンヌと比べての能動性、愚かさとさえ言ってもよいような能動性に魅かれているということになる。

寂聴が、トルストイの『アンナ・カレーニナ』のヒロイン、アンナと『女の一生』のジャンヌを比較して論じたことは前に触れたが、桑原武夫は『ボヴァリー夫人』のエンマと『アンナ・カレーニナ』のアンナを比較し、『アンナ・カレーニナ』のほうに軍配をあげている。〈ひとしく姦通を取扱った名作『ボヴァリー夫人』と読みくらべてみるがよい。『アンナ・カレーニナ』の優位性はただちにはっきりするであろう〉としたうえで、次のように述べる。

人生に理想はもちえぬものとあきらめた不幸な人間の文学は、人生に理想はなければならぬと信じ、これを追求しつつ悩みぬいた人間の文学の前に、その美しさが色あせて見えるのである。フローベールは描写の美に究極目標を見ることによって、その描写に表面性しかあたええぬにいたったが、トルストイは、思想こそ究極目標と考えつつ、しかも、その思想なるものは文学者であるかぎり描写によってしか伝ええぬとすることによって、その描写に厚みと的確性をあたえるのである〉(『カラー版　世界文学全集21』河出書房新社　一九六七年)

トルストイの『アンナ・カレーニナ』は、「背徳の恋に生きる人妻アンナの遍歴」という宣伝文句で、集英社『デュエット版　世界文学全集33・34』として刊行された(一九六八年)。二巻分の大作である。八歳の子供のいるアンナが夫カレーニンとの生活に飽き足らず、青年貴族で武官のヴロンスキィと愛しあうようになり、子供までもうけるが、上流社会のつまはじきにあい、体面を守ろうとするカレーニンからは離婚を拒否され、ついにはヴロンスキィにまで愛想尽かしをされそうになって、鉄道自殺をとげる話である。なお寂聴が樋口一葉の未完作品『うらむらさき』を完結させるべく書き継ぎ、ヒロインを自殺させたのは、ここに淵源があると思う。

これと並行して、かつてブロンスキィに袖にされたキティが彼女のことを一途に思っていた農場主のレーウィンと結ばれて、アンナとは対照的に幸せな生活を送る様子がもう一つの流れを形づくっている。アンナの死後の一種のエピローグ部分では、レーウィンの異母兄で作家のコズヌイシェフが狂言回しとなって、レーウィンとキティ、子供らの生活の充実ぶりと、レーウィンの思想遍歴が紹介される。

ここでトルストイの『復活』(一八八九—一八九九年発表)の内容についても触れなければならないのは、前に寂聴の〈カチューシャのような境遇に生まれ、雇主の甥とのあやまちで、つまずく女〉云々を引用したからである。そのことは、オールド・ミスの姉妹にもらわれて育てられたカチューシャが、十八歳の時に女主人の甥の大学生に誘惑され、子まで宿したものの捨てられたことを意味している。それからの彼女は家を出て、行く先々で男につきまとわれながら諸所を転々とし、ついには黄色い鑑札を持つ売春婦の境涯に身を落とす。小説はそんなカチューシャが八年後に強盗殺人の共犯として法廷に引き出され、その裁判に、今は大地主となり名士となったかつての大学生ネフリュードフが陪審員として加わったことから二人が再会する場面から始まる。

過去を想起し、みずからの振る舞いを悔いるネフリュードフはカチューシャの再生、さらには彼女との結婚までもを夢想し、減刑に奔走するが、結局カチューシャはシベリア送りとなり、それではとネフリュードフは同行を決意する。最初はかたくなだったカチューシャも徐々に心を許すようになるが、シベリアの一行中の政治犯のシモンソンの人道主義に共鳴し、彼との生涯のほうを選ぶとネフリュードフに告げる。ネフリュードフのほうも、カチューシャの気持ちを素直に受け入れ、それまでの人生に区切りをつけて、「まったく新しい人生」へと踏み出していくことになる……。

『復活』（原卓也訳）を要約した藤井淑禎は〈この作品は、カチューシャとネフリュードフの物語であると同時に、ネフリュードフの人生遍歴、思想遍歴を粘り強く追究した物語でもある〉のだから、〈瀬戸内のように前者、それも過去の過ち部分にのみ注目する読み方には問題が多いことがわかる〉と疑義を呈している。この疑問は常々、『復活』は、〈実際はいくつもの顔をもった重厚な小説だ〉という持論を述懐してきた藤井としては当然のことだろう。そこで『世界の文学21』（中央公論社　一九六三年）の帯の文句にも一言物申すことになる。瀬戸内の〈カチューシャのような境遇に生まれ、雇主の甥とのあやまちで、つまずく女は、今でも世の中にはたくさんいる〉という方向への誘導が広く行われたと言うのだ。たしかに帯の文句は、「青年公爵ネフリュードフに純愛をもてあそばれて淪落の道をたどる美少女カチューシャ！十九世紀末ロシア社会の腐敗を痛烈にえぐり人間精神の復活を描く世界的名作」というもので、前半では純愛もの、それも反面教師的な純愛ものとして売り込もうとする出版社側の意図は明らかである。

「純愛ものへの誘導」ということでは、『カラー版　世界文学全集46』（河出書房新社　一九六九年）の帯の方向付けも、似たり寄ったりだといって、当時の帯の文句、「青年貴族の気まぐれな誘惑から堕落への道をさまようカチューシャ……帝政ロシアの不合理を鋭く突くトルストイ晩年の大作」を引用して追究する藤井論考は説得力がある。

戦前の男性中心主義や封建的家父長制度からの女性の意識覚醒、恋愛や結婚の自由の獲得、地位向上の原点となったのは、日本国憲法公布（一九四六年十一月三日）だが、それ以前に選挙法が改正され、女性が参政権を獲得するという変化もあった。そうした施策の具体化と肉付けを、すなわち、では具体的にこれからの女性はどうあるべきかへの答えが要求されており、その必要上からも、名作を読み、名作のヒロインたちの生き方にヒントやお手本が探られたのであった。

読書サークルや婦人読書会で取り上げられる名作の双璧が『女の一生』とイプセンの『人形の家』であったという。『ボヴァリー夫人』『アンナ・カレーニナ』『魅せられたる魂』『復活』『風と共に去りぬ』、ジッドの『狭き門』などが、それに続いたらしい。なお藤井淑禎の調査では、戦後最大の〝国民文学〟としての『風と共に去りぬ』には『女の一生』はわずかに及ばないものの、『風と共に去りぬ』が横綱級の作品であるとすれば、優に大関、それも東の正大関級の作品だったという。

さてⅡ章「『女の一生』はなぜ『人形の家』に勝てたのか」の結論をみてみよう。その理由として何と寂聴と著者藤井淑禎とは同意見を提示しているのである。この作品の原題が「ひとつの生涯」であったのを、『女の一生』としたのは、大きな意義があったと、寂聴も指摘している。

これからの女性の生き方はどうあるべきかをめぐって、ヒントやお手本を名作の中に見出そうとした時、このタイトルはいかにもぴったりの処方箋を与えてくれるかのような期待を抱かせるものだったからである（中略）「過去に、これはまざまざと女の一生であったにちがいない」（佐多稲子）と言われるような古風な女の物語であったからといって、読者が期待を裏切られたと短絡的に決めつけることはできない。一種の反面教師として、『女の一生』は、これからの女性の生き方はどうあるべきかについて、十分さまざまなヒントを与えてくれていたからである。（藤井）

ところで、『女の一生』が『人形の家』らに勝てた理由は、それだけではない。いっけん地味なタイトルであるにもかかわらず、実におもしろいのである。『名作がくれた勇気――戦後読書ブームと日本人』の刊行（二〇一二〔平成二十四〕年）に先んじること七十四年前の一九三八年五月、寂聴（晴美）は、〈すでに『復活』と『ボヴァリー夫人』を読んでいた私にとって、『女の一生』が、一番面白く、一気に読めた。今になって考えれば、三つの中では、『女の一生』の筋が一番単純で、登場人物も、その心理も、一番普遍的要素を持っているから、知っているつもりで、実は人生について、何も知っていない少女にも、一番わかりやすかったのだろうと思う〉（モーパッサン『女の一生』）と書いていた。寂聴（晴美）十六歳時の執筆である。

藤井淑禎は、〈そのおもしろさは、「永遠の乙女ジャンヌの魂を通して女の幸福を非情に追求した」（『世界の文学』の帯より）だとか、「清純なジャンヌの夢は早くも初夜に破れ、重なる背信に傷ついていく」（同、月報上の予告文より）などといった宣伝文句上のおもしろさとは、はっきりいって比べものにならない。以下そのおもしろさを紹介して、『女の一生』が『人形の家』らに勝てた理由を念押ししていておこう〉（傍点・引用者）。ここまで念押しされたら黙過するわけにもいかない。しばらくおつき合い願いたい。原作者には申し訳ないが、読者にわかり易くするため箇条書きにする。

一、出だしは主人公のジャンヌが自由の身となって修道院を出るところから始まる。〈ついに永久に自由の身となって、久しく夢みていた人生のあらゆる幸福を今こそつかまえようと〉（小佐井伸二訳）するところから、つまり自由と解放から始まる物語。戦後日本の、戦後の日本女性の再出発を重ね合わせることもできる出だし。女性読者はそこに戦後の解放感を感じ取っていたはずである。

一、豊饒な自然描写の世界。ジュリアンとの出会いと結婚、コルシカ島への新婚旅行。そこでのジャンヌの性の開花。〈これはまさに堂々たる、女の一生ならぬ、女のヰタ・セクスアリスなのである〉。初夜の部分は六ページにもわたって細叙。ジャンヌの官能のめざめが徹底して描かれるが、その箇所の引用が、寂聴と藤井は全く同じである。コルシカ島の渓谷の小径をたどる途中、泉で、一つの木管の端から出る水の出口を互いの唇で奪いあう遊びをしている時、突然、ジャンヌの中に性の目ざめが起る場面だ。

ジャンヌが水の冷たさを味わっていると、夫が彼女の胴をかかえて木管の端を奪おうとした。彼女は身をもだえて抵抗した。唇と唇とが争ってぶつかり、触れ合い、押しのけ合った。（中略）真珠のような水滴が二人の髪のなかできらきら光った。接吻が水の流れのなかを流れた。

突然、ジャンヌは愛の霊感をおぼえた。清水をいっぱい口に含み、両頬を革袋のようにふくらませて、口移しにジュリアンの渇きをいやしてあげたいということをわからせた。（中略）ジャンヌは、いままで感じたことのない愛情をこめて夫にもたれかかった。胸ははげしく波うち、乳房はもりあがった。二つの眼は涙にひたされて、うっとりとやわらぐように見えた。彼女は低い声でささやいた。「ジュリアン……あなたを愛しているわ」

そして自分のほうから夫をひきよせると、あおむけになり、両手の中に恥じらいに真赤になった顔をかくした。

寂聴は引用をここで止め、〈今読みかえしても美しい感動的な場面だと思う。道徳家の権化のようになってしまった晩年のトルストイにいわせたら、こういう場面も、余計な細密描写ということになるのかもしれないが、この性の目ざめの自然さは、決して女主人公の清純な性情をけがしてはいないし、その魅力をそこねてはいない〉（『愛と別れ』）と書いている。藤井淑禎は寂聴が止めた引用を、なお三行ほど引いている。

彼は彼女の上におどりかかった。そして夢中で彼女を抱きしめた。彼女はいらだたしい期待のうちに息をはずませていた。不意に彼女は一声叫びを発した。電撃のように、呼んでいた感覚に打たれたのだ。

〈その夜、ジャンヌはふたたびこの絶頂感を体験する。「あの泉の苔の上で感じた官能の激しい不思議な興奮」の再来を不安視していたジャンヌだったが、「寝室で二人だけになったとき、彼女は彼の接吻にまた無感覚になっているのではないかとおそれた。が、彼女はすぐに安堵した。そして、その夜が彼女のはじめての恋の夜となった」〉（藤井）

一、小説は育児編、母親編に転じ、息子ポールの乱行、賭博、女性問題、事業の失敗、借金と波乱万丈の展開、戦後期の混乱を生きる女性読者は自らの写し絵を外観するようで興趣が尽きない。

一、『女の一生』は、ジャンヌのキタ・セクスアリスであると同時に、性と愛をめぐって男というものと女というものの差異にも目を向けさせようとする、性と愛の指南書でもあった。

一、いやはやたいへんな小説である。最初こそ『青い山脈』（石坂洋次郎）ばりの解放感あふれる出だしであったのが、中途からはジェットコースタードラマ顔負けの、夫や息子の裏切りに次ぐ裏切りに翻弄されるお話となり、さらに極上の官能小説でもあれば、きわめて実用的な性と愛の指南書でもあったとは！　これでは『人形の家』や『魅せられたる魂』がかなわないのは当然だ。名作や純文学を隠れ蓑にした官能小説ほど、手に取りやすく、したがって人気の出るものはないのだから、とは藤井淑禎も大胆な意見を吐かれる。

藤井は〈それ以上に、ボクが深甚な興味を覚えるのは、堅苦しい婦人読書会の場などで、このあたりがどう受け取られ、どう討論されたのかという点だ。見て見ぬふりをしたのか、逆に、オルガスムスや産児制限、夫の浮気対策などをめぐって、議論が沸騰したのか。ボク自身は後者の可能性も大いにあるのではないかと思っている〉。断わるまでもなく、私などは読者が腰を抜かすような、そんな想像をするなんてことはとても出来ない。

藤井を擁護するために、その発言に続く言葉も録す要があろう。

> ボクが愛してやまない舟橋聖一の夏子もの（芸者を落籍《ひか》されて愛すべき実業家のお妾さんになった夏子の半生記で、長い間『小説新潮』の看板小説だった）のなかに、新聞に載った「キンゼイ報告・女性編」をめぐって、夏子やお手伝いさんが、女性の性的欲求やオルガスムス、婚外交渉、性交時の着衣の有無などをめぐって、激論を交わす場面があるからである（『夏子の四季』一九五四年）。

これから何年かしてベスト・セラーとなる謝国権の『性生活の知恵』（六〇年）などの単行本を女性が手に取るのはまだまだ勇気がいったかもしれないが、夏子の場合は新聞である。

というか、新聞というような場所にもすでにこうした話題が登場し始めていることのほうが重要で、そうした現象と、『女の一生』のキタ・セクスアリスぶりや性と愛の指南書ぶりとを地続きのものとして捉えたほうが、実情に即しているように思う。（同書）

箇条書きを続ける。

一、作品中に一度読んだら生涯忘れ得ぬ明言、箴言の類いが出てくる。息子ポールの放蕩のために暮らしに行き詰まり、館を追われて小さな家に移り住むジャンヌのもとに、ポールの妻が産んだ赤ん坊を小間使いのロザリが連れ帰り、ポールの帰郷も予告されたところで物語は閉じられる。ロザリの呟く、あの有名な、〈人の一生というものは、人が思っているほどよくもなく悪くもないものですね〉という言葉とともに……。寂聴の結論は〈ぐうたらなポウルが帰ったところで、決して幸せにはならず、むしろ、また混乱と不幸が起ることを予測させてこの女の一生の物語りは終る。やはりこれは、救い道のない女の悲惨な落魄への、生涯の物語りであろう〉というものである。

寂聴はすでに述べたが、古典作品としては他に、モリヤックの『テレーズ・デスケルー』とベンジャミン・コンスタンの『アドルフ』にのめり込んだことを書いている。記述をカフカやデュラス、サガン、ボーヴォワールに移したいが、ほんの数行でも触れておきたい。

『アドルフ』（コンスタン　一八一六年）は、ドイツのある宮廷で侍従をつとめる前途有望な青年アドルフが、自らの空虚な心を埋めるために、P伯爵の情人のポーランド女性エレノールに愛を感じていないにもかかわらず恋を仕掛け成就させる。ところがエレノールを手に入れたとたん、アドルフの心は急転し、贅沢な生活も、子供たちも、風評もすべてを捨てると献身的な愛を捧げるエレノールが重荷としか感じられなくなる。しかし父親が二人を引き裂こうとしたので、アドルフは反抗心から彼女とボヘミヤに駈落ちする。次第にエレノールに対して従属状態に入ってゆくことに焦慮したアドルフは、その関係からの脱出を願うが、いざとなると決断は鈍ってしまう。

たび重なる変節の後に、アドルフの本心を知ったエレノールは苦悩に打ちのめされ死ぬ。残されたアドルフは、だれも愛してくれない世界の中に投げだされて廃人のようになってゆく。

著名な文学者スタール夫人との長年にわたる感情体験をモデルにしたこの作品は、大革命後の破綻した個人の人格を恋愛をとおして冷徹に分析し精緻に描ききった自伝的心理小説の傑作で、コンスタンはこの一作でフランス文学史に名をとどめている。手持ちの新潮文庫は新庄嘉章訳、解説は「近似値としての恋」（堀江敏幸）。二〇〇四年六月五日、五十刷となっている。

『テレーズ・デスケルー』（モーリヤック、一九二七年）の冒頭のシーンは、裁判所から弁護士につきそわれた主人公のテレーズ・デスケルーが出てくるところである。彼女は心臓病の夫ベルナールに持薬の砒素《ひそ》剤を与えて毒殺しかけた嫌疑で逮捕され、裁判を受けていたが、今日、免訴の判決を受けたばかりであった。被害者である夫、ベルナール・デスケルーが被告のために都合のいい嘘の陳述をしてくれたのだ。事実の究明よりも家の体面が傷つくのを恐れる夫と実父の工作が功を奏したことになる。出迎えたテレーズの父親のジェローム・ラロックは上院議員の選挙に打って出るところだったので、娘のしでかした今度の不祥事は何としてももみ消さなければならなかったのだ。

テレーズは夫の邸に帰ろうとしている。荒野を夜汽車から馬車に乗り継ぎ、邸をさして戻る道すがら、罪深い行為にいたる過去を回想する。ベルナールとテレーズは、地の果てにあるようなアルジュルーズの広大な所有地を二分している旧家同士の似合いの縁組みだった。テレーズはベルナールに恋心を抱いたわけでなく、二千ヘクタールのデスケルー家の広大な松林に興味があった。彼女は利財の心があったのだ。夫との性愛はおぞましいだけだった。邸にたどりつく馬車の中で思ったことは、〈――むだだったわたしの人生、空虚だったわたしの人生、果てしなく孤独だった。出口がなかった。もしたったひとつ自分を救ってくれる道があるとすればば……ベルナールが腕をひろげて抱きとめ、何もたずねなかったら……その胸に自分の頭を押しつけ、あつい身体にすがって泣くことが出来たら……〉。

彼女のなかには単なる資産家の娘テレーズのほかに、この地方きっての聡明な感受性豊かな少女、感動を夢見て生の充足を求めるもうひとり別のテレーズが棲んでいたのだった。その存在に彼女自身が気づいたのは、ベルナールの妹アンヌとジャンという知的な青年の恋愛を垣間見てからのことだ。しかしすでに檻のなかに身を押しこめた彼女に、家庭という巨大な因襲の壁に抗するすべはなかった。気づいたとき、すでにその生活は〈死に似ていた〉のである。テレーズに孤独な幽閉の日々が始まる。五カ月後、幽鬼のように憔悴したテレーズを見て、殆ど恐怖にかられた夫のベルナールは、パリの雑踏のなかにテレーズを放免――追放したのである。別れる直前の二人の会話を記そう。

別れようとする今になって、ベルナールははじめてある感情が湧くのにとまどっていた。突然ベルナールはいった。

「テレーズ……訊ねたいことがある……知りたいんだが……あれは……おれをきらいだったからか？　おれがおそろしかったからかい？」

テレーズは微笑んだ。昔誰もが魅力的で抗し難いといった微笑だった。ついにベルナールもそれを訊いてくれたのだ。そのくせテレーズは皮肉にいった（中略）

「今、わたし『自分でもなぜそうしたのかわからない』って言いかけたんだけど……でも、おそらくあなたの目の中に不安と好奇心の色をみたかったのかもしれないわ……つまりあなたの心の動揺よ。さっきからあなたの目の中にあるものよ」

『テレーズ・デスケルー』のなかの〈名文句点滴〉欄で中島公子（早大講師）は、〈あなたの目の中に不安と好奇心の色をみたかったからかもしれないわ……〉（十三章）を引いて、次のように説明している。〈たった一度、テレーズが夫にした犯罪の動機の説明である。かつて大学紛争が盛んだった頃、三島由紀夫が大学を占拠する学生たちの前でこの文句を引用し、「諸君の求めているのは体制の目のなかにこの不安の色を見ることだろう……」と言ったことがある〉と指摘している。

フランソワ・モーリヤックは、一九五二年にはノーベル文学賞を受けている。カトリック作家として、常に人間の罪という世界に主題を需め、繰り返し、その問題を追究しつづけている。『テレーズ・デスケルー』は作者の「序文」から始まっている。その中の名言を前出の中島公子が引き、解説を加えている。〈少なくとも私がおまえを見捨てていくこの歩道で、おまえがひとりきりでないという期待を私は抱いている〉(「作者の序文」)

解説に曰く〈モーリヤックは自他ともに認めるカトリック作家だが、教義や信仰を生《なま》なかたちで作品にもちこむことは少ない。だが彼特有の隠微なかたちで、実はふんだんに盛りこんでいるのである。ここでも、作者がテレーズに人知れず付き添わせているもの、それはキリストなのだ〉(中島公子『世界文学の名作と主人公・総解説』フランス文学編　自由国民社　一九八一年)。

寂聴に二冊を同時に言及した一文がある。

……道に迷いこみ、どうしてももとの道に出られない時とか、何本もの道が自分の前にひろがっていて、どれを選んでいいか、わからない時に、私は見馴れた愛用の古地図を拡げる旅行者のような信じきった表情で、『テレーズ・デスケルー』の頁をひらくようである。

もうひとつ、その古地図の上に置く、使い馴れた磁石をひとつ私は持っている。それはベンジャミン・コンスタンの『アドルフ』である。この単純な悲恋物語の持つ強さと新しさに、私は何度読んでもはじめて読んだ時以上の感銘を新しくするし、ティボーデのいうように、「半世紀の間、フランスの心理小説は、この静かで控え目な物語を作りかえたり、書き足したり、彎曲《わんきよく》したり、近代化したりすることをやった」という批評にうなずかされるし、今や、それは半世紀の三倍と書き直しても、間ちがっていないような気が私にはする。

私は自分なりの方法でこの二つの古典の語る人間の孤独と、人間の愛のもろさについてもっと鍬をいれつづけてみたい。この主題の頂上にたどりつくには、まだ人の踏みかためていない道が、いくつ開かれても無駄ではないと思うからである。私に与えられたあの予期しない慰めに報いるために。(『テレーズ・デスケルー』一九四三年九月)

二

シモーヌ・ド・ボーヴォワール(一九〇八―一九八六)の妹のエレーヌ・ド・ボーヴォワールは、朝吹登水子の『サルトル、ボーヴォワールとの28日間・日本』(同朋舎出版　一九九五年六月)の「序文」で、〈サルトルは日本に行くことを長い間夢見ていた。大学教授資格試験《アグレガシオン》に受かった時(一九二九年)彼は京都の日仏学院の教師のポストを志願した。サルトルがあんまり熱心にそのことを話すので、高等師範学校《エコール・ノルマル》（秀才中の秀才がいく専門大学）の級友たちは、ユーモラスなシャンソンにリフレーンをつけて歌った。〝お前が戻って来た時／日本女性と恋をしたって／俺たちにうるさく／のろけるんだろうな〟。しかし、京都の日仏学院のポストはサルトルに与えられなかったので、彼は大いに失望した〉（朝吹登水子訳）と書いている。

一九二九（昭和四）年といえば、ボーヴォワールが二十一歳の時で、この年の六月に初めてサルトルと出会っている（七月という説もある）。サルトルは二十四歳、エレーヌの指摘するように教授資格試験に一番で合格、教職に就いている。六月にボーヴォワールと出会い、十月には（寂聴が憧憬した）「二年の契約結婚」をしている。寂聴は、この年、七歳である。ボーヴォワールの十四歳年下。

ボーヴォワールに「契約」を提案したのはサルトル。すぐ受け入れられる。これは〈他の異性との恋の可能性を排除せず、互いの自由を最大限に認めながら、同時に互いにいかなる秘密も持たず、最上の恋人にして理解者として認めあうことによって、習慣や惰性に陥らぬ、新しい型の男女の結合を試みようとしたもので、以後この関係は、生涯にわたって保たれることになる〉（石崎晴己）。

結婚はしない。子供も作らない。カップルがそれぞれ別々に暮らし、ほかの相手と恋もすればセックスもする。ただし、互いに隠しだてをせず、嘘をつかない。二人の生き方は、旧弊を脱しお互いの自由と信頼のうえにのみ成り立つ、自立する新しい男女のありかたとして、当時多くの青壮年男女、とりわけ解放への意欲をもつ働く若い女性たちのつよい関心をひきつけていたのである。「ぼくたち二人の恋愛は必然的なものだが、偶然の情事も知っておいたほうがよい」などと、いっぱしの実存主義者を気取る学生もいたのである。サルトルが日本を憧憬したという話は彼の著作で知ってはいたが、もし一九二九年、日仏学院（京都）の教師のポストに決まっていたら、『嘔吐』やフランス実存主義の聖典といわれる膨大な哲学書『存在と無』は生まれただろうか。

寂聴は書いている。

私は日ごろから、ふたりの愛のかたちを、男と女の最高の理想的な結びつきの標本だと思ってあこがれているし、その関係において、ボーヴォワールこそ、因習や道徳や女自身の持つ甘えや依頼心から本質的に解放された「全き自由な女」だと尊敬している。

ボーヴォワールの小説よりも『第二の性』と『自伝』に感動させられるし、それらの作品よりも、彼女の「生」そのものに勇気づけられる。彼女の自伝の中で、サルトルと彼女がそれぞれに別々の恋人を持ちながら、なお、互いに敬愛しつづけて暮しているのを読んだ時、ここまでいった人間関係、男女の愛こそ、ほんとうなのではないかと新鮮な感動を覚えた。とにかくボーヴォワールをこの目で見ておきたいと思った。パリにいった時も、何よりも彼女に一目会いたかったけれど、二度ともちらりとも見ることができなかった。（「東京新聞」

（一九六六年九月二十四日）

サルトルとボーヴォワールの二人に寂聴が実際に出会ったのは、二人が来日した折りのことだ。一九六六年九月十八日、二人は羽田空港に降り立った。日本における彼らの独占的な版元である京都の人文書院と、戦後いち早くサルトルの翻訳紹介につとめた複数のフランス文学研究者を擁する慶応義塾大学、この両者の招きに応じての初来日であったが、空港へはこれを歓迎して千人を越える学生たちが詰めかけた。

九月二十日（火）、来日初の講演は慶応大学で行われた。八百人入る階段教室の教壇の下にサルトルたちは席につく。仏文科の学生たちの他に、他の大学の仏文教授たち、サルトルやボーヴォワール研究家や翻訳家、作家たちが招待されて来ている。講演を聴講したいという学生たちが多いので、十二の教室にテレビが設けられ、のべ六千人の聴衆を収容。慶応大学始まって以来の大イヴェントだといわれた。

慶応大学での第一回目の講演は、ボーヴォワールの「女性と今日の問題」で始まった。サルトルの同大学の第一回目の講演は、「知識人の位置」と題した、未発表の原稿。寂聴も聴講し、感想を「東京新聞」（九月二十四日付）に寄稿した。

一時間ばかりの間、ほとんど休みなしに、とうとうと論じるエネルギーはまことに見事なものだった。原稿はちゃんと書いて持っていたけれども、それを見ることはなく、もう講演の内容は、そらんじているふうだった。ほとんどジェスチャーのない、姿勢をきちんと正したままのすわり方で、自信と確信にみちたしゃべり方をする。時々、ほんの少し、机の上の両手で、ひかえめなジェスチャーをとる。その細い長い指の先に、真紅のマニキュアがほどこされていて、薄いくちびるの口紅と、同じ色をしているのが、美しかった。

話の内容は、『第二の性』に書かれていることで、女が経済的独立をしないかぎり、真の男女平等などはあり得ないし、最近の、女を家庭にかえそうとする後退の風潮と、女はあくまでもたたかわねばならないという趣旨で、別に珍しいことも、特にはっとさせることもなかった。（中略）日本の女流作家もボーヴォワール並みかとうぬぼれたとたん、私は、自分がそういう考えを持ち、女の生き方、女の将来の立場に対して、そうあらねばならないという確信を持ち、まず自分自身をそうあらしめようと努めてきたその根本は、ボーヴォワールの『第二の性』を読み、開眼させられ、信仰に近い信念としていつのまにか自分の精神の根に定着させていたことに気づいた。

やっぱり、ボーヴォワールの美しいあの赤いツメのあか《ヽヽ》をもらって、煎じてのんだ方が、まだまだききめがありそうだと思ったことであった。（「ボーヴォワールの赤いツメ」）

サルトルとボーヴォワールの日本滞在の二十八日間、すべてに同行した朝吹登水子は、〈「実存が第二の性を連れて来る」という川柳が紙上にのったほどで、近年、外国から来た文学者でこんなに騒がれた人はいない。ある大学教授は「知的ビートルズ」と心理分析した。作家瀬戸内晴美氏は、二人の愛のかたちは男と女の最高の理想的結びつきの標本、と言い、憧れている、と新聞は報道〉したと前出の図書に書いている。

また婦人雑誌で、ボーヴォワールとの座談会に出席した一流の女性作家や知識人たちの、ボーヴォワール観を次のように記録している。

〈作家瀬戸内晴美は、ボーヴォワールのマニキュアされた赤い爪を煎じて飲みたい、と発言しマスコミに取り上げられた。随筆家岡部伊都子は、不幸な結婚に悩んでいた時、ボーヴォワールの著作を読んで感動、離婚を決意、随筆家として自己の道を拓いたいきさつ、そして、「生身のボーヴォワールを見、その声を聞いた感激」を、最大限の敬語を使いながら紙上にのべた。ボーヴォワールとの《婦人公論》主催の座談会に出席した作家平林たい子は、《週刊朝日》の誌面で、ボーヴォワールが、法律的に日本で認められている中絶を是認してフランスの現状と比較した、と述べている〉

日本の若い世代の女性たちは、ボーヴォワールに関心を持ち、一九五三年に邦訳された『第二の性』は、ボーヴォワールの来日前に六十六万七千五百部のベストセラーとなり、一九九三年現在、その部数は二百九十七万九千九百五十四部に達している。〈人は女に生まれるのではない。女になるのだ〉(『第二の性』の冒頭)は人口に膾炙した。〈サルトルの忠実な弟子たる実存主義者ボーヴォワールにとっては、先験的に与えられたものとしての「女性的なるもの」は存在しない。性の差異は、何ら生物学的本性にもとづくものではなく、「第一の性」たる男性の支配する社会の中で、人為的に作り出されたものにすぎない。現代のあらゆる女性解放の最も基本的な合言葉が、この「人は女に生まれるのではない。女になるのだ」である〉（石崎晴己）

十月十四日（金）、サルトルとボーヴォワールを囲んで、雑誌「文芸」と「婦人公論」の座談会がある。「婦人公論」の出席者は作家瀬戸内寂聴と平林たい子、家裁の大浜英子、医者の竹村幸子、東大助教授・社会人類学の中根千枝。朝吹登水子も同席している。座談会のテーマは、「第二の性はいかに生きるか」で、母性を拒否しない限り、社会進出は不可能だろうか？深刻化している中絶問題を中心に女の役割を再検討する、というものであった。注目発言を摘録する。

ボーヴォワール　一つお聞きしたいことがあります。フランスでは人工中絶はまったく禁止されていて、そのためにいろいろ悲劇が起こっている。医者に診てもらえないために、たいへんな数の若い女性が自分で始末しようとして失敗し、病院に担ぎこまれて、そこではじめて手当を受けるけれど、多くの場合、手遅れになって、そのために死亡したり、非常に不幸なことが起こっている。

フランスでは、現実の問題として人口が殖えない。それは大部分が非合法的な方法で中絶しているから、という面もあるが、それ以外には、そういう強い禁止があるために、夫婦生活がうまくゆかないというような悲劇が数多くある。そういう犠牲の上にたって人口のつり合いがとれているのです。そして結婚している女性が、妊娠がこわくて夫との性生活を営まないことがある。フランスで『愛することの恐怖』という本が出版されていますが、つまり男性を愛しても、そういう関係に入れば、妊娠するかもしれないという恐怖感にせめられるわけです。

しかし、カトリック教会でも、現代の世界の過剰人口の問題を心配しているので、昔にくらべれば、寛大な態度をとるようになった。ですから、ここ二、三年のうちに、そういう法律を成立させることができるのではないかと思います。(中略)

瀬戸内寂聴　私はバース・コントロールのモデル地区に行ったことがあります。東京の江東区で、政府が指定したわけですが、割合に貧しい階層の人たちが多く暮らしているところでした。そこでは昔、助産婦だった人が指導員になって、薬品、器具の使いかた、あるいは避妊の日割を作ってやって、それを全部無料で教えておりました。

近所の主婦たちが、指導員のところへ行って、セックスに関する日記を提出して指導を受けたりで、彼女たちは共同炊事場で、非常にほがらかに、今晩のおかずはサンマにするとか、コロッケにするとか、と同じ調子で、きょうは何の薬品と器具を使うとか、あけっぴろげに語り合っていました。

ボーヴォワールは人工中絶の許されないフランスと比べて、日本では避妊が合法的に認められていることや、薬品も普及していることに驚き、〈そういう方法を習得すること自体、一種の知識を要するものだと思う。たとえば生理学、人体の構造などの知識。ところが日本では農民のあいだにまでそれが広まっている。それはどういう方法で知識を広めたのですか〉と逆に質問している。

座談会に出席した知識人の女性たちのひとり、医者の竹村幸子は、〈戦前の日本の人工中絶、避妊が法的に認められていなかったこと、戦後、食糧難のなかで人口過剰に悩んだこと、子供に何を食べさせるかが焦眉の問題であって、次の子供が生まれることはまさに恐怖のタネであった。各地の産院で嬰児殺しが行われたほどだった〉と語り、戦後の日本人のどん底生活を説明し、それだから、政府は人口政策からいっても人工中絶を合法化せざるをえなかったと続けた。

竹村の言によれば、出生率が低下して仕事が少なくなった助産婦が産児制限に力を入れ、家庭訪問をして、府県によって異なるが一軒あたり八十円（一九六六年当時）指導料として国からもらっている。教える側は積極的に家庭訪問をしているが、受け入れ側はどの程度、積極的か、疑問らしい。受胎調節をしている人は農村でも六〇パーセントぐらいで、四〇パーセントが失敗して人工中絶をしているのが実状らしい。
また戦後の混乱の中で、人工中絶の合法化が先行してしまったために、避妊を知る前に、産児調節とは人工中絶のことだと理解されてしまうようになり、優生保護法で人工中絶の合法化が行われ、そのあとでバース・コントロールの推進が出、避妊薬が市販許可になった。

瀬戸内　日本では、人工中絶があまり普及しすぎて、簡単に安くできるということで、非常に弊害がおこっている。むしろそのことのほうが大きな社会問題ですね。

話はこの後、離婚の問題に移る。日本では十三組に一組の割合で離婚（当時）している。離婚した女性は社会から白眼視されるきらいがあるけれど、社会的、経済的にもうまくいかないのに、子供を抱えて離婚したくてもできない妻に、ボーヴォワールはどういうアドバイスをするか？　との質問が出る。

ボーヴォワール　フランスで離婚した女性がどういう目で見られるか、ということは、その人の属している階層によって違います。保守的なブルジョア階級ですと、それはたいへん悪く見られますし、ことにカトリックでは離婚を認めず禁じているからなおさらです。フランスで出ている『エル』とか『マリー・クレール』などの主要婦人雑誌では、いくら見ても離婚をすすめるような書きかたは、身の上相談の返事でも絶対にしません。ただ、女性がもう少し自由な考えかたをもっている階級もあるわけで、そこでは離婚し、自立・独歩するというういきかたは、むしろ賞められるというか、少なくとも勇気ある女性とみられます。

またご質問の、夫とはうまくゆかないで、しかも離婚もできない立場にある女性に対して、まずすすめたいことは、その人がもし仕事をもっていて自活できるなら、離婚すべきだと思うが、しかし身につけた技術もなく、自分の生活を自分でできないというなら、離婚する前に、技術を身につけるようにしたらどうでしょうか。それは、できるかどうかわからないけど、その試みのため努力をすることは必要だと思う。フランスでも精神的には、まったくバラバラなくせに、なかのいい夫婦みたいにとりつくろっている夫婦があるけれども、女性は自立できるための努力をするべきでしょう。

「西欧と日本の文化の違い」で白熱した対話が続いた後、寂聴渇望の質問が出る。

瀬戸内　私は前から、ボーヴォワールさんとサルトルさんとの愛のかたちは、非常にすばらしい理想的なものと思っております。そして女史が避妊とか人工中絶に深い関心をもっておられることもよくわかりましたが、こういうまったく自由な、ほんとうに理想的な愛のかたちにおいて、もしサルトルさんとボーヴォワールさんとのあいだに、赤ちゃんができていたら、より完全な愛のかたちを示されたと思うのです。女史は愛する人の子どもを産もうというお気持は持たれなかったのでしょうか。

ボーヴォワール　サルトルも私も、おたがいに愛し合っていますけれども、どうしても子どもがほしいという強い気持に、二人ともならなかったのです。それは二人とも著作をしたいという気持が強かったからだと思います。天職を持つということと、子どもを作るということは、今の社会では、両立しないと思います。

平林たい子　最後にお聞きしたいことが二つあります。一つは個人的なこと、一つは日本の読者としてです。

一つは、お二人の長い愛情のご生活について、あの自叙伝を拝見して、私たち同じ文学に携わるものとして、家庭をもたないお気持はよくわかる。が、家庭をもたなかったとしても、芸術家の場合の男女の結びつきは、どうしてもどっちか一人が中心になって、もう一人は犠牲になりがちです。中心は一つしかありえないということで、家庭をもたなくても愛情は破綻してゆきがちなものではないかと思います。そういう点をどうなさったかとお聞きしたかったのです。

ボーヴォワール　いまおっしゃった中心ですが、どっちかが中心ということでなくて、二人でそれぞれ独立したかたちでつづいてきたのは、一つには、私たちは普通のかたちでは結婚しなかったことがあげられましょう。子どもや家事に時間をとられるということがなかったのですから。

それと、サルトルのおかげということがあります。というのは、サルトルはよくあるように、同業の女性を圧迫したり、蹴落そうという気持は全然持たない人で、むしろそういうものをみると焦立つような性格の人です。彼のそういう対しかたのおかげで両立してやってくることができたのです。

平林　もう一つの日本の読者としての質問ですが、近くボーヴォワールさんの小説が出版されるということですが、それはどんな内容のものかおうかがいしたいと思います。

ボーヴォワール　作品は非常に短いもので、一種の諷刺といえる。それは、技術文明を信じているブルジョアジーを対象にした諷刺文学作品です。現代フランスで、繁栄とか、洋々たる未来とか、社会の進歩とかいう、いわば一種のキャッチフレーズでいわゆる神話がたくさんある。しかしそれらは、いわば寄せ集めで、なんの基礎もない観念でしかないので、そういうものがまったくの幻影であることを示そうとした文学作品です。

ボーヴォワールは「婦人公論」の座談会の後で、知識階級の女性たちのことを、「サンパチック（感じが良い）ね。今日はとても興味深かった」と通訳を務めた朝吹登水子に洩らしたという。彼女はサルトルとボーヴォワールから、滞日中の四週間のうち、約二週間のプライベート旅行の案内役を引き受けてくれ、と直接頼まれている。

〈ちょっと迷った。世界的な哲学者、頭脳のかたまりといわれているサルトル、『第二の性』の大作家ボーヴォワール、こういう世界一流の頭脳の持主たちとずっと一緒にいてはさぞかし気が疲れてしまうだろう、と案じたからだ。しかし、考えてみるとこの尊敬する大作家たちと旅行をすることはまれなチャンスであり、素晴らしいことだ、と思い直し、承諾した〉（『サルトル、ボーヴォワールとの28日間・日本』）。二人は来日前に、日本に関する政治・経済の論文、文学を、英語、フランス語、イタリア語、ドイツ語の翻訳で五十冊読んでいたという。

一九六六年九月十八日、来日。四週間の滞在中、二人は三つの講演を東京と京都で行っている。慶応大学主催の講演会、朝日新聞社主催の二つの講演（東京・日比谷公会堂、京都、京都会館）。この三つの講演を全部聴いた仏文学者の海老坂武が感想を書いている。

『知識人の擁護』と題されたこの一連のサルトルの講演はかなり難解であって、フランス語で聴いた人もイヤホーンを借りて同時通訳で聞いた人も、その場ですっと全体の構造が理解できるというものではなかった。サルトルの講演は、フランスで聴いたときもそうだったが、きちんと準備した原稿を読むというスタイルで、講演というよりも講義だった（中略）。

よくわからなかった理由は、私自身の能力は別にして、サルトルがここで新しい思考を提示していたからでもある。そう、サルトルは観光旅行のついでにおざなりの講演をするというのではなく、全力投球で日本の講演にのぞんでいた。それまでサルトルは作家の「アンガジュマン」（社会参加）について繰り返し語っていた。しかしこの一連の講演では、まず知識人とは何かを定義し、「アンガジュマン」の概念を知識人一般に広げ、そこから再び作家のアンガジュマンの特殊性を規定するという新しい思考の動きを見せていたのだ（中略）。

サルトルにくらべると、今日の世界での女性の位置と女性の「アンガジュマン」の必要について語ったボーヴォワールの講演ははるかにわかりやすかった。ボーヴォワールは機関銃のように言葉を繰り出す人だが、発音が明確で、構成も明瞭なので、フランス語でもずっと聴きやすいのである。（『かくも激しき希望の歳月　1966〜1972』）

一連の講演会が終わったあと、雑誌「文藝」（一九六六年十二月号）主催のインタビューに近い座談会がある。司会が白井浩司。参加が平井啓之、鈴木道彦、海老坂武。「私の文学と思想」の題で同誌に掲載。

「世界」（十二月号）に掲載された加藤周一、大江健三郎、坂本義和、鶴見俊輔、日高六郎らの「知識人・核問題をめぐって」という題の座談会。

二人の来日に関して、新聞・雑誌にさまざまな論評が掲載された。井上光晴『つき刺す〝幽閉者〟の声』（「週刊読書人」九月十二日号）、清水幾太郎『知識人の機能』（「朝日新聞」十月十二日、十三日）、瀬戸内晴美『ボーヴォワールの赤いツメ』（「東京新聞」九月二十四日）など。

サルトル　一九八〇年四月十五日、肺水腫で死去。

ボーヴォワール　一九八六年四月十四日、肺水腫で死去。

サルトルが創刊した「現代」誌創刊の辞から、二、三の言葉を引く（伊吹武彦訳）。

〈作家は彼の時代のなかに状況づけられている〉

〈われわれの考慮の対象となるべきものは、われわれの時代の将来である。現代とほとんど区別のつかない限られた将来――なぜなら、時代というものは人間とおなじくまず未来だからである〉

〈われわれは、われわれの時代の何物をも失いたくない。もっとよい時代があるかもしれないが、これはわれわれの時代なのだ〉

〈われわれは、われわれと同時代の人間のために書く。われわれは未来の眼でわれわれの世界を見ようとはしない。それはわれわれの世界を殺す一番確実な方法であるかもしれぬ。そうではなくて、われわれは、なまなましい眼で、やがて滅びる本当の眼で世界を見ようというのだ〉

〈不死の名声などというものは厄介至極な逃げ道である。一方の足を墓の向こうに、もう一方を墓のこちらに置いて生きることは容易なわざではないからだ〉

サルトルとボーヴォワールの若き日の姿は、ボーヴォワールの回想録の第一巻『娘時代』にいきいきと描かれている。サルトルの死後三年目に、ボーヴォワールの手によってガリマール書店から公刊された『カストールとその他の幾人かの友への手紙』(上下二巻)には、一九二六年から六三年にかけてのサルトルの書簡が収録されているが、その大半はカストール、即ちボーヴォワール宛のものである。カストールというのは、ボーヴォワールの綴りを英語読みした場合の意味に由来する愛称で、「ビーバー(海狸)」に相当するフランス語である。

一九三九年十一月九日の日付の手紙は、ドイツ戦線に気象班員として動員されていたサルトルが、休暇中の短い逢瀬を楽しんだあとで、恋人のボーヴォワールに送ったもの。

ぼくのすてきなカストール

ちょっと一言これを書き添える。ぼくのいとしい恋人よ、やっときみからの便りが届いたよ、そしてきみのこのやさしい手紙によってぼくの胸は愛情できゅっと締めつけられているのだ。きみがとてもすきだ、可愛いひとよ。帰りの様子がわかってほっとしている。どうしようもないのに、あれこれ考えてしまうものだからね。一度か二度、牢獄みたいなところで窮屈な思いをしているきみを想像して本当に不愉快になった。もちろん、これは単なる思い込みだった。けれども何もかもうまくいって、きみはいまウサギのようにパリのなかを駆け回っている。ぼくにとってもパリはそっくり存在していて、安堵の気持を味わわせてくれるのだ。ぼくの可愛いひと、どんなにきみを愛していることか。駅のホームで「柱頭隠者

[訳註＝初期キリスト教時代、塔などの頂上に住んで修行した孤独な苦行者]のように」背筋をのばして瞑想にふけっているきみの姿を想像して、きみのことがとてもいとしくなった。ぼくもきみと同じように、戦争がいたるところにあると感じ、かつ考えている。ごく最初のころからそう感じていたし、ぼくがノートのなかで、普遍的条件としての「戦中存在」なるものと、「戦争遂行」という行為とを区別して考えるようになったのもそのためだ。ターニャが燃えるように情熱的な長い手紙を書いてよこしたことも言っておきたかったのだ。彼女は有頂天で、トゥールーズに行ってエンマに会いたがっている。「きみがそれを思いついたんじゃないってことを認めるべきだよ」というぼくの言葉に憤慨して、こう書いてきている。「なんてこと言うのよ。とっても不当な言い分だわ。それじゃこの間の手紙を書いたことでわたしはあばずれってことになるのね。わたしひとりで考えたってことを覚えといてちょうだい」。だから機会があれば彼女は出かけるだろう。きみに対してはおおいに共感を抱いている様子で、こう書いている。「わたしをとても力づけてくれる彼女の話を聞きながら、本当に詩的な時間を過ごしました」。

愛しいひとよ、ここ二、三日の間、どんなにきみを身近に感じているか、きみにはわからないだろう。そこへきみの手紙が加わると、まるできみがここにいるかのようだよ。

書簡の中の固有名詞のターニャは、ボーヴォワールの教え子オルガ・コサキエヴィッツの妹ワンダのことで、サルトルはこのロシア人の姉妹どちらとも性交渉があった。エンマは前節で説明したフロベールの小説『ボヴァリー夫人』のヒロインの名で、ここではかつてやはりサルトルが性交渉を持った別のある既婚女性を指す。この手紙を書いてるサルトルは三十四歳、ボーヴォワールは三十一歳である。二人が知り合って僅か十年なのに、サルトルは幾人かの愛人がいるのだ。前述したが、サルトルはボーヴォワールに対して、「ぼくたち二人の恋愛は必然的なものだが、偶然の情事も知っておいたほうがよい」。しかし「その際はお互いに隠しだてはせず、明らかにしよう」との共通の認識を互いに確認している。サルトルがかなり乱脈な性生活を送っていたことは、ボーヴォワールの回想録の第二巻『女ざかり』にも語られているほか、養女や愛人たちの著作が何種類か公刊されている。

ボーヴォワールは嫉妬にさいなまれながらも、多くの場合、こうしたサルトルの女遊びの協力者ないし共犯者であったという。何やら『危険な関係』（ラクロ）を地で行くような話だが、ボーヴォワールもまたアメリカの作家ネルソン・オルグレンやクロード・ランズマンらの愛人がいたことをサルトルに打ち明けている（彼女の死後に公刊された『サルトルへの手紙』参照）。

寂聴は〈ボーヴォワールはサルトルの恋人として世界に名のとどろいた女性である。二人は籍などいれず、妻とか夫とか呼ばず、まったく新しい形で自由に愛を貫いた。結びつきのはじめから、別の恋をすることも認めあっていた。サルトルもボーヴォワール以外の女にたびたび恋をしたが、ボーヴォワールとは決して別れようとはしなかった。ボーヴォワールもまたサルトル以外の男とたびたび激しい恋をしていた〉と書いている。

シカゴで再会したボーヴォワールとその恋人オルグレンが、さてどこに行こうかという話になって、オルグレンは「動物園に行こう」と主張する。それが明晰をもってなるボーヴォワールにはどうしても理解できなかったらしい。

「なんで動物園になんか行くの？」

「動物園に行って動物を見るため」

「動物を見て何するの？」

「動物を見て、動物に見られるため」

二人の会話だが、これでは早晩、二人が訣別することになるのは、目に見えているのではないだろうか。寂聴は来日したボーヴォワールに対して、〈私は前から、ボーヴォワールさんとサルトルさんとの愛のかたちは、非常にすばらしい理想的なものと思っております〉と「婦人公論」座談会で発言しているが、そのとき四十四歳、得度（出家）した五十一歳までには七年の歳月がある。この発言に変わりはないであろうか。

サルトルとボーヴォワールがいっしょに眠るモンパルナス墓地の簡素な墓の写真を雑誌で見たことがある。そのとき、畏友・仏文学者の宇佐美斉の呟きが胸底にしみたことを覚えている。

ともに生涯にもわたって独身を通し、子供を作らないことをかたくなに守ってきた二人の晩年は、それぞれが養女と取り巻きに見守られたものであったから、外見上は孤独ではなかったであろうが、必ずしも信頼と安らぎにつつまれたものではなかったようだ。二人の死後に公刊されたいくつもの証言や回想が、二人のほとんどアルコール中毒に近い晩年の悲惨な暮し（サルトルはおまけに失明していた）や、さまざまの裏切りと中傷に苦しむ様子を暴露している。それはあたかも、彼らが生前に自分たちの生き方をつらぬくために、ときとして他人の心を容赦なく傷つけることさえ厭わなかったことへの、当然の報いであるかのようである。二人の自由な生き方は、強烈なエゴイズムによって支えられていたが、その功罪は実践とは切り離し得ない彼らの著作が提起した諸問題とからめて、改めて検討し直される必要があるだろう。

この宇佐美の見解への賛意を筆者は変更することはないと思うが、サルトルに対して全否定する立場に自分を立たしめることには、逡巡がある。学生時代、サルトル神話に余りにも惑溺したからである。仏文学者の鈴木道彦は、サルトルが世を去って十年たった現在、「生きている同時代人」と題してサルトルを寸描している。〈実際いまでは想像もつかないことだろうが、第二次大戦以後のサルトルの発言は、いつも世界的な規模で関心の的になっていたのである〉として、一例を示す。

今でも思い出すが、一九五六年のハンガリー事件当時パリにいた私のところへ、ある日とつぜん押しかけてきたフランス人の友だちは、口を開くや否や、「サルトルが立場を表明したよ」と報告した。友人はわざわざそれを告げに飛んできたのである。サルトルに同意するかどうかは別にして、それほどまで人びとは、彼の態度表明に注目していたのだった。これは実に異常な現象である。なんの権威も持たない在野の一作家の発言が、ときには国家の元首やローマ法王の言葉以上に強大な影響力を発揮したのであるから。このような事態は、彼のスター性によって作られた部分も少なくなかったけれども、その背景に徹底して同時代人に呼びかけようとするサルトルの姿勢があったことは認めなければならない。

そして筆者にとっても、学生時代から今日に至るまで愛しているサルトルの掌文がある。

ドイツ軍占領下にあった当時のある夜のことである。私は数人の友人とともにホテルの一室に集っていた。突然、誰の声ともしれぬ叫びが、助けを求めて街路に響いた。この声の響きに、われわれ一同は、とっさに下へ駆けおりたくらいであった。だが、街路には人影さえも見えなかった。われわれはその辺の一画をひとまわりしてみたけれども、誰にも出会わなかった。われわれは引き返してふたたび自分たちの仕事にとりかかったが、その叫び声は、一晩中、われわれの耳もとで叫ぶことをやめなかった。顔も知れず名も知れない一人の声が、すべての人に代って叫んでいたのである。恐怖の時代であったそのころ、われわれはみな、遥かな援助を、遅すぎる援助を待ち焦れていたので、誰しも、いまの叫びは自分自身の声だったのではなかろうかと、わが耳を疑ったものである。（エルマ・ノース『希望の終り』への序）

大江健三郎の小説『叫び声』の書名は、この序文から発想を得ていると思われる。

ボーヴォワールの、〈人は女に生れない。女になるのだ。人間の雌が社会のなかでとっている形態は、どんな生理的・心理的・経済的宿命がこれを定めているのでもけっしてない。文明の全体が雄と去勢体との中間産物をつくりあげ、それに女性という名をつけているだけのことである〉（『第二の性』生島遼一訳　新潮文庫）の断言的肯定命題は、当時（一九五〇年代）の女たち男たちの双方にどれだけの衝撃を与えたことか。彼ら彼女らのうちで、〈人は女に生れない。女になるのだ〉といったフレーズを一度でも口にしなかったという人がいたとは考えられない。

しかしその後、〈しだいに「女にとっては、自己が自己にとって他者である」とする『第二の性』の理念は、「すこし違うのではないか」とする考えが日本国内で育ちはじめた〉（河野信子「ボーヴォワールの継承をめぐって」）。

その先駆者として河野信子は森崎和江の『第三の性——はるかなるエロス』（三一書房　一九六五年）を挙げる。〈第一の性、第二の性といった考えを止揚したいのだ〉と森崎は河野に執筆の意図を語ったという。河野が、〈社会性のなかでの「性」だけではなく、自然性を基本とした性のやさしさ、すばらしさを考えつづけている森崎和江の到達点が示されている〉という一節を引いておこう。

——わたしの感覚がとらえた男っぽい「あの洞」は、人間の意識作用がもっているところの自然への加害性と背中あわせになっている自然への親和性ではないかしら。（中略）無人格的非動揺性として抽出され、わたしを養ってくれた男たちの総体。意識に先行して人類に所属している性の自然性が異性へも分割されていることに、やはりいまでも感動的です。
（『第三の性』）

森崎和江に固有の感覚や感受性こそ、男も女も、これからかえりみないといけない感覚なのではないか。そしてボーヴォワールもまた『第二の性』の論理と立場に静止したままではいなかった。当時は「私はフェミニストではない」といっていたが、晩年には「フェミニストの立場に立つ」と明言するようになった。

ボーヴォワールは一九七二年二月、パリで旧西独のジャーナリストで『性の深層』などの著書があるアリス・シュヴァルツァーのインタビューに答えている。

確信をもって言えることは、厳密な意味での階級闘争は女性を解放しないということです。この確信が『第二の性』を書いたあとの私の態度を修正しました。共産主義者もトロツキストも毛沢東主義者も女性を男性の下位においています。だから女性は真にフェミニストであるべきだ、女性は女性問題を手中におさめなければならないことがわかったのです。(『ボーヴォワールは語る』福井美津子訳)

しかし「家族と子育て」といったテーマや、独身《おひとりさま》、シングルライフについての考察はなされなかった。〈「おひとりさま・シングルライフ」の人間観にはなにかが決定的に欠けている〉(『「あなた」の哲学』村瀬学)ことにも言及したいが、本書ではスルーとしたい。

三

寂聴が外国の女流作家で実際に会ったのは、『大地』のパール・バック、『第二の性』のシモーヌ・ド・ボーヴォワール、そして『悲しみよこんにちは』のフランソワーズ・サガンである。

六十歳代だったパール・バックは小説家というより、どっしりとしたやさしい老女という感じで台所で美味しいオムレツなどつくってくれそうな気がした。

ボーボワールは、写真でよく見馴れた顔をしていたが、実物の方が若々しく、見るからに知的だったが、話は、日本の働く女たちの地位とか、産児制限の話ばかりしたがり、立派な女性とは感じたものの、取りつき難い偉そうな人だと思った。小説家というより哲学者とか、思想家という感じが強かった。

ところがサガンには、一目で好きにならずにいられない人なつっこさと、なつかしさを感じた。いつまでも友達であってほしいような人だった。

サガンの美しさと、心情のあたたかさは、話すにつれて内側から滲みだし、輝きだすものだった。

別れた後もそのやさしさが、秋の灯火のように、こちらの心にともしつづけられているような後味があった。サガンを好きになった、あるいはサガンに好かれた男たちの幸福がつくづく思いやられた。

およそ、ぶらないサガンの中に、私は稀有な才能以外にかぎりなく豊かな女を見たと思った。（『愛と別れ――世界の小説のヒロインたち』講談社　一九八七年）

寂聴の何という素直さ。こんなに公然とサガンの熱烈な愛読者であることを堂々と口にできるとは！　なぜ吃驚しているのか、〈『悲しみよ こんにちは』を初めて手にとったのは、高校に入学してまもなくのころだ。むさぼるように読み、以後、私は、朝吹登水子氏の訳で出版されていたサガンの作品をほとんどすべて読み尽くしてしまうに至った〉という小池真理子の記述を読まれよ。

当時、サガンと言えば、「おんなこども」の読む作家の代表格だと思われているふしがあった。「サガンが好き」と声高に告白することは、「私は典型的なプチブルであるにもかかわらず、ブルジョワジーの懶惰《らんだ》な暮らしに憧れ、気取った物言いばかりをしたがる、中身のうすっぺらな文学少女です」と認めているのと同じだと見なされた。

本物の文学好きなら、ボリス・ヴィアンやボードレール、アンドレ・ブルトン、サルトル、カミュ、大江健三郎、高橋和巳、安部公房、倉橋由美子らに傾倒するのが当たり前だとされていた時代に、あろうことか、「おんなこども」向けとしか思えない作品ばかりを書き続けているサガンに溺れるなど、言語道断……といったような考え方がまかり通っていた時代でもあった〉（「サガンの洗練、サガンの虚無」）

その「時代」とは、小池が言うように〈全国を学園紛争の嵐が吹き荒れていた時代だった。革命を掲げ、論じ、デモの隊列の中から火炎瓶を投げては、機動隊にジュラルミンの楯で押しつぶされそうになっていた学生も、（中略）皆、こっそり陰でサガンを読んでいた。（中略）闘争に命をかけ、難解な思想書や哲学書を読むことを好んでいた彼（註・小池がつきあっていたボーイフレンド）が、何故、サガンだったのか、と今から振り返っても、不思議である。彼に限らず、革命とは何か、生きるとは何か、という抽象的な問いを自分に向けて投げ続け、マルクスや吉本隆明、バタイユを読む傍ら、多くの若者は夜更《よふ》けに独り、サガンを読み耽っていたのだ。そしてそこに、海の向こうに生きる男女のスタイリッシュな倦怠を感じとり、自分の中にも覚えがないわけではない、似たような、不可解な感情の群れを重ね合わせていたのだと思う〉(同前)。

筆者が思春期を過ごした一九六〇年代は、所謂「六〇年安保」のあった「政治の季節」だったが、小池の指摘に首肯する所が多々ある。『悲しみよこんにちは』は、サガンがパリ大学在学中の十八歳の時に三週間で書き上げた処女作で、その年の文芸批評大賞を獲得、フランスだけでも百万部を売り、二十五カ国語に翻訳され、二百万部を超える国際的ベストセラーとなった。フランスという現代哲学・思想の最前衛に位置する国での記録的な成功である。「おんなこども」の読む小説と決めつける方が誤まりなのだ。

ノーベル文学賞を受賞した作家モーリヤックは、その感性を「魅力的な小悪魔」と絶賛、「悲しみよこんにちは、青春よこんにちは」と言っている。この小説の本質を捉えたフレーズといえよう。題名の『悲しみよこんにちは』は、ポール・エリュアールの「直接の生命」の詩の一句からとられている。サガンの全作品を翻訳した朝吹登水子も、〈たしかに、サガンは、新しい一つの世代、戦後の世代のある層を代表している作家である。かの女が、国際的な成功を博したというのも、国境を越えた、共通感を、この世代の人々が感じるからではないだろうか?〉といい、当時のパリの雰囲気を、小池真理子風に伝える。

戦後の巴里の青春の一つのタイプ……サンジェルマン・デ・プレ（実存主義者達の集まる区）のカフェでアメリカのホットジャズを聞き、ウイスキーで憂さを晴らし、サルトルを愛読する……。人生への倦怠、シニスム。

朝吹はサガンの次のような挿話を紹介する。

ある記者が彼女をインタビューした時に訊いた。「貴女の主人公たちは、人生になんの目的も理想も持っていないのですね？」それに答えて彼女が言った。「何故目的を持たなくちゃならないのでしょう？　青春になんの目的があるでしょう？　原爆を忘れようとすること？　けれども、原爆は実在しているではありませんか？　私たちの周囲は方々に亀裂を生じ始めています。世界は崩壊するのでしょうか？　でもすっかり崩壊して了ったら、ちょっと愉快じゃありません？　若い人達が何にも興味を持たないってことを非難なさるんですか？　けれど、自分の好きな職業すら得られない時代ですものね。私はコムュニストじゃありませんけれど、まあコムュニスト達ぐらいなもんじゃありません？　希望を持っているのは……。（『ある微笑』あとがき）

『ヌーヴェル・ヴァーグの時代』（E／Mブックス5　エスクァイア・マガジン・ジャパン）の巻

頭エッセイ「ヌーヴェル・ヴァーグって何?」の筆者、細川晋は言う。

「ヌーヴェル・ヴァーグ」とは、そもそもフランス語で「新しい波」のこと。つまり英語で言う「ニュー・ウェイヴ」、日本語で言えば、さしずめ「新潮流」とでもいうところだろうか。つまり、一般名詞としては、あらゆる領域の新しい運動に適用できる言葉である。フランスにおいては、まず戦後世代、つまり四〇年代から五〇年代にかけて青年期を過ごした世代の総称として用いられた。その潮流はほぼ「サガン現象」と一致する。

一九五四年に『悲しみよこんにちは』を書いたフランソワーズ・サガン(三五年生まれ。中略)。主題は若者と旧世代の大人の世代間ギャップ、格式を重んじる支配的な価値観に対する、ベイビーブーマー世代のアメリカ大衆文化の洗礼を受けた若者の反抗である。気取りを伴う成熟が美徳とされた時代に、成熟の拒否を美化する姿勢は衝撃的だったと思われる。

小説(『悲しみよこんにちは』)はオットー・プレミンガーによりアメリカで映画化された。回想場面の撮影は一九五七年夏、南仏で行なわれ、アメリカ本土では不評だったが、フランスの映画批評誌「カイエ・デュ・シネマ」の批評家たちは熱狂した。十七歳の女主人公セシルを演じたのは、プレミンガーの前作『聖ジョアン』(五七年。衛星放送題『聖女ジャンヌ・ダーク』)の大々的なオーディションでタイトルロールに抜擢されたアイオワ州マーシャルタウン出身のジーン・セバーグ(三八年生―七九年没)である。

ジーン・セバーグの髪型が、ヒロインのセシルに因んで「セシル・カット」と大流行。ヌーヴェル・ヴァーグという用語は、フランス映画の新しい一潮流として、ジャーナリズムで用いられることによって世界的に広まる。大々的に注目されるきっかけとなったのが、一九五九年五月のカンヌ映画祭におけるフランソワ・トリュフォーの長篇第一作『大人は判ってくれない』の監督賞の受賞である。三十歳未満の監督の作品がフランス代表に選ばれたこと自体が初めてのことでもあった。ジャーナリスティックな価値は大きく、以後、フランス映画の流れは一変する。

撮影所での助監督の経験もなく、商業映画を撮ったこともない映画狂、映画批評誌「カイエ・デュ・シネマ」(一九五一年にアンドレ・バザン、ジャック・ドニオル＝ヴァルクローズらが創刊)の批評家出身の二十代の映画作家たちの商業的長篇映画の第一作が、「ヌーヴェル・ヴァーグ」と総称されたのである。

『大人は判ってくれない』に加え、クロード・シャブロルの『美しきセルジュ』(五九年二月公開)、一九五八年の七月から八月にかけてパリで撮られたシャブロルの第二作『いとこ同志』(五九年二月公開)、五九年八月から九月にかけてパリとマルセイユで撮られたジャン・リュック・ゴダール（三〇年生まれ）の『勝手にしやがれ』（六〇年三月公開）といった映画がその筆頭に挙げられる。

繰り返すが、これらの潮流はほぼ「サガン現象」と確かに一致するのである。サガンは十七歳の時、二年めで大学入学試験にパスするが、ソルボンヌに入った頃、小説を書き出し、あらゆる雑誌に持ちこんだが、断わられてばかりいた。寂聴は書いている。

サガンにもこんな時期があったなどとは信じられないような話だが、『悲しみよ　こんにちは』がジュリアール社で認められ、一挙に人生が変ってしまった。

成功したサガンは、莫大な印税が入り、兄とふたりでアパルトマンに住み、そこには若い友人がたむろして、彼女は湯水のように金を使った。ジャガー、アルコール、ダンス、音楽、スキャンダル、自分を取りまくそんなものの中で、サガンは、世間のつくった自分の虚像にあきあきしていた。

有名な車の事故を起したのは一九五七年の春で、九死に一生を得たものの、痛み止めの薬の中毒になったり、足が不自由になりかけたり、全治までには大変なめに逢った。それまで幸福街道をひた走っていたサガンにははじめての挫折の経験だった。（瀬戸内『愛と別れ』）

サガンの略歴は寂聴の同書によって記述したが、講談社学術文庫『現代フランス文学作家作品事典』(一九八一年)で少しく補正しておきたい。サガンの項目の執筆は朝吹登水子だ。一九三五年六月二十一日、サルトルが生れて三十年後の同じこの日に、サガンは生まれている。三人兄妹の末子であった。三九年九月、彼女が四歳の時、第二次世界大戦が勃発。裕福な実業家だった父は召集されたが、フランスの降服となり、召集解除。父は勤め先の工場経営に携わるため、中南部のサン・マルスランに赴く。サガンは自由に自然の中をとび廻った時代ではあったが、ドイツ空軍の機銃掃射を受けて野原を一目散に駈け出したり、ドイツ兵の家宅捜査にあって、両手をあげ壁に立たせられたおそろしい記憶を持っている。

サガンはカトリック系の私立学校に入る。大学入試資格試験を考慮、グルノーブル市の聖心女学院の寄宿舎に入る。規則ずくめの学校生活や勉強の仕方に反発、この頃から既成秩序を小馬鹿にする傾向が生じ、通信簿には「注意散漫」と記入される。

一九四五年、大戦の終結とともに一家はパリに戻る。サガンはカトリックの有名私立校オワゾーに通う。しかし三カ月で、「求道精神に欠けている」との理由で退校。その後、アトメール私塾で、生涯の親友となるマルローの娘フローランス・マルローと知り合う。十五歳の時、ジッドの『地の糧』を読み感銘をうけ、自分もいつか本を書こうと決心する。プルースト、ランボー、エリュアールを愛読。戦後、実存主義哲学運動が花開くと、サルトルに傾倒し、プルースト、フィッツジェラルドと並んで彼女の最も好きな作家となる。パリ大学ソルボンヌ校に入学するが、一年目の予備課程試験に落ち、夏休みを中止して、以前から構想をねっていた小説『悲しみよこんにちは』を二カ月半で書きあげる……。

朝吹登水子は、〈サガンは幼い時、偶然、ナチ強制収容所のドキュメンタリーを観てショックを受け、反ファシスム、反右翼の思想が強く、ブルジョアジー出身ではあるが政治的には革新を支持している。アルジェリア独立戦争の時は自由主義者・左翼文化人たちと「百二十一人の宣言」にマルローの娘と共に署名、人工中絶改正法案の署名運動「私は中絶をした」にボーヴォワールと参加している。ファシスムとの戦いには自ら銃をとる、とまで言い、作家は社会の不正に対して抗議の叫びを挙げなくてはいけないと言うが、その作品には政治論はなく、女闘士も労働者も登場しない。サガンは、名声と富とを獲得し、社交界で一見派手な生活を送ってはいるが、孤独感を内に秘めながら、たいそうパリ的な、ユーモラスな会話をする、聡明で繊細な女性である〉と、事典の解説を結んでいる。

サガンの生涯は小説に勝るともおとらず、波乱万丈だった。一九五八年に、二十歳年上だった出版関係者ギイ・シェレールと結婚、二年後に離婚。その二年後の六二年に、今度はアメリカ人のボブ・ウェストフと再婚。息子ドニが誕生したが、やはり二年後に離婚（ただボブとは離婚後も七年ほど一緒に暮した模様だ）。〈七年以上続いた恋愛はしたことがない〉（『愛と別れ』）と告白しているのだが……。九〇年代に入ってからは、麻薬の使用や脱税が発覚して有罪判決を受けたり、親交のあった当時の大統領ミッテランの外国公式訪問に同行したものの、呼吸器障害を起こしてパリに移送されたりと、世間を騒がせることも多かった。二〇〇四年九月二十四日、六十九歳で死去。時の大統領シラクは、「彼女の死とともに、フランスはもっとも聡明で繊細な作家のひとりを失った」と哀悼の意を表した。なお訳者の朝吹登水子も、後を追うように翌二〇〇五年九月二日、死去、享年八十八。

二〇〇八年六月、サガンの生涯は映画化され、フランスで公開。サガン作品の翻訳権を独占していた新潮社の棚から、サガンの作品が品切れ、絶版と相次いで消えていったが、新訳者に河野万里子を得て、二十世紀仏文学界が生んだ少女小説の聖典『悲しみよこんにちは』が半世紀を経て文庫刊行された。

映画『サガン　悲しみよこんにちは』を観た河野は作家が亡くなってからこれほど早く映画化されることは、めずらしいことだろうと、前置きしながら、試写を見た感想を同文庫「訳者あとがき」で書いている。

監督はディアーヌ・キュリス、主演は二〇〇三年にセザール賞最優秀女優賞を受賞したシルヴィー・テステュー。
自由に毅然と生きぬいたその一生は、一一七分という上映時間にとてもおさまるものではないが、姿やファッションはもちろん早口のフランス語まで、まるで彼女が憑依したみたいにそっくりだと評判だったらしい。（中略）愛と孤独について今も胸にしみいる彼女のことばの数々は、こんな運命のなかから紡ぎ出されたのかと、感慨深かった。

『悲しみよこんにちは』は、十七歳の少女の一人称で書かれている。舞台は夏のカンヌ。父レエモンは四十歳で、妻を亡くして十五年来やもめ暮らしをしている。美男で伊達男でドン・ファンだが、セシルは父が大好き。生き方を理解し、共犯関係にある。その夏、父の愛人エルザと三人で南仏の海辺に避暑に出かけ、そこでソルボンヌの学生シリルという青年と愛し合うようになる。そこへ亡き母の友人で、聡明だがどこか冷たい女性アンヌが訪れ、父は彼女との結婚を決意する。

だがセシルは、彼女に勉強を強制し、シリルと別れさせたアンヌを好きになれず、また父が結婚したあとの退屈と平穏な生活を恐れ、父と娘にとって有害で危険なアンヌを追放するために、青春の残酷さと好奇心をもって、シリルとエルザの偽装恋愛関係を仕立て、父に誤ちを犯させる。父はエルザを再び自分のものにしたいという欲望にとりつかれる。中年男の、若者に負けないぞという意地。エルザとの浮気。それを知ったアンヌは別荘を去り、自殺とも思える崖から落ちるという自動車事故で死ぬ。父と娘は元どおりの放蕩生活に戻るが、一年経った今、眠られぬ夜を過ごすとき、突然、アンヌの記憶がよみがえり、セシルはこれまで知らなかった「悲しみ」の感情を噛みしめる。ラストは、こうだ。〈私がベッドの中にいる時、自動車の音だけがしているパリの暁方、私の記憶が時どき私を裏切る。夏がまたやってくる。その思い出と共に。悲しみよこんにちは〉。

処女作には作家のすべての芽がふくまれているといわれるが、悲しみ、ものうさ、優しさ、孤独、唯一のモラルである幸福の追求といった、サガン文学の主題が、すべて出そろっている。

サガンは生前、自分の墓碑銘を考えていた。

〈フランソワーズ・サガン、安らかならず、ここに眠る〉

サガンは一九七八年八月下旬来日し、わずか五日間だけ滞在した。インタビューやテレビのスケジュールが一杯で、どこも見物しないで帰った。寂聴はそのときテレビで対談。サガンの滞在していたホテル・オークラで、朝吹登水子が通訳をした。

〈テレビが終って、サガンはもう次の仕事の時間がせまっていたが、ホテルの廊下でたちどまって、もっと話がしたいといい、「あなたの出家のことがもっと聞きたい」といった。私がテレビの中で、「出家して戒律にしばられたのに、心が無限に自由にひろがった」という話をすると、サガンは目を輝かせてよくわかる、たぶんそうだろうと、深くうなずいてくれた。こういう話はすでに何人もの日本人と話していたが、サガンほど、私の話を深く心全体で受けとり、理解してくれた人はいないと思った〉（『愛と別れ』）

筆者は本稿を執筆中に偶々、早稲田の古書店で「婦人公論」（一九六〇年十月号）を手に入れた。何とサガンの「私のキューバ冒険旅行」という紀行文が八ページもとって掲載されているのだ。「はるばるカストロの国をおとずれたフランス才女作家が、その眼でとらえたユニークな現地批判」というリードが付せられている。三枝佐枝子編集長時代の同誌は全冊興味をかき立てるものがある。

サガンは『レクスプレス』紙の特派員の資格でキューバを訪れ、その印象記を同紙に寄稿したのだった。もともとはキューバが革命運動の七周年記念日に各国のジャーナリストを招いたことが、きっかけである。

訳者の内山敏は〈キューバまで出かけて行ったのだから、カストロの政権に関心と好意をもっているのは明らかだが、彼女は作家らしい率直さで、自分の体験したことを忌憚なく書き、今日のキューバで欠点とみられることも遠慮なくあばき出している。カストロ政府に対する讃辞があまりにも多いので、いささか反発したとみられる点もないわけではないようだが、ブルジョアのお嬢さんらしい正直な見方で、その見たこと、感じたことを、何の気がねもなく表現している点は面白い。今日のキューバにいろいろ文句をつけながらも（政治的に未熟なキューバでは文句をつける余地はいくらもあろう）少しもカストロやキューバ国民に悪意をもっていない点が注目される〉と「まえがき」に記す。

サガンのこの文章には誰も触れていないので、最後の十行余を引いておこう。


わたしはとうとうカストロには会えなかったけれど、彼はまさしく尊敬すべき人物であると思う。ある外国のジャーナリストがシエラ・マエストラで、カストロの到着のさいの群衆の歓呼を前にして、わたしにいった。「まるで新しいおもちゃをもらった子供みたいですね」。

わたしの知恵はよくあとから出るものだから、彼に返事をしたのは一時間後であった。「それは子供をおとなに成長させるただひとつのおもちゃ、自由なのです」。

なおその際、同時に買った「婦人公論」（一九六〇年三月号）にも、サガンの『ブラームスはお好き』が、朝吹登水子訳で全文掲載されている。「フランス文壇きっての才女による話題の最新作」と目次の惹句は謳っている。

サガンが他界した年の四月、寂聴はＮＨＫの新番組の第一回にサガンを取りあげ、取材の役を依頼され、急遽フランスへ旅立っている。生きて、書いて、愛したサガンゆかりの地を訪れ、精力的に人に会い、話を聞いている。前述したが、寂聴はサガンが来日した折りに会って対談している。対談は未見だったが、エッセイ『サガンを尋ねる旅』（二〇〇五年四月）は読んだ。会ったとき、サガンは四十三歳、寂聴は五十六歳だった。サガンは二十二歳のとき、スポーツカーを暴走させ、大事故を起こした。九死に一生を得て、六十九歳まで生きのびた。

〈もしあの時死んでいたら、あるいはラディゲと並んでサガンは天才の列に入れられたかもしれなかった〉

〈サガンと同じく引っ越し魔の私には説明されなくても、サガンの引っ越したがる心情がわかっていた。一所に定住出来ず、次々居を移すのは、放浪の星に生まれた私たちの体内に流れている血が騒ぐのだ。一所で長く留まり、ものを書けば、その土地の精気をすべて吸い尽くしてしまったようで落ちつかなくなる。でもどこへ行こうと、書きたいという執念と情熱は付いて廻る〉

〈自分の文学の主題は「孤独と恋愛」と言いきるサガンは破滅型でもデカダンでもない。最も正統でクラシックなフランス文学の継承者だと自分を評価していた〉

四

寂聴と関係の深い海外作家としてボーヴォワール、サガンを素描してきた。次は寂聴が最も好きな作家と公言してもきたM・デュラス（一九一四―一九九六）である。年齢でみると寂聴はボーヴォワールより十四歳年下、逆にサガンは十三歳年下である。デュラスより八歳年下と年齢的には最も近い。そして筆者の見るところ、文学、思想的に寂聴はこのデュラスに一番近い場所に佇立しているように思われる。ボーヴォワールとサガンとは実際に会い、対談・座談会などをしていて、デュラスとは会ってはいないが、三人のなかでは、デュラスについて言及しているエッセイ、随想が最も多い。

作品のなかでデュラスの名が最初に登場するのは自伝『いずこより』である。出家前で晴美の名で「主婦の友」一九六七（昭和四十二）年一月号から連載開始。終了後に推敲の歳月を置き、単行本化は一九七四年、即ち前年の十一月十四日に出家得度した翌年一月である。デュラスと出会うことで激変する作家の境涯。これは偶然であろうか。『いずこより』で、その場面はこんな風に描かれる。

晴美の夫が故郷の中学で教鞭をとっていたときの教え子の小川文明が訪ねてくるという決定的な事件がある。晴美はフランスの女流作家マルグリット・デュラスの、〈この世の中で、人はいたるところで出逢う。重要なのは、この日常茶飯の出会いから生ずることである〉という言葉を引きながら、〈私は平穏を約束され、平凡だけれど安泰で幸福であり得た生涯の軌跡を狂わせ、思いもかけなかった人生へ、私を拉致してしまった文明との出逢いの瞬間が、文字通り日常茶飯の何気ない出逢いにはじまっていたということは、今になって考えると、私にはかえって不気味な戦慄を覚えさせられる〉と回想するのである。デュラスの言葉はそんなに大仰なものではあるまい、といった茶々を入れるのはひかえよう。寂聴のその後の軌跡を俯瞰するとき、筆者もまた〈不気味な戦慄を覚えさせられる〉と同時に、しばし沈思黙考を強いられるというほどの衝迫を受けるのも事実である。マルグリット・デュラスとは、どんな作家であるのか。

デュラスは一九一四（大正三）年四月四日に現在のヴェトナム（当時のコーチシナ）で生まれた。父は数学の教師であったが、デュラスの幼いうちに死去し、長兄ピエール、次兄ポール、マルグリットの三人の子供を育てるため、母親も小学校の教壇に立つようになる。両親ともロマンティストで、ピエル・ロティの作品のエクゾティスムに惹かれて東洋に渡ったものらしい。

大学入学資格試験《バカロレア》の準備に十八歳でパリに引き揚げるまで、数回のごく短期間のフランス旅行を除くと、デュラスは少女時代をすべてヴェトナムで過ごしている。

母親が自費で防波堤の建設を企て、完成後、堤が一夜にして崩壊したため、一家が破産の憂き目に遭う思い出を中心とした作品が『太平洋の防波堤』になる。植民地政策をつぶさに眺めた経験は思春期の彼女に決定的な影響を与える。生涯をつらぬくモットー「あらゆる抑圧に反抗する」は、この頃に形成されはじめたものと思われる。「兄といっしょにジャングルを歩きまわったり、川で魚をつかまえること」以外、レコードを聞くこと、映画を見ること、それにたまさかのダンスなど、少女時代の嗜好は、文学作品のみならず、のちの映画監督デュラスにも濃い影をのこすことになる。

一九三一年（十七歳）、母親はマルグリットとポールを連れてフランスに帰国。春、パリに居を構える。オートゥイユの私学で学業を再開。一九三二年（十八歳）、妊娠中絶をする。母とポールとヴェトナムにもどる。三三年（十九歳）からパリ大学法学部政治学科に入学。法律学、数学にうちこむ。のち法学の学士号。三九年（二十五歳）、ロベール・アンテルムと結婚。ドイツのガンデルスハイムで強制収容所体験をもつことになる彼は、デュラスとユダヤ人問題の結びつきを考えるさい重要な人物。四〇年六月、ドイツ軍がパリを占領。四二年、男児を出産するが、子供出産時に死亡。兄ポールがサイゴンで病没。四四年（三十歳）、ミッテラン指揮下のレジスタンス（抵抗運動）に参加。フランス共産党に入党。四七年、アンテルムと離婚。ディオニス・マスコロ（『ル・コミュニスム』の著者）とのあいだに一人息子ジャンを儲ける。このジャンの存在は、デュラスの作品に登場する子供と関連があり、『破壊しに、と彼女は言う』を産む一因ともなっている。

一九五〇年三月、共産党を追放。五八年（四十四歳）、『モデラート・カンタービレ』を刊行。映画『ヒロシマ・モナムール』脚本執筆。五九年、映画『ヒロシマ・モナムール』（邦題『二十四時間の情事』アラン・レネ監督）がカンヌ映画祭に出品される。六〇年（四十六歳）、映画『モデラート・カンタービレ』（邦題『雨のしのび逢い』脚本・デュラス、監督ピーター・ブルック）が、カンヌ映画祭で主演女優賞（ジャンヌ・モロー）、「アルジェリア戦争における不服従の権利宣言（百二十一人の宣言）に署名（参照・『現代フランス文学作家作品事典』一九八一年。項目担当 田中倫郎）。子供が二人は三人の誤まりだろう（『私はなぜ書くのか』北代美和子訳、河出書房新社 二〇一四年。巻末年譜も北代氏）。

この略年譜からも、一九五八年前後のフランスで、〈文学〉と〈映画〉が決定的な出逢いを経験する機運が熟しつつあることが想像されるだろう。「ヌーヴェル・ヴァーグ（新しい波）」と「ヌーヴォー・ロマン（アンチ・ロマン）」という語彙が相次いで登場、新時代の旗手として脚光を浴びるのである。マルグリット・デュラス、アラン・ロブ゠グリエ、クロード・シモン、ミシェル・ビュトール、ジャン・ピエール・ファイユ、フィリップ・ソレルス、J・M・G・ル・クレジオ……。そしてアラン・レネ、クロード・シャブロル、フランソワ・トリュフォー、ジャン＝リュック・ゴダール、アンリ・コルピ、ルイ・マル……。

仏文学者の海老坂武は〈映画史家が書く映画史とは別に、各人の映画史というものがある。そして各人の映画史はそれぞれ世代の映画史となっている〉（『〈戦後〉が若かった頃』）と言う。同じことが文学史でもいえるだろう。いまひとりの仏文学者の中条省平の言葉をかりれば、〈一九五九年が、真の「ヌーヴェル・ヴァーグ」の年となります〉（『フランス映画史の誘惑』）。

文学と映画が〈新しい波〉の波濤を浴びるのなら、音楽や美術、そして政治にしても同じことが起るのは必至。フランスではアルジェリア戦争のまっ最中であり、やがて「五月革命」へと、日本では所謂「六〇年安保闘争」前夜から七〇年全共闘世代の登場へと、幕が開かれるのである。

寂聴がいち早くデュラスに注目し、炯眼を誇ったのと同じく、演劇・映画を中心に先鋭的な評論活動を行う渡辺淳（一九二二年生）もデュラスをいち押ししたひとりである。

彼女は戯曲のほか、小説、さらには映画も手がけて、マルチなタレントぶりを発揮していたが、女性ということもあってか、きわめて感性的、というより生理的・本能的・情念的に人間世界の不条理と取り組み、その測深と探索の道程を、いろいろのヴァリエーションで対象化して成果を上げている。当然のように彼女も時代と年齢に応じて変貌しているが、ことに愛をめぐって、その不成就の苛立ちと、成就への願望を変らぬテーマのようにして、あれこれの作品でユニークな実をもたらしていることに注目したい。劇作では『辻公園』（五六年）や『セーヌ・エ・ワーズの陸橋』（五九年）、映画では『インディア・ソング』（七四年）、小説では『モデラート・カンタービレ』（五八年）や『愛人』（八四年）などがことにポピュラーな秀作に数えられよう。（『二十世紀のフランス知識人』）

渡辺は同書でむろん映画にも言及している。〈アラン・レネは、まず短篇記録映画からスタートしたが、それらのなかでは内容的にも方法的にも、ことに評判になった『夜と霧』（五五年）に、彼の創作の原点のようなものがうかがえて興味深い。つまり、これはアウシュヴィッツ収容所というきわめて政治的・社会的な人類の負の過去を、人間の内部の記憶の問題として現在に甦らせて異色だったのである。〈意識のドキュメンタリスト〉としてのレネの面目躍如といったところだ。そして、彼は処女長篇『広島・わたしの恋人』（邦題『二十四時間の情事』五九年）では、あのデュラスのオリジナル・シナリオにもとづいて、広島の記憶を、かつてナチの占領下の悪夢のそれとしてダブらせて描いて見事だったし、続く『去年マリエンバートで』（六一年）では、今度はロブ＝グリエのやはりオリジナル・シナリオで、男女の愛にこと寄せて、記憶の迷路を壮麗に記録して、独特な恋＝口説きの映画を創造した。こうして、レネはその後もいろいろのテーマで一貫して、人間の思い出ではなく記憶の力を映像と音で証しつつ、彼に言わせると「読む映画」を世に問い、寡作ながら、大袈裟ではなく、六〇年代を中心に、映画

史にひとつの金字塔を築いたと言っていいだろう〉（同前）

文学が真に自立するとき、政治も自立の相貌を帯びることになろう。孤立した個もそれぞれ個性的な流儀で真の連帯に離陸するのだ。さきに一九六〇年夏の知識人たちによる『アルジェリア戦争における不服従の権利宣言』、一般に「百二十一人の宣言」のことに触れたが、その百二十一人のリストにサルトル、シモーヌ・ド・ボーヴォワール、ヴェルコール、モーリス・ブランショ、ミッシェル・レリスらとともに、マルグリット・デュラスやサロート、シモン、ロブ＝グリエらの名が見出されるのである。

寂聴は三篇ほどデュラスについて文章を綴っている。そのいずれもがユニークな「デュラス論」になっていて、これを見逃がして先へ進むわけにはいかない。前著『寂聴伝　良夜玲瓏』で触れた一篇「情熱のない性愛の無意味にめざめる女――マルグリット・デュラス『モデラート・カンタービレ』」（『愛と別れ』所収）のなかから、引用しなかった箇所を改めて俎上に載せたい。この文章の前半は「デュラス小伝」とでもいった内容になっている。幼児の頃に住んだコーチシナでの思い出である。

マルグリットの記憶の中では、植民地の最低の白人の貧しい暮しをつづける自分の家族がいた。

子供たちは米を好み、はだしで暮し、すっかり安南人の子供のようだった。

母は営々と貯金して、マルグリットが十二歳の頃、カンボジアの南端、シャム湾に面したカンポートの町の近くに払下げの分譲地を買った。原地人を使ってそこを耕作しようと考えたのだった。何百ヘクタールもあるその広大な土地は、一年の半分は海水に漬ってしまうような「塩漬け」の土地だった。耕作不可能のこんな土地を、腐敗しきった役人は、賄賂を出す智恵もない可哀想な未亡人をだまして払い下げたのだった。彼女は役人の不正に黙ってはいず役所に抗議をつづけ、太平洋の高潮を防ぐ長い長い防波堤を築くというとんでもない計画をたてる。莫大な借金をして、自力でそれを築こうとする。現地人を説得して、借金でそれがようやく出来上った。田んぼには稲がいっぱいに植えられた。稲はすくすくとのびた。ある七月の朝、例年通り高潮がやってきた。一晩で防波堤は崩壊した。田んぼの小蟹にすっかり蝕まれていたのだった。

彼女は狂ったようになり、無一文になり、泣いていた。母になされたこの世間の極端な不正は、十二歳のマルグリットに最も深い最初の傷を刻みつけた。

寂聴は続ける。〈この間の話は、デュラスが、作家となった時、三十六歳で『太平洋の防波堤』で小説に書いているが、同じ時期のことを一九八四年、七十歳になったデュラスがもう一度書き、その小説『愛人』は、刊行後二ヵ月で二十五万部、その後たちまち八十万部も売りべ

ストセラーになった上、ゴンクール賞を受賞、世界的な話題になった〉(同前)

問題はそこで終わるのではない。筆者の打った傍点に留意し、以下の寂聴の文章を味読してほしい。

『太平洋の防波堤』ではリムジンでやってきて、娘にいいよって散々馬鹿にされ、蓄音機やダイヤだけをまきあげられる男が『愛人』では、大金持の若い中国人になっていて、しかも十五歳半の娘は、愛もないのに男に身をまかせ、高校に男のリムジンで帰る。ショロンのつれこみ宿で、少女は男に抱かれて飽くことを知らない。それは七十歳のデュラスが、少女の性的初体験の真実を語っているととってよい。なぜ突然、七十歳のデュラスがそんな告白を書き残したのか。しかしそれは手記的告白ではなく、デュラスのすでに書いてきた四十以上の作品の中でも、最も美しいいい小説といってもいいものであった。(同前)

デュラスの『愛人』が刊行されたのは、一九八四年九月上旬である。訳者の清水徹は次のように述べている。

デュラスはすでに作家歴四十年におよぶ著名な女流作家であるが、その最近の作品はむしろ難解と見なされており(中略)そういう作家が、一転して、仏領インドシナを舞台に、十五歳のときの、金持の中国人青年との最初の性愛経験を語ったというような一見センセーショナルな事情が、このブームの原因のいくばくかをなしていたのかもしれない。

だが、まず何よりもこの本は、ひとりの聡明で早熟な少女が、恋の感情からではなく、何か自分を超えたつよい義務感のようなものにうながされて入っていった激しい性愛の経験と彼女をとりまく異様な家庭環境とをとおして、少女から女へと成長してゆく姿、「十八歳でわたしは年老いた」と語るような激烈なイニシエーションの一幕を生きてしまうその姿を、じつに鮮やかに、また感動的に語った作品である。そして、現在形を主体として一人称と三人称を自在に混ぜあわせ、回想のスクリーンのうえに浮かびあがる情景を、印象的に切り換え、切り換えしながら、こころよい音楽をひびかせる文章で語ってゆくデュラスの独特の語り方は、この作品に、ふつう自伝的作品と呼ばれているものとずいぶんちがう、じつに魅力的な肌ざわりをあたえている。

訳者が言う『愛人』が刊行された一九八四年九月上旬というのは、本国フランスでのことである。その後、四十三カ国語に翻訳され、全世界で二百万部のベストセラー。清水徹による翻訳は一九八五年六月、河出書房新社から刊行された。文庫化されたとき（一九九二年）訳者は巻末に「『愛人』とデュラスの世界」と題する長文二十七ページもの解説（単行本に添えたものの書き直し）を収録している。しかし〈「破産と死の物語」を背景にした、愛情と憎悪と殺意の渦巻く家庭、それがデュラスの内部に、反逆への意志を育てていった〉（同解説）物語内容の解釈は読者にゆだね、ここでは触れないことにする。ただ寂聴の文章が一九八六年六月といった時期に執筆されたと判断すると、その直感の鋭さに改めて驚歎せざるを得ない。

前著で「情熱のない性愛の無意味にめざめる女——デュラス『モデラート・カンタービレ』」で、懇切に鑑賞されているのは、『モデラート・カンタービレ』である。

寂聴はこの作品を、〈デュラスの作品の中で、定評ある代表作といわれている。「フランスの最も美しい古典的作品」の一つに数えたのは、アンリ・エルで、「カミュの『異邦人』や、モーリス・ブランショの『死の宣告』と共に、小説のジャンルに新しい生命を吹きこんだ傑作」としている〉と前書する。

小説『モデラート・カンタービレ』が刊行されたのは一九五八年。邦訳は同題で田中倫郎訳、河出書房新社から一九七〇年刊。映画『モデラート・カンタービレ』（邦題『雨のしのび逢い』）の脚本をマルグリット・デュラス。監督・ピーター・ブルック。出演ジャンヌ・モロー、ジャン＝ポール・ベルモンド。一九六〇年公開。映画監督としても、「ヌーヴォー・ロマン」（前衛的小説）の作家としても名高いシネアスト（映画人）の双璧はアラン・ロブ＝グリエとマルグリット・デュラスである。ふたりをともに映画に導いたのが、アラン・レネ。一九五八年、デュラスはレネの要請で映画『ヒロシマ・モナムール』（邦題『二十四時間の情事』）の脚本執筆（五月〜七月）。公開は翌一九五九年五月。

デュラスが映画製作に乗りだした時期と内容について、前出の中条省平は次のように書いている。

デュラスは、『ラ・ミュジカ』（六七年）から、自作の戯曲や小説を映画化しはじめ、一九七五年の『インディア・ソング』にいたって、自分の小説のさまざまな主題を自在に吸収し、まとめあげています。熱帯の風土に無限とも思える長い時間が流れ、そこに愛と死と記憶のドラマが流れこむという物語が、この映画世界のおもなできごとです。彼女のほかの映画でも、極端に引きのばされて、ほとんど動きをとめたように思われるイメージがくりかえし出てきます。デュラスの映画の本質的な特徴は、その時間感覚の独創性にあります。また、デュラスの映画は、物語のうえからも、テーマのうえからも、彼女が書いた小説や戯曲と密接な関係があって、映像と言葉のどちらかが優位に立つということはありません。こんなふうに自分の映画と小説をふかく関係づけた芸術家は、映画史上、マルグリット・デュラスのほかには存在しません。（『フランス映画史の誘惑』）

映画の筋書《シノプシス》を簡単に紹介しておこう。

港の見えるピアノの教師の稽古場で、金髪の少年が先生に叱られていた。

「モデラート・カンタービレってどういう意味？」

楽譜の上の文字を読ませ、先生が聞いている。少年は知らないと答える。

「普通の速さで歌うように、よ」

先生は少年の気ままさは、母親の躾が悪いからだと苦情をいい、若い美しい母親（ジャンヌ・モロー）はひたすら恐縮していた。アンヌ・デバレードは、この港町で、貿易会社と沿岸鎔鉱所を経営する町一番の富豪の妻だった。結婚して十年になり、何不自由ないブルジョアの生活の中で、それと気付くことなく、倦怠していた。

突然、下の通りから女の叫び声が響きわたった。近くのカフェで、男が、愛するがゆえに女を殺したのだ。カフェの床に女が仰向けに倒れ、一人の男がその上に抱きつき、転がり廻っていた。男は死体の女にやさしく呼びかけ、愛撫し接吻した。女の口から流れる血が、男の顔を汚した。警官が男をひったてて車に乗せ連れ去った。

アンヌは女の叫び声を、いつまでも忘れることが出来ない。彼女の「安定」した生活のなかでは、それこそ彼女が子どもを産んだとき以外は、そのような「必死の叫び声」をたてることなどなかったからである。

アンヌはふといい知れぬ「不安」を意識する。けっして燃えることのない、いわば「生きながら死んでいる」自分の生活を意識したからだ。彼女は自分の「不在」ということに気がつき、その「空洞」を必死に埋めようと、見知らぬ失業中の青年ショーヴァン（ジャン＝ポール・ベルモンド）と虚構の恋をする。しかし虚構ゆえにその恋は破綻する。ショーヴァンが最後に去って行くとき、アンヌは三度「こわい」といい、突然、軀をのけぞりかえらせて、殺された女がそうしたように「絶叫する」。むろんアンヌはその「絶叫」の意味を、自分では知らない。しかし彼女を無意識裡に「こわい」といわせた、あの「生きながらの死」と、一瞬、己れの全存在をかけてそこから脱出しようとした彼女のなかの本能的な「生」とが、おそろしいまでにせめぎあっていたことは明らかかと思われた。ショーヴァンに「あなたなんか死んでしまえばいいんだ」といわれ、「もう死んでいるわ」とアンヌが答えるシーンが象徴的だ。アンヌは自分の亡骸《なきがら》を引きずるようにして、カフェから去っていく……。（参照・寂聴「情熱のない性愛の無意味にめざめる女デュラス——『モデラート・カンタービレ』」「マダム」一九八六年七月号、松本俊夫「映画芸術の現代的視座」『映像の発見——アヴァンギャルドとドキュメンタリー』三一書房）

寂聴はそこで書いている。

アンヌにとってショーヴァンは麻酔分析みたいな役をすると、デュラスは説明する。一つの殺人事件がアンヌを目ざめさせ、自分のおかれた環境の無意味さと、そぐわなさを思いしらされる。とうてい生きてはゆけない社会環境の中から、殺人の犠牲者となる観念の死をとげる。彼女はすべてを失う。作者は、彼女に残されたものは狂気への道だと解説している。

（中略）

最初の悲鳴と最後の悲鳴が今でもまだ耳に残っている。

情熱のともなわない性愛を認めないデュラスは、人間の愛の孤独の認識の深さにおいて、むしろ仏教的でさえある。(同前)

また寂聴は、『辻公園』(一九五五年)と、この『モデラート・カンタービレ』(一九五八年)の二作によって、デュラスは自分の新しい方法を確立し、〈もうそれ以後は旧来のような伝統的な手法では書けなくなった〉と断定している。〈なぜデュラスが突然、それまでの評判の悪くなかった伝統的手法を捨てて、新しい方法で物を書くようになったのか〉——誰でもが抱く疑問にも、デュラス自身が答えていることを寂聴はデュラスが二十八歳年少の文明批評家、グザビエル・ゴーチェとの対談集『語る女たち』(田中倫郎訳)や「ル・モンド」「テレラマ」といった新聞雑誌のインタビューから摘録して明らかにしている。

ゴーチェ 知りたいと思うのは、どんな道程を経て、あなたにとってそういう現象、要するに以前のすべてから首尾よく身を引きはがすのが可能になったのかということなんです。
デュラス 前はああいうふうに書かなければならないと思いこんでいたのよ。
ゴーチェ 確かにそのほうがより安全だったでしょうし。
デュラス いいこと、わたしはあの手の本なら、その気になれば二週間で書きあげられるの。わたしのうちには、そういう通俗さがある。そういう面をわたしはもっている。(中略)

奇妙なのはこの点なの。こういう二面があるということよ。ずいぶん長いこと、わたしは社交界にも出入りしていたし、いろんなところの晩餐会にも行ったりしたわ。あれはあれで一つの時期だった。カクテル・パーティにも行き、そこでいろんな人と会い……ああいう本を書いていた。そういう生活をしてて、あるとき、恋愛事件が起ったの。今のようになり始めたのは、あれからだと思うわ。この件は、まだあなたに話したことなかったわね？

ゴーチェ　ええ。

デュラス　ものすごく強烈な、エロティックな経験で──なんて言ったらいいのかしら──危機を通過していったのよ。──自殺に通ずるような……『モデラート・カンタービレ』の中でわたしが語ったこと、殺されたいと願う女性、あの経験を味わったのよ……あのときからね、わたしの書くものが変ってきたのは……なんて言うのかしら……性的事件だったのよ。もう脱け出られなくなるんじゃないかと思ったわ。ほんとうに奇妙だった。だってわたしはそれを、『モデラート・カンタービレ』で外側から語ったでしょう。でもそういう語りかたしかできなかったのよ。いや、一人か二人かにあの話をしたことがある。でも漠然と話しただけで、深くさぐろうとはしなかったわ。だから、なにが起ったのかしら？　なぜ？　なぜそれが安易さを取り除いてくれたのかしら？

ゴーチェ　それがまわり全体、平穏さとの決裂だったんですよ。

デュラス　あれは深さの面における決裂だった。わたしはあい変らず俗っぽい生活を続け、

そしてある日……むしろ次第次第にといったほうがいいわ、そういう生活が完全におさまっていたの。(同前)

『寂聴伝　良夜玲瓏』のなかで、筆者は寂聴の『蘭を焼く』や『吊橋のある駅』などの作品に、〈私は六〇年代、世界の映画界に一潮流をおこしたフランスの「ヌーベルヴァーグ（新しい波）の影響、といったものを感じる〉と述べ、『モデラート・カンタービレ』などをあげている。一九八五年、雑誌「ユリイカ」は、マルグリット・デュラスを特集している。寂聴も「デュラス、愛と孤独」と題するエッセイを寄稿している。

私がデュラスに惹かれつづけて今も飽きないのは、デュラスの作品の行間から覗く、彼女の「極度の孤独」と「放心」とそれも上廻る「愛の密度」のせいである。噛みあわないフーガの音律のような会話を追う時、私は日常無数に吐きちらしている自分の実用的な会話のむなしさを絶望的に認識させられ、決して声にだしたことのない自分の会話や、耳で聞いたことのない他者からの会話の他に、私が生きている間に心で聴きとった、あるいは聴かせた無音の会話のおびただしさに、頭が破裂してしまいそうになる。

デュラスの作品の中には、能舞台に見るような「間」や、パントマイムの歩みのような、決して進まない永遠の歩みのようなもどかしい動きがあらわれる。

「無」や「空」という仏教用語が、デュラスの作品の中から漂ってくると感じるのは、私が出離者であることとは何の関係もない。

この世で生きることは人間が孤独だということを思い知ることであるということを、デュラスは常に語っている。他者との理解など彼女はあり得ないと信じているのではないだろうか。彼女の作品の中から、女の極限情況から発せられるような恐怖の叫びがひびくのは、人間存在の闇をデュラスが見きわめてしまった恐怖からではないだろうか。

デュラスの愛は死を呼びこむ。死の裏づけがあってはじめてデュラスは愛を認める。デュラスが何を書こうと、何にどうアンガージュしようと、デュラス自身の告白するように、たくさんの男たちと、激しい情熱的な性愛を持ったとしても、デュラスが常に充たされきれず、愛に渇き、孤独に沈潜していたことを私は信じずにはいられない。だからこそ、デュラスは文学的出発以前から詩人であり、今もまだ詩人でありつづけるのだろう。デュラスの作品が、小説であれ、戯曲であれ、シナリオであれ、私に強烈な魅力となってせまってくるのは、デュラスの詩心と、孤独の美しさによるのであろう。

長い引用になった。論考の後半、終結部分だが、一行も削除を拒む緊迫感に充ちた美しい文章だと思う。東洋の作家から、これほどの力のこもった頌辞を寄せられたデュラスに嫉妬を覚えたくらいである。デュラス、このとき七十一歳。寂聴は六十三歳だった。

丸谷才一に「メコン河の渡し船」といふデュラス掌編がある。そこにこんな章句がある。

かつて映画批評家だったグレアム・グリーンは、主題も手法も映画的な小説を書いて世界的な好評を博した。映画監督を志して失敗したプイグの小説は、映画からの引用にみちてゐた。さういふ動向を最もよく代表する作家はデュラスで、彼女が、ルネ・クレマンの『太平洋の防波堤』、ピーター・ブルックの『雨のしのび逢い』、ジュールズ・ダッシンの『夏の夜の十時半』といふすばらしい顔ぶれの監督たちによる自作の映画化に一つとして満足せず、自分自身が映画を撮らうとしたことは、むしろ象徴的な挿話だらう。二つの形式が出会つたときの一種悲劇的な運命。悲劇性と言へば、マニ（註・クロード＝エドモンド・マニ。批評家）もアルコール中毒で身をほろぼした。女の魂をゆすぶるものは映画と酒なのか。さうだつた。もう一つ、小説を忘れてゐた。

但しここで丸谷がまったく触れていないのは、デュラスが映画の原作者の位置にとどまらず、自らも主体的にそれと取り組む小説家兼シネアストへ、さらには少なからぬ数の演劇の監督をやり、反体制の政治運動、女性解放運動、メディア絡みの文化活動にも積極的にかかわる一歩を踏み出したそもそものきっかけが、アラン・レネの作品『ヒロシマ・モナムール』（邦題『二十四時間の情事』のオリジナル・シナリオを手がけたことにあるという経緯である。

〈一九五九年に公開されるや、この映画がいわゆるヌーヴェル・ヴァーグの最高傑作のひとつとして高い評価を得たことは、映画史上においてはすでに常識となっている事実である〉と前出、仏文学者の宇佐美斉も書いている。寂聴に同作に言及した文章、発言ともないが、看過するにはしのびない。清岡卓行、飯島耕一、遠藤周作らによる卓抜な『二十四時間の情事』論がマスメディアを賑わせたが、当時（一九六三年頃）、映画青年のみならず、政治青年たちや学生運動家たちをも虜にしたのは松本俊夫の「追体験の主体的意味――『二十四時間の情事』について」の一文ではなかったか。主要箇所を摘録する。

〈まずいえることは、これは非常に新しい映画だということである〉と松本は切り出し、その新しさというものは、何よりもレネやデュラスの〈戦争体験を見つめるその「見つめ方」の新しさ〉であり、〈ヒロシマというものをとらえる、その「とらえ方」の新しさ〉を指摘する（なお松本論文はレネをレネエ、デュラスをデュラと表記）。

冒頭でフランス人の女と日本人の男が抱き合っている。女は「私は病院も見た、博物館も見た、ニュース映画も見た」といい、広島で原爆のもたらした惨劇を何もかも「見た」という。そのたびに男は「君は何も見ていない」と繰り返すのだ。たしかに女はヒロシマの「事実」を、あらゆる角度から実に多く「見て」はいる。しかし、女はヒロシマの「意味」を何も見ていない。女はヒロシマというものを、単に「見えるもの」の累積としてしかとらえていないし、ヒロシマを自分の「外側」に、同情と恐怖の対象としてしか見ていない。男が「君は何も見ていない」という所以である。ここには、もっとも肉体的、本能的な人間の結びつきがありながら、どうにも埋めることの出来ない深い断絶がある。

映画監督でもある松本俊夫は、このシーンで女が「見た」ということを否定されるとき、その否定には二重の意味が含まれているという。〈あれを見た、これを見たといいながら、そこにくりひろげられるものは、ヒロシマの惨劇を「事実」としてとらえた映像である。そのなかには亀井文夫の『生きていてよかった』や、関川秀雄の『ひろしま』のショットもふくまれている。しかし、それらは結局、ヒロシマを「ケロイドという直接性」でしかとらえておらず、その意味で女が「見た」という次元と同じレベルでしかヒロシマを見ていない。つまり、「何も見ていない」という言葉は、そういう映像にたいしても向けられていたのではなかったか〉(同前)

映画はデモの行列が、やがて「お祭り」の行列に変わってゆくシーンになる。むろんレネは混乱しているのではない。〈明らかに意識的に、日常のお祭りと化した平和の宣伝的行事それ自体と、そのような意図のもとに作られる「平和映画」の、どうしようもない限界を鋭く批判しているのである〉(同前)

そこで当然、それではヒロシマを「見る」ということはどういうことなのかということが問題となってくる。レネとデュラスは作品全体で、主題のうえからも表現のうえからも、まさにそのことの意味を追求しているのである。

〈主要な登場人物である一組の男女は終始一貫して匿名で提示されるのに対して、ヒロシマとヌヴェールというふたつの都市の名前が戦争による惨害のアレゴリーとして強調されること、そしてそのことが結末において男女がおたがいの名をヌヴェール、ヒロシマと呼び合う儀式めいた行為を印象的で効果のあるものにしていること、などへの注意の喚起〉をうながすのは、デュラスのシノプシス（筋書）を引く件の宇佐美斉である。

女はヒロシマとヒロシマでの恋をきっかけとして、ヌヴェールとヌヴェールでの恋の記憶を甦らせてゆく。冒頭、女はベッドに寝ている男の手から、射ち殺された恋人の手を連想する。一九四四年八月二日、ヌヴェールで、二十歳のとき、彼女は不名誉な罰として頭髪を刈られ、丸坊主にされたのであった。彼女の最初の恋人は、フランスの敵国ドイツ人の男性であったのだ。彼は第二次大戦の解放のとき、殺された。彼女はヌヴェールで、頭髪を刈られて辱かしめられたまま、地下室に閉じこもった。

映画ではクロノロジー（年代記的な時間の配列）は完全に否定されている。日常的な秩序をもった時間と空間は解体され、それが体験の意味をまさぐり、明確な意識を構成してゆく。プロセスとしての時間・空間にモンタージュされている。女は眼の前の男とヌヴェールで死んだ恋人とを同一化しているかのように、ヌヴェールの「彼」を、「ドーム」の男を前にして「あなた」と呼ぶのである。つまり三人称が二人称化されており、過去の体験をまさに「いま・ここ」で生きているのだ。

それは同時に「彼女にとってのヒロシマの意味」を変質させることにもなる。ヌヴェールはヒロシマという鏡によってその意味をとらえかえされ、そのようにしてとらえかえされたヌヴェールを鏡として、ヒロシマもまたその意味をとらえかえされてゆく。そのような弁証法を通して、ここにはじめて、ヒロシマのなかにヌヴェールを見、ヌヴェールのなかにヒロシマを見る意識が生まれてくるのである。

しかし「客観的な時間」は所詮この新しい恋をゆきずりの恋に終わらせる。別れられないけれど別れなければならないというその最後の悲劇が、本質的な意味で彼女の初恋の破綻の悲劇とふたたび対応する。男が「君はヌヴェールで死んでいればよかったんだ」といい、女が「そうよ、でもヌヴェールでは死ねなかったんだわ」というとき、それは同じくデュラスが『モデラート・カンタービレ』のなかで、ショーヴァンに「あなたなんか死んでしまえばいいんだ」といわせ、アンヌに死の擬態を演じさせたことに対応していることはいうまでもない。

〈最後に女が男を「ヒロシマ」と呼び、男が女を「ヌヴェール」と呼ぶのは、そのゆきずりの恋のはかなさを物語ると同時に、その結びつきの深さを物語るものにほかならない。その意味では、すくなくとも女にとっては、この二十四時間は情事のそれではなく、十四年間もちつづけてきた戦争体験の直接性を対自的なものにして、その個人的な特殊な体験を、普遍的な体験と結びつけ、そこに共通の意味を見いだしてゆく二十四時間だったのである〉（松本）

結びもまた鮮烈である。

レネとデュラスは、この作品全体で「見る」ということがどういうことなのかを実にみごとに表現しているといえる。要するにそれは対象を「主体化」するということであり、「ヴォワワール（見る）」は、ランボーのいう「ヴォワイアン（見者）」となることによって、その真の意味を獲得するということにほかならない。レネとデュラスは、それを作品そのものの主題と表現のうちに追求して見せただけでなく、作品を「作り」、そして「見る」ということそのものの意味としても追求して見せたのである。

『アラン・レネはこう語る』（「レットル・フランセーズ」七七三号）でレネは、『ヒロシマ・モナムール』について、〈これは弁証法的であろうとする映画であり、そこには矛盾がつねにある。かくて冒頭のモンタージュでは、一方に恋人たちの肌、つまり歓喜と快楽があり、他方にヒロシマの原爆のイデー、つまり火傷と苦痛があって、お互いに対立し合うのだ〉と語っている。異質なものを逆説的に結合させるシュールレアリスムのデペイズマンの方法が、ここでは新しいドキュメンタリーの方法としてとらえかえされている。それはレネが記録映画『夜と霧』の監督であったことを改めて認識させる。アウシュヴィッツ強制収容所をとりあつかったその作品は、明治初期制定された関税法のため、「人心に与える不安と影響力を恐れる」という理由で一九六一年頃まで輸入を拒否されていた。

当時(一九六一年)、映画監督の野田真吉は、〈当局者は戦後十六年もたち、戦争の生々しい記憶もとおくなり、また、とおくにおき忘れさすきらびやかな「経済成長のムード」もできあがったから公開してもさしたる心配がないとみたのであろう〉と筆者に語ったものだったが、『夜と霧』は、すんなり公開されたわけでもない。生体解剖室の一部、毒ガス殺人工場におくられる裸の婦人、子供たちのシーン、ブルドーザーで死体を埋めているシーンは税関検閲でカットされている。

レネの『夜と霧』は、日本のドキュメンタリー映画の世界を一変させたといえよう。松本俊夫、野田真吉ら雑誌「記録映画」に拠り、創造の自由を求め続けたドキュメンタリー作家は、まっさきにこの作品の先駆性を評価したことでも知られる。

「アラン・レネの『夜と霧』」と題した野田真吉の映画批評を摘記する。

今は青草がおいしげり、沈黙の廃墟となっているアウシュヴィッツの「死の収容所」をキャメラはカラーフィルムによって、しずかに、即物的にとらえていく。その日常的な風景に、レネはフランクルなどがのべている計画的組織的集団虐殺のかずかずの事実を、ナチスの手で撮られたフィルムや写真などによって、今や断絶した異常な世界として、対立的に表現していく。それらの場面はモノクロームフィルムによって表現されることで、さらにきわだたせている。

両者のかみあわせとそのつみかさねで、その対立、断絶をあきらかにするとともに、レネは両者のもっている映像の日常的な意味をたがいに否定することで、廃墟の収容所の日常性を異常としてとらえ、死の工場の異常を日常性としてとらえなおし、イメージの総体的な統一をうちだしている。

アウシュヴィッツの殺人工場は、青草のもえる廃墟の収容所の日常性に没した風景のなかにあり、青草のもえるその風景は死の工場のなかにあることを、トータルなイメージとしてうったえている。日常性のなかに埋没し、また、忘却のなかに追いやった戦争体験、戦争責任の問題、あたらしい戦争への危機意識の喪失を、僕たちの主体内部の問題として、しずかにきびしく『夜と霧』は問いつめている。詩人ジャン・ケロルの解説も画面構成とふかく、かみあって見事である。（「日本読書新聞」一九六一年十月六日号）

さて一九五〇年代の末に始まったヌーヴェル・ヴァーグは、フランス一国を超え、またたく間にブームとなって広がり、六〇年代を通じて世界の映画作りの方法に変化をもたらす。日本へのヌーヴェル・ヴァーグの影響についても見ておきたい。一九六〇年六月に公開された大島渚の『青春残酷物語』は、おりから日米安保条約への反対闘争が大きな動きとなり、連動したかたちで興行的ヒットを記録、製作会社の名前を冠して、「松竹ヌーヴェル・ヴァーグ」との名称がつけられる。同年の三月には、トリュフォーの『大人は判ってくれない』とゴダールの『勝手にしやがれ』が公開されたばかりであった。

六〇年の七月には吉田喜重の『ろくでなし』、八月には大島渚の『太陽の墓場』、篠田正浩の『乾いた湖』、十月には大島渚の『日本の夜と霧』と、鮮烈な若手監督の作品が続々と公開されることとなる。

松竹ヌーヴェル・ヴァーグはフランスのそれとは違って、数年しか続きませんでした。大島渚の『日本の夜と霧』が政治的に過激な主張をふくみ、興行的にも失敗してわずか四日で公開打ち切りになったのをきっかけに、翌年、大島は松竹をやめてしまいますし、数年後には吉田喜重や篠田正浩も独立への道を歩みはじめるのです。（中条省平『フランス映画史の誘惑』）

吉田喜重監督の『エロス＋《プラス》虐殺』は、一九七〇年に公開された独立プロ「現代映画社」（吉田喜重の創立による）作品である。とりあげられているのは、大正時代のアナーキスト大杉栄と伊藤野枝と、神近市子の三角関係である。〈それは傷害事件に到るスキャンダルであるが、むろんここでは、それを、近代日本の女性解放史上の重要なひとつの事件として、偉大にして神聖なるスキャンダルとして、とりあげている。政治上の解放運動は人間解放の思想に進展し、人間解放の思想は性の解放という思想にも進展する。大杉栄の恋愛は、今日でいうフリー・セックスのひとつの先駆として位置づけられる〉（佐藤忠男『日本映画300』）

寂聴が『美は乱調にあり』『諧調は偽りなり』で伊藤野枝、大杉栄、辻潤を、『遠い声』で管野須賀子を、『余白の春』で金子文子らを次々と追尋したことは、それに先んじる抹殺された反逆者たちの復権であり、それ自体が反逆的行為であった。

関東大震災のさなかに甘粕正彦憲兵大尉によって虐殺された大杉栄。『エロス＋虐殺』では、ひとつの批評的仮定として、それ以前に、彼が愛し合った二人の女性たちによって、こもごも刺されて死ぬという幻想を重ね合わせている。

脚本＝山田正弘・吉田喜重、撮影＝長谷川元吉、音楽＝一柳慧、美術＝石井強司。出演＝大杉栄（細川俊之）、伊藤野枝（岡田茉莉子）、正岡逸子（楠侑子）、辻潤（高橋悦史）、堀保子（八木昌子）、平賀哀鳥（稲野和子）、堺利彦（松枝錦治）、荒谷来村（坂口芳貞）、代千代子（新橋耐子）、奥村博史（高木武彦）、束帯永子（伊井利子）、和田究（原田大二郎）、打呂井恵（玉井碧）。

モノクロ・スタンダード百六十七分の大作であった。映画評の佐藤忠男の結びが熱くてユニークだ。〈大杉たち大正時代の登場人物たちは、服装は大正時代ふうの着物であり、当時の問

題意識で厳しく沈痛に喋るが、彼らが行動する場の多くは現代の東京である。おお！　過去からの現代への呼び声！〉（同前）

一部の文学青年、というより芸術青年たちに愛読されたコアな雑誌『夜想』（一九八四年二月号）は全頁を「ヌーヴェル・ヴァーグ25」特集にあてている。責任編集は梅本洋一。「ヌーヴェル・ヴァーグの橄欖の小枝」（辻邦生）、「ヌーヴェル・ヴァーグという音響」（稲川方人）、「既成の映画の文法と決別して即興性と騒音による挑戦をこころみた〝ヌーヴェル・ヴァーグ〟の映画音楽」（秋山邦晴）、「ジャック・リヴェットあるいは反復装置としての映画」（四方田犬彦）といった論考に、吉田喜重へのインタヴュー「表徴の映画から映画の余白へ」が掲載されている。

吉田喜重はインタヴュアー（名前が出ていない。責任編集の梅本洋一か編集発行人の今野裕一と考えられる）に次のように答えている。

――日本のヌーヴェル・ヴァーグではどうでしょうか。個人的レヴェルの問題であったと思いますが。（註・時の政治的状況が製作の過程で影響があったか？　と問うている）

吉田喜重　作家それぞれ違うでしょうが、私の世代の映画に共通しているのは、やはりかつての平和映画のように政治を描くことはできないということでしょう。善悪、あるいはこれが正義でありこれが不正というような、二項対立的な単純さでは割り切れない政治のリアリズムが問題であったわけです。否定するのであれば、自分自身も否定せざるを得ない。どこまで行っても入れ子構造的な迷路として政治状況が見えたということでしょう。

そうした視点から私自身『エロス＋虐殺』『煉獄エロイカ』、『戒厳令』等によって私なりに現代史を読みとり、書きかえてみようと試みた。政治というものを、自分の肉体の政治として描き直そうとした。われわれは過去の政治を批判するとき、整合性をもってそれを見過ぎてはいないか。ジョルジュ・バタイユがいうように、われわれは表面はとりつくろっていても皮膚一枚の下には動物としてのグロテスクな内臓をかかえており、いわば穢れの他者性を隠しているわけです。それを同様に政治にもそうした他者性が内蔵されており、それも引き受けなければ過去の歴史が生きられたことにならない。

『エロス＋虐殺』で大杉栄を描いたのですが、彼の虐殺はアナーキストとしての大杉栄の思想が当時の国家権力によって否定されたのではない。彼が殺された理由というのは、その思想とはかかわりなく、大杉自身がかいま見せた政治の他者性のために処分されたというふうに私には読みとれるわけです。大杉から見れば思いもかけない末端の、つまらない嫌疑ということでしょう。それは愛の問題だった。愛には必ずエゴイズムがつきまとうということに、大杉はあまりに楽天的だった。多角関係を自由恋愛と言わざるをえなかったわけです。だがそれを国家権力の側から見れば、どのようにうつって見えるだろうか。大杉が天皇制を否定したり、国家の廃絶をいう限り、ああいうみじめな虐殺をされなかったと思う。権力は彼を捕えればよい、幸徳秋水事件のように公けに堂々と処分することができたはずです。それが何故、大杉だけが関東大震災の混乱に乗じて、闇に葬られたかといえば、それはやはりモラルの問題、自由恋愛と称して自分のエゴイズムを残したこと。軍部はそこに「ふしだら」なものを見たのでしょうね。私から見ればそこが大杉の魅力であり、政治や思想の他者性をあらわにした余分な部分であったわけですね。

――例えば遺稿となった『日本脱出記』などを読みますと、それが厳重な検閲下にあって優雅なパリ道中記のような印象になっていることを考慮に入れても、そこに記されている雑話はほとんど娼婦との戯事《ざれごと》めいておりますね。

吉田　政治の力学からいえば、大杉の思想を封じることは容易だったと思う。それをああいうふうに陰惨な殺し方をしたのは、彼が軍部のもっとも嫌うインモラルな人間だったからです。大杉は神聖な国家権力が命じて殺すに値しない人間と考えたのでしょう。まさに闇から闇に葬るしかない。それを鋭敏に感じたのが甘粕であり、甘粕大尉によって象徴されるファシズムだった。もっとも大杉が狙い撃ちされた「ふしだらさ」については、セックスの問題に限定しないでもっと意味を拡大してもよいでしょう。

たとえば大杉は牢獄と社会を区別しない。牢獄に自由がないのは事実だが、それでは牢獄と対立する社会の側に自由があるのか。両者に本質的な差異はないと大杉は主張する。その意味では大杉はセックス問題に限らず、パラディグマティックに物事を見とおそうとする想像力の人だった。この区別のなさ、パラディグマティックな発想が、すべてを神聖なる制度と考える軍部には許せなかった。大杉の主義主張よりも、こうした大杉の肉体の思想とでもいうべき、彼のパラディグマティックな想像力、それが演じた余分な部分としての自由恋愛。そこに焦点をあわせて『エロス＋虐殺』はわれわれの近代史を読みとろうとした。

問答はさらに継がれるが、次に進みたい。ヌーヴェル・ヴァーグ派のひとり、ジョルジュ・フランジュが、カトリック作家フランソワ・モーリヤック（一八八五―一九七〇）の『テレーズ・デスケルー』を映画化していることが判明したのである。ジョルジュ・フランジュといえば、ドイツ表現派の流れをくむものと思われる、フォトジェニックな鋭角的な描写をふんだんに盛り込んだ、恐怖映画の大傑作『顔のない眼』の監督である。

澁澤龍彦は書いている。

　グラン・ギニョル趣味に形而上学の背骨が一本ずばりと通っていて、したたか感心させられた。おそらく言葉の真の意味におけるミステリー、グロテスクの最高の哲学、恐怖映画の最高の詩情が、この作品に流れていると見たのは、わたしのひが目だったろうか。（略）何をかくそう、わたしはこの映画のいたるところに痙攣的な美を感じ、フィルムが終るまで、終始一貫、仮面のもつ妖しい魅力に金縛りになっていたのである。（「仮面について澁澤龍彦の狂喜乱舞のさまがわかるが、筆者としてはむしろ恐懼の想念に近かかったというか。フランジュはM＝M・ブルマーニュによるインタヴューの中で、〈君に〝もう古くさくなった小説を、なぜ現代化したんだい？〟と尋ねるとしたら、君はこう答えるだろう。〝小説が現在性を持っているからだ〟と〉と言われて、以下のように述べている。

それは論理的な答えだ。実際、映画の映像はすべて現在性を備えている。小説の読者なら過去に立ち返り続けることができるけれど、映画の観客は同じようにしようとしてもそれができない。映画の映像の特性は、現在時に知覚されるということだ。

先日、一九三七年のドイツのニュース映画を見た。ヒトラーや、大臣たちや、将官たちが写っていた。私は彼らを、時間的な隔たりを意識せずに見ようと努めた。それは不可能だったが、同時に、私はそれらの映像が、撮影当時には備えていなかった劇的な密度を獲得していることを認めた。一九三七年と現在との間には、様々な出来事が起こっている。そういうわけで、そのニュース映像に、それらが獲得した意味を担わせながら、私はニュース映像に現在性を持たせつつ、元々備わっていた特徴を変化させた。

同じ現象は、例えば事件を叙述したり審美的だったりするわけではない映像にも当てはまる。そうした映像が安定したものだと言えるなら、それらは古典になるということだ。だが映像は時の経過のおかげで変質し、見る人のおかげで変化する……。

家名を重んじる一族のもとに嫁いだ女が、夫を毒殺しようとするに至るまでを描いた映画『テレーズ・デスケルー』は物語は原作と同じだが、時代設定の変更に加え、事件へと至るまでの経緯を語るためにフラッシュバック形式が採用され、最終的に〈犯罪者は犠牲者だった〉（フランジュ）ことがわかる仕掛けになっているらしい。

パリ公開は一九六二年九月二十一日。日本未公開。映画を観た遠山純生の紹介文を参照する。

テレーズ・デスケルウが、アルジュルーズにある自宅に戻ってくる。彼女は夫ベルナールの毒殺を謀ったかどで起訴されたが、当の被害者ベルナールの偽証のおかげで公訴棄却となり、裁判所から釈放されたのだ。

ベルナールはテレーズに仕返しをしようと目論む。彼女はアルジュルーズに到着してからというもの、自室に幽閉される。デスケルウ家の名声は安泰だが、テレーズはもはや「生ける屍」となっている。娘のマリーも取り上げられ、幼な友達のアンヌを、アンヌが慕っている青年ジャン・アゼヴェードから引き離すことを強いられる。

テレーズはどうしてヒ素を使って夫を毒殺しようとするに至ったのか。もはやベルナールは、その理由を知ろうとはしなかった。結局、すっかり蒼白になったテレーズの苦悩を見かねたベルナールは彼女をパリへやることにする。最後にパリのカフェで、ベルナールはテレーズに「何故だ?」と問う。テレーズは説明しようとするが、ベルナールは彼女が自分を殺そうとした理由を理解することができない。彼女は夫から離れて自由の身になることを決意する。

脚色＝フランソワ・モーリヤック、クロード・モーリヤック、ジョルジュ・フランジュ。撮影＝クリスチャン・マトラ。音楽＝モーリス・ジャール。
出演＝テレーズ（エマニュエル・リヴァ）、ベルナール（フィリップ・ノワレ）。

この章を終えるにあたって一つの衝撃的な設問に触れなければならない。デュラスに人種的偏見のあることを指摘するむきにどう答えるか、否、デュラスは日本という国をどう思っているのかという疑問である。デュラスの邦訳の殆どを担当してきた田中倫郎は、『エミリー・L《エル》』（河出書房新社　一九八八年）を翻訳しながら、ある箇所で仰天する。
〈唐突に出てくる日本の国名はいかにもまがまがしい。筆者も一読して強烈なショックを受け、それからしばらくのあいだ思いあまっていたが、今年（註・一九八八年）一月になって、デュラス女史に手紙を出してみた。その手紙には要点が二つあり、その第一点は、前述したような、デュラス＝ディキンスンをパスカルの一族としてとらえる視点をどう受け取るか、第二点は、あまりにも藪から棒の日本呪詛の理由を忖度しかねる、その真意のほどをお聞かせ願いたいと、いささか月並だとは思いながらも「黄禍論」という言葉まで持ち出して打診してみたらしい。

デュラスは〈すぐさま懇切丁寧な返事をくださり〉、第一点の論述は〈感動した〉と評してくれたが、〈第二点に関しては手きびしい意見を展開してきた〉という。彼女の日本批判の骨子は田中倫郎の要約では、〈私は日本の経済活動、死を賭してでも新しい市場を見つけねばならぬという、絶対的、悲劇的不可抗性のことを考えています。日本の貧相さのことを考えています〉となる（傍点は原文）。

日本問題の真意は一応はっきりしたが、訳者として気になるもうひとつの点――日本によってもたらされる世界の破滅と、韓国によってもたらされるそれとが、無媒介に短絡されていることへの疑義は依然氷解せず、私はもう一度その点に関する再反論の手紙を書き送った。それに対する返事はこなかった。（『エミリー・L』解説）

『エミリー・L』の問題箇所にあたると、次のようになっている。

わたしは、それ以上口に出してなにも言いはしなかったが、恐怖を抱きつづけていた。それをあなたは知っていた。その点を面白がってもいたのだ。あなたはわたしにむかって言った。「つまらない人権差別主義者みたいだ」わたしは、そのとおりだと言った。わたしは、今も自分の思っていることを言った。笑いださずにはいられなかった。わたしは言った。「終末の恐怖は日本から起こるわ。世界の破滅。それは韓国からやってくる。それがわたしの思ってることよ。あなたならおそらく、その実現を目撃するチャンスがあるでしょうよ」

あなたは、そうかもしれないと言った。

これだけでは「一読して強烈なショックを受け」たという田中倫郎の内心の吐露を理解することは出来ない。デュラスのインタビュー集『私はなぜ書くのか』（聞き手・レオポルディーナ・パッロッタ・デッラ・トッレ）の訳者北代美和子は、その「訳者あとがき」でフランス語での問題箇所を、〈直訳すれば「死は日本製だろう。世界の死。それは朝鮮からやってくるだろう」、ちょっと文学的に訳してみれば、「死の女神は日本人でしょう。世界の死の女神。彼女は朝鮮からやってくる」〉と訳している。

田中倫郎訳＝終末の恐怖は日本から起こるわ。世界の破滅。それは韓国からやってくる。

北代美和子訳＝死の女神は日本人でしょう。世界の死の女神。彼女は朝鮮からやってくる。

北代美和子は〈デュラスはこの作品（註・『エミリー・L』）のなかで、本人が韓国人と思い込んでいる東洋人の集団に対して抱く恐怖を繰り返し語る。もし私たちがデュラスに、その恐怖は人種的偏見のひとつの表れではないかと問いかければ、デュラスは飛びあがって驚き、否定するに違いない〉といいながらも新しい見解を提示する。

デュラスはそれをひとつの精神の病のように考えていたのであり、東洋人への人種的偏見と考えてはいなかったのはたしかである。しかしそれは、次兄への愛とともに意識下にあって、デュラスに『太平洋の防波堤』を、『ヒロシマ・モナムール』を、『ラホールの副領事』を、『愛人』を、そしてそのほかの多くの豊穣な物語を書かせる原動力のひとつとなった。そのことに気づくとき、私たちは文学の、あるいは芸術の本質にある悪魔的な一面を見ないわけにはいかない。そしてそれを体現したデュラスという作家の恐ろしさを、その恐ろしさゆえの崇高さを思わずにはいられないのである。

さて改めて問題を整理してみる。田中倫郎がデュラスに直接に手紙で「藪から棒の日本呪咀の理由」を訊ねたのは一九八八年一月で、今日までにおよそ二十八年もの歳月が経過している。私の知るかぎり、デュラスの「日本という国」への言及は、この田中倫郎宛の手紙が最後のようだ。いずれにしろ田中宛の手紙、「要約」ではなく全文を拝見したいものである（私が知らないだけで、デュラス追悼の新聞や雑誌で、すでに公開されているのかもしれない）。その書簡に述べられたことは、要約だけを俎上に載せてもデュラスの二十八年前の「予言」ともとれるからだ。

日本の政権を担う安倍首相が経財界・企業のトップを引きつれて頻繁に外国を訪問し、原発や飛行機自動車、軍事産業に転化可能の製品の売り込みに狂奔し、死語ともなった「死の商人」ぶりを発揮している。「予言」は的中しているのだ。行く先々が、かってデュラスが育った植民地図とは……。

「寂聴とデュラス」の章は、ここで筆を止めてもいい。しかしこのままでは隔靴搔痒の感を私も（読者も？　デュラス本人も？　寂聴も、まさか）まぬがれない。しかも私は日本人だ。少しお返しをする要がある。「読み方によって万華鏡のように変化するデュラス・ワールド」を楽しむこと、それこそがデュラスという作家が望んだことではなかったか。

『エミリー・L』で、デュラスは、本人が韓国人と思い込んでいる東洋人の集団に対して抱く恐怖を繰り返し語る。北代美和子は『私はなぜ書くのか』卓抜の「訳者あとがき」で、〈もし私たちがデュラスに、その恐怖は人種的偏見のひとつの表れではないかと問いかければ、デュラスは飛びあがって驚き、否定するに違いない。デュラスはそれをひとつの精神の病のように考えていたのであり、東洋人への人種的偏見と考えてはいなかったのはたしかである〉とは書いている。しかし北代は〈それは人種的偏見と紙一重だ〉とも別の箇所で書き込んでいることも事実だ。

北代美和子は、J・ルオー『名誉の戦場』、E・モランテ『アンダルシアの肩かけ』、C・コンスタンティーニ『バルテュスとの対話』、B・ビュフォード『厨房の奇人たち』、R・K・マッシー『エカチェリーナ大帝——ある女の肖像』等々、筆者にとって全て未知の作者の訳者だが、デュラスのインタビュー集の巻末「欲望の死ぬとき——訳者あとがきとして」は自体、見事な従来のデュラス訳者の顔色をなからしめるていの「デュラス論」の一篇でもある。「あとがき」に「欲望の死ぬとき、恐怖が生まれる」（バルタサル・グラシアン）のエピグラムが付いている。これとて、デュラス掌論といいえよう。

北代論考からデュラスの「人種的偏見」の翳りを持つと推察される部分のみを引いてみよう。

デュラスがなぜ最終的には「混血」という設定をぼかして、読者にはムッシュー・ジョーを「フランス人」と思わせようとしたのか、いまとなってはその理由を知ることはできない。だが、「あとはサルだな」というジョゼフの言葉には、裕福な混血の男に対する嫉妬と侮蔑とがあまりにも露骨に表れている。

サイゴンの寮生時代を題材にとった自伝的な短編『ボア』の草稿からは、デュラス自身が現地人に対して優越感をもっていたらしいことが読みとれる。（『太平洋の防波堤』解説）

ジョゼフの発言に明らかな混血の男への侮蔑、現地人レオに対する「わたし」の、あるいは中国人の愛人に対するフランス人少女の優越感。それは人種的偏見と紙一重だ。デュラスが東洋人に向ける眼差しを考えるとき、私たちはやはりその両親が、フランス植民地の現地人校教師だったという事実を無視するわけにはいかないだろう。フランスの帝国主義は「同化政策」をとった。その背後にはみずからを優れた文明を誇る先進民族、植民地の現地人を遅れた劣等民族と位置づける人種的偏見があった。(同前)

デュラスの両親は教育による同化政策の担い手として、フランスの帝国主義的進出の最前線に立ち、現地人に「優秀なフランス文化」を教えた。彼らにとって現地人とは教え、導く対象であり、個人対個人として同等の立場で対峙すべき相手ではなかった。デュラスがインドシナを、あるいはインドを舞台とするとき、そこに白人と対等な存在としての現地人は一人たりとも登場しない。(同前)

デュラスが意識下に抑圧した人種的偏見が、東洋への恐怖となってその作品に甦り、『ラホールの副領事』において象徴的に表出されることを、北代は歴史家渡辺京二の『逝きし世の面影』を引きながら説明する。渡辺は十九世紀の欧米人が中国に対して抱いた嫌悪感についてこう述べる。

またひとつには、当時の欧米人の感性にとって、中国の風土はあまりに異質だったということがあるだろう。「死の平原」というボーヴォワルの言葉はそのことを暗示している。つまり中国はヨーロッパ人から見れば、奥底の知れない混沌ないし虚無であって、いわばそのバロック的な猥雑さに彼らの感性は堪えきれなかったのかも知れない。フランスの現代作家マルグリット・デュラスは『ラホールの副領事』で、広場に群れ集まるハンセン氏病患者に発砲したフランス人青年を通じて、インド的な無に対する西欧人のアンビヴァレンスを造型してみせたが、中国的な混沌もまた十九世紀の西欧人にとって、狂気を誘うような何ものかだったのだろうか。(『逝きし世の面影』二〇〇五年)

渡辺京二が引用するボーヴォワールは、リュドヴィク・ボーヴォワール(一八四六—一九二九)で、シモーヌ・ド・ボーヴォワールとは別人。なおデュラスがサルトルに恨みを抱いている理由を、北代は件の訳書の「原注」で触れている。曰く〈「レ・タン・モデルヌ」誌用に送った『ドダン夫人』をサルトルが批判したからである。また『ヴィオルヌの犯罪』イタリア語訳の序文として発表されたエッダ・メロンとの対談ではこう語っている。「サルトルはわたしを呼び出して、主題はおもしろい、美しい物語だ、でも、あなたは書き方を知らないと言いました。そして続けて言った。『そう言っているのはわたしじゃないんです。ある女性、わたしがもっとも信頼している女性がそう言っているんです』もちろんシモーヌ・ド・ボーヴォワールのことよ。考えてもみて。あの人の書き方のへたなことと言ったら。なんの霊感もない〉、いやはやフランスの墓地は賑々しいようである。

田中倫郎もデュラスの挿話を語っている。『太平洋の防波堤』（一九五〇年）が、ベストセラーとなって、その年のゴンクール賞候補作品にノミネートされ、当選確実という噂が流れていた。だがいざ蓋を開けてみると、同じくガリマール社から出たポール・コラン『野蛮な遊び』に賞はさらわれてしまった。

デュラスの口から、ゴンクール賞というのは男共の賞《メック》なのだという捨て台詞が出てきた。『太平洋の防波堤』と同じ時代内容を書き改めた八四年の『愛人』はゴンクール賞を獲得したが、受賞の知らせを受けたデュラスは開口一番「ゴンクール賞の審査員たちが三十四年前のあやまちをつぐなったのだ」と語ったことが当時の新聞紙上で伝えられていた。彼女の怨恨《ルサンチマン》の持続力はすさまじい」等。

ロブ＝グリエは「リール」誌（二〇〇〇年七―八月号）のイレーヌ・フランとの対談で、〈（デュラスは）初めのころ、あの人は愉快で、潑剌として、温かな女性だった。晩年になると、よく人が言うような、うぬぼれきった人物になった。普通の作家はみんな、自分がもっとも偉大だと思いこむようになる。マルグリット・デュラスもこの規則を免れなかった。ただ単純に、彼女には、自分以外の作家も同じように偉大なのだと想像することができなかったのだ……〉と語っている。

フランスでも日本でも人気のあるフィリップ・ソレルスは「エヴェヌマン・デュ・ジュディ」誌（一九九八年九月三日）のジャン＝フランソワ・ケルヴェアンのインタビューで、自分とデュラスのあいだに生まれた反感について語っている。

デュラスとともに、われわれは、最初は、フランス第一の大きな問題、つまりインドシナの植民地主義という問題のなかにいる。そして、われわれが相手にしているのは、ドナデューの名前で、フランス植民地主義の聖歌隊長として登場するマルグリット・デュラスだ。当時の彼女の著作は明快だ［ここでソレルスは、デュラスが植民地省に勤務していた当時（一九三七〜一九四〇）、大臣ジョルジュ・マンデルの依頼により執筆したフィリップ・ロックとの共著『フランス帝国』（中略）を指していると思われる。これはフランスの各植民地を紹介する植民地主義のプロパガンダ的要素をもつ著作である。デュラスはのちにこの著作を「若気の過ち」と呼んで否定した］。（……）彼女は力強い作家であり、啓示という言葉の霊媒的な意味で、大きな啓示の手段をいろいろともっている。その文学は言語の意識的な行使よりも透視能力の喧伝に従属する。彼女のなかには、ひとつの力があり、そこからその催眠力が生まれてくるのだが、それは彼女が『インディア・ソング』あるいは『ヒロシマ・モナムール』を映画化したときに、あまりにも滑稽、あまりにも大げさな悲壮感に到達したために、王様は裸だと言うには、子どもがひとり立ちあがれば充分だっただろう。（中略）彼女のなかに、わたしにもっとも衝撃をあたえたもの、わたしが擬似ユダヤ主義と呼ぶものが生まれたわけだ。（中略）その声高に叫ばれたユダヤ愛のなかに聞こえるのは、わたしの意見では過剰なのめり込みだ。それは、ショアー［ナチスによるユダヤ人の大量虐殺を指す］の広がりを知らなかったことに対する強い罪悪感に起因する。この罪悪感に背中を押されて、自己を恐怖に陥れようとするんだな。つまり、ユダヤ人の代わりにユダヤ人のふりをしようと望むことで、自分を怖がらせるわけだ。これがデュラスの症例だ。（中略）ミッテランが権力の座に就き、彼女はエリゼ宮の巫女に、女預言者になろうとしていた。（中略）彼女はその錯乱したお告げを語り始めた。（中略）デュラスの作品は力強く、催眠状態に誘《いざな》うと思う。だが、後世には残らないと考えている。映画のほうはすでに見るに堪えない。本のほうも、いずれ同じようにだめになってしまうだろう。わたしには人工的な、水増しした、反復のなかの文学に見える。彼女のなかにはいつも、電話で話しているときでさえ、支配したいという意志が感じられた。それはわたしの好みではない。わたしが想像するカフカはこんなふうではない。

二〇一四年は、デュラス生誕百年。ガリマール書店のプレイヤード叢書版として全四巻の全集の刊行が完結。古今東西の文学の至宝を集めたプレイヤード叢書への収録は、没後二十年足らずして、デュラスの作品が古典として認識されたことを物語っている。

北代美和子は「訳者あとがき」を次のように結んでいる。

つくづくと感じたのは、デュラスを翻訳することの難しさである。ドイツ・ロマン派の神学者フリードリヒ・シュライアーマハー（一七六八―一八三四）は、翻訳には「著者をできるだけそっとしておいて読者の方を著者に向けて動かす、あるいは読者の方をできるだけそっとしておいて著者を読者に向けて動かす」（三ッ木道夫編訳『思想としての翻訳』白水社　二〇〇八年）のふたつの道しかないと言っている。デュラス作品の翻訳にはもちろん前者が理想なのだろう。だが、日本人の読者をこの作家の特異な文体に近づけるのは至難の業だ。もともと翻訳という行為には、原文にある規範からの逸脱を訂正してしまう傾向があるうえに、デュラスのテクストは限りのない読みが可能な開かれたテクストである。文学の翻訳が訳者によるその作品のひとつの読み、ひとつの解釈の提示だとすれば、翻訳をした瞬間に、それがデュラスの手を離れ、訳者のものとなってしまうのは致し方のないことなのかもしれない。読んだ瞬間に読者のものになってしまうテクスト。だが、それこそが、マルグリット・デュラスという作家が望んだことだったのではないだろうか。

評伝も同じようなものだろう。寂聴をそっとしておいて、読者の方を寂聴に向けて誘う……そうありたい。

第五章　寂聴と『源氏物語』

一

『源氏物語』といわれ、すぐ脳裏に浮かぶのは、一九六九（昭和四十四）年、藤井貞和が筑摩書房の総合誌「展望」（七月号、特集「状況としての学生反乱」）に掲載した「バリケードの中の源氏物語」というエッセイである。藤井は当時、東京大学大学院生で二十七歳であった。

『源氏物語の始原と現在』（三一書房）が光芒を放つ彗星のように出現したのはそれから三年後、一九七二年四月のことである。この三一版は刊行されるや程経ずして品切れになり、人から人へ手によって回覧され、丸々一冊コピーされるなどして読み継がれるという伝説を生み出している。

「国文学　解釈と鑑賞」（一九八一年五月号）が、「源氏物語――作品論へ」を特集したとき、「新収源氏物語図書館20選」の一冊に再版された同書（冬樹社　一九八〇年）が選出され、解題を土方洋一が執筆している。時代的意味があると考え、少し長めに引用したい。

本書はこのようなかたちで永らく若い世代の読者に深甚なる影響を与えていた。半ば幻の書と化しつつあった本書がこうして再び定本として甦り、より若い読者の眼に容易に触れることができるようになったのは喜ばしい。本書に収録された大部分の論文は従って凡そ十年も以前に執筆されたものなのだが、そこでの問題提起は全く鮮度を失っていない。（中略）試みに最初の章で展開されている物語論に眼を晒してみれば、そこに個性的な文体で刻みとめられる物語論の思想的深度に現在なお物語研究の一般の水準が必ずしも追いついていないことが諒解されるであろう。それは或いは、ある特殊な時代にのみ許された一回帰的な思索の深まりであったのかもしれない。私達は依然として著者の居るあたりが最前線であることを認めざるをえない。著者自身おそらくそのことを見極めているのであろう。旧版と校合してみても細部の手直しはあるが論旨に関わる重大な変更は認められない。不敵な自信というべきである。

冬樹社版のあと砂子屋書房版と転生を重ね、岩波現代文庫版『源氏物語の始原と現在　付バリケードの中の源氏物語』（二〇一〇年二月）刊行の際、著者は「あとがき」で自著を〈一九六八―六九年の、パリ五月危機に呼応する、全国的な、そして世界的な大学闘争時代の落し子の一つである〉と述懐している。岩波現代文庫版の解説を関根賢司が執筆、七ページにも及ぶ、一字一字が燃えあがる熱い魂魄に裏打ちされている。

時に著者三十歳。職を得て共立女子短期大学専任講師となったばかりであるから、まさしく而立を期しての著作であったが、この書物に収められているのは、すべて、二十歳代の学生（大学院生）時代に書かれた文章なのである。ランボオのように早熟であり、みずからも〈遺作のように書き綴り出した〉と書き記しているが、時代は夭折を聴《ゆる》さず、なおも生き延びて成熟することを強いつづけたとおぼしい。

これが冒頭の条である。関根の熱い筆勢に同乗し、一九七〇年前後の時代・社会・状況を振り返ってみよう。

一九六八年一月、東大医学部学生自治会、医師法改悪に反対して無期限ストの突入。四月、日本大学全学共闘会議系学生一万人、二十億円の使途不明金を糾すため徹夜の大衆団交。五月、パリ、五月革命。六月、東大青医連（七月には東大全共闘も）、安田講堂を占拠。

一九六九年一月、機動隊、安田講堂封鎖解除のため出動、六百三十一人逮捕（翌年度の東大入試は中止された）。十二月に発表された文部省『大学紛争白書』によれば、紛争大学合計百二十四校（中村政則編『年表昭和史』岩波ブックレット）。復帰（一九七二）前の沖縄からは、アメリカ軍のヴェトナム攻撃が執拗に繰り返されていた。

一方、一九七一年七月に発行された有精堂のＰＲ誌「古典と近代文学」第十号には、加納重文・長谷川政春・藤井貞和・三谷邦明による共同討議「源氏物語研究の可能性」が収録されていた。「若き研究者はこう考える」という副題が示すように、それぞれ出身大学を異にする大学院生・大学助手・高校教諭の面々による熱い討議であった（有精堂・日本文学研究資料叢書『源氏物語』に再録されている。高橋亨編・解説）。

関根賢司は前出の解説で〈この討議を機縁として、同年（一九七一）十月には、若き研究者の集団を標榜する「物語研究会」が発足し、その十二月の例会で、藤井は「異郷論への試み」を発表している。瀕死の大学の危機が、あたかも一つの季節を開いたかのようであった〉と録している。

寂聴が『源氏物語』と真に出会うために、出離に至る永の歳月を閲したように、『源氏物語』に邂逅するために、人はそれぞれの受容史が存在する。〈死があたかも一つの季節を開いたかのやうだつた〉（堀辰雄『聖家族』）の「死」が、私たちにとっては「バリケード」であった。藤井貞和の論考のあとに、「わだつみの『源氏物語』」（小林正明）、「戦場の『源氏物語』」（同）も鋭意、書き継がれていくのである。

「バリケードの中の源氏物語――学問論への接近の試み」は、光芒を放つ彗星として、源氏研究の新地平を拓いたと賞讃された。夜のしじまに語られた物語生成に関わる深い闇、異界を往還し、既存の国文学研究に反旗を翻して読者の熱い共感を呼んだ。『源氏物語』の構造性を無視した美論や文学性論や、志操のない文芸理論の援用が結果する論の無惨……。

闘争の初期、〈学問〉そのものが私たちに闘争を命じている次第を説明できるものはいなかった。「研究を放棄することは研究者としての自殺ではないか」と若い教官が言う。「君たちは学生運動をするために大学院にはいってきたのか」と述べた教授もいる。平均年齢二十五歳と蔭口をたたかれているわが国語国文学科の共闘組織のメンバーは、「研究を放棄」したばかりか、ずっと「学生運動」に時間をうばわれて、止む無く「研究を放棄」しているといった体たらくなのだった。

何気ない一つの比喩が一挙に私を呪縛した。平安古代社会に受領階級の女として生まれ、後宮の女房として出仕することにより、あるかぎりの人間的分裂を苦悩し、その苦悩を生涯の課題として文学し続けた紫式部、彼女ならこのようなときどうしただろうかという突拍子もないことを考えてみる。大学当局による授業の強行、いや強行でも何でもなくて、闘争のさなかであるからこそ教官たちはみずからの誠実をかけて講義を欠くまいとするのである。一貫した論理である。全学共闘会議のいう論理は、いうまでもなく非論理である。清少納言ならおそらく自主講座を組織して「闘う」だろう。しかし紫式部は「闘う」ことをしないのではないか。正規の演習に身を売る屈辱に紫式部は耐えるのではないか。

いっぽう、私の出席していた、秋山虔《けん》助教授の中古文学演習（源氏物語ゼミ）に対抗する自主ゼミはきわめて牧歌的な発想によって「闘う」ことをはじめていた。教官が正規の演習をボイコットし、学生が受け継いでとどこおりなく日常性を持続させてゆく醜悪なモチーフがそこにはみられた。源氏物語は全く東大闘争のそとがわに位座を占めていた、と私はいま言わなければならない。しかし私の倫理は、源氏物語を道連れにしないことにはバリケードのなかへはいることができない、というかたちで醒めていたものであったということも、いつわらない気持ちである。一二月まで続けられた自主講座がついに解体してゆく過程とは、右にみた日常性のモチーフとしての自主講座が崩壊し、そのなかから闘争のモチーフ、バリケードの中の源氏物語があらわれる時間であったと、今いうことができる。（「バリケードの中の源氏物語」）

繰り返すが、藤井貞和らの闘争は、「バリケードの中の源氏物語」という言葉にすべて象徴されている。国文科の学生として日常の研究生活で、忘れてはならない問いかけ、「文学とは何か」という問いかけをつい見失いそうになる。闘争という「非」日常的な区切りはそうした問いかけと、素で直面する格好の時間＝場所であることに気付く。国文学界では殆どタブーだったことも改めて喫緊の問題として浮上する。

　国文学者の戦争責任（戦争が近づくとどうして国文学界は繁栄するのか）、戦争責任（日本文学協会は何をしてきたのか）、業績と人格とは別のものであるにもかかわらず成果がとりもなおさず人間の価値であるとされる（人間不在の）学問体制、論文生産競争による実証主義や業績主義の制覇、官学意識による東大国文学の権威化、政治的無関心派研究者の量産による体制への奉仕現象、そのような体制内的秩序を保身主義的に構成するヒエラルキー体としての学会組織、等々。あるいは研究室におけるさまざまの不合理が指摘されたのは全東大のばあいと同様であった。東大闘争はこうした問題提起の場所＝時間として学生たちのパトスを駆り立てたのである。（同前）

　国文学ということばはもともと（東京）帝国大学の国文学科の成立に深く関与しているという。そして一八八九（明治二十二）年に和文学科が国文学科に改称されたことの意味は、その三年まえの帝国大学令に外側で見合い、当時のナショナリズムの勃興と内側で見合う恰好で、日本古典研究（文学・史学）を明確に、改良された国学の一分科として定着させようというところにある。

官学がついに持ちつづける、このような要請下の文学研究としての性格が、爾来星霜ちょうど八〇年（註・一九六九年時点）、有為の国文学徒のそれを克服あるいは打倒しようとしたいくらかの歴史にもかかわらず、それら反官学の歴史をかわして、いまに脈々と受け継がれていることを、今日の東大闘争は東大教授たちの態度、学生への対応のなかにあざやかに実証してみせたように思われる。（同前）

そこから筆鋒は和文学科が国文学科になった一八八九年に転じ、二葉亭四迷、内村鑑三、坪内逍遥らの『源氏物語』観を瞥見し、ずばり本丸に迫る。

右に見たところは国文学研究の初期における国家権力との癒着、とりもなおさず国文学研究における（東京）帝国大学の必要性の一端であるに他ならない。それは、ところで、明治時代における、国文学研究初期の事情であるに過ぎないのだろうか。否、〈明治の国学者〉芳賀矢一以降、その文献学的方法を継いだ稀代の碩学池田亀鑑に一つの達成を示しつつ、東大の源氏学は藤岡作太郎、島津久基、そして現代の阿部秋生、秋山虔へと業績をつみあげてゆくけれども、論の無難に倚り、正統的国文学観との抵触を回避するといった肌はいまだに温もりつづけている。今日の東大闘争のなかで、国文学科の教官を含む文学部の大半の教授たちが、〈自分らは権力の毒杯をあおった人間だから〉として権力に阿付追従することにより、自分たちの〈研究〉を相対的に護持しようとはかったことは、周知の事実に属する。――私はここで全く素朴な疑問に逢着せざるを得ない。彼らのように権力に志向することをゆるしている当の彼らの〈研究〉がどうして〈科学〉であるといえるのであろうか、と。（同前）

「バリケードの中の源氏物語」一篇は、深く鋭く鳴り響きわたる問いの連鎖によって、根拠づけられ、領導されて展開する。関根賢司が言うところのこの目を瞋《いか》らせた憂え顔の騎士のような Dichter（詩人・創作家・文学者）の結びの言葉を引く。

長い闘争のなかで私の眼に「源氏物語」が、散文の世界であるというよりもむしろ、原初的なエネルギーこもる詩的世界に近づいて見えてきたことは事実である。現代における詩の、地獄のような故郷は、日本的な抒情詩＝和歌のようなところにあるのではなく、このような情念のカオス、物語世界にあるのではないかという気がしてならない。（同前）

なお極限情況の中で『源氏物語』を繙いた研究者のひとりに三谷邦明がいる。藤井貞和らと共同討議「源氏物語研究の可能性」（『古典と近代文学』第十号　一九七一年七月）を行なったあと、これを機縁に「物語研究」を発足させている。小林正明が三谷邦明について掌文を執筆している。

三谷邦明氏が病院で遺した言葉を伝えておきたい。三谷は、方法論と問題意識において、明治以降の『源氏物語』研究史の中でも屈指の研究者だった。二〇〇七年九月八日、通夜会場で、三田村(三谷)雅子さんの喪主挨拶の中に、ほぼ次のような一節があった。病院での挿話である。医師から何か言っておきたいことはないかと聞かれて、「文学研究の現状」と邦明さんは答えた。普通の人なら、家族のことや後の事とかをいうのに、と。会場に佇む私は、絶句し笑い啜り泣いた、ほとんど同時に。物語研究のヘラクレスが、最後の書き下ろし『源氏物語の方法――〈もののまぎれ〉の極北』の「はしがき」「あとがき」それぞれ冒頭一文に書き込んだ言葉は――「絶望」。(「国文学　解釈と鑑賞」二〇〇八年五月号)

寂聴は「わたしの源氏物語」(「国文学　解釈と鑑賞」特集「源氏物語の世界と美」二〇〇〇年十二月号)で、次のように書いている。

宇治十帖の薫と大君、中君との交渉のあたりにくると、私はその前に読んでいたジイドの『狭き門』そっくりではないかと思い、紫式部は『狭き門』の真似をしたのかと思ったほどである。しかし、紫式部は千年前の人で、ジイドの方が二十世紀の作家なのだから、真似をしたならジイドの方だと納得した。歌に訳がないのは歌人晶子の見識であろうか。大概わかったような気はしながらも、歌を訳なしで読み過すのは心もとなかった。

そのうち谷崎潤一郎氏の現代語訳が中央公論社から出はじめて、それは母に買ってもらって読んだ。晶子源氏は、文章がてきぱきしてめりはりがあり、解り易かったが、紫夫人というような呼称に旧奥さを感じるのは是非もなかった。

十三歳なら一九三五年、県立徳島高等女学校に入学した年だ。世相としては天皇機関説が問題化し、政府は国体明徴に関する声明を出すなど、軍国主義の足音が響く時代となる。

ところで、アーサー・ウェイリー訳の『源氏物語』は一九二五―三三年に出版、『狭き門』は一九〇九年刊だから、「真似」云々の可能性はないとひとまずはいえるだろう。『狭き門』と宇治十帖大君物語には相似通った物語設定や筋立については篠塚純子が『古典の森のプロムナード』(不識書院)で指摘している。〈恋人をわが身に受け入れることを拒み通し、死んでゆくヒロインのアリサと大君はもちろんのこと、彼女たちを一途に愛しながら、結局は恋を遂げずに死なれてしまうジェロームと薫、ヒロインたちが自己を犠牲にしてまで恋人をゆずろうとする妹のジュリエットと中の君、その妹たちに恋するアベルと匂宮、妻に去られ、あるいは先立たれた、アリスの父ビュコランと大君の父、八の宮など、似たような役柄を背負わされた人物が配されている……〉といった具合である。

篠塚純子はアリサと大君、あるいは、『狭き門』と『源氏物語』宇治十帖の大君物語に共通の思いを抱くのは、〈物語から匂う何ともいえぬ不可解さ、ヒロインの異様さにある、といったらよいだろうか〉と借問し、〈瀬戸内晴美氏は、大君とアリサのイメージの重なり合い、その自我の強い個性的な女性像、処女のまま死を迎える清らかさに見ておられるようである。しかし、一方ではまた、「かたくなな大君の態度も異様です」と書かれている。私はその「異様」さが気にかかる。私の内で大君とアリサが結びつくのは、その「異様」さにこそある〉と強調する。

また藤井貞和の『『源氏物語』の性、タブー」(『物語の結婚』所収)から、〈『源氏物語』の正篇は、タブーの理由によって不成立の情交を除くすべての性の諸相を描いたものであり、一方、続篇は、なんらタブーがない情交の不成立を書くことにあった……宇治の姉妹と男主人公薫との間には情交のタブーは何もない。それゆえ、情交不成立の理由を、宇治大君のばあい、その内面に求めざるをえない。あたかも独身であることを思想であるかのように見せて、大君はこの世を去る〉を引き、〈もしそうであるならば、ジッドがプラトニック・ラブやカトリシズムを諷刺しようとする意図のもとに『狭き門』を書いたと同じように、『源氏物語』の作者もタブーのない情交不成立の様相を書こうという意図をもっていたことになる。この意味において、藤井氏の論は、私にとっては興味深い〉と、ジッドと紫式部が、ともに異様な印象を与えるヒロインを創り出したことに、あくまでもこだわるのだ。

二

さて寂聴が『源氏物語』を読んだ昭和十年代を概観してみよう。筆者が関心のあるのは、やはり極限情況下における『源氏物語』だ。藤井貞和の「バリケードの中の源氏物語」と比肩するものに、小林正明の「昭和十三年の『源氏物語』」「わだつみの『源氏物語』」「戦場の『源氏物語』」「逆光の光源氏――父なるものの挫折」の諸編がある。

源氏学の「現在」の一端を知るため、小林論考を見ておきたい。「昭和十三年の『源氏物語』」は、冒頭、いきなり漢字熟語を列挙する。

八紘一宇、大東亜共栄圏、聖戦、大本営、国体明徴、国体の本義、日本改造法案大綱、紀元二千六百年、発禁処分、国民精神文化研究所、創氏改名、愛国行進曲、五族協和、岡田嘉子ソビエト越境、李香蘭、御真影、金鵄勲章、戦陣訓、子宝報国、少国民、軍国の母、国民精神総動員令、大政翼賛会、神風、日本文学報国会、大日本婦人会、撃ちてし止まん、海行かば水漬く屍、、学徒出陣、鬼畜米英、月月火水木金金、愛国百人一首、千人針、慰問袋、欲しがりません勝つまでは、戦艦大和、英霊、玉砕、玉音放送……。

これらの「戦中用語」は、大日本帝国という巨大な物語を織り成した大小さまざまな物語の断片であり、巨大な物語が織り成した大小さまざまな物語の断片である。だがしかし、これらの語群の中に『源氏物語』という一語を投げ入れてみれば、大日本帝国という巨大な物語がたちまちスクランブルをかけた映像に変容しかねない。そして、存在自明でありえた『源氏物語』じたいの来歴も、戦時下という帯域で、ある種の脱領域的な空所をさらけだす」。(「昭和十三年の『源氏物語』」)

と問題を提起するのである。

「わだつみ」の世代にとって、戦場の『源氏物語』は、どういうものであったか、こういう設問があっただろうか。「争点」どころか、問題そのものが不在であった。いわゆる戦中派あるいはそれ以前の国文学関係者なら体験的にわかりきったはずの事象すらが、忘却の淵に瀕しつつあった。黄砂に埋もれ、南方のわだつみに沈む、戦場の『源氏物語』。永劫の屍。不死の魂。(同前)

日本戦没学生の手記『きけ　わだつみのこえ』(岩波文庫)計二冊の中には、おびただしい書物と著者との固有名詞がちりばめられているのに、『源氏物語』という語彙を見いだすことは、次の一例を除いてないという。

私は陣中で源氏物語や古今集を講義させたという戦国の武将の故事を思い浮かべながら、時に社会科学を論じ、時に定家の芸術を語った。松永茂雄

美しい虚構　戦友たちの手紙のなかには虚構がある　おおくの美しい虚構がある　すべてのものは虚構の中から生まれ　そうして虚構のなかに死んでいった

美しい虚構　それは恐ろしい虚構を忘れるためにか　それならば私もまた虚構の中に沈黙を守ろうか　松永茂雄（「永遠の別離」）

国学院関係の古典研究者である松永茂雄に関しては、夙に藤井貞和が着眼、紹介しているとのことだ。

戦時下においても、『源氏物語』の出版は途絶することはなかった。たとえば小林正明の調査によれば、一九三九年一月から四一年七月にかけて、用紙不足の時代にもかかわらず、「夢浮橋巻」に至るまで付録篇を含む全十三回計二十六冊が配本を完了しているという。島津久基の『対訳　源氏物語講和』全六巻（中興館・矢島書房）のうち五冊までが、一九三〇年から四二年にかけて刊行され続け、しかも版を重ねている。

「わだつみ」のあの戦没学徒たちの中になら、枕頭の書として、あるいは座右の書として、『源氏物語』を愛読している人物は必ずや何名かいるはずだという予測は、ことごとくはずれ

た。前述したように、ただ一例しか見つからなかったのである。では学徒たちは、どんな書を読んでいたのか。手記や手紙の中には、おびただしい東西古今の書名や人名がちりばめられている。精神世界をうかがうことにもなるだろうと考え、以下に列挙してみる。

羽仁五郎、クローチェ、ルナール、ドストエフスキー、マンスフィールド、旅愁、緒方富雄、ファウスト、ガロア、椿姫、西田哲学、資本論、宮沢賢治、カーライル、「ナチス御用学者ローゼンベルク」、ヘルダーリン、ワグナー、ジャン・クリストフ、ペーター・カーメンツィント、アルト・ハイデルベルク、若きヴェルテル、芥川、シルレル（シラー）、梁川集、ハルナック、キェルケゴール、歎異抄、聖書、讃美歌、ワルプスギスナハト（ファウスト）、ニーチェ、葉隠、こころ、人生劇場、フィリップ、吉屋信子、夜明け前、ドイツ戦没学生の手紙、ツァラツゥストラ、三太郎の日記、塚本虎二、ヘルマンとドロテア、折口信夫、スタンレー探検記、唯物論全書、城砦、芭蕉、風巻景次郎、高津春繁、柳田国男、カント、ヘーゲル、ヴィルヘルム・マイスター、などなど、枚挙に遑がない。

松永茂雄、昭和十三年十一月二十八日、中支呉淞陸軍病院にて戦病死、陸軍伍長、享年二十五歳。松永龍樹、昭和十九年五月八日、河南省魯山付近の戦闘にて戦死、陸軍中尉、享年二十八歳。未完の胎動は屍として異国の地に潰え去り、血書の遺稿だけが残された。鎮魂の音曲「海ゆかば」が、黄砂に吹かれて、虚しく残響する……。

一九三三年十一月二十三日の「東京朝日新聞」は、『源氏物語』劇に受難　上演を眼前に禁

止　希に見る芸術的計画も水泡　突如、警視庁が弾圧」との見出しのもと、同紙十一面は、約六分の一をこの記事に割いた。

紫式部学会の後援により劇団「新劇場」の手で脚光を浴びることになつてゐた我国古典文学の粋『源氏物語』は着々準備を進め来る二十六日から四日間新歌舞伎座で上演の運びとなつてゐたが、二十二日午後突然警視庁保安部から上演禁止の命令が発せられた。『源氏物語』は過去において断片的に上演されたことはあるが、『帚木から須磨まで』一貫した劇として上演されることは『新劇場』が始めてで坪内逍遥、藤村作両博士が顧問となり、脚色を番匠谷英一氏（中略）堂々とした顔ぶれで、六幕十七場よりなり、光源氏を坂東蓑助、伊藤智子が夕顔に扮し既にふすま、べうぶを松岡画伯が描き上げ切符一万枚を売り尽くして今は上演の日を待つばかりとなつてゐたものである、上演禁止については数日前より当局の内意があり、松岡画伯、藤村博士等が数度当局を訪れ意見の交換を行つたものであるが、当局としては何等具体的な部分を指摘せず、劇全体として社会の風致を害すとのばく然たる理由から禁止命令を発するに至つたもので（中略）二十二夜直に新宿白十字に藤村博士、池田亀鑑氏、番匠谷氏、蓑助丈、伊藤智子等が相寄り協議したが劇全体を根本的に否定されたこととて如何とも手の下し様がなく新劇場、紫式部学会の名で長文の声明書を発し、売つた切符に対しては責任を以て一週間以内に買ひ戻すことを一決して散会した。

「新劇場」は〈我々が意図したところは結局日本文化の再認識と日本演劇の位置の向上といふことに他なりませぬ〉と声明を表明し、紫式部学会の声明には〈古典文学普及の上にも現代新演劇の上にも、又我が国文化宣揚の上にも極めて意義ある有益なることと確信して喜んで後援してきた……。当局は吾等の学問並に芸術に対する意見態度については十分諒解もし、また尊敬もすると言明されたが、遂に上演禁止の方針を変更せしめることができなかつたのでありますと見える。

「警視庁の言分」の箇所では、重田保安課長は語るとして、〈つまり今度出た脚本の源氏物語を禁止したのであって源氏物語其物が偉大な古典文学とし其存在には異議がない。問題の脚本は光源氏を中心とした当時の人達の姦通など徹頭徹尾恋愛物語に終始し風致上害あるからである。（中略）警視庁がさきにロダンの『接吻』陳列を禁止したのもその偉大なる芸術品としての価値は認めてもこれが大衆に悪い影響を与へることを恐れたからである〉との見解を報道している。

一九三三年三月に日本は満州国問題で国際連盟を脱退。三七年七月七日には盧溝橋事件による日華事変。そして四一年十二月八日のパール・ハーバー奇襲による日米開戦の勃発。言論思想関係でいえば、三三年二月、小林多喜二の検挙・獄死、同五月、滝川事件。三五年二月、美濃部達吉の天皇機関説が問題化、同八月、国体明徴声明、四〇年三月、津田左右吉起訴される。

（参照・坂本龍彦『「言論の死」まで──『朝日新聞社史』ノート』）

小林正明は「わだつみの『源氏物語』」で、〈上演受難の昭和八年十一月の段階では、主催側と当局との見解を併記している報道基調において、戦争末期に較べれば、まだしも言論の統制は苛酷ではなかったかと推察できる。いずれにしても、この受難とその新聞報道は、社会一般の次元において、『源氏物語』が現代史とむきだしに交差した一点を刻印している〉と指摘する。

一九三八年九月十一日の「東京朝日新聞」は、谷崎潤一郎の現代語訳『源氏物語』の配本開始（翌三九年一月）に先立ち夢浮橋巻の訳稿完成の段階で、〈『源氏物語』昭和に再生　千四百枚の口語訳を脱稿　谷崎氏五年の難事業〉との記事を載せた。一九三三年の『源氏物語』上演の受難と後読する『源氏物語』称賛報道。これは何を意味するのだろうか。

「わだつみの『源氏物語』」の筆者小林正明の論理は明快である。〈古典文学としての『源氏物語』の達成や伝統は、さながら須磨流離の光源氏のごとく、抹殺するにはあまりに巨大過ぎた。だが、それだけではなかった。八紘一宇や大東亜共栄圏に突入する昭和の天皇制ファシズムは、その日本至上主義的な幻想を、ありとあらゆる手段によって粉飾しなければならない。旭日旗の栄耀を荘厳する文化遺産なら、内容は骨抜きにしてでも、誇示すべきではないか。去勢された『源氏物語』の形骸と虚名だけが、民旗プロパガンダのなかで、称揚されている〉

問題はその「昭和の天皇制ファシズム」に国文学者、ことに『源氏物語』研究の権威《オーソリティ》の加担があったということである。戦時下における国文学の栄光と悲惨の実態を、いましばらく追及する要があると思われる。

『源氏物語』の現代語訳と英訳その他について触れておこう。博士論文ではないので、ほんの常識程度の紹介にとどめたい。参照にするに恰好の書が出たばかりだ。木村朗子《さえこ》『女子大で『源氏物語』を読む――古典を自由に読む方法』（青土社　二〇一六年一月）がそれで、木村朗子教授が、津田塾大学で行った『源氏物語』講義を収録したもので、木村が同大学の国際関係学科の教授を務め、言語態分析、日本古典文学、日本文化研究、女性学を専門としているので、世界文学の一角にある『源氏物語』の紹介に異才を放っている。

アーサー・ウェイリーの翻訳（一九二五―一九三三）が、イギリスで刊行。全訳のはじめだが、完訳ではない。物語に進展がなくてつまらないとの判断で、鈴虫巻を大胆にカットした。

エドワード・サイデンステッカーの翻訳（一九七六）がアメリカで刊行。木村によれば〈ヘミングウェイ調というか、短文で訳されているので、ウェイリーのロマンチックな文体に慣れている人には味気ない、と言われている〉とか。

ロイヤル・タイラー訳（二〇〇一）。〈これまでの研究成果を踏まえて訳出〉（木村）

デニス・ウォッシュバーン訳（二〇一五）。人物呼称を固有名詞のように固定化しているところに特徴がある。

現代語訳では与謝野晶子訳。ついで谷崎潤一郎訳。戦中版には削除箇所があり、部分的に読めないところを含む。それで谷崎訳は新訳、新新訳と計三回、現代語訳を刊行。円地文子訳、田辺聖子訳、そして瀬戸内寂聴訳（後述）、大塚ひかり訳、林望の『謹訳源氏物語』、橋本治『窯《よう》変源氏物語』などが主要なものである。

異色作に『ウェイリー版　源氏物語』（二〇〇八―二〇〇九）がある。これはアーサー・ウェイリーの英訳から現代日本語に訳し直したもの。〈古典語原文から英語に訳して、さらにその英語を日本語に訳しているという、ものすごい倒錯ぶりですが、もとが英語だけあって、欧米系の外国人留学生に聞くとこれが一番読みやすいそうです〉（木村）

『寂聴源氏』に参内する前に、一つほど寄り道をする。〈『源氏物語』がどのようなものかということを、世界的な視野において確認してみたい〉と、木村朗子が選んだ方法が講義録の中に出てくる。それはアメリカで出版されたThe New Lifetime Reading Plan（Harper Perennial, 1999）の内容紹介である。一生のうちに読んでおきたい本を選択し紹介したもので、紀元前二〇〇〇年の作品から現代までの全百三十三作が挙げられている。

最初に出てくるのは『ギルガメシュ叙事詩』、次にホメロスの叙事詩『イリアッド』『オデュッセイア』が出てきて、孔子の『論語』をはさんで、ギリシア神話が続く。韻文詩か演劇ばかりで、小説はなかなか出てこない。二十七番目に清少納言の『枕草子』が登場。〈韻文に対して散文は歴史的にも後から出てくるから、このリストのなかでもずば抜けて早い時期に突如として現れた散文は世界文学史のなかでも重要な作品というわけです〉と木村の註釈が加わる。

そして二十八番目に紫式部『源氏物語』が出てくる。〈日本のもっとも偉大な作品だということに異論があるものはないだろう〉と解説されているという。木村によれば、この解説では、意外なことに、『源氏物語』を説明するのにシャーロック・ホームズの話が持ち出されているという。

『シャーロック・ホームズの冒険』を書いたコナン・ドイルはホームズシリーズの『最後の事件』で、ライヘンバッハの滝にてホームズが死んでしまう話を書きました。主人公が死んだわけですから、ホームズシリーズはおしまいになってしまいますよね。でも、そのあと実は生きていたという設定でシリーズを続けました。『源氏物語』もホームズと同様に、途中で光源氏という主人公が死んで、そのあとその息子の薫が主人公となって話が続くのだという説明をしています。（同前）

『源氏物語』も光源氏を主人公として話が展開するが、途中で光源氏は死んでしまう。しかもその死については書かれずに、今度は光源氏の息子の薫を主人公に新しい物語が出立する。

薫の物語のはじめに、光源氏が亡くなって寂しいと語られていますから、一続きの世界だということがわかりますが、主人公が途中で死んでしまうというのは、西洋の小説観として奇妙なものに思われたのです。しかも光源氏が死んだあともまだ延々と話は続いていく。それを説明するのにホームズの例をだしているのですが、実は、ホームズも長編小説の途中で死んだわけではなく、ある完結した作品の最後にそういう結末を迎えている。ですからホームズを例に出すというのは、ちょっと見当違いのようでもありますが、こうまでして納得したかったと考えると興味深い解説といえるでしょう。（同前）

三十九番目にシェイクスピアが登場。百十一番目にイギリスの女性作家のヴァージニア・ウルフ。彼女は一九二五年にアーサー・ウェイリーの英訳『源氏物語』が出版されたとき、さっそく読んで、雑誌「ヴォーグ」に感想（『病むことについて』所収）を寄稿している（ウルフについてはユルスナールなど『源氏物語』に影響を受けた作家の項で詳述する）。

件の書のなかに入った日本文学は、五十番に松尾芭蕉『奥の細道』、百十四番に谷崎潤一郎『細雪』、百二十番に川端康成『美しさと哀しみと』、百三十一番に三島由紀夫『仮面の告白』が入っている。〈これらの作品が選ばれた最大の理由は、英訳があることです。ノーベル文学賞に名前が挙がる作品にも必ず英訳があります。このようにして翻訳があるからこそ世界中で小説が読まれるわけですし、そのようにして広がった小説は、いまや世界文学として相互に影響し合う関係にあります。ヴァージニア・ウルフだって『源氏物語』に影響を受けたかもしれません〉（同前）

いま一つの寄り道とは、その翻訳に関しての省察である。これは寂聴の現代語訳とも深い関連があるから、取り上げないわけにはいかない。世界に『源氏物語』の存在を告知したアーサー・ウェイリーとサイデンステッカーの翻訳について考えてみたい。

小西甚一に「海外における『源氏物語』――ウェイレイ訳とサイデンステッカー訳」(『国文学　解釈と鑑賞』一九八三年七月号)という論考がある。三十三年前に執筆されたものだが、新鮮な衝撃性を今に失っていない(訳者名は小西の表記)。

小西はアーサー・ウェイリー訳の『源氏物語』を主な対象とし、エドワード・G・サイデンステッカーの新訳をも参照しながら、原文と英訳とでどのような違いがあるかを精細に検討した業績として、古田拡・高杉一郎・武田孝・松永巖共著による『源氏物語の英訳の研究』(教育出版センター　一九八〇年五月)という著作を挙げる。その検討結果によれば、

(一)ウェイリー訳は『湖月抄』本に、サイデンステッカー訳は『日本古典文学大系』本によっているが、本文の整定において、後者の版が格段にすぐれているため、それが英訳にも反映する。

(二)語意・語法などについての研究が、一九二〇年代と一九七〇年代では、日本の国文学界で格段の進歩を見ているので、それが英訳にも反映する。

(三)原文への忠実度において、ウェイリー訳よりもサイデンステッカー訳のほうが高いということが明らかにされている。

『更級日記』の作者、菅原孝標女は、十四歳のとき、『源氏物語』全巻を入手して耽読、〈后の位も何にかはせむ、昼は日ぐらし、夜は目のさめたるかぎり、灯を近くともして、これを見るよりほかのことなければ〉と満足し、暗記するほど読んだという。

若いころの孝標女は「光の源氏の夕顔、宇治の大将の浮舟の女君のやうにこそあらめ」と、シンデレラ・コンプレックスそのままの将来を夢見つつ、また「年に一たびにても通はしたてまつりて」「花・紅葉・月・雪をながめて、いと心ぼそげにて、めでたからむ御文などを時々待ち見などこそせめ」などと風流な文学生活を望んでいたが、じっさいのところ平凡な結婚をして晩年には夫の橘俊通を先立て、老残の孤独をかこって、「昔より、よしなき物語、歌のことをのみ心にしめで、夜昼思ひておこなひをせましかば、いとかかる夢の世をば見ずもやあらまし」と悔恨が尽きなかったようであり、日記の主題もこのあたりにあると思われる。（三角洋一）

すでに前述したが、孝標女が『源氏物語』と出逢った十三歳という年齢は、ほぼ寂聴と同じである。一九三五年、寂聴は十三歳で、その春、徳島県立の女学校に入ったばかりの一年生だった。体育館の隣に建っている図書館に入り、書庫の棚の本の背文字を眺めていくと、壁ぎわから二列めの本棚の上から三段目に、その本があった。

『源氏物語　与謝野晶子訳』という文字が、わたしの目を引きよせた。与謝野晶子の明星派の歌に、その頃のわたしは魅せられていた。わたしはその本を抜きだし、階上に行った。閲覧室には、四、五人しか生徒はいず、静寂がみちていた。窓ぎわに席をとり、雨空を見上げてから、わたしは厚い本を開いた。（「出逢い」『わたしの源氏物語』）

読みやすい歯切れのいい文章に案内され、十三歳の少女は一気に『源氏物語』の世界に引きこまれていく……。それから半世紀後に、その『源氏物語』の現代語訳に取り組み、全十巻、四千枚の訳業を達成することになることを、さらっとでも寂聴は思い浮かべることがあったであろうか。与謝野晶子、谷崎潤一郎、円地文子訳の『源氏物語』を超え、『源氏物語』受容史の金字塔を打ちたてるなど夢想だに出来なかったであろう。

瀬戸内寂聴と『源氏物語』――この出逢いには運命というか宿命とでもいったものを覚える。一項目を立てる所以だが、少し迂回してみたい。

国文学の重鎮秋山虔は、〈もしも『源氏物語』が紫式部によって書かれなかったとしたら、日本の文学史、美意識の伝統はずいぶん違った軌跡を描くことになるだろう、といまさらながら実感させられた〉（「源氏物語は時代を超えて」）と編者を務めた『源氏物語ハンドブック』の序文で書いている。

どういうことだろうか。『源氏物語』が書かれたのは、十一世紀初頭であるが、その頃の平安京の貴族社会には、物語がいわば氾濫状態を呈しつつ作られ、読まれていた。『三宝絵詞』という説話集には、〈大荒木の森の草よりも、また有磯海の浜の真砂よりも数多くの物語が流布していた〉と書かれている。そうした無慮無数の物語が、読み捨てられ失われていき、現存しているのは『竹取物語』をはじめとする若干の作品であるにすぎない。〈それらが失われなかったのは当時の物語の一般からは抜きんでた秀作であったがゆえに後々まで読み継がれることになったからであろう〉〈そうした秀でた物語とて誰の著作なのか不明であるのは、そもそも漢詩文や和歌と違って物語は伝承されるものであって特定の作者の詮索されるものではなかったからだ……〉

しかし『源氏物語』の出現に、世人は作者が誰であるのかに無関心ではいられなかった。鎌倉時代初頭の著作『無名草子』には、〈『源氏物語』の創作は人間わざではなく、仏に申請した効験としか思われない〉と述べられている。

さらに『源氏物語』は『栄花物語』のごとき史書の叙述にも、至るところに影を落としているとも指摘される。〈虚構の物語を通して歴史が認識され構築されるということは考えてみれば奇妙なことではあるが、じつはそれほどしたたかな呪縛力をたたえているのが『源氏物語』であった〉〈後の世の人々は政治的に社会的に変動した時代時代を貫いて一筋に連続する日本的な心性の歴史に抱かれている自己を、『源氏物語』との対面によって確かめることができた

のである〉（秋山）

『源氏物語』が「世界文学の奇跡である」ことは疑問の余地がないが、過大評価ないし誤解されているレッテルがあることも事実だ。島内景二の著作『源氏物語ものがたり』によって、二、三訂正しておこう。まず〈源氏物語は世界最古の物語である〉という言い方は、正しくないと、島内は言う。〈世界最古の文学〉という点では、古代バビロニアのギルガメッシュ伝説がある。日本の「最古の物語」なら、『源氏物語』以前に、「物語の出で来《いき》始めの祖《おや》」とされる『竹取物語』がある。『伊勢物語』も、『源氏物語』よりも数十年早く書かれている。

『源氏物語』の魅力を語ってユニークなのは島内景二である。主な『源氏物語』関係の著書に『光源氏の人間関係』（ウェッジ文庫）、『源氏物語ものがたり』（新潮選書）、『源氏物語の影響史』（笠間書院）、『源氏物語の話型学』（ぺりかん社）など。以下、言われてみると、眼から鱗のコメント。

この物語の最大の特徴は、「老若」「男女」「貴賤」「都鄙《とひ》」「美醜」のすべての人間が登場しているという幅広さにある。それによって、「男と女」だけでなく、「親子」「兄弟」「主君と従者」「友と友」「師弟」などの、ありとあらゆる人間関係を描くことができた。しかしどの人物にも血が通っている。（『源氏物語ものがたり』）

「人生の百科全書」でもある。誕生から死去まで、人間が経験する出来事のすべてが、ここに凝縮している。この物語に没入した読者は、人生のすべてを体験できるのだ。ありとあらゆる恋のバリエーション、男同士の友情と戦い、女同士の嫉妬と和解、遠い世界への旅立ちと帰還、そして生活を潤わせてくれる芸術の数々……。だから読者は、天皇（桐壺帝）の立場でたった一人の女性（桐壺更衣）との純愛を貫けない苦しさも体験できるし、筑紫の田舎者（大夫の監《たゆうのげん》）の立場で都から下ってきた高慢な美女（玉鬘《たまかずら》）に翻弄される悔しさも味わえる。義理の息子（光源氏）と過ちを犯し罪の子を産んでしまったお后（藤壺）の良心の呵責も、父親のように慕っていた男性（光源氏）が「男」である事実を知って愕然とする美少女（紫の上）の衝撃も、わがことのように理解できる。

限りあるたった一度の人生に縛りつけられている読者でも、源氏物語の最初のページを開けば「無限の人生」への入門を許可される。読者は、何にだってなれる。何だってできる。どこへでも行ける。どんなにだって生きられる。人間に許されているすべての行為が認められ、人間が抱くすべての感情が体験できる。何と豊饒な世界であろう。

この奇跡の物語がどのように理解されたかという歴史こそが、『源氏物語』とは何であったか、紫式部は何のためにこの物語を書いたのか、というスリリングな謎解きになっている。

この物語が書かれてから、日本文化はビッグ・バンを開始した。貴族の時代から武士の時代に移っても、そして民主主義の時代になってからも、源氏物語は読まれ続けた。紫式部が生きた京都だけでなく、全国の津々浦々、そして翻訳によって世界各地へと、「源氏文化」は拡大していった。

これまでの自分の生き方、価値観。そういうものが、光源氏の体験した希有の人生を知ることで、変更を迫られる。光源氏と一緒に「自分」という存在の輪郭がどこまでも膨張してゆくような感じである。（同前）

三

今日、『源氏物語』は、空前の広汎な分厚い一般読者層に支えられているが、そのことに貢献した寂聴の足跡を追尋してみたい。

寂聴の『源氏物語』プロムナード

一九八四（昭和五十九）年　六十二歳。十二月、『女人源氏物語』を「本の窓」に連載（八九年三月完結）

一九八七年　六十五歳。一月、『わたしの源氏物語』（「読売新聞」連載、八八年十二月完結）
一九八八年　六十六歳。十一月、『女人源氏物語』全五巻（小学館）刊行開始。
一九九〇（平成二）年　六十八歳。二月、『古典の旅4　源氏物語』（講談社）
一九九二年　七十歳。十二月、少年少女古典文学館『源氏物語』上（講談社　下巻は九三年一月）。『源氏物語』現代語訳に取りかかる。

『源氏物語』は紫の物語と呼んでいいほど、重要な登場人物は紫にゆかりがある。光源氏の永遠の恋人は藤壺の中宮で、彼女の姪は、少女の頃若紫と呼ばれ、後に紫の上となり、最高の理想の女性として描かれる。紫は上代の冠位や服色の制度以来、最も高貴な色とされた禁色《きんじき》であった。禁色とは、勅許なしに着ることを禁じられた装束の色で、青、赤、黄丹《おうに》、くちなし、深紫、深緋《ふかひ》、深蘇《ふかす》芳《おう》の七色であった。

それにしても、桐の木に咲きみちている桐の花の紫は清楚でこうも淋しい色だとは、今日まで気がつかなかった。同じ紫でも藤の花の華やかな色や風情と比べたら、ずいぶん淋しい清らかな色だ。車窓に映り、消え、また映ってくる桐の花を眺めながら、またひとつ『源氏物語』に会得させてもらった。（「桐の花」）

〈谷崎潤一郎訳『源氏物語』は、一九三五年九月。満四十九歳。

円地文子訳『源氏物語』は、一九六七年、満六十二歳。
与謝野晶子訳『新訳源氏物語』（全四巻）は一九一二（明治四十五）年、三十四歳。

私は満七十歳を越えて手をつけたのだから、最も年をとって取りかかったことになる。その七、八年前から『女人源氏』にとりかかっていたから、源氏とのつきあいは長いが、完訳にとりかかったのは七十歳からだ。谷崎さんは三年、円地さんは途中に病気もされたから五年かかっていられる。私は三年で仕上げるつもりだけれども、果してどうだろうか。（「行年」）

一九九三年　七十一歳。九月、『源氏に愛された女たち』（講談社）、十二月、対談集『寂聴対談　十人十色「源氏」はおもしろい』（小学館）
一九九四年　七十二歳。九月、『歩く源氏物語』（講談社、『古典の旅』を改訂）
一九九六年　七十四歳。十二月、寂聴訳『源氏物語』（巻一）刊行開始
一九九七年　七十五歳。四月、NHK教育テレビ「人間大学」で『源氏物語の女性たち』（六月まで全十二回）。八月、NHK教育テレビ「おしゃれ工房」で『源氏物語の世界――寂聴の〈古典〉を現代に活かす』を放映。十一月、『源氏物語の女性たち』（日本放送出版協会）
一九九八年　七十六歳。四月二日、瀬戸内寂聴『源氏物語』現代語訳、完訳。日本橋髙島屋

で、「瀬戸内寂聴と『源氏物語』」展が展《ひら》かれる。

生きているうちに、自分の展覧会を展いてもらうなど、夢にも考えていなかったのでびっくりしたが、この際、自分の生きてきた道をふり返って見るのも、何かの区切りかもしれないと思い、開催を承諾した。

四月二日から十二日まで、サイン会がびっしりあり、その間に沖縄まで講演が入ったりして、さすがの私も、今度という今度は、ほとほと疲れきってしまった。一つには「出来た」という気のゆるみもあるだろう。サイン会は一日二百人といいながら、実に毎回三百人以上で、一人が何冊も買って下さるので、有難いけれど、難行でもあった。すべて予想以上の大成功裡に終ったことは嬉しい限りだが、東京の帰り、まだ浜松でサイン会があり、寂庵へたどりついた時は、気息奄々であった。(「回復力」)

同展は五月、徳島そごう、札幌そごう、静岡松坂屋、広島三越、なんば髙島屋、熊本鶴屋百貨店、大丸ミュージアムKOBE、福岡大丸など広がりをみる。大フィーバーである。十月、ハワイ大学で『源氏物語』の特別講義。「源氏物語の脇役たち」(「図書」に一九九八年一月号〜一九九九年十二月まで連載)。十一月、一橋大学にて『源氏物語』の特別講義。

『源氏物語』の現代語訳がついに終った。準備に五年、訳にとりかかってから足かけ六年の長い歳月であった。版元の講談社は完成前に、私が死ぬのではないかと、最後まで、完成に対して半信半疑であったようだ。途中、三度ほど血圧が二百二十まで上って、あわや、という時があったが、何とか乗り越えた。文字通り、神仏の御加護というほかない。

与謝野晶子、谷崎潤一郎、円地文子という、天才、文豪の御歴々が、すでに立派な訳を完成されている後に、今更私如きがという迷いがずいぶんあった。しかし円地源氏が完成してからすでに二十五年が過ぎており、その間にわが国の国語教育は、情けないほど退化していて、今ではあの名訳にさえ、現代の若い人はついてゆけなくなっている。

世界に誇るわが国の文化的遺産の『源氏物語』を、国民のすべてに読んでほしいというのが私の願いであった。私は前諸訳以上に解り易く、読み易いということを心がけた。主語がなく、センテンスがやたらと長い原文に、うるさいほど主語をいれ、長いセンテンスはどしどし鋏を入れて短くした。歌は、五行詩にして、原歌のすぐ下に置いた。(「源氏物語訳を終えて」寂聴)

第一巻五万部から出発した時、私は内心ずいぶんケチな部数だと、版元に不服であった。しかし、版元が十巻めは五千部くらいと踏んでいるのを知って、まあいいかと思った。ところが、いざ発行してみると、十巻まで部数は落ちず、仕上がった頃は百三十万部を越え、今は百三十六万部にのびている。更にのびるだろう。（中略）

「瀬戸内寂聴と『源氏物語』展」（二日―十四日）は、十三日間に、六万八千人の人々が観てくれた。私はほとんど連日サイン会のために会場へ行き、一日三百冊のサインをした。尻上りに多くなる人々は、ついに終りは一日八千人から九千人となり、会場はごった返した。（中略）一体この源氏フィーバーは何なのだろう。『源氏物語』そのものが傑作であり、天下一面白い小説であるということが最高の力である。こんな素晴らしい『源氏物語』を訳し終えた今、もう私は今夜死んでもいいと思っている。（同前）

一九九九年　七十七歳。三月、源氏大学の学長として各会場で一回ずつ講義。五月、ロスアンゼルスにて『源氏物語』の講演。六月、ロンドン、パリにて『源氏物語』の講演。十一月、シカゴ・カルチャー・フェスティバルのメインイベントとしてシカゴ大学、そしてニューヨークのコロンビア大学にて『源氏物語』を講義。

二〇〇〇年　七十八歳。二月、銀座・博品館劇場で「源氏物語朗読」公演。三月、新作能「夢浮橋」を国立能楽堂で上演。五月、寂聴訳を下敷きに大藪郁子脚本で「源氏物語」を歌舞伎座で上演。

二〇〇一年　七十九歳。二月、銀座・博品館劇場にて「源氏物語朗読」公演。三月、新神戸

オリエンタル劇場で公演。五月、新作歌舞伎「源氏物語　須磨の巻・明石の巻・京の巻」を書き下ろし、歌舞伎座で上演。この作品は翌年一月、第三十回大谷竹次郎賞受賞。九月、シリーズ古典『源氏物語』新装版（講談社）刊行開始。十二月、「夢浮橋」を蠟燭能《ろうそくのう》として国立能楽堂で上演。

二〇〇二年　八十歳。六月、池袋サンシャイン劇場にて白石加代子による寂聴訳『源氏物語』の一人芝居公演（演出・鴨下信一）

二〇〇三年　八十一歳。十二月、「藤壺」を「群像」一月号に発表。新作能「虵《くちなわ》」を国立能楽堂で初演。『瀬戸内寂聴の新作能』（集英社）

二〇〇四年　八十二歳。九月、新作歌舞伎「源氏物語　藤壺の巻　葵・六条御息所の巻　朧月夜の巻」を名古屋・御園座で初演。十一月、『藤壺』（講談社）

二〇〇五年　八十三歳。三月、コロンビア大学で『源氏物語』の講演。

二〇〇六年　八十四歳。一月、イタリアで国際ノニーノ賞受賞。同賞はノーベル文学賞受賞者のサー・V・S・ナイポールが選者の一人。十一月三日、文化勲章受章。

この年は友人の作家・演出家の久世光彦の急逝に遭っている。

『源氏物語』の現代語訳を私が完成した時、キャンペーンの舞台に快くつきあってくれた。その時の白いスーツの粋でまばゆい姿が目に焼きついている。光彦とは父上が光源氏にちなんでつけた名だと聴衆を笑わせてくれた。今、袋のマッチを初めて数えてみたら、百二十個あった。嗚呼《ああ》。（「渡しそびれた冥土の土産」『久世光彦の世界』所収）

寂聴の年譜から、『源氏物語』に関連することがらだけを抄出してみた。むろん『源氏』だけで一日が終わるわけではない。法話に講演に東奔西走するだけでもない。本業（！）の小説、評論執筆のほかに、湾岸戦争犠牲者救援イラク行、政府の政策に抵抗するための断食、自費での意見広告、阪神淡路大震災、中越地震、東日本大震災被災地見舞い、連合赤軍事件の控訴審証人、徳島ラジオ商殺人事件、原発廃炉のためのテント籠城など、八面六臂。九十四歳が二十代の若者のように行動しているのである。行動を記録していくだけで大冊が出来上がっていくことになる。

二〇〇八年は、『源氏物語』の千年紀に当たる大きな節目として、さまざまな催しが行われたことは記憶に新しい。寂聴が火を点じた源氏フィーバーに、つい忘失しがちだが、『源氏物語』という作品は時代にいつも優遇されてきたわけではない。前出の島内景二が明治時代以後に『源氏物語』がたどった運命について要約している。〈源氏学から日本史を眺め直してみると、「戦争と平和」が合わさって一つのサイクルを形成していることがわかる。戦争が起きている時代に、細いけれども絶えることなく燃やされ続けた源氏学の松明《たいまつ》が、平和の時代に大きく燃えさかったのだ〉と。（『源氏物語ものがたり』）

具体的に俯瞰すると、『源氏物語』と紫式部の真実に迫ろうとする作業は、鎌倉時代初期の藤原定家（藤原俊成の息子）から始まる。時あたかも、源平動乱の最中。定家は紫式部の時代から二百年くらい後、膨大な漢文日記『明月記』を残し、その一二二五年二月十六日に、前の年の十一月から家族を総動員して、『源氏物語』の全巻を筆写させていて、その日にその作業が完了し、青い表紙を付けて整えた、とある。

定家が本文校訂した『源氏物語』が、所謂「青表紙本」で、〈二十一世紀の今日、市販されている源氏物語のテキストは、すべて定家の青表紙本である〉（島内景二）ということだ。紫式部の自筆原本はたび重なる戦火で消滅（おそらく焼亡）したとみられ、今後も出現する可能性はないという。定家の父・藤原俊成の弟子の一人であった源光行が息子の源親行と共に本文校訂した『源氏物語』は「河内本《かわちぼん》」という。「青表紙本」と「河内本」が〈失われた紫式部自筆本の復元を目ざした「二大報告書」である〉（島内）。

南北朝の混乱期、戦国乱世の時代にあって、平和を渇望し、源氏学の火を守り続けた人々（四辻善成・一条兼良・宗祇・三条西実隆・細川幽斎）。江戸時代に平和が到来し、北村季吟と本居宣長という二人の巨人が登場する……。

島内景二は〈幕末の動乱から一転して、明治時代からは再び長い戦争の時代に入る。一九四五年八月十五日までである。そして、戦後の平和な時代に入る。またしても、「戦争と平和」のサイクルが繰り返されたのだ。ところが、戦争の時代であれ、平和な時代であれ、一貫して近代日本は源氏物語を冷遇したと言える〉と指摘する。

この島内の発言を筆者は首肯する。頁数の許すかぎり言及したいが、とりあえず一つの挿話を紹介する。講談社選書メチエが、「再発見　日本の哲学」シリーズを企画刊行したとき、「取り上げる思想家に一人国語学者を入れたい」という提言があった。候補二人が山田孝雄《よしお》と時枝誠記。結果は山田孝雄に決定。山田は西田幾多郎、小林秀雄、大森荘蔵、折口信夫、丸山眞男、吉本隆明らに並んだのである。

山田孝雄は谷崎潤一郎が『源氏物語』を現代語訳する際に行政指導した校閲者である。戦時下における皇国史観の確立と普及を図る目的で、文部省は国家事業として、「正史」を制定することを計画。一九四三年、国史編修事業が閣議決定され、山田は「国史編修準備委員会」委員に任ぜられる。

〈同人ハ現代ニ於ケル国学ノ最高権威者ニシテ国史ニモ其ノ学識頗ル深ク皇国史観ニ透徹セル稀ニ見ル碩学ナリ国家業務タル修史ノ術ニ当ル中核タル地位ニハ最適任者ニシテ他ニ適当ノ人物無キ〉と任免裁可書にある。

余人を以て代え難い国学の最高権威は、「国史編修院」の設置とともに、その院長に就任する。敗戦後、公職追放。一九五一年追放が解除。五三年文化功労者。五七年文化勲章、富山市名誉市民。五八年病歿。享年八十三。生前の辞典編纂の志は長男・忠雄の『新明解国語辞典』(三省堂)と三男・俊雄の『新潮国語辞典』に実現された（参照は滝浦真人『山田孝雄――共同体の国学の夢』講談社)。

次女・みづえは俳人。石田波郷に師事。第十四回角川俳句賞。句集『木語』で第十五回俳人協会賞。「鶴」同人を経て、「木語」を創刊、主宰。〈萩の餅ひとつは亡父《ちち》と語るらく〉〈悪女たらむ水ことごとく割り歩む〉

さて肝心の挿話だ。国文学者の小林正明は〈秋山虔先生から(中略)山田孝雄《よしお》について、このような口碑をうかがったことがある。「Sさんから私も聞いた話ですが、山田孝雄さんがこういったそうです。ありとあらゆる私財を擲ってでも、この世から『源氏物語』を抹殺したい、と」。『源氏物語』は毒を孕んだ不敬の書に他ならない〉(「国文学　解釈と鑑賞」特集「『源氏物語』——危機の彼方に」二〇〇八年五月号)と書いている。

焚書坑儒《ふんしょこうじゅ》は何も始皇帝の秦やヒットラーのドイツだけの話ではない。戦前・戦中の日本にもあったのである。前出の島内によれば天皇制から『源氏物語』が白眼視されたのが昭和十年代という。〈光源氏は天皇の子であるが、源氏になった臣下である。その臣下が天皇のお后である藤壺と不義密通を犯すとは、何事であるか。そして、その結果として生まれた罪の子を冷泉帝として即位させてしまうとは何事であるか。源氏物語は、全編が一貫して淫蕩・淫乱・淫靡の書であるだけでなく、大不敬の書である〉と喧騒をきわめたらしい。

島内発言の本意は以下にある。〈二十一世紀に入っても、状況は一向に変わらない。それどころか、悪化している。全国各地の大学から、文学部が消え始めている。その文学部の中で最初に消えるのは、英文科と国文科である。日常の英会話は重要だが、シェイクスピアは要らない。日本語でのディベート能力は必要だが、源氏物語などは要らない。「効率化」が大切なのだ。明治以降、「戦争と平和」のどちらの時代でも、源氏物語は冷遇され、蔑視され、迫害された。それが、近代日本の本音だった〉

『源氏物語』の現代語訳は与謝野晶子にはじまり、現代に至るまで多くの人に試みられている。読書人の年齢や世代によって、『源氏物語』との出会いを晶子訳によってと答える人が圧倒的という印象が強い。作家の福永武彦は晶子と谷崎の『源氏物語』を比べて、〈この両者は父親似の勇ましい兄と、母親似のやさしい妹ほどに違っている〉、そして〈兄の方が晶子訳である〉(「現代の『源氏物語』」「朝日新聞」一九六四年十二月二十日付)と記述している。

歌人の大沢優子は、晶子が訳文で「書生言葉」を使っていることを自身驚きながら指摘する。「桐壺」の巻の〈始めより我は、と思ひあがり給へる御方々、めざましき者におとしめそねみ給ふ。同じ程、それより下臈の更衣たちはまして安からず〉の箇所で、「めざまし」を江戸時代の北村季吟の著した『湖月抄』という『源氏物語』注釈書の頭註では、〈冷眼などかけりめもすさまじくみる也。世俗に目にあまるやうなことを云歟《か》〉と解説している。晶子はこの注釈書を当然読んでいるはずなのに、いっこうに拘泥することなく、自由な訳文をつけている。〈最初から自分こそはという自信と、親兄弟の勢力にたのむところがあって宮中にはいった女御たちからは失敬な女としてねたまれた。その人と同等、もしくはそれより地位の低い更衣たちはまして嫉妬の炎を燃やさないわけもなかった〉とする。

「めざまし」にたいして「失敬な」という訳語は他に「若紫」「末摘花」など、全巻を通すと十二例あると大沢は言う。「失敬」は坪内逍遥の『当世書生気質』に書生言葉として紹介されており、晶子の時代にはこれが当代の言葉として盛んに使われていたとはいえ、『源氏物語』の訳文に登場するとはと、虚をつかれたという。この箇所、谷崎潤一郎は、〈最初から自分こそはと思い上っていたおん方々は、心外なことに思って蔑んだり嫉んだりします〉と、「めざまし」を「心外」と訳している。

寂聴訳は、〈はじめから、自分こそは君寵《くんちょう》第一にとうぬぼれておられた女御たちは心外で腹立たしく、この更衣をたいそう軽蔑したり嫉妬したりしています。まして更衣と同じほどの身分か、それより低い地位の更衣たちは、気持のおさまりようがありません〉と格調もあり、現代小説のそれに近い。

同じ「葵」の章で訳文をいま少し検証し、寂聴訳のユニークさを摘出してみたい。光源氏は子供のときに引きとった若紫をじぶんの屋敷で育てる。じぶんの理想にふさわしく育ててあげて、ゆくゆくは夫人にしようとひそかに考えていたのである。若紫（紫の上）は源氏に父親にたいするのと同じ感情をもって成長する。ところが、あるとき源氏は美しく育った若紫のあでやかさに耐えきれなくなり、男として若紫にのぞんでしまう。そのときの光源氏の変貌の仕方と、それまで父親にたいするおもいで慕っていた源氏が、はじめて男の顔をみせたことに若紫は衝撃を受ける。

与謝野晶子訳

徒然《つれづれ》な源氏は西の対にばかりいて、姫君と扁隠しの遊びなどをして日を暮した。相手の姫君のすぐれた芸術的な素質と、頭のよさは源氏を多く喜ばせた。ただ肉親のように愛撫して満足ができた過去とは違って、愛すれば愛するほど加わってくる悩ましさは堪えられないものになって、心苦しい処置を源氏はとった。そうしたことの前もあとも女房たちの目には違って見えることもなかったのであるが、源氏だけは早く起きて、姫君が床を離れない朝があった。女房たちは、「どうしてお寝《やす》みになったままなのでしょう。ご気分がお悪いのじゃないかしら」

ともいって心配していた。源氏は東の対へ行くときに硯の箱を帳台の内へそっと入れていったのである。だれもそばへ出て来そうでないときに若紫は頭をあげてみると、結んだ手紙が一つ枕の横にあった。何げなしにあけてみると、

あやなくも隔てけるかな夜を重ね

　さすがに馴れし中の衣を

と書いてあるようであった。源氏にそんな心のあることを紫の君は想像もしてみなかったの

かった。なぜ自分はあの無法な人を信頼してきたのであろうかと思うと、情けなくてならなである。

谷崎潤一郎訳

退屈しのぎに、ただこちらの対で碁だの偏つきだのをなさりながら日をお暮しになりますのに、生れつきが発明で、愛嬌があり、何でもない遊戯をなされましても、すぐれた技倆をお示しになるという風ですから、この年月はさようなことをお考えにもならず、ひとえにあどけない者よとのみお感じになっていらっしゃいましたのが、今は怺《こら》えにくくおなりなされて、心苦しくお思いになりつつも、どのようなことがありましたのやら。幼い時から睦み合うおん間柄であってみれば、餘所目《よそめ》には区別のつけようもありませんが、男君が早くお起きになりまして、女君がさっぱりお起きにならない朝がありました。女房たちが、「どうしてお眼ざめにならないのかしら。御気分でもお悪いのであろうか」とお案じ申し上げていますと、君は御自分のお部屋へお帰りになろうとして、おん硯《すずり》の箱を御帳台の内にさし入れてお立ちになりました。人のいない折にようよう頭《つむり》を擡《もた》げられると、引き結んだ文がおん枕元に置いてあります。何心もなく引き開けて御覧になりますと、

あやなくも隔てけるかな夜を重ね

さすがに馴れしなかの衣を

と、いたずら書きのように書いてあります。こういうお心がおありになるとは夢にも思っていらっしゃいませんでしたので、こんな嫌らしい御料簡のお方を、どうして心底からお頼み申し上げていたのであろうと、情なくお思いになります。

円地文子訳

所在のないままに、ただ姫君の部屋で碁を打ったり、偏《へん》つぎなどをして、日を暮していらっしゃるが、姫君は気立てが賢《さか》しくて、その上愛嬌がおありになり、ちょっとした遊び事のうちにも、正しい筋をお見せになるので、相手が若すぎて男女の交わりは思い放していられたこの数年の間こそ、ただ子供々々した可愛らしさ一方ですませていたものの、今はなかなか我慢出来なくなられて、まだ無邪気なおとめの姫には可哀そうかと思われもするが、その辺りはどういうことであったのか、……もともと一つ御帳の内にお寝みつけになっていて、人の目にはいつからともはっきりお見分け出来る御仲合《おんなからい》ではないのであるが、男君だけが早くお起きになって、女君はいっこう起き出していらっしゃらない一朝《ひとあさ》があった。女房たちは、「どうしてこんなに遅くまでお寝みになっていらっしゃるのかしら」「御気分でもお悪いのでは」などと御様子を見て心配していた。

君は東の対のほうへお出でになる折に、硯の箱を帳台の内にさし入れて行ってしまわれた。人のいない暇に女君はやっと頭をもたげて御覧になると、引き結んだ文が枕元にあった。何

心もなく、取り上げて開けてごらんになると、

あやなくも隔てけるかな夜を重ね

さすがに馴れし中の衣を

と書き流しになさったように読める。このようなお心がおありになろうとは、ゆめにも思いがけなかったことなのに、こんなひどい方とも知らず、どうして心底から分け隔てなく頼もしいと思ってばかりいたのであろうと、女君はわれながら浅ましくお思いになるのだった。

瀬戸内寂聴訳を読んでみる。

所在ないままに、源氏の君はただ西の対で、姫君と碁を打ったり、偏《へん》つき遊びなどなさって、日を暮していらっしゃいます。姫君の御気性がとても利発で愛嬌があり、たわいない遊戯をしていても、すぐれた才能をおのぞかせになるのです。まだ子供だと思って放任しておかれたこれまでの歳月こそ、そういう少女らしい可愛らしさばかりを感じていましたが、もう今はこらえにくくなられて、まだ無邪気で可哀そうだと心苦しくはお思いになりながらも、さて、おふたりの間にどのようなことがありましたのやら。

もともと幼い時から、いつも御一緒に寝《やす》まれていて、まわりの者の目にも、いつからそう

なったとも、はっきりお見分け出来るようなお仲でもありませんでしたが、男君が早くお起きになりまして、女君が一向にお起きにならない朝がございました。女房たちが、

「いったい、どうなすったことかしら、姫君は御気分でもお悪いのでしょうか」

と、そんな御様子に心配していました。源氏の君は、東の対の御自分のお部屋にお帰りになる時、御硯《みすずり》の箱を御帳台の内にさし入れて行っておしまいになりました。人のいない間に、姫君はようやく頭をもたげてごらんになりますと、引き結んだお手紙が枕もとに置いてあります。何気なく取りあげてごらんになると、

あやなくも隔てけるかな夜《よ》をかさね
　さすがに馴れし夜《よる》の衣を

どうしてあなたと
これまで契りもせず
他人のまま過ごせたのやら
幾夜となく二人で
共寝に馴れてきたのに

と、さりげなく書き流されたようでした。

源氏の君に、こんなことをなさるお心がおありになるとは、姫君は夢にも思っていらっし

ゃらなかったので、どうしてこんないやらしいお心の方をこれまで疑いもせず、心底から頼もしい方と思いこんでいたのだろうと、とても情けなく、口惜しくてなりません。

『源氏物語論』のある詩人・評論家吉本隆明訳

所在ないままに、ただ西の対へきて碁を打ち、扁附などをしながら、日をお暮しになったが、若紫の心ばえはあでやかに可愛らしくなり、何ということもない遊びごとのなかにも、美しい手筋などを考え出されたりするようになったので、気にもかけなかった歳月のあいだこそ、ただただあでやかさを感じただけであった。もうこらえきれなくなって、心苦しい思いはしたが、どういうことがあったのか、他人には区別がわかるような間柄でもない二人なのに、男君（源氏）のほうがはやく起き出されたのに、女君（若紫）のほうがとても起きてこられないような朝があった。人々はどうなさったのでしょう、御気分がすぐれないとお思いではないかと案じて心配されるのに、源氏はじぶんの部屋へ戻られるとて、若紫の硯箱を御帳の内に差入れてゆかれた。若紫は、誰もいないあいだに、かろうじて頭をもたげてご覧になると、結んである文が、御枕の下にあった。なに気なくひきあけてみると

あやなくも隔てけるかな夜を重ねさすがに慣れし夜の衣を

と、書き流された歌があった。こんな心をお持ちとは、ゆめにも思いおよばなかったので「どうしてこんな嫌らしい気持を抱いておられたのを、心底から信じて頼もしい方と思って

さしあげたのか」と口惜しくおもわれた。

翻訳枚数では晶子訳が最も短い。また作中の歌（七九五首の和歌が登場する）については訳文を寂聴以外は誰も附してはいない。寂聴は全ての歌を五行に「現代語訳」し「五行詩」と称している。五行詩については先行例がある。与謝野晶子は『源氏物語』の和歌について述べている。

彼女（紫式部）以前の国文和歌に精通し、其の文章が前古に無い妙文を創始して天衣無縫の完成を示したのみならず、其《その》歌もまた『源氏物語』に多くの創作を挿んで、他の歌人の歌の単調膚浅なものと異り、堂堂たる大家の作である。昔も今も彼女の「歌集」の歌だけを見て彼女の歌を貫之、和泉式部、西行などの遥かに下に置くのは大間違の批評である。『源氏物語』の歌ほどの各種多様な佳作を自由に空想を以て成し得た大歌人は古《いにしえ》の人麻呂を除いて私は外に知らない。（「紫式部新考」）

記述は前後するが、紫式部の歌は百人一首にも採られているし、勅撰集には五十八首入集、あまつさえ『紫式部集』という家集さえ持っている。『サラダ記念日』で一世を風靡した俵万智に『愛する源氏物語』という著書がある。帯文には「千年の時を越え、万智訳でよみがえる

54帖の恋愛譚」という惹句がある。俵は『源氏物語』のなかの歌が、すべて紫式部という一人の作者の手によることに仰天する。〈七九五首の和歌を、それぞれの人物の状況と才能に応じて歌いわけるという技量。その「成り代わり」の技においては、紫式部は、恐ろしいほどの力を持っていた。七九五首は、七九五種でもあるのだ〉（同前、傍点・引用者）

平安朝の恋愛にとって、和歌が大きな存在だったことはいうまでもない。男女が心を通わせるほとんど唯一にして、もっとも効果的な手段であった。俵は〈実用品として、生き生きと活躍する和歌。なんというか、これこそが本来の姿だったんだよなあ、と思う。相手に思いを伝えたくて、みんな必死である。「作品」という意識で、現代短歌を作っている自分が、忘れがちな大切な何かが、そこにはあるように思われた〉（『愛する源氏物語』あとがき）と内省する。

しかし与謝野晶子は、その和歌の部分には、いっさい手をつけていない。頭注や脚注で、何かを補うことさえもしなかった。〈読めばわかるでしょう、と思っていたのか、和歌だけは、もとの言葉のまま味わうしかないと感じていたのか（中略）けれど——。ここから先は、もうありえない「もし」なのだが、紫式部の詠んだ三十一文字を、晶子自身が三十一文字で詠みなおしたとしたら（中略）晶子流に詠み変えられた『源氏物語』の和歌。想像するだけで、わくわくするではないか〉（同前）

因みに万智訳の例。

身はかくてさすらへぬとも君があたり去らぬ鏡のかけは離れじ（光源氏）

（このからだどこまでさすらう定めでもあなたの鏡に残す面影）

別れても影だにとまるものならば鏡を見てもなぐさめてまし（紫の上）

（別れても面影残すというのなら鏡だけ見て暮らしていたい）

谷崎潤一郎は、「現代風の和歌に直すこと」を一度は考えたことがうかがわれる文章を残している。彼は『源氏物語』現代語訳では本文でそのままの和歌を示し、頭注で、その意味を記すという方式を選択している。

和歌は、散文に訳しては講義に堕してしまうし、そうかといって、現代風の和歌に直すことは、私の技倆では覚束ないし、また専門家を煩わしてそういう試みをしたとしても、恐らくはこの物語の世界の空気とは調和しないものになるであろうから、原作のまま載せることにした。それで、その和歌の解釈を頭注として書き入れてあるが、私は読者が、往々にして相当の長さになるであろうその注を読むために、そこで一々停滞しないことを望む。この物語の中の和歌は、それが挿入してある前後の文章とのつながりが非常に微妙にできているので、そのつづき具合の面白さを味わうことが、和歌の内容を理解するのと同等に大切なのであって、この訳文では原文のようには行っていないとしても、なるべくそこでつかえないですらすらと読みつづけてもらいたいのである。読者はくれぐれも、これらの和歌の価値の一半がその調子にあることを念頭に置き、時として意味が分らないことがあっても、調子の美しさが感じられさえすれば、その場は一応それでよいとして、先へ進んでもらいたい。しかし一巻を読み終った後に、頭注の解釈を参照して、もう一度そこのところを読み返して下さるならば、さらに一層感興が湧いて来るでもあろう。

寂聴源氏で、和歌の部分が五行詩の形で訳されている。その理由を俵万智は寂聴に直接、訊ねている。

ご本人にうかがったところ、以前丸谷才一氏が『光る源氏の物語』の中の現代語訳で、このような方法をとっておられたのが、ヒントになったという。丸谷氏のものに比べると、さらに弾むような口語が多く使われているのが、寂聴訳の五行詩の特徴だろう。登場人物のセリフを耳元で聞くような、楽しさがある。(同前)

これまで『源氏物語』の現代語訳に取り組んだ歌人に窪田空穂がいる。一九三九年から四三年にかけて出版された『現代語訳源氏物語』(改造社)は、若菜下巻までの未完。これは一九六七年、『現代語訳源氏物語Ⅰ・Ⅱ』と題して、『窪田空穂全集』第二十七・八巻(角川書店)に収録される。「Ⅰ」巻は桐壺―梅枝、「Ⅱ」巻に藤裏葉―夢浮橋。各帖のはじめに略系図と概略を載せる。口語訳のセンテンスの長短も歴史にしたがうなど工夫をしている。

殆ど知られていないが、少女小説の第一人者でもあった吉屋信子による現代語訳『源氏物語』（全三巻）は、一九五一年の七月から五四年の六月まで雑誌「婦人倶楽部」に連載されたもので、原題は『源氏物語――わが祖母の教え給いし』となっている。国書刊行会から刊行（二〇〇一年）されたときの広告では「連載の幻の名著を復刊」とあるので、過去に単行本化されたと思うが、奥付にはそうした表記は一切ない（校正の段階で一九五四年、講談社刊と判明）。解説を執筆した田辺聖子も、どうやら初めて知ったようである。
〈時代小説『女人平家』や『徳川の夫人たち』を書いた信子は、歴史や史実に関心深かったものと思われるが、古典に関してのエッセーや文章は残していない。しかしその信子が『源氏物語』の現代語訳を物しているのは興ふかい〉と記述している。

吉屋源氏は婦人雑誌の連載であるから、正面切っての古典の現代語訳ではない。読者が親しみやすいように趣向を凝らしている。古典の語り手は、一家の老婦人、楓刀自《とじ》。刀自とよばれるのにふさわしい教養と識見ある老婦人。ときは戦争末期。空襲をのがれて鎌倉に疎開した一家だが、主人夫妻は職務上、満州（中国北東部）に赴任しており、留守である。祖母と孫娘三人、長女は夫が、それも外地にいるため、実家へ戻って妹二人と祖母を守って暮らしている。東京の家から、父の蔵書を荷造りして疎開先へ送ろうにも、運送の手配もままならぬ時代だった。女学生の末娘がリュックでわずかに持ち帰ったのは、祖母の蔵書『湖月抄』で、それは祖母を喜ばせた。嫁入り道具に持ってきたものという。これは北村季吟が延宝元（一六七三）

年に著わした『源氏物語』の注釈書で、『源氏』の普及化に力あった本である。

やがて終戦、戦後の混乱で――女世帯の暮しは何かと不如意であるが、その忽忙の中で、老婦人は『源氏物語』を孫娘たち相手に、説き語りはじめる――という設定。

「明快さと気品の現代語訳」と題する田辺聖子解説の白眉――たとえば作者が、作家として思わず顔を出すくだり（紫の上の新床《にいどこ》の場面）。

〈ここのところは紫式部はたいへん上品に、近代の文学手法によれば抽象的とやらに書いてありります〉（見方を変えれば、そのため、このシーンは永遠の命を保っているのであるが）――〈女の作者でなければ書けないところを紫式部はよく穿《うが》って居りますね〉

解説者は〈この批判は核心を衝いたもので『源氏物語』は女の筆付なるなあ、とつくづく思わせる個所がいくつもあるのだ〉と得心。

また老婦人の言葉を借りて信子が言う〈物語の作者は、紫の上を典型的な理想の女性として、心も身も最上の美しさに描いているのです〉に共感し、〈たくさんのヒロインのうち、幼い少女の日から、死顔まで書きとどめられたのは紫の上一人である。そして男の主人公はやはり光源氏であって、光源氏は女たちの狂言廻しではなく、紫式部がどうしても書きたかった男の典型であるのだろう。源氏は中年から老年になり、愛する紫の上を死なせ、苦渋と悔恨を経て、新しい世界へ飛翔しようとする（中略）現代語訳でもっともあらまほしい、明快さと気品をそなえているのは、さすがである。文学者としての信子の魂に触れる思いがする。文学的振幅の大きい作家、という所以だ〉と擱筆される。

歌人、エッセイストの尾崎左永子に『新訳源氏物語』（全四巻　小学館）がある。尾崎が文学史からみた『源氏物語』について、平安文学者の中野幸一と行なった「源氏の世界へ誘う」（「星座」二〇一六年夕鐘号）は、現代語訳について、従来、誰も気にも留めなかったことを語り合い、興味が尽きない。因みに中野は二〇一五年秋から、全訳『正訳源氏物語　本文対照』（全十巻）を順次刊行中である。八巻まで既刊。主著に『常用源氏物語要覧』『源氏物語古註釈叢刊』（全十巻）など。以下、対談での中野発言を幾つか引いてみる。

私は学士論文も修士論文も博士論文も、みんな『うつほ物語』なんです。うつほは男の物語なんです。あるとき『源氏物語』を読んで、なるほどこれは女の物語で、また違う魅力があると思いました。（中略）複数の研究をしたことで、文学史全体の『うつほ物語』あるいは『源氏物語』という見方ができるんです。たとえば、蛍巻に、源氏が几帳の中に蛍を放って、そのかすかな光りで兵部卿の宮に玉鬘を見せるという優雅な場面があります。源氏だけを研究してきた人は、紫式部は女性らしい素晴らしい発想で描いていると持ち上げるんです。でも実はうつほにも朱雀帝が、蛍の光で心を寄せていた俊蔭女の顔を見るという場面がある。
さらに言えば、『伊勢物語』にも、蛍の光で車の中の女の顔を見るというところがある。つまり、美女を蛍の光で見るというのは、物語の一つのパターンとして源氏以前からすでにあったと言えるわけです。

（宮内庁の）書陵部は、普通の人では入れません。（中略）ある日、書陵部で史料を見ていたら、相当偉い雰囲気の方（註・岡部侍従長）が来て、「君は何をやるので」と聞かれて「源氏です」と言ったら、「まあまあ、おやめなさい」って。「なんでですか」と聞いたら、「源氏は貴族の文学です。一般庶民の方には分からないから、おやめになったほうがいいですよ」ですって。それで「どういうところがでしょうか」と聞いたんですよ。すると、

「訳にはあまり現れないんだけれど、イメージの面でいうと、いろいろある。夕顔巻って知ってる？　源氏が五条大路で夕顔の家を見て、『すこしさしのぞきたまへれば』というところがあるでしょう。これまではどの訳本でも、『源氏が顔を出してご覧になる』という風ですけど、源氏たるもの車から顔を出したりはしませんよ」と。「じゃあ、どう訳したらいいのでしょう」と聞くと、「せいぜい差し覗くくらいまでですね」と。それが貴族文学と言うものですって言うんですよ。こっちもあとでいろいろなものを見てみると、どれも車から顔を出してのぞいている。（中略）源氏の家来の惟光が夕顔の家の情報を源氏に伝えるところで、「近く参り寄りて聞こゆ」というところがある。

ここは、近くに参り寄って申し上げたいという訳で、揺れるところはないはずなんです。「君、ここはどういうイメージですか」と言われるので、「近くに寄って行った、ということ

ですよね」と言うと、「惟光は源氏と乳兄弟ではあるけれど、従五位ですよ。源氏のところに行くのには、膝行《しっこう》、つまり膝《ひざ》をついたまま行ったはず。それをイメージできなくては、『近く参り寄りて聞こゆ』を本当にわかったとは言えませんね」と言われました。

夕顔巻に源氏が忍び通いするところがありますね。我々は「忍び通い」というのだから、少人数を想像するでしょう。実際物語に出てくるのは惟光、それから源氏を警護する随人、それに雑用をする小舎人童《こねりのわらわ》。そうすると、まあせいぜい四人くらいかなと思うでしょう。ところが岡部さんが言うには、少なくとも前後に松明を持った者もいるし、馬添えもいる。「忍び通い」と言っても源氏ともなれば、諸々入れて十数人の一行ですよ、と。ところが文中には四人くらいしか登場しない。つまり書かなくてもいい人、書くまでもない人が沢山いるということなんです。それが貴族文学で、そこを読み取らなくてはならないんだと。

この対談での収穫は、川端康成が手がけようとしていた現代語訳『源氏物語』の進行状況である。寂聴も知ることのなかったことが明らかになる。ある出版記念会で川端康成に中野幸一が「どこまで訳されましたか」と聞いたところ、「いやいや花宴だけです」と答えたという。中野曰く「花宴がお好きだったみたいですね。ただ源氏は面白いところだけつまみ食いで訳しちゃうと絶対に全部はできなくなるんです。だから、ああ、川端源氏は出ないなとその時思ったのを覚えています。眼光の鋭い方で怖かったなあ。それから間もなく亡くなられて……」

現代語訳『源氏物語』は林望源氏、田辺聖子源氏、橋本治源氏と続き、抄訳では大塚ひかり、林真理子。目下、角田光代が全訳に挑戦中。

四

寂聴と田辺聖子が「『源氏物語』を愛して」と題して対談している（「the 寂聴」第二号、二〇〇九年一月）。

瀬戸内 川端康成さんが、三人の訳（与謝野晶子訳、谷崎潤一郎訳、円地文子訳）の批評をなさったことがあるのよ。私が個人的に伺ったことですけどね。で、やっぱり「わかりやすいのは与謝野晶子」と言っていた。それから谷崎さんの訳ですけれど、あの人は訳文を、原文と長さまで合わせてるのね。だから長ったらしいのよ。ただ、学者に見てもらって確認しているからとっても正確。でも川端さんは「あれは訳とは言えません。あれは『源氏』そのものです」って言った（笑）。それから円地さんの訳は、「あれは円地さんの小説です」って。

田辺 そうです。それはおっしゃる通りだわ、本当に。それにしても谷崎さんの訳は全然読めない。読む気力を失わせるの、あの文章は。

瀬戸内　うん。眠くなる。

田辺　あの訳は駄目ですよ。あれ、今でも売れてますの？　おかしいわ。あんなの訳とは言えないわ。

瀬戸内　川端さんもそう言ったのよ。その川端さんご自身も源氏訳に挑戦されてた。私、原稿がホテルの部屋の机の上にあるのを見たんですから。「やっぱりなさるんですか？」と訊いたら、「ええ、出版社に頼まれましてね」って、ニヤッとしてらしたけれど。その後、川端さんは亡くなられて……。読みたかったですけどね。

このときの対談の次の箇所は、ひととき文壇雀を喜ばせる挿話として今に伝えられている。

瀬戸内　円地さんが、「新潮」の編集者や学者など六、七人の人々を集めて、毎週「源氏」の勉強会をしていました。でも円地さんはそこに私を入れなかった。だから私は後に「源氏」の訳ができたのよ。勉強会に入っていたらとてもできなかった。そこには竹西寛子《ひろこ》さんもいて、本当は竹西さんはずっと前から「源氏」を勉強していたから訳をしていいはずなんだけど、メンバーだったからできなかったんでしょうね。本当に訳したかったと思いますよ。私は外されていたから書けた。人生にはそういう微妙なところがある（笑）。

それから、円地さんといえば思いだすのが、川端さんが「源氏」をやるという話を聞いた時、カンカンに怒り出したこと。「ノーベル賞もらって甘やかされている人に、できるはずがない！　もしできたら、私は銀座の街を裸で逆立ちして歩いてやる！」と。私に直接おっしゃった。それくらい円地さんは「源氏」に命をかけていましたね。

『源氏物語』の若き研究者の島内景二は『源氏物語』の演習に参加した折、自分が原文が読めなかった理由を担当教官であった『源氏物語』の権威である秋山虔に訊ねたところ、開口一番、「源氏物語を原文で読みたければ、北村季吟の『湖月抄』を買いなさい。できれば、本居宣長の説を追加した『増註・湖月抄』があればベストですね」と言われたらしい。〈古本屋で、『湖月抄』の活字本を買った。開いて驚いた。大きな字で、本文が書いている。これだけでは、むろん意味がわからない。ところが、行間に、言葉の意味や、省略されている主語などが、丁寧に書き込まれている。大変に質の高い「虎の巻」である。この行間の注だけでも、かなり原文が理解できた。（中略）本文の上のスペースに、びっしりと補足や、この文章は二通りに解釈できて、それぞれこういう読解である。そのうちのこちらが妥当である、と懇切に説明されている。それらを合わせて読めば、源氏物語が原文のままで味読できる。私は、狂喜乱舞した〉（『源氏物語に学ぶ十三の知恵』）

しかつめらしい表情で古文を講義するアカデミズムの世界に、学問をすることで、「狂喜乱舞」する研究者が存在していることに妙に感動している「私」がいる。アカデミズムも捨てたものじゃないではないか。
同種の話を私は別の作家から教示されている。作家で評論家の小島信一は、〈『源氏』に近づくには、まず『源氏物語絵巻』によって、後宮の濃密な空気を感じとることがのぞましい。女たちは顔を見せず、身のたけよりも長い黒髪と十二単衣に身をくるんでいる。そして長い夜具のようなうちかけの裾を御簾《みす》や几帳の外へのぞかせている。それによってそこに女がいることは知られるが、顔を見ることは許されない。（中略）死の床にある紫を光源氏がのぞいている場面だ。庭のすすきが大きくゆれている。紫は床に半身をおこしているが、あたりはうす紫に染まって、ヒロインがすでに他界の人となりつつあることが暗示される。この絵を見る者は、静かなミサ曲を聴くような気分にみたされずにはいない〉（『浮舟の行く方』）
小島の『源氏』入門に注目するのは、『源氏物語絵巻』について言及する研究者は稀だからである。ページに余裕があったら、三田村雅子の『記憶の中の源氏物語』の中の「源氏絵の〈天皇〉」「『絵入源氏物語』の〈絵〉」「錦絵と雛の〈天皇制〉」「『黄金の庭絵巻』の発見から」といった論考にも言及したい。
小島信一が『源氏物語絵巻』に注目するのは別に奇を衒《てら》っているわけではない。〈池田弥三郎は、『源氏』をすでに描かれていた絵巻を見ながら聞く紙芝居のようなものと推測している。というのも、絵がなければ到底思いうかばない具体性、絵画性を本文がそなえているからだ。今残されている絵はのちに描かれたものだが、『源氏』本文ではなく、旧来あった絵を手本にして描いたものだろうと言う。不思議なことだが、絵の構図が文脈とは微妙にくいちがっていて、いかにも様式化され、それぞれが劇的なクライマックスを作りあげている。すでにある文学に絵ときをつける「さし絵的」なものでないことが感じられる〉（同前）

『源氏物語絵巻』を仔細に検討しながら、小島信一の推論は重層化されていく。当時の後宮で、幼い姫君の人生教育のために作られた物語は絵を伴ったにちがいない。現代の読者にとっても同じだが、戸外に出ることもなく西も東も分からない姫君にとって、いわば紙芝居の形をとらなければ男女の姿を想像することは不可能だったのだ。『源氏』の前に、すでに無数の物語が回覧されていたことは本文からも想像されるが、そのすべてが絵本の形をとっていたと考えられる。絵が文より早くできたということは、絵巻物の成熟度が文学を上まわるとさえ見られることからも大いにあり得よう……という次第である。

その大部分が焼失した大和絵をはじめ日本美術の伝統がどのように古いかは、たとえば法隆寺金堂の壁面にみても想いなかばにすぎる。これは建築や木彫についても言えることで、造型美術の成熟度は時として『万葉集』『源氏物語』の文学的世界を超えることがあったかも知れない。例えば宇治平等院の『雪中供養菩薩』を想いだしてもいい。絵画・彫刻・工芸はじめ舞踏音楽に至るまで、四季おりおりの自然に配され、年中行事として演出される王朝文化の質の高さは改めてぼくらを驚かせる。（同前）

小島信一の論考『浮舟の行く方』は雑誌「火牛」に一九八七（昭和六十二）年ごろ発表されたと推測されるが、それは早すぎた予言であったともいえる。二〇〇七（平成十九）年秋に、日本人をいちように驚かす大量の「幻の源氏物語絵巻」が紹介されたのである。前出の三田村雅子『記憶の中の源氏物語』（新潮社　二〇〇八年）は、フランス、セリエ社の"Le dit Du Genji"が五百枚余りの鮮明なカラー源氏絵を挟み、フランス語訳源氏物語を掲載したこの大型絵本について五ページを報告にあてている。

もし全巻残っていたら二百巻にものぼるという源氏絵巻中最大の絵巻の出現であった。現在は賢木巻までしか残っていないので、おそらく中断されたと想像されるが、もっとも大量の画面を持ち、興味深い観点から物語を捉えていることで話題となった。セリエ社の活動と並行して、小嶋菜温子・稲本万里子チームがニューヨーク・バーク・コレクションでこの絵巻の連れである賢木巻の断簡二枚を発見し、この二枚の絵が特に優れていたのでにわかに注目を集めたのである。（中略）

その性格は長大な葬式場面が二場面も描かれる（桐壺巻・不明の巻）こと、葵上の死の場面が丁寧に描かれること、喪中のシーン（葵・賢木）、出家のシーン（賢木）など不吉なシーンが多いこと。空蟬レイプシーン（帚木）や若紫結婚シーン（葵）など性的なシーンが反復して描かれること。光源氏の王権侵犯にかかわる話題の場面が特に丁寧に描かれていること（賢木）。庭の部分が大きく精細で庭が主役であること（帚木・末摘花・賢木）。庭の木や草花が作中の主題と呼応し、共鳴していること（末摘花・葵・賢木）などが挙げられる。

絵本を実際に手にした三田村は装丁が豪華で、詞書きも金彩の上に省略なく書かれていることに驚いている。〈大変な大企画で、どのような権力者かはわからないが、少なくとも権力者によって作られた絵巻であることはまちがいないだろう〉と推察しながらも鋭い省察を加えることを忘れない。曰く〈題材選択がひねくれていて、現実の政治の世界では不遇をかこつ者の製作かと疑われる。ともかくこの製作者は源氏をよく読んでいるし、その反骨と淫乱、挑発と雅びを抱き合わせた不穏な雰囲気をよく摑んでいる。ここまで不遇の光源氏に共感できるということは、おそらく鬱屈とした思いを抱えた人物であったのだろう。性と死と葬式、僧たちに一段とこだわりを見せる製作者とはどんな製作者なのか、一段と興味をそそられる〉。（同前）

その上で、同時に絵巻の伝来、流転のありようにも言及する。こうした大部の絵巻がこれまで存在を知られずにきたことの不思議、しかもその多くは海外に流出し、寸断されている。実際に近年まで完全なかたちで残っていた賢木巻は、パリのオークションで三十二枚の断簡に分割され、欧米の個人コレクターに売却されたという。そのうちの二枚がバーク・コレクションのもので、いずれも画風から同一の絵巻に属するものと考えられている……。
フランスでこの絵巻がオークションに出された時、「プリンス源氏の黄金の庭絵巻《ジャルダンドール》」と名づけられたことを引き、三田村は〈不吉で不穏で、いわくありげな絵巻は日本に置いておいても買い手がつかないとプロの商人が判断したのだろう。「黄金の庭絵巻」はいかがわしいものとして海外に祓い棄てられたのである。(中略)「異端」を受け付けようとしない狭量さによって、この独自性溢れる絵巻は日本から疎外され、排除されたのではないか〉と推測している。
二〇〇七年九月八日、三谷邦明通夜会場で、喪主挨拶をした三田村(三谷)雅子とは別人の気鋭の国文学者がここには存在している。〈これが今回のフランス版源氏絵集成によって痛みとして自覚されたことである。源氏物語は千年前の物語であるが、千年にわたって読み続けられたわけではない。日本人は源氏物語を読んでなんか来なかった。むしろ「記憶」の中で蘇らせ続けたのだ。日本人は(日本人だから)源氏物語を一面的にしか継承して来なかったのではないか。(中略)日本に住んでいるから源氏物語がよくわかるわけではない。日本人だからこそわからなくなっていることも多いのだ〉
〈源氏物語絵巻は権力の渦の只中で「何か」に抗っていた。今回新発見された絵巻も「何か」に激しく抗っているのだろう。その後の歴史に葬り去られた流転の運命も含めて、新発見の絵巻は千年紀に浮かれ騒ぐ日本列島のわたしたちを激しく撃ってくる〉——これが大冊『記憶の中の源氏物語』の最後の言葉である。

この声は私には一瞬、「バリケードの中」から聞こえてきたように見えたのである。わが国において国文学界は村井紀《おさむ》の言を借りれば文学＝報国／文芸復興という「国・文学」のヤヌス（両面神）のふたつの顔である。ここまで書けば、人は私が執拗に『源氏物語絵巻』に固執した理由も理解してくれるかもしれない。絵巻＝美術＝ジェンダーという等式が一閃すると誰しも夭逝した千野香織を想起するに違いない。安の定、巻末「あとがき」半ばに三田村雅子は国文学界とは無縁の門外漢の私ですら熟知していたその名に触れていた。

平時よりも戦乱の時、源氏物語が一層の輝きを見せて蘇っていく過程を追いながら、国家存亡の危機に蘇る源氏物語のありようを考えてみた。心傷つき、敗れたときも、源氏物語を抱きしめ、源氏物語に抱き取られるように救われて、国の誇りを取り戻していく源氏物語のカンフル剤的な役割に感じ入った。しかし、それも千野香織流に言えば、中国のような圧倒的に優位な国の傍らにあって、弱々しさと女らしさを国のアイデンティティとして背負い続けた日本という国の問題なのだと言えなくもないのだろう。圧倒的な起爆力を持っていた千野香織の論文を思いつつ執筆した（後略）。

なお三田村雅子は論稿「『源氏物語絵』の神話学——権力者たちの源氏物語」（「源氏研究」第三号　一九九八年）で、千野香織の「ハーヴァード大学美術館蔵『源氏物語画帖』をめぐる諸問題」（「國華」一二三二号　一九九七年八月号）を要約している。〈十五・六世紀の源氏物語絵について、男性同士で連帯を深め合い、共感を強める機能を読取り、従来の、源氏物語絵は女の絵であるという鑑賞方法に疑義を唱えた。十五・六世紀の土佐派源氏物語絵については確かに指摘の通りであるが、それ以前の源氏物語絵も、「男たちの源氏物語絵」としての性格を強く持っている〉……というものである。

木村朗子の「『源氏物語』とフェミニズム」（「国文学　解釈と鑑賞」二〇〇八年五月号）に以下の記述がある。

『源氏物語』研究のジェンダー論においてとりわけ重要であったのは、古代の宮廷社会の論理においてジェンダー構成を析出した千野香織氏「日本美術のジェンダー」（「美術史」一三六　一九九四年三月）の議論であった。千野氏は宮廷内の室内装飾が、ジェンダー化されていることを指摘する。公的な「霽《はれ》」の場には、男性性を担う唐絵が、私的な「褻《け》」の空間には女性性を担う「やまと絵」が配されていたというのである。強大な男性の象徴である大国の唐文化に対して、それを内部に取り込みながらも、一方で、唐によって追い込まれた女性性と同一化してもいて、そうした「二重化の二重構造」を和のアイデンティティとしたことを導いた。そうした二重構造は、『源氏物語』では、光源氏の「両性具有説」をいう議論とシンクロしてまずは肯定的に取り込まれた」と。『源氏物語』の英語訳を手がけたロイヤル・タイラー氏の発言とともに『ニューヨーク・タイムズ』（一九九九年五月二十八日）の瀬戸内寂聴氏のインタビューの一部が藤原克巳氏によって日本語訳され、国際交流基金のウェブサイトに公開されている。（藤原克巳訳　国際交流基金受賞記念ロイヤル・タイラー教授講演会「『源氏物語』とThe Tale of Genji―英語圏の読者のために―」）

瀬戸内寂聴は『源氏物語』に関して多くのメディアからのインタビューに応じている。これらは全集に収録されることはないし、それだけで単行本出版ということもない。これまで触れられなかった発言などを取りあげてみたい。『源氏研究』一九九八年第三号では、三田村雅子、河添房江、松井健児の三人が聞き手になって、「源氏物語の魅力を語」っている。乱暴なやり方になるが、三人には乞御寛容ということで要点だけを摘出して紹介するという手法を取りたい。

寂聴　『女人源氏』は小説ですから、好きなように書いて、まちがったら私の責任ですみませんけれど、訳となるとそうはいきません。あなたたちのようなえらい人がいるから、まちがったことを書いたら、いちいちチェックされてしまう（笑）、これはえらいことだと思いました。『与謝野源氏』『谷崎源氏』『円地源氏』と、お三人のすばらしい業績がありますから、やりはじめたら、それが山のように目の前にふさがって、だって原文は一つですからね、それを訳すのに、意味は一つでしょ、それを同じことばを使ってはいけないとなると、困ってしまうんですよね（笑）。もう、一字一字、ページごとに三つ読むんですよ（笑）。こういうふうにちがうように書かなくてはいけない、と。それでも似てくるんですよ。そうすると、編集の校閲で、全部チェックしてくるんです。これは円地さんのことば、これは小学館と。

三田村　そうなんですか（笑）。

寂聴　すごいんですよ。それをもう一度考えて直さないといけない。私はもう夢中でやっていますから、覚えていないんですよね。でも、原文は一つですからね、それを、「今日は晴れている」はダメで「今日は雨が降っていない」と書かなくてはいけない。もう大変だったんですよ。全く命を削られているという感じでしたね。

河添　『女人源氏』について、出家しても書き続けることは、作家としての「業」だとおっしゃいましたが、今回のお仕事というのは、出家者としての「行」のような、なにかほんとうにご自身の欲望を押し殺す部分もありながら、一所懸命に、世のため人のために書き続けていらっしゃるという感じがするんです。

寂聴　世のため人のためはなかったんですけれどもね（笑）、ただ「行」だというのは、ほんとうにそういう感じでした。つらいですもの。小説は楽しいんですよ。『女人源氏』は、ほんとうに楽しかったんですね。

松井　『女人源氏物語』から『源氏』に入られた方もたくさんいらっしゃいますね。

寂聴　そのときにわかりましたのは、これはやはり女の側が不当に扱われているという感じがしたんです。やはり紫式部は、光源氏ではなくて女を書きたかったんだということね、それを『女人源氏』のときに感じました。それと、私が出家しているということがとても活きてきたんですよ。女たちは出家ばっかりでしょ。ほとんど、七割くらい出家しているんですね。

三田村　浮舟を書いているときにいちばん感じるところがあったとおっしゃっていますね。

寂聴　浮舟の出家の場面がいちばん具体的に書いてあるんですね。

三田村　NHKの放送でおっしゃっていたときに、自分が出家をしたときにはとくに悲しいとは思わなかったけれども、浮舟のところを読んではじめて涙が出たと……

寂聴　そうなんです、ほんとうに。

松井　『源氏』で出家した女性は七人でしたか、六条御息所と朝顔の斎院と、藤壺と空蟬と朧月夜、女三の宮、浮舟と。それで、瀬戸内さんは、六条御息所はたいへんお好きでいらっしゃいますけれども、朝顔はあまり……。

寂聴　だってよくわからないんですもの。あの人は、あまり書き込んでませんでしょ。円地さんの説によれば、源氏にはつねに仰ぎ見る女性が必要で、それで朝顔もその一人だと解釈していらっしゃるんですね。それで、六条御息所や藤壺は仰ぎ見るという感じがわかるんですが、朝顔のどこがいいのかなあと思って。だから、拒絶したというところがいいんでしょうね、最後までうんといわなかったでしょ。あそこはやはりプライドが高いんでしょうね。

松井　今の六条御息所と朝顔の斎院以外の、五人の女性は、藤井貞和さんのご指摘では、みな婚姻外の結婚といいますか、密通のようなことを物語のなかで語られていまして、そういうことはどうなのかなと考えてみたことがあるんです。何かそれぞれの女性がそれぞれの生き方のなかで、みな最終的に出家という道を選んでいるというところに、何か深いところで響き合うものがあるのかなと思うのですが。

寂聴　結局、源氏との関係は、喜びよりも苦しみのほうが多かったんですね。でも、ほんとうに人を好きになれば、好きになった瞬間から苦しみが始まるというのが私の自説なんですね。それはね、独占したいとおもうでしょ、そうすると、自分といっしょに暮らしていればわかりますけれども、ちがうところに暮らしていたら自分といっしょにいないときの時間がありますから、そこに嫉妬すると思うんですね。自分といっしょに暮らしていてもですよ、同床異夢ですからね。私は男女の関係というものは、ほんとうにああうれしいと思うのは、ほんの一時ぐらいではないかと思うんですよね。あとはね、たいへん苦しいものだと思うんですよね。それで彼女たちは、いいたいことをいえる立場ではありませんから、男社会にあって、まして源氏のような人に。ですから、この苦しみから解脱するにはどうすればよいかと思い悩んで、結局出家にいくんでしょうね。

河添　浮舟の出家について、瀬戸内さんは、出家というのは自分が出家したいと思う気持ちだけでは駄目で、仏が許さないと駄目ということを何かのインタビューでおっしゃっていましたね。

寂聴　やはり選ばれるんですよ、仏に。たとえば、マザー・テレサがね、やはり神の声を聞いたっていいましょ、少女のころね。あれはやはりあの瞬間神に選ばれたんですね。だから、それが聞こえてくるか聞こえてこないかということが……、そういうものとの感応の仕方でしょうね。やはり選ばれたんだと私は思いますね。

私もね、どうして出家をしたのかと、もう何千回も聞かれるんですよ、昨日もきかれましたけれども、答えられないんですよね。（中略）ところがね、不思議なことなのですが、出家をした後にただの一度もしまったと思ったことがないんですよ。一度そのことを何かに書きましたらね、知らないお坊さんがえらい怒ってきましてね、生意気だって。出家をして一度も後悔をしないなんていうことはあるはずがないと怒ってきたんですが、でもほんとうだから仕方がないんですよ（笑）。

本当に後悔しないんです。でね、何かことありますと、ああ出家をしておいてよかったと、それは何度も思いました。しまったと思ったことは一度もないんです。これはやはりね、自分が出家をしたのではなくて、させられたんだなという気がするんですよ。

ここでインタビューから離れ、寂聴の『私の好きな古典の女たち』（福武書店　一九八二年）に転じたい。この書は王朝文学の作者や登場人物の中から、十人の女性を選び、愛に彩られた彼女たちの情熱あふれる恋、結婚、不倫、別れなど、男と女のさまざまな場面に、自らの体験を投影させながら、その愛と人生の軌跡をたどったエッセイ集である。

天智、天武の二人の天皇から寵を受けた『万葉集』の額田王、作者の後深草院二条が自らの退去を回想して語るという形式で、作中のヒロインでもある『とはずがたり』、奔放な愛の遍歴から多くの官能の歌を生んだ『和泉式部日記』の和泉式部、今から約千年前に、わが国ではじめて書かれた女流のかな文字の日記文学『蜻蛉日記』の作者、百人一首の歌の作者でもあった右大将道綱の母、平安後期の『堤中納言物語』に登場する虫めづる姫君、『源氏物語』からは朧月夜、六条御息所、女三宮、明石、浮舟の五人が選ばれている。

《『源氏物語』の中で一番好きな女性をひとりあげよといわれたら、私はためらいなく六条御《ろくじようのみ》息所《やすどころ》をあげます》

〈この一文だけ、ゴシックででも書かれていたように強く僕の印象に残っているのは読み進むうちに、業と理性の相剋に悩む御息所に、誰より、瀬戸内さん自身が重なり合って見えてきたからである〉と新潮文庫版『私の好きな古典の女たち』の解説で作家の連城三紀彦は綴っている。〈題名の「私の好きな」という言葉が「私の共鳴する」とか「私と似た」といった意味ではないかと思えてきたりする。現代もの時代ものを問わず、瀬戸内さんの全作品を通して、瀬戸内さん自身という一人の女がいて、その女の中にまた、この「古典の女たち」が棲みついているのである〉とも書かれている。

引用しながら驚き、悲哀を覚えもする。「私はためらいなく」と、ためらいもなく断言する姿を久しく見知っているだけに「お前は結局、寂聴さんを理解していない、理解することは出来ない」と宣告されることの憂愁に悄然となるのである。

> いつかまだ私に長い黒髪があった頃、『源氏物語』についての座談会に出席して、私がそういいましたら、同席した日本文学の大学教授が、心からびっくりした表情で、
> 「ほんとですか。いやだなあ僕は、あんな嫉妬深い執念深い女は、気味が悪いですよ」
> と、心からぞっとするという表情を浮べておっしゃいました。その顔と声があまり真剣で、一座に笑い声がまき起ったのを思いだします。そしてその教授はつづいて、
> 「僕は断然、夕顔が好きだな、夕顔こそ男の永遠の理想の女性です」
> と断言されました。私はその時も、今も、そうかもしれない、たぶんそうだろうと思います。けれども私は、その時も、今も、そしておそらく今後幾度また『源氏物語』を読みかえすかしれないけれども、私の「六条御息所」びいきは、変らないと信じます。（『私の好きな古典の女たち』傍点・引用者）

そう、寂聴は変らない。

寂聴の六条御息所の描写を摘出する。

何事も度をすごすほどつきつめて考える性格というのは、理智的でもあれば情熱的であるともいえる。あの遠い千年もの昔、深窓の奥深くひっそりと生きていた高貴な女性の中に、こんなはっきりした性格があったということだけでも、ときめきを感じる。

自分より七つも年下の、まだほんとに若い少年に、東宮の未亡人という高貴な立場にいる自分が誘惑されすぐ捨てられるなど、何と恥しいことかと悶えている御息所の打ちしおれた愁いに沈んだ横顔が見えるようだ。この物思いは、自我と自尊心の悩みではないか。庭の草木にまで神経がくばられている、家の中の調度もさぞ上品で美しいものが配置よくおかれていよう。

衣装の趣味もよく、女房にも躾がしみとおっている。愛と恨みは背中あわせの一体のもの、御息所の生霊が源氏の愛する女に憑《つ》くというのも、如何にも女らしく、それさえあわれにいとおしく思われる。もし、『源氏物語』に、六条御息所という強い存在感を示す女性がいなかったとしたら、この物語は何と退屈で平板なものになっていたことか。陽気で軽薄なところのある源氏が、時として、深刻に悩んだり、ふみとどまったりする場に、必ず御息所の存在か、霊の働きがある。そういう意味でも、六条御息所は、藤壺や紫以上に、『源氏物語』の中心的人物だと思う……寂聴の御息所オマージュは途切れることがない。

『源氏物語』第一部後半の光源氏栄華物語の中に、藤井貞和『源氏物語の始原と現在』は、六条御息所に対する「鎮魂」という主題を読み取っている。〈六条御息所の遺し置いた遺言にしたがい、むすめ斎宮女御を中宮の地位に押しあげるほどにまで待遇したことは、御息所の霊魂にたいするなによりの鎮魂であっただろう。それは故六条御息所の旧宮で待遇してこそ完ぺきに鎮魂をはたしているといえるのだ〉と。

怨霊だの生霊などが続いたので、一休止を入れよう。インタビューで寂聴は〈和泉式部は歌の天才、紫式部は小説の天才、清少納言は随筆の天才。三天才が聳え立っているというのは、やはりすごい時代だった〉と息をはずませる。では千年後の天才に登場を請おう。

明治の欧化主義のなかにありながら、『源氏物語』の愛読者であった樋口一葉と『源氏物語』の関係について、殆ど論じられていないのは何故であろう。私が目に触れたものも小原喜代子の「一葉にとっての源氏物語」（『源氏物語はこんなにおもしろい』所収。かもがわ出版　二〇〇〇年）と、既出の小島信一の「浮舟の行く方」（『浮舟の行く方』所収。古川書房　一九八七年）などが主なものである。理由の一端は、〈王朝貴族を描いた典雅な物語と、江戸の匂いを残す東京下町の庶民の哀歓を描いた『たけくらべ』の歯切れのよい語り口と、一体どういう縁があるのか、そういうことを考える必要もなく、『たけくらべ』それ自身で充分おもしろい〉（小原喜代子）から、一千年をへだてた小説の天才はついついスルーされたのだろうか。

一八九六（明治二十九）年十一月二十三日、一葉は、わずか二十四歳で結核にたおれた。二十五日、葬儀、法名は智相院釈妙葉信女。父の則義から漢学や『源氏物語』の手ほどきを受け、教養の基礎を固めていくことになる。明治十年春、兄の通っている本郷小学校に入学するものの、年齢不足のため退学。同年秋、本郷の吉川学校という寺子屋風の小学校に入学。十六年暮れ、十一歳で上野池の端青海学校小学高等科第四級（現在の小学校五年前期）を首席で卒業。一葉はさらに学校を継続する意志が強く、父も同意見であったが、母たきの「女に長く学問をさせるのはよくない。裁縫を習わせ家事に習熟させるべきだ」という意見で、所謂「学校教育」は、ここで終わる。

その後は和歌の通信教育を受けたり、裁縫の稽古に通い、十四歳の時、父の知人の紹介で、中島歌子の歌塾（萩の舎）に入門。週一回の稽古日、月一回の例会に出席、桂園派の和歌、千蔭流の書、古典を学んでいる。

一葉が死の年（明治二十九年）、生活の資を稼ぐために続けた『源氏物語』の講義を聴講した戸川残花がその想い出を伝えている。貴重な一文ゆえ次に引きたい。

小石川の安藤坂を牛天神の方からあがろうとするその坂の右側に、磨きあげられた黒塗りに金の御定紋入りの人力車がずらりと並ぶ日があります。それが「萩の舎歌塾」のけいこ日でした。明治二十年代のことですが、私達はこの塾で一葉をお夏さんとよんで親しんでおりました。今でもお夏さんとよばないとあの面影が出てまいりません。

十八で入りました時お夏さんは二十四で、よくおけいこされ、源氏をはじめ色いろな古典の講義をして下さったものでした。ただ今の言葉で申し上げれば、まめこうでもございましょうか。

お夏さんが講義を始められる時は澄んだ声でこう前置きをつけられるのが習いでした。うすい毛の前髪を小さくとった意気な銀杏返しをいつもきれいにときつけて、鼻筋の通った瓜《うり》実《ざね》顔におしろい気《け》はありませんが、女のたしなみで、口紅をちょっとさしておられました。

両手を袖にすっぽり引っこめて、その手を胸もとできちんとかきあわせ、いくらか前かがみに坐っておられる。それが講義の時のお夏さんのきまった姿でした。その坐った時がひたりとうすかったのが今も目の前にあります。

お夏さんは「雨夜の品さだめ」のくだりなどになると、時どきびくびくと肩のあたりから身ぶるいされるのです。話が佳境に入った時、感動された時のお夏さんの癖でした。反対に退屈すると髪の毛の一、二本ほつれたのを目の先でいじり、それを見つめながら話をするのも癖でした。

〈紫式部と一葉、一千年をへだてた小説の天才はどちらも短命だった。この二人にはどこか時空を超えて呼応するものがあると思えてならない〉と小島信一は結んでいる。しかしこれだけでは、一葉と『源氏物語』の関係は表層をかすめたものに過ぎない。その関係性をいま少しく解明したのが、小原喜代子である。

当時（明治初年期）の時代背景を俯瞰して小原は〈政府は富国強兵、殖産興業の政策をとり、欧米の近代技術や制度・風俗・慣習などを積極的に移入しました。西洋の文化が一時に流れ込み、「旧弊一洗」「文明開化」が合言葉のように言われ、人々もまた、そこに苦しい封建的な重圧からの自由を夢見ることができた限りにおいて、この風潮を歓迎したのです。（中略）そういう流れの中でしたが、一葉はヨーロッパ文学の洗礼を受けてはいないのです。（中略）全く別の道をたどった一葉の文学の近代はどこにあるのでしょう〉と問い、〈一葉の文学は貧困な庶民の側に立った、そういう意味でまさに近代文学なのです〉と結論する。

この結論は、飛躍がありしかもわかりにくい。一葉が萩の舎に入門した明治中期には、士農工商の身分制度はすでに廃止されてはいたものの、華族・士族・平民という肩書はまだ使われていた。そして萩の舎は名流夫人や令嬢の多い歌塾であった。ただ門人の中には平民も何人かいて、一葉が一番仲良くしていたのは、「平民組」と称した三人である。

「平民組」は、日本橋のとり問屋「東国屋」の娘伊東（後の田辺）夏子と、宮大工田中市五郎の未亡人田中みの子である。伊東夏子の「わが友樋口一葉のこと」（『一葉の憶ひ出』所収　一九五〇年）によれば、〈（一葉の）お葬式は淋しうございました。（中略）家の方が御会葬をみんなお断りしてしまひました。萩の舎の会中でも、参ったのは特に親しい田中さんと私だけでございました〉という。

萩の舎の歌会での挿話を小原喜代子が書きとめている。一葉は昼食の席で、五目ずしの皿に書かれていた「赤壁賦《せきへきのふ》」の字句を見て、いきなり無邪気な表情で朗読、並み居る同僚たちは「生意気な娘!」と思ったらしい。「赤壁賦」というのは、中国北宋の詩人蘇軾《そしょく》の作った散文詩で、三国時代の赤壁の戦いを偲んで作ったものをさす。

〈典雅な和歌を学ぶ女性たちの中で、新米の少女が人前も憚《はばか》らずむずかしい漢文の散文詩を朗読したのですから、ひんしゅくを買ったのも無理はありません。ついでですが、「一葉」という名前も「赤壁賦」の一節からとったものです。ペンネームとして使用するのは明治二十四年(十九歳)のころからです〉(小原喜代子註・『評伝・樋口一葉』村松定孝では、明治二十五年三月発行の『武蔵野』一号に掲載された処女作「闇桜」で初めて雅号が用いられた)

一八九四(明治二十七)年ごろから、一葉の日記に出てくる安井哲子・野々宮菊子という人名は、一葉の生活を助けるために、『源氏物語』の講義を聞きに通った人だと特定し、小原は〈一葉は命の終わるまで古典を捨てることはなかった〉と言明する。

王朝文学の季節の推移による風物の変化をリズミカルに叙していて、『たけくらべ』全篇中の絶唱といわれた以下の文は『源氏物語』を彷彿させる。

春は桜の賑ひよりかけて、なき玉菊が灯籠の頃、つづいて秋の新仁和賀には十分間に車の飛ぶ事此通りのみにて七十五輌と数へしも、二の替りさへいつしか過ぎて、赤蜻蛉田圃に乱るれば横堀に鶉なく頃も近づきぬ、朝夕の秋風身にしみ渡りて上清が店の蚊遣香懐炉灰に座をゆづり、石橋の田村やが粉挽く臼の音さびしく、角海老が時計の響きも、そぞろ哀れの音を伝へるやうに成れば、四季絶間なき日暮里の火の光りも彼れが人を焼く烟りかとうら悲しく、茶屋が裏ゆく土手下の細道に落ちかかるやうな三味の音を仰いで聞けば、仲之町芸者が冴えたる腕に、君が情の仮寝の床にと何ならぬ一ふし哀れも深く……

「横堀に鶉なく頃も近づきぬ」というのは、『千載和歌集』の「夕されば野辺の秋風身にしみて鶉なくなり深草の里」（藤原俊成）を匂わせて、十分間に七十五輛も車の通る賑わいに幽玄の趣をそえている。

美登利の住む大黒屋の寮の前を信如が通るところ、そしてその後の雨の中で鼻緒が切れるというアクシデントがあり、雨に濡れた紅入り友禅の印象的な場面に、一葉は『源氏物語』の「若紫」をオーバーラップさせていると、小原は読者の注意を喚起する。〈按察の大納言の未亡人（紫の上の祖母）が数珠を手に、行いすましている場面を重ね、美登利と少女紫の上をダブらせるのです〉には思わず唸らされる。

信如が何時も田町へ通ふ時、通らでも事は済めども言はば近道の土手手前に、仮初の格子門、のぞけば鞍馬の石灯籠に萩の袖垣しをらしう見えて、椽先に巻きたる簾のさまもなつかしう、中がらすの障子のうちには今様の按察の後室が珠数《ママ》をつまぐつて、冠つ切りの若紫も立出るやと思はるる、その一ッ構へが大黒屋の寮なり。（傍点・引用者）

竜華寺の信如が我が宗の修業の庭に立出る風説《うはさ》をも美登利は絶えて聞かざりき、有し意地をば其ままに封じ込めて、此処しばらくの怪しの現象《さま》に我れを我れとも思はれず、唯何事も恥かしうのみ有けるに、或る霜の朝水仙の作り花を格子門の外よりさし入れ置きし者の有けり、誰れの仕業と知るよし無けれど、美登利は何ゆゑとなく懐かしき思ひにて違ひ棚の一輪ざしに入れて淋しく清き姿をめでけるが、聞くともなしに伝へ聞く其明けの日は信如が何がしの学林に袖の色かへぬべき当日なりしとぞ。

この余情を生み出す物語的手法は、島村抱月をして、〈作の筋は忘れても風情だけは心に残る〉といわしめ、小原喜代子をして、〈それにしても、王朝文学の流麗と江戸下町の風俗人情を一つの文体に結晶させたとは、なんと大胆で斬新な試みでしょう〉と感嘆せしめた当該のものである。

北田幸恵は一葉の『やみ夜』を論ずる際、僅かに『源氏』の世界に触れる。〈「松は無けれど瓦に生ふる草の名の忍ぶ昔」というような修辞、閉じたままの大門は今にも覆えりそうな廃邸、「夕がほの君ならねどお蘭さまとて冊《かしづ》かるる」女主人、という設定など、すでに多くの指摘があるように、『やみ夜』の世界は、『源氏物語』の「蓬生《よもぎふ》」「夕顔」、『枕草子』などの古典の構想・修辞に厚く塗り込められて開始する。しかも、ストーリーの展開とともに、古典的「借景」はまがまがしい怨恨のこもった、独自の「闇夜の風景」としての意味を開示しはじめる。時は陰暦五月二十八日、月なく、闇の色深く、風の音と底知れずの池に寄る波音が聞こえてくる松川屋敷の奥の一室に、『やみ夜』のヒロインお蘭は姿を現す〉(「越境する女・お蘭」『樋口一葉を読みなおす』所収。學藝書林　一九九四年)。ただ、〈すでに多くの指摘があるように〉というには例を見出すことは容易ではないのである。

時を超えて読み継がれ、今や日本人のみならず世界の文学愛好者の美意識に深く浸透した『源氏物語』が、現代の作家たちによって新たな命を吹き込まれてきている。新しい翻訳ばかりではなく、この永遠の古典を斬新な解釈と流麗な文体で、現代版〈新源氏物語〉とでもいった新作創造への試みがなされてきているのだ。

たとえば谷崎潤一郎の『夢の浮橋』。その巻頭には、生みの母か、継母か、本当のところは分からないが、「茅渟女《ちぬ》」という母が詠んだ歌という一首、「ほとゝぎす五位《ごい》の庵に来啼《な》く今日渡りをへたる夢のうきはし」が掲げられている。歌には「五十四帖を読み終り侍りて」という詞書が付されているが、谷崎文学研究家の千葉俊二によれば、この作品『夢の浮橋』の口述筆記を担当した伊吹和子が『われよりほかに——谷崎潤一郎最後の十二年』(講談社　一九九四年)

の中で、〈現存する初稿ノートには詞書はなく、その歌も「ほとゝぎす五位の庵に来鳴くなり夢のうきはし読み終へし頃」というものであった〉と書いているという。千葉は〈たしかにこれならば、詞書がなくとも『源氏物語』五十四帖を読み終わって、詠んだ歌ということがはっきりと分かる〉と首肯しながらも、〈谷崎が敢えて詞書がなければ意味がとりにくいような現行のかたちに詠み換えたことの理由、意味についての推察もしている。そのように変更したことで、《『夢のうきはし』は単なる『源氏物語』の最後巻の帖名から普通名詞へ、それも抽象化され、たぶん象徴性を帯びた普通名詞へ転化されたといえる。いい換えるならば、現行のかたちへ詠み換えたとき、谷崎はこの作品のモチーフをしっかりと把握し、その〈夢〉の内実もはっきり見定めたのだと思われる〉（中公文庫『夢の浮橋』解説）というのである。

かくして谷崎文学における母恋物語の白眉『夢の浮橋』は生誕する。若くして死んだ母そっくりの継母。主人公は継母へのあこがれと生母への思慕から、二人の存在を意識のなかで次第に混同させてゆく……。どこかで聞いた話だ。

倉橋由美子の『夢の浮橋』、杉本苑子の『夢の浮橋』も、『源氏物語』夢浮橋巻、ひいては谷崎の『夢の浮橋』に通ずるものがある。神西清の『喪のなかに』という短篇は、夕霧が親友だった柏木の未亡人に会いに行く場面に想を得ている。瀬戸内寂聴の『髪』は後に触れるが、寂聴訳『源氏物語』から生まれ、新作能『夢浮橋《ゆめのうきはし》』として上演され評判を読んだ作品である。寂聴には『藤壺』という小説もある。

他の作家も手を拱いているわけではない。『帚木』（松浦理英子）、『夕顔』（江國香織）、『若紫』（角田光代）、『末摘花』（町田康）、『葵』（金原ひとみ）、『須磨』（島田雅彦）、『蛍』（日和聡子）、『柏木』（桐野夏生）、『浮舟』（小池昌代）などの短篇がある（いずれも『ナイン・ストーリーズ・オブ・ゲンジ』所収）。

海外ではマルグリット・ユルスナールの『源氏の君の最後の恋』、アンドレ・ジッド『狭き門』が挙げられる。本書では、ユルスナール、ジッド、寂聴の三人の作家作品を逍遥することにする。

寂聴はマルグリット・ユルスナールの『源氏の君の最後の恋』（『東方綺譚』、多田智満子訳、白水社、一九八〇年）について、これまで二度ほど随想を発表している。『わたしの源氏物語』（集英社文庫　一九九三年）、『寂聴と読む源氏物語』（講談社文庫　二〇一一年）。文庫版前の単行本は前者が一九八九年七月、小学館、後者は二〇〇八年十月、講談社である。ユルスナール（一九〇三―一九八七）はフランスの女流作家。『黒の過程』（岩崎力訳、白水社）でフェミナ賞を受賞している。彼女はボーヴォワール同様、アーサー・ウェイリー英訳『源氏物語』によって『源氏』と出会っている。東洋趣味が深く、『東方綺譚』という幻想小説を発表、その中に『源氏の君の最後の恋』という題で、花散里を主人公にした短篇小説を書いたのである。

これまでもアーサー・ウェイリーについては触れてきたが、この人物については本来なら一章を立て丸ごと紹介する要があると思われる。〈『源氏物語』が日本文学の享受史の枠内から抜け出し、人類共有の古典としてその世界的受容を可能にしたのは、二十世紀英国の生んだ最も傑《すぐ》れた東洋学者の一人、アーサー・ウェイリー(一八八九—一九六六)の訳業に負うところが多い〉(井上英明、『源氏物語ハンドブック』新書館所収)が定着した評価だが、どんなに強調しても、ウェイリーに関しては過ぎるということはないだろう。

右に引いた井上英明は〈ウェイリー訳の影響による批評はその後も例外なく英国圏の文芸辞典や著作のなかに散見する。たとえば「レディ・ムラサキはフロイトよりもさらに分析的であり、それゆえに大作家のなかにあってはプルーストと同等、いやそれ以上の傑れたサイコロジストだと言われるかもしれないし、メレディスやロレンスよりも確実に傑れている」とか、「原作に内在する長所によるものか、あるいは訳者ウェイリーの創造的天才の功徳によるものか、いずれにしても『源氏物語』は十九世紀と二十世紀のヨーロッパの偉大な小説に比肩する地位を獲得した」という批評も出た。ウェイリー訳のこうした成功は、以来各国語への翻訳をいっせいに従することとなった〉(同前)と書いていて、転写する筆者を興奮させもする。『寂聴伝』を執筆する機会を与えられなかったら、危うく『源氏物語』も、レディ・ムラサキも知らずに生涯を終えることになったかも知れない。

ウェイリーは大英博物館学芸員でもあった。ケンブリッジ大学キングズカレッジ終身名誉フェロー。交流したのは主に「ブルームズベリー・グループ」の面々。つまりヴァージニア・ウルフ、E・M・フォースター、T・S・エリオット、バートランド・ラッセルらである。〈サイデンステッカー、タイラーと相次いで優れた英語訳が刊行されてきたが、今もなおウェイリー訳は新鮮で、みずみずしい。この生命力は、源氏物語そのものの生命力にも匹敵する〉云々は島内景二の意見。因みにドナルド・キーンは〈ウェイリー訳の源氏物語を読んだ感動からジャパノロジストになった〉と回想している。

ウェイリーは他にも中国の漢詩、『枕草子』(部分訳)、謡曲などを英語に訳している。平川祐弘は「ウェイリーの『詩経』英訳の新鮮さには息を呑んだ」と書き、東洋人の西洋学者では森鷗外を、西洋人の東洋学者ではウェイリーを深く尊敬していると言う(「きぬぎぬの別れ――奇人アーサー・ウェーリーが開いた『源氏物語』の魔法の世界」『文學界』二〇〇四年八月号)。

世の国文学者、源氏研究家は殆ど触れることがないが、ウェイリーの中国の漢詩、なかんずく『老子』について、ここ数年来のわが国におけるブームの先導役を務めた詩人「伊那谷の老子」こと、加島祥造に触れないわけにはいかない。詩人が三十余年住んだ伊那谷は長野県南端にある大きな渓谷であり、天竜川をはさんでその両端には、駒ヶ岳を主峰とする中央アルプスと赤石を主峰とする南アルプスの高峰が聳えている。

加島祥造は自分の住む小屋を「晩晴館」と称する。「晩晴」とは晩唐の詩人李商隠の詩「天意憐幽草/人間重晩晴」に因むらしい。知己の詩人原満三寿の筆によると、加島祥造は伊那谷の天然のすべてに〈到處《いたるところ》相逢《あいあう》是《これ》偶然《ぐうぜん》〉を観じるようになったと推察する。〈多くの英訳された『老子』から得られた知識と共感が、伊那谷の清冽で豊饒な宇宙と感応し、身を以て悟了する瞬間《とき》があったようだ。ここから、加島さんは、タオイストを名乗るようになったかと思われる。「タオイスト」とは、老子の根本の原理であるタオ（道）につながって生きる者のことだ（「自己と出会う」）。その感応の世界を（中略）講演会やテレビで語り、たくさんの本、『タオ――ヒア・ナウ』『伊那谷の老子』『タオ――老子』『老子と暮らす』『心よ、ここに来ないか』『いまを生きる』などや詩集にした。タオイスト加島さんならではの老子を開陳して、タオの喜びを世に分かつものであったろう。そしていまや、加島さんのタオは、ちょっとした加島祥造ブームといおうか、タオブームといおうか、ひろく世間に知られるところとなった〉（現代詩文庫『加島祥造詩集』解説、思潮社、二〇〇三年）

そうアーサー・ウェイリーの英訳した老子を加島は日本語に訳出（自由訳）したのである。今日のジャパノロジーは、ウェイリーの東洋文学の紹介によって基礎が作られ、中国文化が英国で受容され、その解釈のもとに日本人が再受容する。〈……それはあたかも仏教文化がドイツや英国に受容され、研究されたものを再度日本人がそこから学ぶという方法に似ている〉（『晩晴館』の詩人、加島祥造」岡本勝人）と受けとめられ、グローバルな時代の文化の象徴的構図ともなった。タオブームに沸騰したここ数年の文化状況だが、もとはといえば、アーサー・ウェイリーとの縁があったことを意味する。「タオブームと源氏物語」――意外な接点に着地したことに驚くばかりだ。

井原眞理子（帝京大学准教授）の「アーサー・ウェイリーの源氏物語論」（「國文學」二〇〇九年

二月臨時増刊号）によれば、ロンドンのジョージ・アレン・アンド・アンウィン社より、一九二五年から三三年にかけ六分冊で刊行されたウェイリーの『源氏物語』には、〈第二、第三、第六の各巻にそれぞれ十五ページ前後の序文が添えられていた。その後アメリカで再販された合冊版には、紫式部の生涯を紹介する第三巻の序文のみが付けられるようになったためか、第二、第六巻の序文の存在は意外に知られていない〉（傍点・引用者）とある。

井原が一部を訳出したという「第二巻の序文」は　Ⅰ「『源氏物語』以前の日本文学の虚構作品」、Ⅱ「紫式部の芸術」、Ⅲ「本文について」の三部から構成されている。もとより（筆者の）注目は第Ⅱ部であり、〈〝あの周到な手法〟を具体的に論じた源氏物語論だ（中略）『源氏』の芸術性を形象と語りの両面から分析したものだが、この時代にこれほどの源氏論が展開されていることに目を見張る〉（井原）とまで前置きされたら、このまま通り過ぎるわけにもいくまい。エッセンスのみを録したい。

　紫式部の芸術の本質的特徴とは何なのだろうか。それは、何よりもまず、物語の全体的な進行を対照のもたらす効果によって操る手法だと私は考える。第八章（「花宴」）とそれを取り巻く前後の文脈を検証されたい。これらの巧妙に選ばれた一連の文脈は、我々がヨーロッパの虚構作品のうちで慣れ親しんでいるどの作品よりも、むしろ音楽に（たとえばモーツァルトの交響曲の各楽章のそれに）近い。

さてユルスナールの『源氏の君の最後の恋』に移りたい。ここでは花散里が主人公になる。この巻は光源氏の運命の没落を語る巻である。寂聴が要約した粗筋は――最愛の紫の上を失って以来、悶々とした源氏はついに出家して、二、三人の供《とも》をつれて山の庵《いおり》へ移ってしまう。最初の冬が訪れる。源氏はひたすら読経三昧に暮らしていたが、視力は衰えていき、失明寸前のところまでになってしまう。京からの手紙にも白紙の返事しか返さなくなる。

この山の庵に光源氏を忘れえない花散里が訪ねてくる。まだぼんやり視力の残っていた光源氏は花散里と認めながらも、彼女が紫の上の愛用の香《こう》をたいてきたことに怒り、冷淡に追い返してしまう。花散里は、庵に仕える老人をこっそり手なずけて帰る。やがて老人からの便りに、光源氏が完全に失明したとつげられる。

花散里は再び、庵を訪ね、春雨の黄昏の中を、盲目の源氏がうつろな表情で歩いている姿をみとめる。痛々しい墨染の衣。光源氏のなれの果ての姿に花散里は思わず泣く。そして道に迷った農民の娘になりすまし、庵に入る。源氏は自分は盲目だから、雨に濡れた着物をぬいで火に乾かせたらいいという。裸になった花散里に源氏は抱きついてくる。そのまま源氏と何十年ぶりかで契りを交わす。

花散里は、道に迷ったといったのは嘘で、源氏の君に抱かれたくて来た、と告白する。源氏は激怒して彼女を追いはらう。かつての華やかな自分を想い出させるものは、すべて許せなかったのだ。二カ月後、花散里は、今度は地方の名家の若妻を装い、庵を訪れる。源氏は庵の前にぼんやり坐り、こおろぎの音を聞いていた。花散里は大和の国司の妻「中将」と名乗り、供の者が足をくじき輿《こし》をすすめられないので、宿を教えてくれと頼む。源氏は供の者までの場所はないが、あなたひとりなら庵へ泊まればいいという。

花散里を庵の中へ案内する源氏の姿は、もう完全に盲目の人だった。その夜、花散里は紫の上が愛唱した歌を歌う。源氏は愕《おどろ》いて彼女に触れてくる。源氏の肉体に春がよみがえる。

花散里は立ち去らなかった。料理をつくり足を撫で、歌を聞かせ、心ゆくまで源氏の面倒を見る。源氏にやがて死期が訪れ、手厚い花散里の介護を受けながら、死にゆく生命の最後の火をかきたて、過去の栄華のすべてを追想する。愛したいとしい女たちの名が源氏の唇にのぼる。紫の上、藤壺、六条御息所、夕顔、空蟬、明石、女三の宮、そして道に迷ってきた農民の娘……やさしい大和の女……。

「もうひとり、もうひとり、あなたの愛した女人《にょにん》がいらっしゃいませんでしたか。おとなしい、ひかえめな女……」

花散里は源氏にとりすがり、胸をゆすって訊いた。源氏は微笑を浮かべたまま、すでにこときれていた。

寂聴は〈ユルスナールの読み方には、時々アレッと思うような違いがあります〉と感想を書きつけている（『寂聴と読む源氏物語』第八章）。つまりユルスナールが原作の『源氏物語』をかなり変型していることを指摘する。たとえば、

〈源氏は、彼女の微笑を、あるいは泣き出す前の眉のひそめ方を、はっきりと思いだせないことで心を悩ませていた。三番目の妻、西の館の君は、むかし彼が若かった頃、うら若い后と通じて父を裏切ったのと同じように、若い義理の息子と通じて彼を裏切ったのだった〉（多田智満子訳）

光源氏の「三番目の妻」として登場する「西の館の君」について、訳者の多田智満子は、〈この文章に該当する人物は『源氏物語』にはいない〉と註をつけているが、これは寂聴が指摘するように、〈この「三番目の妻、西の館の君」とは女三の宮のことです。女三の宮は、源氏が若かったころお父さんの妃の藤壺と通じて父を裏切ったように、「若い義理の息子」と通じて源氏を裏切る。「若い義理の息子」ではなくて、これは源氏の親友の息子、柏木のことです。このように少し違ったことが書いてあるのですが、大体は合っているでしょう〉が正解である。

国文学者では眼に触れた限りだが、島内景二が、論考「ユルスナールの『源氏物語』享受──『東方綺譚』で触れている。寂聴と同じく、「三番目の妻」というのは〈「女三の宮」を指していることは明らかである。六条院に輿入《こしい》れした女三の宮は「西の放出」を住居としたと、若菜上巻にはある。ただ、作者（註・ユルスナール）は、彼女の密通の相手を「柏木」ではなく、

「光源氏の子ども＝夕霧」へと変更しているのである。しかし、これは、「父の妻と密通した者」が「子どもに妻と密通される父」になるという因果応報の理を明らかにするための単純化であり、野分巻にその可能性があったことを考えあわせるとさほど不自然という印象はない〉とユルスナールの変型に理解を示す。ユルスナールの文章（多田訳）は、次のようなものである。

アジアに名をとどろかせた最大の誘惑者たる源氏の君は、五十路《いそじ》にさしかかったとき、そろそろ死ぬ心づもりをしなければならないと悟った。二番目の妻紫の上は、彼が矛盾だらけの婚姻生活を通じて、愛しつづけた人であったが、その前の年、この苦しみ多いうたかたの世でいささかの善行を積んだ人のおもむく浄土へと、一足先に旅立ってしまっていた。（『源氏の君の最後の恋』）

ユルスナールは、花散里の身分を、「光源氏の妻の女房」としている。これは光源氏を愛するものの、愛されることの少なかった女性としての彼女を造型するための工夫であろう。また花散里は「農民の娘」として浮舟と称した。寂聴は説明していないが、島内景二は、〈遥かなる常陸の国から上京してきた宇治十帖の「浮舟」の名前を借用〉〈浮舟が「貴公子との愛を求める田舎の女性」というイメージでユルスナールに受け止められていたためであろう〉と忖度する。

花散里はほかにも偽名で、「大和の国司スカヅの妻、中将と申す者」だと名乗っている。訳者の多田智満子はこの「スカヅ」に関して、〈「大和の国の七位の貴族スカヅ」が直訳だが、「大和の国司菅津」と意訳した〉旨注記する。これに島内は疑義を呈す。「スカヅ」（多田氏は〈スカズ〉と表記されているが、多分〈スカヅ〉が正しいであろう）は、『源氏物語』の重要な登場人物である「朱雀帝」から新しく作られた名前ではなかろうかと推測するのだ。〈「朱雀」はローマ字で表記すれば、「SUZAKU」となるが、これをほんのちょっと並べかえると「SUKAZU」となる。「大和の国司」が『源氏物語』に登場するのは夕霧巻などだが、その箇所には、不思議な暗号として「大和の国司」と「朱雀院」が近接して登場しているのである〉

仔細なことに拘泥するようだが、『源氏物語』を読まない読書人にも、現代フランス文学界の大御所ユルスナールは読み継がれている。重版されることも多い。訳者の読解は訂正しておく要があると考える。島内は〈「中将」は「浮舟」の母親である「中将の君」の名前の借用だろう〉とも言う。八の宮に「愛人」として仕え、最後まで妻として認知されなかった中将の君の人生は、光源氏に仕えながら、「花散里」という名前を忘却されてしまった女性の姿と重なり合うという。本来、「中将の君」は、八の宮の北の方に仕える「女房」であった。これは、花散里を「光源氏の妻に仕える女房」として登場させた作者の意図をかいま見せるものかもしれない。

島内景二はユルスナールの作品は、『源氏物語』の正篇と宇治十帖を巧みに接合させて形成されており、特に、「中将の君」と「浮舟」の母娘が大きな影を落としていると指摘する。〈光源氏の召人の一人でもあり、紫の上付きの女房でもあった「中将の君」という女性がいる。彼女は幻巻にも登場し、光源氏の心を慰めたことになっている。ユルスナールの「中将」には、この「中将の君」のイメージもむろんあるだろうが、わたしは宇治十帖の「中将の君」（浮舟の母）のイメージを重視したい〉という感性も作品の本質的な理解に荷担するのではあるまいか。

最後にいま一つ人間関係に関しての疑義が出されている。訳者が〈不詳。こんな人物はいないはず〉とした「長夜の君」という女性の存在である。光源氏の妻の一人として登場する彼女は、光源氏の心と館の中で「三番目の地位」に甘んじつづけたとされている。〈果たしてそうだろうか〉と島内は反駁する。〈光源氏の心の中で「藤壺」「紫の上」の次に重要であり、六条院の中で「女三の宮」「紫の上」の次に重視された女性といえば、「明石の君」しかいないはずである。即ち「長夜の君」とは明石の君を指しているのではあるまいか。明石の君は、その出発点で、「明けぬ夜にやがてまどへる心にはいづれを夢とわきて語らむ」という歌を、光源氏に贈っていた（明石の巻）。この事実が「長夜の君」という呼称に反映しているのではなかろうか〉と一気呵成にせめこむ。多田智満子存命だったら脱帽せざるをえぬ場面である。

寂聴の「花散里」観、ユルスナールの作品に対しての理解は珍しくも停滞しているとの感を免れえないのではないか。同じテクストを読んだ島内はどう見たか。島内景二がユルスナールの作品に興味を持ったのは、『源氏物語』のどのような点に彼女が創作意欲をそそられ、どのような意図的改変を施し、どのような主題を結果として表現しえているか、などを考察してみたかったからだと言う。〈それは『源氏物語』の国際性や普遍性を見きわめるための一助になるのではないだろうか〉という問題意識に支えられている。グローバルな世界文化が呼号されている時代、ひとり国文学者ばかりでなく、考えなければならない喫緊の思想の問題と思われる。

島内のユルスナール作品論の主要箇所を摘録したい。まず秋に出家した光源氏が、冬・春・夏という一年を生きて、次の晩秋に死去するまでを描くが、幻巻のように「春から始まる一年」ではなく、「秋から始まる一年」として構想している点に、彼は作者の非凡さが感じられてならないという。「秋」であってこそ、死の季節としてふさわしいことを見逃していない。

作品中の「記憶」「想い出」という言葉をキー・ワードに、島内の論理は以下の展開をみる。光源氏は「過去」を放棄して「現在」をひたすら生きている。視力の衰えと「失明」は、彼が「現在」のみを生きていることを象徴している。作者は失明に関して、多くの女たちのために流した涙によって目が焼かれたかのようだったと、述べる。暗闇の中で、触覚と嗅覚のみを手がかりとして展開する愛、それは末摘花などとの愛の場合は、「朝の光」の到来による幻滅を光源氏にもたらした。しかし今の光源氏は「夜の恋」「闇の恋」を日常化しているために、「幻滅」することはありえない。ここに、美しくもなければ若くもない花散里の幸運があった……。

島内は「花散里」の内面に肉迫する。花散里は、過去を捨てて、「中将」へと再生（転生）することで、光源氏に受け入れられた。彼女の存在意義は、「光源氏の過去の想い出のよすが」ではなく、「現在の光源氏という老人をありのままに愛する女性」という点だ。即ち、花散里はこの時点で光源氏の「想い出」の中から消えているのである。かつての花散里の印象は薄かったが、今の光源氏には、非常に好ましく思われた。まるで昼間見えなかった星が夜になってきらめき始めるように、光源氏の失明は、花散里という星の光を増すための工夫でもあったか……。

暗闇の中を生きている光源氏にとって、中将と名乗る花散里の「光」は永遠に消えることがない。あまりにも痛切であり、「現在」でありつづけるために、「想い出」になる暇すらなかったのだ。光源氏は、回想にあたって、花散里だけを想い出しえなかった。これは花散里にとっては決して悲しむべきことではない。彼女は、「想い出」としてではなく、「現在を生きる生身の女性」として光源氏に愛されているのである。

光源氏が死去する時、花散里は〈あらゆる「慎しみ」「謙虚さ」「優しさ」の代名詞であったはずの花散里が、それらを忘れてしまった〉というのだ。花散里は、もはや花散里ではない。「純粋な女」そのものへと昇華している。絵の中のお姫様のような飾り（男の記憶の中の想い出）

ではなく、現在の悲しみと直接向かい合う生きた人間への変身。

〈ユルスナールは、花散里の変貌（死と再生）を主題として描いた〉と島内景二は結論する〈この主題は、「光源氏亡きあと」の物語を書き継ぎ、女の生きることの意味を宇治十帖で問いつづけた紫式部の内面に存在した創作意欲とそれほど異なっていないのではないか〉とユルスナールの小品を『源氏物語』全巻を俯瞰した上で肯定する。宇治十帖の「中将の君」と「浮舟」母娘が辿り着いた心境がいかなるものであったかは諸説あるところだが、ユルスナール作品の説得力のある解釈を示したといえよう。〈「男の想い出」から「現在を生きる女」に転換した女性たちは、男の死後も男なしで生きていけるのではないか〉が島内のメッセージだ。

途中の経過では寂聴と相違したが、結論は同じ場所に着地したように思うが、如何？　それにしても寂聴の花散里に対する批判というか非難には迫力がある。〈源氏の愛した女たちの中で、花散里ほど無個性で、魅力に乏しい、印象の薄い女はいないように思う〉と、花散里に書く文章は冒頭からこの調子である。講義や講演のときも変わらない。壇上から開口一番、〈今回は源氏の愛した女の中でも非常に珍しい、プライドがない女、全く自己主張しない女について話したいと思います〉と口を止め、〈それはだれに対しても「しょっちゅう来てくれ」とうるさいことはいわない。来てくれたら、ただ喜んで一生懸命優しくする。花散里はそういう女性でした。しかし、男にとってそういう女はとても都合がいい。要するに、あまり性的魅力のない、地味な人だったと思います。男はこういう癒しタイプの女も必要とします（中略）『源氏物語』の中でだれが好きかと聞くと、中年の男の人でよく花散里という人がいます。女の人でも非常にまじめな物堅い人は、花散里が好きという人がとても多い。花散里は今、割合ファンが多いのです〉。

寂聴は前述したが、講演の終わり頃では、〈ユルスナールも『源氏物語』を読んで、花散里が気に入らなかったのではないか。フランス人は、貞淑なんてあまり大事に思っていませんから、花散里が源氏にどうしてこんなに愛されたかわからなかっただろうと思います〉と話している。まさか貞淑という観念でユルスナールが花散里を見ているとも思えないが、寂聴発言に〈今、この年になりますと、朧月夜が好きです。私が「朧月夜が好き」というと、みんなびっくりします（中略）。男の人は本音は大体、朧月夜といいますね。それを本音どころか、いつでもおっしゃるのが丸谷才一さんです。丸谷才一さんは、『源氏物語』の中の女君では朧月夜が一番いいとおっしゃいます。女性の作家の方では、短歌の俵万智さんが、まだ若いのに、「私は朧月夜が大好きで、もし舞台で『源氏』の女君をやらせてくれるならば、朧月夜をやりたい」とおっしゃるのです。あの方はシングルマザーですし、やっぱり情熱家ですね。俵万智さんや丸谷才一さんもそうですから、八十すぎた私が「朧月夜を好き」といっても、おかしくはない時代が来たわけです〉があるから、変わることも考えられる。

『源氏姉妹《げんじしすたあず》』（二〇一七年一月）を出したばかりの酒井順子も〈以前、瀬戸内寂聴先生と対談させていただいた時、先生は、「私も若い頃は六条の御息所が一番好きだったけれど、年をとったら朧月夜が好きになりました」とおっしゃっておられたのでした〉（講談社文庫『瀬戸内寂聴の源氏物語』解説、二〇〇五年）と録している。

寂聴と対極にあるのは円地文子だろう。円地は父上田万年《かずとし》の娘として、祖母からの影響で歌舞伎・江戸戯作に親しみ、小学校高学年に有朋堂文庫の『源氏物語』を読み始める。ワイルド、ポーらの外国文学や鏡花、荷風、潤一郎らの耽美派文学に心酔し、文学的教養を身につけていく。

昭和十年代初めから、『源氏物語』を材として以下の戯曲・短篇小説を発表。『すきありき』（「劇と評論」昭和二年）、『幻源氏』（「むらさき」昭和十一年）、『玉鬘《たまかずら》』（「むらさき」同十一年）、『雲居雁』（「むらさき」同十一年）がある。これらについては、西田友美の〈内容は複雑なものではなく、原形の枠を小説技法としてこなしきれていないし、習作の域を出ていない感がある〉（「円地文子『なまみこ物語』論」（「方位」第十一号、一九八七年）との指摘もある。

転機となったと評価される作品が『花散里』である。円地の『源氏物語』受容と自身の創作精神の関係の縮図ともいえると注目されてきた。一九五七年から一九六〇年にかけて「別冊文藝春秋」と「文藝界」に連作形式の作品として発表。標題は「花散里」「四季妻」「銀河」「秋日銀杏」「冬至」などである。初老に入ろうとする三人の女性が夢と現実の相克のなかで、女性の可能性を希求していこうとする姿を描く。円地の「花散里」頌辞を引いてみる。

「心ばへのやはらかな人」といふたとへが、一番花散里にはふさはしい。花やかな色や綾ではないけれども、やはらかにまとひついて、着てゐても軽く、ぬいでも気にならないでなよなよと滑り落ちてゆく薄衣……花散里はそんな女である。葵上や紫上のやうな正妻の外にも、六条御息所、朧月夜尚侍、明石上、槿斎院、女三宮、とあらゆる高貴な、美貌の女性が源氏の周辺に集まり、愛せられてゐるのを、花散里はいつも、少し離れたところで、静かな微笑をもって眺めてゐる。自分がかへりみられないからといって嫉んだり、他に心をうつしたりするやうなことはなく、源氏が気まぐれに訪ねてくれば、いつも変らず、桜の花の散ってゆく春の夕方のやうにのどかな明るい心で男を迎えるのである。かういふ綺麗な我のない弱さには、ロマンチストである源氏はまゐつてしまふ。（中略）

美貌で教養が深く、かつての皇太子妃であった六条御息所の、深く蔵してゐる我執の強さにあぐねて、どうしてもおし通すことの出来なかった源氏は、ちやうどその反対の性格の花散里のとり所のないやはらかさには一生縁を結ばれて幸福を感じるのである。（「花散里、明石上、秋好中宮、明石姫君」『国文学　解釈と鑑賞』一九四九年八月号）

その一方で円地は〈私は自分が我の強い性質のためか、自分とまったく反対な花散里のような性格を心からうらやましいと思うし、好きでもある〉（『円地文子全集』第十六巻）とも吐露している。

円地『花散里』には呉羽長の〈『源氏物語』の花散里の君の境涯を骨子として当初彼女の鷹揚さ・人柄の良さを装いながら一人の女性鹿野艶子を造型し、源氏的人間性を備えた由利塑郎との間に女としてのロマンを形成しようとする意図が認められる。しかしこの小説が書き継がれるに従い、円地独自の人生観によってその構想は変更し、艶子を含めて強靱な自我と妖美に支えられた三人の女性の人生の黄昏における姿を跡づけることになった。彼女たちは喪失しつつある容貌なり情熱なりをあやしく回復させ残された可能性の開花を試みる。この間円地にとって『源氏物語』は常にあでやかな女の夢を充塡するものであり、その夢を抱懐しながらさめた現実と格闘することにおいて彼女は紫式部と物語作者としての共感を感じていたことであろう〉（「『花散里』論――源氏物語と円地文子」『文芸研究』第九十九集、一九八二年）という心の籠った頌辞がある。それは同時に『源氏物語』と作者「紫式部」への遥かなる時空を超えたオマージュでもある。

世界文学における『源氏物語』に言及した書も年々盛んになる。筆頭は『王朝文学の世界』『源氏物語の世界』の中村真一郎である。紫式部とプルースト、時も国も異にした二人の天才のイマジネーションの働かせ方の類似を指摘したその感性もまた二人と同じ精神種族だと、寂聴は感嘆。ヴァージニア・ウルフがアーサー・ウェイリー訳の『源氏物語』を読んでいたことをいち早く指摘している。実際にウルフは「女性と文学」を語るエッセイで紫式部の名をあげている。井上英明は『源氏物語』は、二十世紀の初め、伝統的小説手法を転換させたウルフやプルーストの作品に通じる手法を萌芽的にもっていたと述べる（『源氏物語講座』第一巻）。『古典の森のプロムナード』の著者篠塚純子は〈『雲隠』の巻名のみを置くことによって光源氏の死を「一瞬のうちにはるかなる追憶の彼方に遠のかせてしまう大胆な方法」は、ウルフの代表作『灯台へ』を連想させずにはおかない〉という。

ドナルド・キーンは『百代の過客』において、王朝女流日記がプルーストを先取りしていたことを指摘する。プルーストが発見したという「時間から身を引いた存在のさまざまな断片」を、王朝の女性作家たちも発見していたのであり、〈それらが宿っている媒体、すなわち作者自身の中において、それらを隈なく知悉するように努め、その深奥まで見透せるぐらい、それらを明らかにしてみようとする〉しかないことを、彼女たちは知っていたと記述する。

篠塚純子は寂聴の〈大君とアリサのイメージの重なり合いを、その自我の強い個性的な女性像、処女のまま死を迎える清らかさに見ておられるようである。しかし、一方ではまた、「かたくなな大君の態度も異様です」〉の記述にも鋭い反応を見せる。〈私は、その「異様」さが気にかかる。私の内で大君とアリサが結びつくのは、その「異様」さにこそある〉というのだ。寂聴の直感も天才的だが、篠塚の直感はおそるべき創造を招きよせる。現在の源氏研究家たちの間では、光源氏のホモセクシュアルとか紫式部のレズビアン（同性愛的）傾向は検証済みなのであろうが、東京外国語大学フランス語科を卒業した歌人の篠塚にとっては、王朝の世界は不案内のことが多々あろうと推断する。

しかし直感が彼女に囁く。少女時代、彼女は物語の女君たちにつぎつぎとなり変わって空想し、夢にまで見た。紫の上をはじめ、夕顔、空蟬、葵の上、朧月夜……となり、六条御息所や女三の宮にまでなった。宇治十帖に入ってからも、中の君、浮舟になり、ほんのわずかしか登場しない女一の宮にさえなり変わった……。

〈しかし、大君にはならなかった、なれなかった。私にはついてゆけない。理解できない何かがあったからにちがいない。なぜ、これほどまでにかたくなに薫の愛を拒まねばならないのか。大君の死の場面は美しかったが、そのためであろうか、かえって私は本能的にそこに救いのなさを感じた。その異様さに自らを遠ざけた〉(傍点・引用者)

「作者は大君によって何がいいたいのか、大君のような女君を紫式部はなぜ書いたのか。いや、書くことができたのだろうか」——これが設問である。

アリサの造型は、後年ジッドの妻となった二歳年上の従姉マドレーヌに負うところが多いことが知られている。妻マドレーヌは七十歳で死去。ジッドは小さな書物を書く。新庄嘉章訳『秘められた日記』、遠藤周作訳では『今は汝が思い出のなかに』とされている。何が書かれていたか。

少年ジッドは美しく慎ましやかな従姉マドレーヌに、善と美徳と気高さのすべてを見た。ジッドにとって、〈神に近づくことと、彼女に近づくことは等しい〉ものでさえあった。悲劇の原因は、まず、ジッドの性的傾向にあった。〈滑稽なことだが〉となかば自嘲しつつ、ジッドはいう。〈性欲は男だけが持つものと私は思っていた。女性が男と同じように性欲を感じるとは認めたくなかった。さもなければ、ふしだらな女のみがそうなのだと考えた〉。妻は処女のままだった。

篠塚の大胆な想像は〈紫の上にみられる愛の様相は、一人の女が耐えるには残酷なものとまで私の眼には映るだけに、そのようなヒロインを創造し、描ききることのできた紫式部は、道綱母や和泉式部とは異なった「生」を生きたのではないかと思うのだ〉と広がる。

〈紫の上物語をさらに深く鋭く追い詰めたものが大君物語、といわれている。紫の上に書き残したものを作者は大君に託した。晩年の紫の上を襲った苦悩、その果てに心中に育くみつつあった思想——彼女の死によって断ち切られてしまった思想を、引きつぎ、実現すべく造られたのが、大君のヒロインだという〉

篠塚は『紫式部日記』と『紫式部集』をジッドの『秘められた日記』のように読む。

めぐりあひて見しやそれともわかぬ間に雲隠れにし夜半の月かな　紫式部

『百人一首』にも入った歌。〈恋の歌かとまごうが、詞書によれば、幼な馴染みの女友だちに、お互い十四、五歳の少女——といっても、当時とすれば恋の相手が現われてもおかしくない年ごろ——となって再会したときの歌である。家集の冒頭部分には娘時代の歌が並んでいるが、ほとんどすべてが女友だちとの贈答であり、これは当時の家集としては珍しい。家集全体を通しても、贈答の相手として登場する男性は、夫の宣孝と道長の二人きりであるのも特徴的だ。

式部の生を暗示する何かがそこにありそうにも思える〉

「ちなみに」と篠塚は藤井貞和の「源氏物語の性、タブー」(『物語の結婚』)を引く。〈『源氏物語』の正篇は、タブーの理由によって不成立の情交を除くすべての性の諸相を描いたものであり、一方、続篇は、なんらタブーがない情交の不成立を書くことにあったという。宇治の姉妹と男主人公薫との間には情交のタブーは何もない。それゆえ、「情交不成立の理由を、宇治大君のばあい、その内面に求めざるをえない。あたかも独身であることを思想であるかのように見せて、大君はこの世を去る」〉。ジェンダーフリーとか同性婚とかカミングアウトといった言葉が公に用いられるようになったのが昨今のことなのだから、「異様」としか踏み込めなかったのだろう。

作家・評論家の小島信一の「浮舟の行く方――源氏物語論」(『浮舟の行く方』所収、古川書房、一九八七年)の書き出しは、〈アーサー・ウェイレは、紫式部のホモセクシャルな一面に興味を持っていたらしく、英語源氏の序に日記の一部を引いている。幼時に母を亡くし、思春期に姉を亡くした頃から性格に暗さが出てきたものか、めったな事では打ちとけない紫式部が、同性の魅力には意外に弱かったようだ〉とし、挿話を引いている。

姉が死んだ時、たまたま妹を亡くした九州の友に手紙を書き、あなたは姉、私は妹などとさびしさを訴えている。ある朝、中宮の御前をさがっての帰り、親友宰相の部屋をのぞく所が日記にある。宰相とは道綱の娘で、有名な祖母の血を引く美人、当直あけの疲れに、脱ぎすてた衣装を顔までかぶって眠っている。

目のくらむような香の匂いに、紫は衣をぱっとめくって「まるで絵本のお姫様」。

宰相ははれぼったい眼をぱっちりあけてにらむ。「なによ、気でも違ったの？　あたしが今どんなに眠たいか分ってるくせに」

頰に紅葉が散って、私は今までこんな美しい顔を見たことがない……。

小島信一は『源氏物語』の終章「夢浮橋」に解釈をつけていないことに関して、〈ここには鋭い意外性があって、古来『源氏』ははたして未完成なのかどうかの論議がくり返されているようだ〉といい、〈この結び方にきわめて老練な小説手法を感じた〉と続ける。物語の結末を考えたあれこれを紹介する。では小島自身はどう考えるのか。〈『夢浮橋』で、目立たない形ながら作者は伏線を引いている。たとえば、助けだされて冷静をとりもどした浮舟は、まちがいは匂宮にこそあると呟くのだ〉と記述するだけである。これですっきり納得する人がいれば、その人は真の『源氏』通、否、文学通、否、思想者だと思う。私は自信がない。

小島の論考はあと十数行綴られている。浮舟の「遺体のない葬儀」をおえて帰ってきた薫が、密通を知っていながら知らない顔で、匂宮と対決する場面は圧巻である。匂宮は浮舟の死を知っていて、知らない顔をしている。薫は匂宮の顔をまじまじと見つめながら、親友の厚意をアダで返すこの男は一体どういう精神構造なのだろうと考える。人間というものが信じられなくなったのだ。薫ははじめ冷ややかな調子で浮舟が病気で死んだことを語るが、その言葉の嘘に耐えられず、感きわまって泣きだす。

二人の対決におどろくべき近代性を感じるのは私ばかりではあるまい。ドストエフスキーの『白痴』で、親友ロゴージンと対決するムイシュキンを連想させるものがある。作者は光の血を引く匂宮に同じ人間の暗部を感じとっている。薫の眼はここで、人間にひそむ深い闇を見据えている、とでもいったおもむきがある。

作者はこのとてつもない長篇を、さまざまな曲折を暗示したまま投げだし、読者を迷宮にいざなうかのように閉じる。それは一つのシンフォニーが次第に音量を消し、私たちが思わず耳を澄ますのにも似ている。おもうにこの手のこんだ手法こそ、絵画や工芸に見られる時代精神の円熟度にふさわしいと考えられる。

光の「運命の糸」を引くのは薫であり、光の主題を体現するのもまた薫なのだ。光の肉体の部分を受けつぐのが匂宮だとすれば、光が背負わされた十字架のような傷を背負う薫は、その精神の部分をうけついでいたといえる。（小島、一九八六年脱稿）

小島の「源氏論」は詩誌「火牛」に発表された。「おわりに」と題した付記に〈戦争末期に空母に乗り組んで敗戦を迎え、生家を喪って宇治に退いた私は、死への執拗な誘惑を浮舟のそれと重ねあわせていた。この青春の日の原体験は、いわば内部の『眼』にとらえられた昭和精神史といえるかもしれない〉とある。

五

短篇『髪』は寂聴訳『源氏物語』から生まれ、新作能『夢浮橋』（梅若六郎演出・主演）として上演されて大変な評判になり、各地で巡演された作品である。『源氏物語』の「手習」の巻で、出家する浮舟の髪を切った阿闍梨《あじゃり》が、恋の妄執に苦しめられるも、やがて煩悩を照らし、光明を見いだす名品に結実する。出家する浮舟の内的世界は、出家した人間にしかわからないとする寂聴の透徹した境地がうかがわれる。

一九七三（昭和四十八）年十一月、瀬戸内晴美は平泉中尊寺において得度、剃髪して寂聴という法号を得る。

出家遁走と放浪は、いまや私のもっとも深い憧れとなって、日夜、心をそそのかしてくる。現在の私は、家はあっても家庭はなく、肉親に私の袖を引きとめる人間もいない。しかし、心に繋る別れがたく断ちがたい愛欲の絆はないこともない。その絆に未練があって、思うままの憧れの遂行ができないでいるものの、その絆の強さゆえに、また放浪への憧れも日々強力になりまさる。恩愛の情けの薄い者が、肉親や愛欲を捨てやすいのではなくて、私にはむしろ、情けの深く、恩愛に執着心の人一倍強い者こそが、その息苦しさの反動から、いきなり、自分の心臓を突き刺すような荒療治に出てしまって、気づいたときは、もうすでに、すべてを投げうち、放浪の途上にあるのではないかと思う。(『いずこより』)

まず『髪』の題材となった『源氏物語』の原典の粗筋を要約しよう。紫の上が病死した後、源氏は悲しみのあまり一年間は茫然自失の日を送り、翌年、五十三歳で出家し、嵯峨の院に隠棲したまま、二、三年後に死去する。その死は「雲隠」という題だけあって本文のない巻で暗示されるだけである。

つづいて「匂宮」の巻が始まり、源氏の子孫たち、即ち源氏の息子薫(実は柏木の子)と、源氏の孫匂宮(明石中宮の子)とが主人公となる。薫は体からえもいわれぬ芳香を放つ体質で、源氏の実の子ではないのに、その点だけが不思議に似ていた。薫・匂宮、二人とも美貌で高貴の身分で聡明だった。薫は自分が不義の子らしいという噂を耳にしていて、そのことで悩み、内向的な陰気な面があった。いわばハムレット型の性格である。匂宮は天性明るく陽気、優雅で、ドンファン的色好みの点はそのまま源氏ゆずりであった。

「橋姫」から「夢浮橋」までの十帖は、舞台が宇治に移り、宇治に住む三姉妹の姫君がヒロインになるので、宇治十帖と呼ばれる。

宇治の山荘に隠棲している零落の人物、八の宮は桐壺帝の皇子で、源氏の異腹の弟に当たり、母方も貴い家柄であった。弘徽殿の女御に利用され、源氏が須磨流謫の間に、藤壺の子の東宮を廃し、八の宮を東宮に立てようと画策したため、源氏が返り咲いた時点で、世間から取り残されていく。源氏は敵方についた者に対しては無視することで復讐をとげた。その上、邸宅が焼失し、不運の八の宮は我から都を落ち宇治へ逃れ、二人の稚い姫君たちを男手で育て、世捨人じみた生活を選んだのである。

薫は八の宮の噂を聞き、その清らかな俗聖《ぞくひじり》ぶりに憧れ、宇治を訪ねるようになる。薫は八の宮の留守に二人の姫君が月夜に琴を合奏する姿を垣間見て、姉の大君《おおいきみ》に心惹かれる。八の宮は二人の姫君に心を残しながら山に入って修行一途に生き、やがて他界する。天涯孤独となった姉妹に薫の後見はなくてはならなくなった。

この山荘に、薫の出生の秘密を握る唯一の生き残り、柏木の乳母子《めのとご》の弁《べん》がいた。薫は弁から、自分の出生にまつわるすべての因縁話を聞く。姉の大君は薫の誠実な愛に感謝しながらも、自分は仏道帰依の志を変えず拒み通し、妹の中の君を薫にゆだねようとする。寂聴曰く〈内省的で宗教的で愛も深い大君はジッドの『狭き門』のアリサに似ている。私は少女の頃、宇治十帖を読み、何て『狭き門』に似ているのだろうとびっくりした〉。

薫は匂宮を手引きして、ある夜、中の君と結ばせてしまう。大君は好色の匂宮に中の君が弄ばれたと誤解し、憤激と絶望の余り、死んでしまう。中の君は匂宮の京の邸に引きとられ、北の方となって子供も産み幸せになる。薫は中の君から、もうひとり異腹の妹がいたことを知らされ、大君と瓜二つの浮舟という姫君に惹かれ、宇治の山荘に囲ってひそかに通うようになる。

薫がやがて浮舟を京へ引きとる準備をしている間に、好色な匂宮が浮舟の存在を知り、ある夜、薫になりすまして浮舟の寝所へ入り、契ってしまう。

浮舟は二人の男に肌を許し、しかも匂宮の情熱に心惹かれ、薫への義理に心とがめられ、苦しさのあまり自殺をくわだてる。ある夜、突然、浮舟が失跡したので、薫も匂宮も浮舟が宇治川に投身自殺したものと思いこみ、悲嘆のうちに葬式まですませてしまうのだった。

半死半生で倒れていた浮舟は、横川《よかわ》の僧都《そうず》に救われて、僧都の母尼と妹尼の二人の尼に引きとられ、二人の住む小野の里の山荘に伴われるが、その間、浮舟は記憶喪失症になる。ようやく意識を取り戻した彼女は、みずからの素性については黙して語らないが、いちずに出家を願っている。

ある日、妹尼らの留守中、女一の宮の祈禱に召された横川の僧都が、この山荘に立ち寄った。浮舟は絶好の機とばかりに、懇願してついに出家してしまう。上京した僧都が明石の中宮のもとで、出家した女のことを話題にする。中宮らは、浮舟のことかと直感する。これを伝え聞いた薫は、僧都を訪ねようと思う。寂聴は〈宇治十帖の中でも『浮舟』の巻が圧巻である。二人の男に愛されはじめてから、苦悩が浮舟を女として心身共に成熟させていく過程と、愛に於ける精神と肉体の乖離《かいり》が実に鮮やかに描かれている。近代小説を読むような心理描写が活写されていて息もつかせぬ面白さがある〉（『「源氏物語」を旅しよう』講談社文庫、一九九八年）。

横川の僧都のもとを訪れた薫は、僧都から浮舟の動静のあらましを聞き、浮舟との仲介を依頼する。浮舟の弟の小君《こぎみ》に手紙を託すことにした僧都は、彼女を出家させたことを後悔し、また出家の女人を破戒者にさせかねないという懸念も抱いた。僧都の文使いとして小君が浮舟のもとに派遣される。その手紙には、薫の愛執の罪が消えるようにしてあげてほしい、などと書いてある。浮舟は、小君に母中将の君を思い起こして涙ぐむが、対面を厳しく拒んで人違いの手紙だと言いはる。小君はむなしく帰るほかない。話を聞いた薫は、浮舟の心をはかりかねて、もしかするとだれかが彼女を隠し住まわせているのかもしれないと疑う……。寂聴は以下のように記述する。

『手習』の巻は、浮舟剃髪の場面である。尼が初瀬詣でに行った留守に、たまたま下山した横川の僧都に頼み、浮舟は出家の素懐をとげてしまう。髪を切る前に紫式部は浮舟の髪が病気で少し抜けたものの、ほとんど前と変らず、大そう多くて六尺にあまる髪の裾などふっさりとして毛筋などもつやつやして美しくわれながらいとしいと思うほどだという描写をしている。その用意があるから、いよいよ剃髪する時、浮舟が几帳の帷子《かたびら》の閉じ目の間から、自分の手で髪をつかねて外へかき出すと、髪を切る役の阿闍梨《あじやり》が、いかにも切るには惜しい黒髪なので、しばらく鋏《はさみ》を持ったまま、ためらったという描写が活きてくるのである。

阿闍梨が、髪を「そぎわづらひて」という言葉は、若い女のつやつやした黒髪が鋏に抵抗して、ぎちぎちと鳴りながら、ともすれば刃をすべる様子が目に見えるようである。

「あとでゆっくり尼ぎみの手で治してもらって下さい」という言葉に重いリアリティがある。浮舟の出家をとげ得た心境を、

「これのみぞ生けるしるしありておぼえたまひける」

とある。思いつめてきた浮舟の心はこれで漸《ようや》く救われたという表現で、短いけれど千鈞の重みがある。（同前）

田辺聖子さんは『宇治十帖』はここまで書いて、紫式部が死に、未完だろうと推察していられます。私はそれも一つの見解だと思いながら、この薫の俗っぽい想像でこの物語を断ち切ったところに、この物語の作者の最もいいたかったものが、こめられているのかもしれないと思うようになりました。（『私の好きな古典の女たち』）

未完のような気さえする唐突な終りようは、現代小説の終り方では珍しくない。人生のすべては未来は不可知なのだし、現実の生活も人間の思惑では計り知れない未知の予兆をはらんでいるものだ。紫式部は浮舟の未来を読者の一人一人の胸に問いかけて擱筆したのではないだろうか。すばらしい終り方だと私は思う。（『「源氏物語」を旅しよう』）

さて瀬戸内寂聴の創作に目を転じたい。短篇『髪』は、前述した通り、内容は出家する浮舟

の髪を切った阿闍梨が、恋の妄執に苦悶する物語である。『源氏物語』の本文では、『髪』の主人公に当たる阿闍梨は、入水を図って失敗した浮舟を発見した最初の人間であり、師の横川の僧都に命じられて、浮舟の体を抱いて運んでいる。

阿闍梨の感情を吐露するような場面はない。浮舟の出家の際に、几帳の帷子のすき間から女君のかき出された髪が、いかにも切るには惜しく美しいので鋏を持ったまましばしためらっていたと僅かに叙述されるばかりである。歌人・作家の水原紫苑は、〈この僅かな手がかりから、『源氏』の裏側の物語を立ち上がらせた作家のみずみずしい想像力に感銘を受けた〉と述べている（新潮文庫『髪』解説）。

阿闍梨が浮舟を発見する場面を描く寂聴に紫式部は嫉視しかねないだろう。

激しく泣いているのは女で、白い衣裳の上いっぱい長い黒髪が艶々《つやつや》と拡がっている。我知らず魔物を追い払う不動の印を結び、一心に呪文を称《とな》えながら、声もなく泣く度、黒髪がそこだけ生きもののように震えるのを見つめていた。（『髪』）

しかし、いかに二人の男の板挟みになったとはいえ、その三角関係を清算するために入水を考えつくのは異様ではないかと現代人なら疑問を持つのではないか。それでなくても当時の貴族社会の通念として、みずから生命を絶つことは最悪の仏罰をこうむるとされていた筈だ。こうした当然湧きあがる疑問に関して、〈複数の男の間に立って身を処す道を失った女が入水するという筋道は菟原処女《うないおとめ》や真間の手児奈の妻争い伝説を想起させる。しかし、そうした伝承説話の話型がこの巻の物語の規模となったことは認められても、右のようにみてくると、むしろ逆に貴族社会における男女の理不尽な関係のうちに古伝承を発見したといったほうが近いというべきであろう。そういう作者の自負が話型を想起させるべく、右近の姉の話を提示させたのではなかろうかと思わせるが、いずれにしても、『東屋』の巻に示された作者の貴族社会体制の構造に対する造詣がこの巻でも特に下衆どもの役割の配置において周到に生かされることは特記すべきであろう〉(篠原昭二)という指摘を紹介しておきたい。

前出の水原紫苑は『髪』の結末を〈壮絶な結末であるが、ここに救済がないかと言えばそんなことはあるまい〉と否定する。〈生きながら地獄に落ちたかに見える阿闍梨の妄執、その妄執が燃えきわまる果てには、玲瓏とした宇宙の姿がはるかに想像できるのである。その宇宙の姿はまた、浮舟の無垢な裸身に重ね合わされるものであってもいいのではないか。

どれほど妄執や狂気の無残を描いても、この宇宙による救済の豊かさを感じさせるのが、瀬戸内寂聴の世界の向日性であろう。そして、その救済には少しも宗教の匂いはないのである。人間が、おのれの闇を生きることによってのみ到達する光なのである〉(二〇〇二年六月記)

この最終二行は次章「寂聴と宗教」で、私見を述べる所存だ。横川の僧都については、横川で修行の日々を送り、『往生要集』などを著した高徳の僧、源信僧都がモデルになっていると解する説が有力視されてきた。源信についても次の章で触れたい。
いま一つの掌論、秋山虔の「源氏物語への招待」から、「宇治の物語」の結末箇所を録しておきたい。そこでは現世の人間関係を遮断することによって新生した浮舟が照射される。匂宮や薫とはまったく別の精神の位相に生きる人となった浮舟は、この七十年余の長大な人生史と共通した作者紫式部の精神か到達点をも示す。

源氏物語の世界は、作者紫式部の魂の中にはぐくまれつむぎ出された虚構のそれであるけれども、単なる紙上の絵空事ではなかった。いわば経験的人生で絶望した稀有の才女の、そこに自己を転位し拡充する切実な行為として、この物語はかかれたのであった。この世にありうべくもない理想の主人公光源氏に託された作者の祈りは、あらゆる美質を具備するこの主人公をして最高にはえばえしい人生を歩ませたが、しかしながら、彼は彼とかかわる多くの女性たちの受苦とともにこれまた無類の苦悩を生きる人でもあった。やがて老いを自覚させられる光源氏は、現世の栄華の土台の虚しさを痛覚して出家への道に誘われていくが、彼亡きあとの後裔たちの彷徨する無明の世界がかたどられ、最後の女主人公の出家をもって擱筆されるこの物語は、それ自体が巨大なうねりをもって展開する現代史の劇《ドラマ》であったといえよう。（別冊國文學 No.1『源氏物語必携』一九七八年十二月）

現代の文学・思想史に屹立する詩人・評論家吉本隆明もまた一九八二（昭和五十七）年十月、『源氏物語論』（大和書房版）を刊行している。その後、加筆訂正、さらに新稿を増補し、洋泉社や筑摩書房（ちくま学芸文庫）から刊行されている。洋泉社のMC新書版は、『バリケードの中の源氏物語』の筆者藤井貞和が解説の筆をとっている。〈吉本氏の『源氏物語論』は一口に言って、その作者内奥の作業にまで立ちいるかのような『源氏物語』論だ〉が冒頭に書かれている。吉本著『源氏物語論』賛を、その解説も含めれば四回目か、五回目になるという藤井の第一回目の賛辞を少し引いてみる。今回の解説を依頼してきた編集者との対話が、まず引かれる。

……吉本さんの原稿を、編集部のひとにそっと見せてもらったのですが、実に苦心して、書き足し書き足し……

——この『源氏物語論』の元原稿？

……ええ。初出の雑誌（『国文学・解釈と鑑賞』一九八一・五、七、九、一二）のときにね。親しい編集部のひとがそっと見せてくれた。コクヨのちいさな四〇〇字詰め原稿用紙にぎっしり、書きつぶし、書き加え、上に貼り、下にふきだし、それが一回に六十枚も、八十枚も、細微な図表をつけて、それが二ヶ月に一回。苦心さんたんして書くことと、一挙に書くことが同居しているのです。

――ふうん。

……校正刷りも見せてもらった。書き加えたり、削ったり、まっ赤になっているのは壮観でした。

――雑誌の編集者は泣いたろうね。

……泣いてた、泣いてた。（「『源氏物語論』の〈志向〉」『吉本隆明論集』一九八三、燈書房）

わかりきった事だろうが、この「泣いてた、泣いてた」には、二つの意味がある。一つは「書きかえ、書きかえ……」を、どう整理して印刷所に持ち込むかという編集者の作業上の困難さに対する嘆き、植字工（当時は活版印刷だった）の苦労もあろう。いま一つは（そしてこれが九九パーセント）吉本隆明が執筆した生原稿を手にし、最初の読者となることの僥倖、感激、感涙だ。

〈吉本氏の『源氏物語論』は通説に反対するというようなレベルのしごとではない。（中略）暗い、沈鬱な水を覗き込むような論だ〉

〈光源氏の身分圏から異類のように衆庶が描かれることに、われわれは当惑させられる。だがしかし、この描かれ方に身を置いて読めば、ここをけっして省略しない物語精神が、われわれの身近のこんにちに起きている雑踏する街路なり、生活の猥雑さなりを活写しているさまであることにおどろく。衆庶から隔絶しているはずの、貴族社会の偏狭で愛恋のうずまく世界が、異類世界とされる衆庶と至近の距離にあるという吉本氏的に言えば二律背反の同在としてある〉（藤井「『源氏物語』を吉本隆明氏が論じる」『源氏物語論』所収）

世の国文学者や研究者は、吉本『源氏物語論』を、どう受けとめたか。国文学界の「現在」は、どう測定されるのか。この問いは、明日の国文学界のためにも、『源氏物語』なる作品にとっても避けて通るわけにはいかない。吉本隆明が実際に体験したことを書き残してくれている。

〈三谷邦明がやっている書評（「図書新聞」82・12・4）も、メッキをはがしてしまえばその程度のものだとおもう。それは宣長の「もののあはれ」による『源氏』観より以前の儒学的読みの現代版にしかすぎない〉

〈また高橋亨が書評で（週刊読書人）、『栄花物語』の藤原頼通が、三条帝の女二の宮の降嫁をおしつけられた事実を、作者は知っていた、それは「若菜」の光源氏にたいする女三の宮の話に影を落しているという文章を例としてあげて「事実としてありえない。論証は省かざるをえないが、年表を作成すれば明らかとなる。」とかいているが、おかしな言い草だとおもう〉

また吉本はE・G・サイデンステッカーが「『源氏』の10年」（「新潮」一九八五年八月号）で述べた、〈『源氏』の本当の偉大さは原文でなければわからない。そしてその感じがわかるためには、ある程度以上のスピードで読めるようにならなくてはいけない。頭をひねりながら判読するのではなく、要するに普通に読めなくてはならないのである〉（安西徹雄訳）を引き、〈わたしには、「サイデン」はとんだホラを吹いているとしかおもえない。わたしはたぶん、現存する文芸批評家では、比較的日本古典を読んでいる方に属しているが、『源氏』の原文を「頭をひねりながら判読」してみても、たった二、三行すら正確には判読できない。また「ある程度以上のスピードで読める（正確にだ）」ような『源氏』研究者が現存するなどということを、まったく信じていない。（中略）だいいちこの「『源氏』の十年」程度の文章を自国語（英文）で書いて、日本人に訳させる程度の語学力で、E・G・サイデンステッカーが『源氏』を「ある程度以上のスピード」で正確に読めるなどと、信じようにも信じようがないのだ〉と、すべての書評に丁寧に応答した。（「わが『源氏』」、MC新書版『源氏物語論』所収）

吉本隆明がサイデンステッカーを話の勢いで批判したのではないことを次の挿話が物語っている。彼はずっと以前、宣長の『古今集遠鏡』の口語のお喋言り調の『古今集』の読み下し評釈を読んでいて、宣長がすらすらと正確に『古今集』を読むことができているかどうか疑わしいと思ったことがあったという。〈宣長のような偉大な古典学者でもそんなところだ。すこしばかり原文が読めるなどということは、何程の意味ももたない所以である〉（同前）

膨大な蓄積を重ねた、年季の入った反論であることはいうまでもない。ただこれではサイデンステッカー（一九二一—二〇〇七）も浮かばれない。『源氏物語』の完訳、『日本語とわたし』『西洋の源氏日本の源氏』などを通し、広く日本文学・文化を紹介した営為に対する感謝の想念を書きつけておきたい。新保祐司は『国のさゝやき』（構想社　二〇〇二年九月）と題する評論集の中で次のようなことを書いている。

川端文学の翻訳者として高名なサイデンステッカー氏が、三年ほど前の朝日新聞夕刊の「テーブルトーク」という欄に出ていたのを思い出した。すでに八十歳に近い氏は、一年の半分をハワイで、もう半分を東京・湯島の自宅で過ごされ、自伝の執筆にとりくんでおられるそうである。一九六八年、川端康成のノーベル文学賞受賞のあたりまでを書きおえられたが、「あのころが一番おもしろかった」と語られている。川端の他、谷崎潤一郎などの「文豪とのつきあいも多かったです」。

そして、「今、この国に文豪がいますか」と、記者に問うている。もちろん、サイデンステッカー氏の考えでは、いない、というのは自明のことに違いない。

東京という町もおもしろくなくなってきたといい、「紹介したい文化がもうなくなってしまった」と「日本」は見捨てられている。「テレビの影響が、この国はアメリカよりもうんと強い。そのせいで、いいものがなくなっている。私はテレビをもっていませんが、喫茶店などで見ていると、食べ物の番組ばかり。日本人はいつから、こんなに食いしん坊になりましたか」と結んでいる。

一九七四（昭和四十九）年七月二日、吉本隆明は思潮社公開講座「現代詩」第一期の一環と

して、「詩と古典」と題して講演している（於東京・池袋パルコ別館五階会議室）。そこではまず、古典というのはどういうふうに評価さるべきなのか、どういう評価の仕方をしたらその麓に接近できるのかという問題提起がなされる。古典と詩を論ずること自体が、情況に背を向けたものだというようないい方、いわれ方が一つある。もう一つその対極にあるのは、現在のムードでもって古典を論ずるというか、つまり古典に淫するといった論じ方がある……と前置し、その代表として塚本邦雄と丸谷才一が批判される。両人とも『源氏』をはじめ、古典への言及はすこぶる多い。

近ごろいちばんぼくがひっかかったのは、塚本邦雄さんという優れた歌人が、藤原定家について論じた本があります。ちょっとやりきれんなというふうにおもったのは、例えば定家といいますと『新古今集』の撰者でもあり、またじぶんも『新古今集』と同時代の歌人ですが、『新古今集』は、塚本さんの評価では、絢爛豪華な歌の世界だ、詩の世界だというふうになるわけです。そういう評価の仕方というのは、一つの象徴としていいますと、例えば丸谷才一は、後島羽院が帝王にして、かつ新古今時代最大な詩人みたいになっちゃうわけです。そうすると、またやり切れないなというふうにおもうわけです。そういうもんじゃないんだよ、ということを具体的に云いたいわけです。

十代後半の頃に、太宰治や小林秀雄、保田与重郎などの古典論を、自らの問題意識とかかわらせながら、切実に読む体験を重ねてきた吉本の、真の古典に近づくための魅力的な語りに、機会があったら是非触れてほしい。

『源氏物語』に関して、瀬戸内寂聴と吉本隆明との接点はあるか。あると思う。短篇『髪』が何よりも雄弁にそのことを証しているのではないか。寂聴も吉本隆明も、横川の僧都こと『往生要集』の著者源信に拘わっていることだ。

原典では横川の僧都は、かつて、浮舟に取り憑いた物の気を調伏した。意識を取りもどした浮舟は、尼にしてくれるよう頼んだが、僧都は、若く美しい浮舟の将来を思って、その時は出家をさせずに、頭頂の髪を削《そ》ぎ、五戒を授けた。五戒とは、在家の信者が守るべき五つの戒律（殺生・偸盗・邪淫・妄語・飲酒を慎むこと）を言う。五戒を受けることで仏に結縁する（仏道に入る縁を結ぶ）ことになり、延命息災が期待されるのである。

しかし、一度死を決意してまで俗世での人生を捨てた浮舟にとって、小野での生活は、新しい男君との結婚を期待されるなど、過去の繰り返しにほかならなかった。浮舟は、やはり出家しようと思い定め、横川の僧都に頼みこんで敢行することとなった。

まず、戒師である横川の僧都は、弟子の阿闍梨に、剃髪を指示する。浮舟が櫛の箱の蓋をさし出したのは、切られた髪をそれに受けるためである。浮舟は、几帳の帷子の隙間から自分で黒髪を掻き出し、それを阿闍梨が切った。急なことで、法衣や袈裟《けさ》の準備がなかったため、僧都は自分の衣を浮舟に着せた。そして、親のいる方向を拝むように言い、「流転三界中《るでんさんかいちゅう》　恩愛《おんない》不能断《ふのうだん》　棄恩入無為《きおんにゅうむい》　真実報恩者《しんじつほうおんしゃ》」と偈《げ》を唱えた（これらの描写は『髪』には無い）。額髪《ひたいがみ》は僧都が削ぎ、終わりに出家者の心得を説教した。こうして、浮舟の出家は急ではあったが、可能な限り作法通りに行われたのであった。吉本隆明は言う。

> 与謝野訳『源氏』を台本にして現代的な文芸批評をやってみようと思い立ったとき、いちばんの動機になったのは、『源氏』の作者が、たぶん『往生要集』の著者源信をモデルにしたのではないかとおもえる作品中の横川の僧都を、からかいと冷やかし気味にあつかっているところがきわ立ってみえたということがあったことだ。もしかすると現代語訳者である与謝野晶子が筆をすべらしたのかもしれないが、源信と与謝野晶子ならいい勝負だと空想した。もっと言えば、『往生要集』と『源氏物語』とは優に拮抗する。またもう少し悪ふざけをひろげれば、『往生要集』が日本風の仏教にはじめて導入した地獄の概念と、『源氏物語』がはじめて本格的に描き出した男女相聞の世界とは優に拮抗するといってもいい。これは訳者である与謝野晶子の「やわ肌のあつき血汐にふれも見でさびしからずや道を説く君」にもふさわしい。（中略）
>
> わたしは与謝野『源氏』を択んで気ままな評言をつらねながら、一方で『往生要集』により日本国でははじめて〈地獄〉の概念で勧善懲悪の戒めを死後にまで延長して見せた源信僧

都や、その〈地獄〉をさらに詩心にまで拡張して芸術化して見せた新古今第一の歌人西行と、明治近代の解放された女流の歌人与謝野晶子との死力をつくしたドラマを、わたし自身のドラマのように空想していた。これはわたしの内心でしか通用しないドラマだったが、愉しくも真面目なドラマだったことを申し添えたいと思う。（『源氏』附記）

短篇集『髪』（二〇〇〇年一月）、西行をモデルにした『白道』、一遍を描く『花に問え』をつづけて読むと、きわめて吉本隆明の構想するドラマが出現するかのような気配を覚える。紫式部には、この続きを書く構想があったはずで、それが何らかの理由で書を継がれなかったのではないかと考える研究者、読者もいるかもしれない。実際に、「夢浮橋」巻の後日談として、浮舟と薫が再会する物語『山路の露』という作品も、後の世には書かれているという。未見だが、私は『髪』の結末でいいのではないかと考える。

最後に「バリケードの中の源氏物語」時代以前の、「昭和十三年の『源氏物語』」とか「わだつみの『源氏物語』」、つまり「戦時下の受難」について簡単に触れておく。参考文献は別に列記する。

一八九四（明治二十七）年、『婦女雑誌』二月上旬号は中村秋香の激越な源氏非難を掲載。中村は東京女子師範の教員、文章読本と唱歌の作者で知られた国文学者だが、『源氏物語』の権威を引き摺り下ろし、新しい時代の理想の文体〈簡潔にして力のあるもの〉を目指さなくてはならないと発言。

同じ年の夏、内村鑑三は、「源氏物語は後世の害物だ」として、次のような演説を行う。〈なるほど『源氏物語』という本は美しい言葉を日本に伝えたものであるかも知れぬ。しかし『源氏物語』が日本の士気を鼓舞することのために何をしたか。何もしていないばかりでなくわれわれの女らしさを意気地なしにした。あのような文学はわれわれのなかから根コソギに絶やしたい（拍手）。あのようなものが文学ならば、実にわれわれはカーライルとともに、文学というものには一度も手をつけたことがないということを世界に向って誇りたい。文学はソンナものではない。文学はわれわれが戦争するときの道具である〉（「後世への最大遺物　二」）〈これらの源氏物語をこきおろす発言がいずれも日清戦争勃発直前の軍事的な熱気の高まりの中でなされていることだ（中略）東アジアの大帝国として、日本が常にお手本にし、追随し、憧憬してきた中国への初めての挑戦であり、挑発であった〉（『記憶の中の源氏物語』三田村雅子）

一九〇二（明治三十五）年、日露戦争の二年前、斎藤緑雨が〈源氏物語は悪文の標本也。一回の誦することなくして、誦するに足らざるを言得べきは、唯この大部の一書あるのみ〉（『半文銭』）とけなす。前景化されたのが「ますらをぶり」の古典、『万葉集』。新たな国民国家の統一のシンボルとして喧伝され、万葉ブーム起こる。〈軍国主義と源氏物語はきわめて相性が悪いのである〉（三田村）

一九三八（昭和十三）年、与謝野晶子訳『新新訳源氏物語』を刊行。晶子はその前に『新訳源氏物語』（抄訳）を一九一二年に出している。一九三九年、『潤一郎訳　源氏物語』を刊行した谷崎潤一郎。『源氏物語』の翻訳は教科書にまで載ることとなる。源氏を小学生にも学ばせたいという思いが、戦争前夜のナショナリズム興隆のもと、盛り上がってきたのである。この谷崎訳も藤壺関係の事件が削除されている。〈校閲者の山田孝雄の意向を酌んだということでもあろうが、そのことの要求された時勢の動きへの対応でもあったことは否定されなかろう〉（「源氏物語は不敬文書だった」秋山虔『別冊國文學・必携源氏物語を読むための基礎百科』二〇〇三年）

初代神宮皇学院大学の学長で、国語学・国文学・国史学にわたる大御所であった山田孝雄《よしお》は、現代語訳を始めるにあたって、次のような内容の削除を谷崎に言い渡した（谷崎潤一郎「あの頃のこと――山田孝雄追悼」一九五九年十二月）。

一　光源氏と藤壺の密通

二　密通の結果生まれた冷泉が天皇となっていること

三　光源氏が臣下であるのに准太上天皇の地位に昇っていること

その言い渡し方には「秋霜烈日」の気配があったという。これがあっては庇いきれないという事前申し渡しだ。〈谷崎は忠実過ぎるほど要求に従ったという。すでに一九三三年、歌舞伎座における番匠谷英一脚色の『源氏物語』の劇上映が禁止されていた。「読売新聞」（同年十一月二十三日朝刊）によれば、警視庁の見解として「①禁中生活がそのまま出てゐること、②登場人物が皇族であること、③現在、貴族階級の腐敗が暴露されて居る折柄、昔の上流の生活の舞台化は不穏当であること、④右翼方面の抗議運動が予想されること、⑤生活が淫蕩すぎること」等々が指摘されたとある。以後、国文学者による自己検閲は必要以上に厳しいものになる。

にも拘わらず一九三八年、「小学国語読本――源氏物語」をめぐって、橘純一の「源氏物語は大不敬の書である」（『国語解釈』一九三八年七月）が発表された。教科書版「小学国語読本――源氏物語」の一節は〈年の若い源氏は、小さい妹でも出来たやうに、いろいろと紫の君のめんだうを見てやつた。紫の君も、源氏をほんたうのにいさんだと思ふ程、したしくなつた〉。

三田村雅子は〈若紫垣間見の段は藤壺思慕・密通という禁断の話題にも深い関係を持つ一段であるが、教科書版は、そうしたねじれた人と人との重ね合わせとは一切関係がない、あっけらかんと明るい少女発見物語である。危険な兆候は削られ、書き換えられて、おだやかに組み替えられ、光源氏はあたかも気の毒な境遇の少女を発見した善意に満ちた親切なお兄さんのようである〉（同前）とあきれている。

不敬の書というが、不敬罪とは何を意味するのだろう。『国史大辞典』によれば、〈天皇・太皇太后・皇太后・皇后・皇太子・皇太孫・神宮・皇陵・皇族に対し、「不敬ノ行為」をする罪〉とある。

この不敬罪による検事局処理人員が、明治・大正期には年間平均十人以下であったが、第二次世界大戦中は激増し、昭和十六年から十八年には年間平均百六十人近くに上ったということである。戦後マッカーサー司令部の指示によって廃止されたが、明治・大正期から昭和戦争期へかけての検事局の体制の強化と『源氏物語』の評定の推移とは明らかに対応しているといえる。

権力は『源氏物語』の不倫・淫乱・秩序破壊・越境に非寛容になる一方で、教科書収載があり、一九四一年をピークとする国宝指定をすすめた。『源氏物語』は二十にのぼる国宝指定、二十六にのぼる重要美術品認定によって、国民にとってもっとも大事な「古典」として祀り上げられていく。

〈肩をならべる古典として、後々まで多くの読者を獲得し続けた『伊勢物語』が三件、国民的古典である『平家物語』『太平記』がそれぞれ二件ずつしか国宝指定されていないことを見れば、あまたの「国宝」に囲繞され、荘厳された『源氏物語』は、卓越した「美」として評価を獲得していたことが知られる〉（三田村）

『源氏物語』の受難を過去の出来事と忘却することは許されるべきことではない。「大日本帝国」の「天皇幻想」は負の遺伝として受け継がれている。「万世一系・皇位継承・神聖不可侵の天皇幻想」は、放置すると確実に膨脹していく。「言論の自由」が普通にいえる二十一世紀にあって、大江健三郎の作品『政治少年死す』は未だに陽の目を見ることがない。深沢七郎の『風流夢譚』も同様である。それは現在、今上天皇の退位をめぐっての論争においても危機の兆はみられるのだ。

一つだけ例をあげる。一九四〇（昭和十五）年の神武紀元二千六百年を記念した大規模な「古典」認定の動きを率先垂範したのは国文学者の最高峰・池田亀鑑である。〈政府は神武紀元祭年号を発表し、わが国は二千六百年の歴史を所有していることを内外にアピールしようとした。神武紀元とは古事記・日本書記に出てくる天皇の年齢を合計したものであって、客観的な裏付けを持つものではなかったが、キリストの生誕から数える西欧の紀元よりもはるかに古いということで採用され、小学生は「紀元は二千六百年」の唱歌を繰り返し歌わされ、選民意識を植え付けるものとなった〉と三田村雅子は書いている。

〈「紀元は二千六百年」に連動するように東京大学の池田亀鑑を中心とした『源氏物語』本文整備の大プロジェクトが進行する。協力者百名以上、全八巻の大企画に成長したのは、戦争を前にして「世界に通用する古典」としての『源氏物語』の地位を飛躍的に上昇させようと、国家的政策としてもこれを後援していく動きがあった。かくして昭和三十一年、『源氏物語大成』は、池田亀鑑の死の直前に完成した。近代の『源氏物語』研究を代表する金字塔であった〉（同前）

三田村が触れていないことを補足する。筆者も少学生の頃、紀元節には学校で歌い、校長から紅白の菓子を貰った思い出がある。

「金鵄《きんし》輝く日本の／栄ある光身にうけて／いまこそ祝へこの朝《あした》／紀元は二千六百年／あゝ一億の胸はなる」

この「奉祝国民歌『紀元二千六百年』」の作詞家は誰であろう。唯物史観を導入していた歴史社会学派の国文学者、西郷信綱や丸山静、中村真一郎らに影響を与えた風巻景次郎である。『源氏物語』(風巻景次郎・清水好子・解説・谷沢永一、二〇〇八年二月刊　ビジネス社)で、谷沢は〈風巻景次郎は昭和国文学界の輝ける旗幟《きし》であった。芥川龍之介という名乗りそれ自体が、知性派作家としての印象を強く与えたように、風巻景次郎という姓名の響きと颯爽たる容姿と、生まれつきの細やかな学界社交界での気遣いと、文章講演における傑出した明晰とは、圏外者をすら魅了させるほど素晴らしかった〉と絶賛している。国文、国学——どちらにも「国」が共通している。ちょっとやそっとでは永久不変を誇る世界である。

この章は「国文学者の十五年戦争」(村井紀)、「わだつみの『源氏物語』」(小林正明)、『記憶の中の源氏物語』(三田村雅子)、『源氏物語論』(吉本隆明)などを参照させていただいた。

第六章　寂聴と宗教

一

今東光（一八九八―一九七七）という作家がいた。いや作家というより宗教家と呼んだらいいか。天台宗の大僧正で、中尊寺の貫主、一時は参議院議員の肩書きもあった。第六次「新思潮」に参加、『痩せた花嫁』で文壇に地歩を築く。三十二歳のとき、東京浅草寺・伝法院で得度し、その後、比叡山に上がり、法名春聴となる。およそ三十年ほど筆を折られたが、戦後『お吟さま』で文壇にカムバック、同作で直木賞を受賞、流行作家として活躍。

法名春聴ということで気付かれたと思うが、瀬戸内寂聴の師であり、寂聴の名付け親である。その今東光の戸津説法がかつて（一九七五年八月二十一日から五日間）琵琶湖の西湖畔、比叡山の東麓にある戸津・東南寺で行われた。正確には、滋賀県大津市下阪本町にある東南寺の説教形式の講会《こうえ》である。

もともと、日本天台宗の宗祖、伝教大師最澄《でんぎょうだいしさいちょう》が父母の追善供養のため、もしくは民衆の教化《きょうげ》のため、山王権現への法楽のため、比叡山から下り、生誕の地の生源寺と東南寺で、法華経の講会を行ったことが起源になっている行事である。

戸津説法に当たる講師《こうじ》は、天台宗の高僧でなければならず、天台座主《ざす》は戸津説法を勤めた高僧の中から選ばれるきまりであった。つまり、戸津説法を行った大僧正でなければ、天台座主にはなれないということで、この役を引き受けるのは、天台宗僧侶としては名誉なことであった。寂聴は回想している。


私が出家を思い立ち、得度を決意したのは、それから間もなくであった。五十一歳の出家だから、今先生に比べたらずいぶんと遅い目覚めということになる。

私の出家の希望を、今先生は即座に受け入れてくださった。理由とか、出家後の身の振り方など、一切お訊きにならなかった。

その場で、

「急ぐんだね」

と言われただけで、得度の日を決めてくださった。お願いに上がってから、わずか三ヵ月後の十一月十四日という日を、その時決定してくださったのであった。もうすでにその時、先生は体内に癌を飼っておられ、私の得度の日は先生の手術の直後に当たり、予定されていた戒師の役は、先生の親友の寛永寺の貫主、杉谷義周大僧正にご依頼くださった。

「あなたの得度の時間、私はベッドの上に坐って、一心に祈ってあげるよ。安心して行って来なさい」

先生は手術後の蒼白い顔でそうおっしゃり、ご挨拶に行って心細そうにしている私を励まし送り出してくださった。

こうして、私は今春聴師の法弟子となったわけである。ところが先生は、私におよそ法師らしい態度はおとりにならず、いつでも私を自由に放置しておいてくださった。法弟子としては様々な義理や義務があるはずなのに、一切そういう要求はされなかった。

ここで前出の戸津説法の話に戻る。三日目に今春聴は瀬戸内寂聴について語り出したのである。講話からその箇所を摘録する。

今度、形式上、手続き上で、わたしのお弟子になる瀬戸内晴美という女流作家が、天台宗の尼僧になりました。法名は、寂聴。

始めは、わたしの法名が春聴といいますんで、その「春」をあげようと言ったんですが、彼女が、出家するのにもう「春」なんかいらない。いただけるなら「聴」のほうが欲しいと言うんです。「聴」という字はむずかしいし、上につけるいい字がなかなかなくってね。とうとう最後に三十分ほど座禅を組んでたら、ぱっと頭の中に「寂」という字が浮かんだんだ。

うだいって……

「出離者《しゅつり》は寂《じゃく》なる乎《か》、梵音《ぼんのん》を聴く」という言葉からとったんだけどね。それで「寂聴」はどうだいって……

うちのかあちゃんがそれを聞いて「春聴より寂聴のほうが偉そうだから、お父さん、替えてもらったら」とぬかしやがった。

その寂聴君が『源氏物語』を書いている。女流作家は、瀬戸内寂聴君でも円地文子女史にしても、みな『源氏物語』に取り組む。このごろ流行《はや》りの田辺聖子という人も『源氏物語』を取りあげるというように、女性は紫式部を敬慕すればするほど、『源氏物語』に取り組むようです。

ところが、『源氏物語』を翻訳するにしても何にしても、天台教学がわからないと本当にわかったとは言えません。読んでもわからない。というのは、紫式部は藤原為時の娘で藤原氏の一族なんです。当時、その一族の女性たちは、ひじょうに早くから高い教育・教養を与えられて育ちました。庶民とは違います。ひじょうに高い仏教カルチャーを家庭内で、すでに仕込まれる。何でかというと、藤原家はすべて天台衆徒ですから、どうしても天台の教学が子どものときから耳に入るわけだね。

ですから『源氏物語』のいろいろなところに当然、天台教学が入ってくる。言葉も入ってくる。行事もそうです。何日にどういうことがあった、あるいはどこの寺へ弔問に行った、お説法を聞きに行った、それが天台の寺、そこで話をする偉い坊さんも天台というふうに、つねに天台が彼ら、彼女らの日常生活の中に染み込んでいる。ですから、小説を書いていいって、物語をつくっていくうちに、天台教学が随所に出てくることになる。そういうわけで、『源氏物語』をただ国文学として大学で勉強してもだめなんです。天台がわからなければ、本当に理解できたとは言えない。（集英社文庫『毒舌・仏教入門』今東光一九九三年）

この戸津説法で今東光は、谷崎潤一郎が『源氏物語』を翻訳しているとき〈何度も先生に呼ばれた。天台について説明させるわけですけど、わたしじゃあ心細い、もっと勉強なさるんならばといって、曼殊院門跡の山口光円という先生、その他、何人にも谷崎先生にご紹介した。密教関係では、福吉円鈔先生などをお引き合わせもしましたね〉と語っている。

〈それでは紫式部が、学問として天台宗を勉強したかというと、それを示す記録はありません。ですが、あの当時の上流の家庭が全部、仏教的であったことは、さまざまな点から想像できる。それに、紫式部には、おじさんに当たる人に坊さんが何人かいます。そうすると、こういうおじさんが来たときに、「おじ様、天台でやかましい一乗相即《そうそく》とはどういうことなんですか？」「そうやね、台風みたいなもんや。台風でごっつう迷惑かけられるかもしらんけど、また台風でええこともあるがな。そういうこと」とか言って、「なるほど、それが一乗相即ですか」「天台の実相論も暇をみて勉強してごらん」とかいうような会話を交わしていたかもしれない〉とも語っている。

「想像力の拡張」ということで、十年前に感銘を受けた太田修の『源氏の君――「源氏物語」論』（私家版）を読み返してみた。当時、傍線を付した感銘の箇所は今日でも新鮮であった。『往生要集』の源信に言及した所だ。

〈源信はこれら世俗の名声に背をむけ、山里に隠棲した。『宇治十帖』を執筆したころ、三十一歳の紫式部は、横川にこもり天台教学の著述にふけっていた源信六十九歳と、一度くらい面会したかもしれない。浮舟と横川僧都のやりとりは、その雰囲気が描かれている。弟子たちは「朝廷の召にさえ従わず山に籠っている」僧都が女のために祈禱してよからぬ噂が立ってはと、心配しているのに対して、六十歳を過ぎた自分は、世間の非難など苦しくないと述べているのは、かなりリアルである〉

〈地獄をさまよっている六条御息所を往生させるには、インド・中国伝来の仏教しかないというのが紫式部の答えのようである。〝もののけ〟の最終救済は、浄土への極楽往生、女人往生の思考しかないはずである。しかし、その思考が法然や親鸞の思想として現われてくるには、百年も後のこととなる。それまで、六条御息所の霊は、安心できることなく、〝もののけ〟として都大路をさまよわなくてはならなかった〉

〈紫式部の筆力の凄さゆえか、文学というジャンルの凄さからか、『源氏物語』は、源信から法然、親鸞までの浄土宗の流れまでが表現されていたように思う。あるいは、親鸞登場の予感さえする。源信は「横川の僧都」として物語に登場し、浮舟の生命を助け、「出家」への道す

じを伝授する。浮舟の無明とは何かよく解明してくれた〉

〈大君・中の君までは、源信の天台教学の範疇でなんとかなるはずである。経典の読誦、修行、布施、持戒、坐禅などによって「極楽往生」の業として可能であろう。文人であっても出家して、人生の後半を僧の身に置くことも可能なはずである（……）だが、浮舟は源信の観想念仏の思想ではどうにもならないはずである〉

〈浮舟は出家して、朝に題目（法華経）、夕に念仏（日課念仏）を行ない、作務や写経、布施、法会の日課の中で、自らの罪障の消えるのを待つ生活となる。ところが、法然や親鸞は末法の世では、これらの修行や功徳は無駄である、人々は聖道門（難行道）をめざすのではなく、浄土門（易行道）をめざすべきである。文人でも貧者でもよい、選択本願の念仏によって往生が可能であると述べる。親鸞ともなると、選択さえしなくてもよい、往生は他力によって決っているので、感謝の念仏さえ上げればよい。出家などしなくて、在家のまま、女人のまま念仏すればよいと過激である。浮舟の心境からすれば、法然や親鸞と早く出会いたかったであろう。紫式部の文学は、貴族社会の没落を予兆する浄土末法思想を予感していたことはたしかであった〉（傍点・引用者）

太田修の『源氏物語』論は右の文で擱筆される。法然や親鸞は浮舟にとって、百年遅い思想家であったのだ。

たとえば、こういう文章がある。

〈日本民族は、その精神生活において異国の心、異民族の思想と同居し、これを長いあいだ見つめて、日本民族の精神・心の世界に市民権をあたえてきたのである。そのような過程を経て、日本民族の心になりきった異国の心の一つが、仏教であったといっても過言ではない。日本人と仏教との関係は、約千四百五十年の長い歴史をもっている。日本人の仏教の受容は、国家権力の手により、その保護と統制のもとに進められてきた。奈良仏教・平安仏教につけられた国家仏教、学問仏教、難行苦行の自力仏教などの呼び名は、古代仏教の性格を如実に物語ってくれる。日本における仏教は、古代仏教の聖域にとじこもって、血のにじむような修行と学問にはげむ専門僧侶にして、はじめてついてゆけるといったものであった〉（『日本史にみる地獄と極楽』笠原一男）

批判するために引いたのではない、一書の「はしがき」としては名文であり、何度読んでも、このような明晰な書き出しは浅学非才なる私などの出来るものではないとの無力感に襲われる。いやそんな愚痴を吐露するために、一文を引いたのではない。この文章をもって、『源氏物語』の思想的背景をうかがおうと研究書や解説書にあたっても、十中の八九は満足したためしがないのである。

〈紫式部は、なぜ光源氏の死で物語を完結させず、『宇治十帖』まで書いたのでしょうか？また、この『宇治十帖』で何を伝えたかったのでしょうか？〉という想定問題に対して、〈推測になりますが、まず考えられるのは、読者の「続きが読みたい」「〝罪の子〟薫がその後どうなったのか、薫自身どう生きていったのかを知りたい」という言葉に紫式部が背中を押されて書き続けた、ということです。

次に考えられるのが、当時の貴族社会の宗教に関する考え方です。乱暴な言い方をすれば「この世の栄華を謳歌した上で、死んでからは極楽に行きたい」というもので、地位・財力を得た後、寺院の建立や出家という形で徳を積もうとします。薫は出生の秘密や、光源氏の実の子ではないのに七光を得ることに苦悩し、現世での悩みを断ち切るためにも出家を望むものの、立場が許さない。そこで在家出家を思い、叔父である八の宮に教えを乞うことになりますが、大君《おおいぎみ》に恋をするという俗世の闇に落ちてしまいます。浄土的なものを望みつつ、どうしても世俗的なものを捨てきれない人間の性《さが》を、薫を通して描こうとしたのではないか、ということです。

第一部、第二部では描かれることのなかった館に仕える東人《あずまびと》たちの描写や、主要人物たちの館が火事に見舞われる話など、実際この当時によくあったであろうことが、この第三部には出てきます。そういう点から考えても、現実の世を見据えたものを、薫を通して、続きという形で紫式部は描こうとしたのではないかと考えられます〉（山本淳子編『『源氏物語』が読みたくなる本』回答・川向直美）は親切な部の研究書に入る。

ところで叡山をはじめとする仏教の諸寺院にあって、古代仏教のエリートたちが、学と行の苦難をのり越えて、諸々の成仏・往生の道、悟りの道を論理的に究明し、その成果をあげていったが、そうした救いの論理にあっては、男女の区別なく、「凡夫・衆生」という形で人間の救いを説いている。凡夫・衆生のなかに女性も含まれること当然であると誰しも疑いをもたないだろう。

しかしそれは建前であって、凡夫・衆生の意味の本音は男性＝凡夫・衆生といったものである。古代仏教の学問と修行の聖域である諸寺においては、修行は勿論のこと、救いという点においても、女性にたいして固く門を閉ざしていたのである。

〈日本国ニヒトツノハライゴトアリ。イワユル或ハ結界ノ地ト称ジ、アルイハ大乗ノ道場ト称ジテ、比丘尼・女人等ヲ来入セシメズ〉（『正法眼蔵』礼拝得随の巻）を引き、源淳子は〈この道元の言葉を意訳すれば、およそ次のような意味になるだろう。日本の国に一つの笑うべきことがある。それは結界の地だといって、あるいは仏教の修行道場だといって、尼僧や女人たちの立ち入りを禁じていることだ。道元は、いわゆる結界、また大乗の道場と称して、仏教が女性を排除している姿を「ハライゴト」（笑いごと）として批判した。それは今日の言葉でいえば、仏教にはフェミニズムの視点がまるっきりないということだろう〉（『フェミニズムから見た仏教と女性の本』）と言っている。

大越愛子、源淳子、山下明子『性差別する仏教』（法蔵館）は、仏教の女性差別を釈尊の思想にまで遡り、根源的に告発する。女性を劣等なる性として差別したキリスト教に対して、仏教は女性を無視し、その存在自体を否定する。そのような女性無視の上に築かれた仏教思想の問題をラディカルに論じる、まさに今日的な書だ。

件の笠原一男は、古代仏教の学問と修行の聖域である諸寺が、女性にたいして、どのような態度をとったかを知るには、法然にたずねるのが最も近道だという。法然は長承二（一一三三）年から建暦二（一二一二）年の八十年間を生きた人だ。その八十年の生涯のうち、半ばを平安時代に生き、十三歳から四十三歳までの三十年間を比叡山延暦寺をはじめとする奈良の諸寺院で、学問と修行に過ごした。

そして四十三歳にして聖域を出て、鎌倉時代の巷の男女に念仏による極楽往生の道を説いてその生涯を終えた。つまり法然ほど、古代仏教の聖域と女性との関係の実状を、正しく見極めた人も少ないといえることになるというわけである。法然は『無量寿経釈』という著作のなかで、奈良仏教・平安仏教の諸寺院が、門を閉ざして女性を拒絶しつづけている実状を以下のように物語っている。

〈この日本国において極めて尊い無上の霊地・霊験の場所は、皆すべて女性の立ち入りを嫌っている〉と。例えば比叡山延暦寺は、伝教大師最澄の建立するところで、桓武天皇の御願寺である。伝教大師みずから結界をむすんで、谷を区切り、峰を限って女性の入りくるのを拒否している。その聖域は、一乗の峰が高く立ちはだかって、五障の障りを身にまとう女性が入り立つこともない。また一味の谷が深く切りたって、五障・三従の障りをもつ女人の入りくることがない。五障とは、梵天王・帝釈天・魔王・転輪王・仏になりえない五つの障りをいう。三従とは幼にしては親に従い、嫁しては夫に従い、夫死しては子に従う、という自由のない生活態度で、仏道修行は不可能というのだ。

女性は、比叡山の薬師医王の霊像のご利益を耳に聞いても、直接に叡山に登って目で見ることが許されない。女性は伝教大師が区切った霊地を遠くから見ているだけで、そば近くに寄って見ることができない。このような女性拒否は、比叡山延暦寺だけに見られる特別な現象ではなく、高野山においても同じであった。

高野山は弘法大師空海が結界（仏道修行の障害を防ぐために一定の地域を定めること）して、女性を拒絶している峰であり、真言上乗の教えが栄えている聖域である。身・口・意の三密の月輪はすべてを照らすといっても、成仏の素質をもたぬ女性を照らすことがない。五瓶《べい》の智水は、すべての人間に平等に流れるといっても、垢に穢れた女性の身にはそそぐことはない。叡山・高野山においてさえ、女性に仏法のすべてを開放するという点において、なお障害がある。ましていわんや、出過三界道の浄土において女性を差別し、拒否するのは当然ではないか。

ここまで言うか。フェミニストでない筆者もペンに思わず力が入る。後に登場する寂聴師の怒るまいことか。鎌倉時代初期に編纂された『高野山往生伝』には、三十八人の往生者の伝記を収めているが、その中にはただ一人の女性の影さえ見えないと、笠原一男は言う。

女性と古代仏教の聖域との関係をまとめた法然の言葉その一――〈女性は悲しいことには両足があるけれども登ることができない法の峰があり、踏み入ることのできない仏の庭がある。

また、恥しいことではないか、女性は両眼ははっきり見えるけれども、見ることのできない霊地があり、拝むことのできない霊像がある。この娑婆の穢い瓦礫や荊棘の山のような諸寺、泥木でつくった粗末な仏像でさえ、女性の立ち入りや礼拝を拒否している。まして、もろもろの宝でつくられている極楽浄土、あらゆる徳をそなえつくしている仏を、女性が往生して仏国土に行って見ることができようか〉。

道元は前に紹介した〈日本国に一つの笑うべきことがある……〉の続きに〈このような女性拒否の邪風が、永い間伝えられて、人々はその理非を知らない有様である。昔のことをよく知っている人もその邪風を改めず、博識の人もそのことを考えてみようとしない。あるいは権現のなすところと称し、あるいは昔からの道風といって、全くその理由を論ずることがない。これらのことを笑うとすれば、腸《はらわた》もちぎれるほどおかしいことである〉(『正法眼蔵』)と続けている。

法然の言葉その二――〈女性は、梵天王・帝釈天・魔王・転輪王・仏となる望みを永久に失って、その世界には女性の影さえ見えないのである。また、天上天下のなお賤しい輪廻のむくいをうけ、無常生滅の拙い身にさえもなることができないのが女性である。このような女性が、仏の位を得るなどということは、全く不可能なことである。女性の往生など、女性が口にすることも憚《はばか》りあり、思うことさえ恐れ多いことである〉。

古代仏教の学問と修行の聖域である諸寺が女性を拒否するさまを、法然の『無量寿経釈』という著作から引いてきたが、むろん、これで終わりということにはならない。法然は建暦二年（一二一二）八十年の生涯を終えている。当然、彼以後を生きた僧たちも、女性を拒否する聖域を固く守っていったことに変わりはない。それに〈女性を拒否する理由としては、五障・三従だけでは弱すぎる。そこで登場するのが、女性が如何に成仏・往生に縁なき衆生《しゅじょう》であるかをのべた経典の文句〉（笠原一男）ということになる。

本願寺の創始者覚如の長男で、鎌倉時代における学識者・存覚（正応三［一二九〇］年―文中三［一三七四］年）は、『女人往生聞書』のなかで、女性と仏教との否定的関係を示す経典を、数々、記している。『涅槃経《ねはんぎょう》』『心地観経《しんちかんぎょう》』『優塡王《うてんおう》経』『宝積《ほうじゃく》経』『阿含経《あごんきょう》』『智度論《ちどろん》』『唯識《ゆいしき》論《ろん》』がその主なものである。

『涅槃経』には、〈三千世界にある男の煩悩をすべて集めたものが、一人の女性の業障《ごうしょう》に等しいほどに、女性の煩悩と成仏への障りが深く重い〉といった言葉がある。また〈女性は大魔王であって、一切の人間を喰いつくし、この世においては男にまつわりつき、来世に成仏するという点では男子の障りとなり、仇・敵になるのだ〉とも述べられている。

『心地観経』も負けていない。〈前世・今世・来世の三世にわたっておわします諸仏の眼が、地に落ちてくさりすたれることはあっても、法界のもろもろの女性が成仏できるという仏の願いは、永久に存在することはない〉。つまり、〈女性は過去・現在・未来を通じて、どんなことがあっても仏になることは不可能だ〉といっているのである。鎌倉時代の高徳の学識者も大層なことを考えるものである。

『宝積経』では、〈男子がひとたび女人をみれば、必ずまなこ（眼）の功徳を失ってしまう。だからたとい大蛇は見てもよいが、女性を見てはならない〉。『阿含経』に曰く〈仏道修行の男子たるものが、ひとたび女性を見れば、永久に地獄におちる業《ごう》をむすぶことになる。まして、ひと度、女性を犯した場合、、必ず地獄中の地獄ともいえる無間地獄におちる〉。

幾つかを飛ばして、最後に、もう一つ『唯識論』の言葉を原文と現代語訳で紹介しておこう。〈女人は地獄のつかひなり。ながく仏の種子をたつ、ほかのおもては菩薩ににたり、うちのこころは夜叉《やしゃ》のごとしとなり〉つまり、〈女性は地獄の使者であって、永久に仏になる種子を断ち切ってしまったのである。そして、女性は外見は菩薩に似ておだやかであるが、その心の内は夜叉のようである〉。

〈叡山で生まれた源信僧都の『往生要集』に大成された極楽往生の論理は、古代仏教の特権階級だけのものであったのだろうか〉と自問し、笠原一男は自答する。〈そうではない。水が低きに流れるように、古代仏教の聖域の清水は、徐々にではあるが、巷に生きる男女の庶民の心に浸透していったのである〉と。

筆者は源信の『往生要集』は、中村元と石田瑞麿に学んだが、中村元の『往生要集』に対する評価は極めて高いものである。〈平安時代の思想家でこれほど論理的に徹底した人が、ほかにどれだけいただろうか〉と試問し、しばしば日本最大の思想家と呼ばれる道元禅師と比較して論じている。寂聴の道元観を見る前に一瞥しておこう。

道元の著作のうちには、諸々の立言のあいだの論理的な脈絡のはっきりしないことがしばしばである。禅僧または神秘家の立場としては、やむを得ない、また当然のことであろう。ところが源信はどこまでも理詰めである。合理主義的な議論を展開することによって自分の信仰を学問的な確信の境地にもたらしている。あるいは、学問的な論議によって自分の信仰を確立している、と言ってもよいであろう。そうしてその信仰を他の人々と共にしようと願っていたのであった。(『往生要集を読む』)

源信は恐ろしく博学であり、博引旁証も徹底しているという。〈ただし、かれは近代的な合理主義者ではない。かれの用いている論理は、演繹法である（略）近代の若干の思想家が帰納法を採用しているのとは、根本的に異なる。論理の展開のしかたにおいて、源信はむしろ西洋中世の神学者や、イスラームの神学者のそれに近いであろう（略）構想が雄大で、幻想も豊かな宗教的作品であるという点で、恵心僧都の『往生要集』とダンテの『神曲』とは似ているが、後者のほうが罪の種類が非常に多く、日本の場合と異なっている〉(同)

中村元の最も重要な指摘は、源信が自ら著した『往生要集』を、中国に帰る人に託して送ったという事柄である。

〈故にこの文を以て、あへて帰帆《きはん》に附す。そもそも、本朝にありてもなほその拙《つたな》きを慙《は》づ。いはんや他郷に於てをや。しかれども、本より一願を発《おこ》せしことなれば、たとひ誹謗の者ありとも、たとひ讃歎する者ありとも、併《ならび》に我と共に往生極楽の縁を結ばん〉

〈自分の学問の成果を外国に問おうとした点では、源信は日本思想史のなかで全く独自の意義をもっている。日本思想史をよく知っているアメリカ人の哲学教授が感想を洩らした。——『明治以後でさえ、日本の哲学者で自分の学説を外国文で書いた人はいないし、英語などに翻訳しようと努めた人もいなかったのは不思議である！』と。一貫して鎖国的であった日本の思想家たちのあいだで、源信は眼を外に開いていたのである〉

〈かれの願うところは、みなともに極楽に往生しようということであった。またかれは『往生要集』の末尾でいう。


　我もし道を得ば、願はくは彼を引摂《いんじょう》せん。彼もし道を得ば、願はくは我を引摂せよ。乃至、菩提まで互に師弟とならん。

「互いに師弟となろう」驚ろくべき表現である！〉（同前）
中村元の結語は、〈南アジア、東アジアでは輪廻転生の観念は認められていたが、「互いに師弟となろう」というような、ひたすらな学問志向の精神は表現されなかったと思う。源信は全くユニークな、独自の思想家であった〉である。

二

寂聴が「道元と私」という随想を「現代思想」十一月号に発表したのは昭和四十八（一九七三）年である。奇しくもこの月に得度（出家）している。学生時代から和辻哲郎の『沙門道元』などを通して道元には心惹かれてきたことを回想し、〈親鸞の情熱や日蓮のはげしさも尊いけれど、現在の私は道元の「すがすがしさ」に最も惹かれるし、道元の明晰な文体に最も魅力を感じる〉と冒頭で書いている。

『瀬戸内寂聴全集』の第二十巻には、著者の出家（昭和四十八年十一月）当初から現在に至る数多い随筆の中から七十五篇を選び、「世外へ」「『源氏物語』の周辺とその後」という二つの章立てのもとに収録されている。「著者が仏門に入った当時の心理と、その後の心境の展開が一望のもとに把握できる一巻である」（小島千加子『瀬戸内寂聴全集』解題）

「世外へ」の八篇は、出家に至る過程と、中尊寺の得度式前後の様子が、粉飾のない厳しさをもってありのままに語られ、また、一遍、西行、道元などの先覚者に対する感懐も率直に披瀝されていて、寂聴が先に同じ得度式前後を、劇的な昂揚感をこめて小説化した長篇『比叡』（全集第十一巻所収）と表裏を成すものである。

八篇のうち、「すててこそ」は得度式の一年後に、「道元と私」は得度式直前に、他の六篇は得度直後から半年の間に執筆された。すべて嵯峨の寂庵に居を移してから「ミセス」「週刊朝日」に連載した「寂庵浄福」「嵯峨野日記」からの採録である。これらの随筆からは、出家後の変化の中でも、寂聴の外界に向ける眼にいかに新たな視点と拡がりが加わったかが、顕著に窺える。「世外」に出た身心の軽さとでもいうべき、生命と精神の自在感の横溢である。

このような流れの上から見ても、「世外へ」八篇は、寂聴の宗教観を窺う橋懸りの位置を占める作品群といってよく、詩人・評論家の嶋岡晨は、著者の〈重要な生き方の転換のさまを探るうえで（略）多くのことを教えてくれる貴重な産物〉と指摘し、〈瀬戸内さんは、出家生活という「修行」をとおして、「内心の修羅」とたたかい、彼女の生を燃焼させせつづけているのであり、そこにおとろえざる文学表現と信仰が緊密にむすびつく稀有な現代人の生き方が実現されているわけです。現実社会を自己から遮断して、ひっそりと信仰者の生活をおくることの方が、むしろ容易ではないでしょうか。瀬戸内さんはそういう逃げ道を自分に与えず、困難な道にすすむことで、「生命の完全燃焼」というより大きな「救い」の時を見い出そうとしているのです〉（集英社文庫『見出される時』解説）と論評している。

寂聴も、〈出家ということを当時の私は生きながら死ぬことだと心得ていて（略）その時から私の全く新しい人生がはじめられるのだと思っていた。私にとって生きながら死に彼岸に飛び移るということは、自分を抹殺することでなく再生を意味していた〉（「出家以前のわたし　祈ること」）と言及している。

『道元と私』から寂聴の宗教観の一端を見ておこう。〈『正法眼蔵』は、その文体のすばらしさに捕えられ愛読した。『現成公按』は特に出来れば諳誦したいほど格調高い文章で、全篇詩のような美しい、緊張したセンテンスでつらぬかれている……〉

〈「仏道をならふといふは、自己をならふ也。自己をならふといふは、自己をわするるなり。自己をわするるといふは、万法に証せらるるなり。万法に証せらるるといふは、自己の身心および他己の身心をして脱落《とつらく》せしむるなり」――こういう文章に逢うと私は、聖書を読むより心が澄んで来るし、何か安心感がある〉

〈「うを水をゆくに、ゆけども水のきはなく、鳥そらをとぶに、とぶといへどもそらのきはなし。しかあれども、うをとり、いまだむかしよりみづそらをはなれず。只用大《ただようだい》のときは使大《しだい》なり。要小《えうせう》のときは使小《しせう》なり」――悟りをとくのに、こういう比喩をといて語る道元は詩人でもあったようだ〉

〈「現成公按」の最後。風性は常住なるがゆへに、仏家の風は大地の黄金なるを現成《げんじやう》せしめ、長河の蘇酪を参熟せり――と結ばれている。何という雄大な終章のひびきであろう。オーケストラの最後の壮大な余韻を聞くような思いがする（略）一点のゆるみもない文章からは、宗教的なものより哲学的な説得力を私は感じる〉

ここまでは筆者も首肯する。さてしかし次は如何であろう。

道元は、情熱をこめて出家をすすめている。道元においては信仰を持つということは畢竟《ひつきよう》出家剃髪すべきだというのが道元の思想であり、道元のいう出家とは在家人と隔然とした差がなければならない。

学道の人は衣食を貪ることなかれ。といい、学道の人、言《ことば》を出さんとせん時は、三度顧て、自利を他の為に利あるべければ是を言ふべし、利なからん時は止るべし。という、学道の用心、本執を放下すべしといいましめ、学道の人、各自己身《おのがみ》を顧みるべし、身を顧ると云は、身心如何様に持つべきぞと顧べし、ときびしい生活態度を需めている。学道の人は人情を捨つべきなりといい、遁世と言は、世人の情を心にかけざるなりともいっている。道元のいう出家は、世情や人情や情義を敢然と拒否し、仏法の真理だけにひたすら殉じることであった。在家の優位に出家を据える道元は、それだけのきびしさと純粋さを出家に課していた。

その人が出家するため、ひとりの老母が餓死しても、道元はその男に出家をすすめる。息子を出家させたという仏縁によって老婆の餓死も荘厳されるというのが道元の考え方なのである。

非情の道元はそれならば心冷たい人であっただろうか。私は愛欲の広海に溺れ、妻を何人もめとり、九十歳近くになって、尚若い愛人やその子への恩愛に心迷わせ、自分の死後の彼らの身のふり方を弟子にめんめんと頼むという親鸞の人間臭さ、あるいはあたたかさには、同情もし、うなずけもするのだけれど、仰ぎ頼りたいという心がそがれるのである。『歎異鈔』の親鸞の信仰は確かに感動的だけれども、私は自分自身が、罪悪深重煩悩熾盛の弱い人間だとの自覚が強いために、仏法への引導を渡してもらう人としては、九十歳で、肉親愛や男女の愛に迷う人は何だかかなしすぎるのである。その点、道元の非情な透徹したモラリストぶりが頼りになる。その非情な冷たい人に「然れば、明日死、今夜可」死と思ひ、あさましきことに逢たる思をなして、切にはげみ、忌をすすむるに、悟をえずと云こと無き也」と励まされると、ほっとするのである。

寂聴は〈日蓮が行動の人であり、親鸞が情愛の人ならば、道元は理性の人というべきだろうか。先のことはわからない。今、私は道元の仏教哲学に最もすくわれそうな予感を抱いている〉と述べおえた。出家するとその年から僧侶の年が始まる。つまり寂聴は昭和四十八（一九七三）年十一月十四日に出家したから、その時、法臘《ほうろう》一歳となるわけである。これは数え年で数えるから、今年の正月で寂聴の法臘四十四歳ということになる。道元観に変わりはないであろうか。その答えはこの章の最後に述べたい。というのも、この問にはもう一つの重要な設問が突きつけられていて、その答えにも通底しているからである。その設問とは、当の「『源氏物語』の作者紫式部は出家したかどうか」というもので、寂聴は出家したと結論しているからだ。それも極めて具体的に答えている。たとえば、〈紫式部は『源氏物語』の中で多くの女性を出家させてきたが、正篇の間は、自身は在俗にいて、宇治十帖を書く前に出家していたのではないかという推理を、私は浮舟の場面から抱くようになってきた〉（「『源氏物語』の女たちの出離」「文学」昭和五十七年八月号）といった風にである。

紫式部が出家したかどうかは学界に定説があるわけではない。研究者の間でも意見は分裂している。予め言っておくならば、筆者は出家説には疑問を持っている。といってもこれは寂聴のような確固たる宗教観に根拠をもつ思想からの判断ではなく、せいぜい「宗教感」といった表層的な印象からの予想で、むろん確たる自信があっての主張ではない。

出離後、『花に問え』の執筆にかかるまでの十六年間に、仏教発生の地インドへ七回赴いて、釈尊の跡を尋ねたり、岩手県浄法寺町の天台寺に住職として晋山するなど、仏教活動に幅と奥行が加わっている。

『花に問え』は、遊行上人一遍の生涯を追うのを目的とした小説である。〈一遍は、私にとっては出家以前から、強い憧れを抱いていた僧であったし、出家後、読み直した法語の数々は、私にとってはどの経文より、心にじかに響いていた〉という。〈奈良国立博物館で一度見せてもらった国宝の『一遍聖絵』は、私の眼底にまだありありと焼きついていた〉

〈それは怖ろしい感動だった。僧形の一遍が、伊予の自分の家を出ていく図が、印刷物では想像も出来ない美しい色彩と、やわらかな線で描かれていた（略）二人の尼の表情が、いきいきとして何とも可愛らしいのに見惚れてしまった〉（「煩悩の行方」）と述懐するなど、出家者としての理想の姿を一遍に見出している。

机上には「一遍語録」がいつも置かれていた。いつか一遍の孤独独一という言葉が私の護符のようになっていた。「万事にいるはず、一切を捨離して孤独独一なるを死するとはいふなり。生ぜしもひとりなり、死するも独《ひとり》なり、されば人と共に住するも独なり、そひはつべき人なき故なり」という一遍の言葉が、人間の孤独の本性をすべて言い表わしていると思った。「おのづからあひあふときもわかれてもひとりはいつもひとりなりけり」という一遍の歌も、私の護符であった。ふりかえってみれば、私の書いてきたものは、はからずも、一遍のこの言葉やこの歌のこころを、ただ追い需め、なぞっていたのではあるまいか。(「全集」解説)

この作品で、平成四年度、第二十八回谷崎潤一郎賞を受賞。一九九二年十月のことで、寂聴は七十歳になっていた。

受賞の報せは、中秋満月の夜、たまたまモラエスの取材でポルトガルのリスボンへ向う私の乗った飛行機を追いかけてきた。リスボンの空港の改札口で、私はそれを聞かされた。あんまり思いがけなくて、私はその夜ホテルの窓から満月を見上げつづけて感無量だった。この三年間にたてつづけに他界して往った私の人生に深い関わりのあった男たちの俤が、月の面に顕れては消えていった。思えば『花に問え』は、彼等への鎮魂として捧げられたものであったかという感懐も湧き、もしかしたら、今度の賞は彼等からの私への贈り物なのかもしれないという気もした。私の好きなデュラスは七十歳の時、『ラマン（愛人）』でゴンクール賞を受賞している。七十歳の受賞もなかなか乙なものではないかと、ようやくひとり笑う余裕が生れていた。（同前）

選考委員五氏の選評を一言ずつ抜粋する。

中村真一郎〈この作品で、私は珍しい経験をした。それは一遍上人聖絵について書かれている、ある部分で、私の心の奥の壁のようなものが大きく傾きかけるのを感じたことである。宗教的衝動である。そして私はかつて、どのような宗教文学に接しても、そのような、大きな壁が傾いてくるのを感じたことはない〉

ドナルド・キーン〈瀬戸内寂聴氏は『一遍上人絵伝』を丁寧に見て、人物の行動について自分流の解釈をしながら、小説の人物の行動に響き合わせる。そして日本人の精神の底流にこのような宗教的なものがあると納得させる。（中略）劇的な絵巻物を辿りながら小説を語ることは優れた着想であった〉

丸谷才一〈この長篇小説は……むしろ工夫と才覚に富む。その第一は、一遍上人伝説と現代とを重ね合せる神話的方法である。これによって末世の凡愚のすったもんだは人類永遠の課題として荘厳化され、遥かな昔の名僧伝は今日只今の事件としての切実さをもって迫ることになる。（中略）第二は登場人物がみな中心人物であるやうな方法である。チェーホフの戯曲を思はせるこの書き方は、二十世紀小説の一特色なのだが、瀬戸内さんはこれを摂取して、充分にこなれた形で見せてくれた〉

河野多恵子〈普通の手段では表現できそうにはない、理屈を超えた作者の内部の様相が実に力強く噴き溢れている。（中略）「聖絵」の場面場面の表現は、そのたびに新鮮で、絵画の描写を超え、作者の内部の湧出に潤って、まことに芳醇で、美しい。やがて、主人公をはじめ、故人を含む主要作中人物たちもまた、「聖絵」と同じように、作者が彼等の分身であるかのように感じられてくる〉

井上ひさし〈わたしはこの小説が描き出した一遍を好む。とりわけ遊行の一遍に喜々として従う超一という尼僧を愛した。（中略）遊行に際して一遍が尼僧の一群を引き連れていた事実に力点をおいた瀬戸内さんの作意はわたしには重大な意味をもっている。これによって一遍は、あまりにも人を愛するがために安息日に病人にたいして治療を行ってはならないという掟があることを知りながらそれを破ったキリストとも似てくるからである〉（「中央公論文芸特集」平成元年夏季号―平成四年夏季号）

『手毬』は、平成二（一九九〇）年の「新潮」一月号から同年十二月号まで連載された。

川村湊〈良寛は決して禁欲者として、不自然にエロスを抑圧すること、それを仏法の根本義としたのではない。……酒の飲みたい時に飲みたいといい、一人寝で体の冷たい時は同衾するもいい。そうした自然体の良寛が、貞心尼にはまさに〝菩薩〟であり、また即ありうべき人間の姿として見えたのである。作者はここで伝説上の人物としての良寛ではなく、貞心尼という女性を描いた〉（「文學界」平成三年六月号）と論評。

『白道』は、鳥羽院の下、北面の武士であったのに、二十三歳で突然出家し、棲み家を転々と変えながら歌人として大成した西行法師の、歌道と仏道に貫いた全貌を明らかにする。西行（元永元〔一一一八〕年—建久元〔一一九〇〕年）は、俗名佐藤義清《のりきよ》、藤原秀郷の八世の孫に当たる。平安後期の歌人。晩年は伊勢、河内と移り住みながら歌を作り続けた。家集は『山家集』など多数。『新古今集』に九十四首採られている。

題名の白道とは、二河《にが》白道ともいい、仏教が比喩として説く言葉。怖しい火・水の二つの河に挟まれた細い一条の白道を、西方浄土に到る道に譬えている。寂聴は〈三作の中では最も手古ずった作品であった。『手毬』でも資料は七十冊くらいあさったが、『白道』はその比ではなかった。何しろ西行は平家の全盛から凋落の歴史を共に生きた人物で、三人の中では一番旧い。

（略）

おびただしい資料の中から、角田文衛博士の「椒庭秘抄《しょうていひしょう》」にめぐりあった時、私の視点がようやく定った。そこには待賢門院璋子《たまこ》の数奇な運命が描かれており、角田博士は独特の執拗な情熱を傾けて、女院の生涯に、その肉体や生理の波の奥までメスを入れていく。世間には西行の出家の原因となったのは、璋子との恋にあったという噂も、根強く流れていた。

私は以前、「祇園女御」という小説を書き、その時、白河法皇、祇園女御、璋子の関係もよく調べていた。その素地があったので、この人物関係は馴染み易かった。

京都右京区花園町に、五位山法金剛院がある。待賢門院璋子が出家の後、建立された御願寺で、法金剛院と名づけられた寺である。桜や蓮の美しい寺として知られているこの寺を訪ね、裏山の女院の墓所を拝んだ時、この作品の書き出しの文章が決った〉と、創作工房の秘密を語っている。

書評を二、三採録しておこう。

川西政明〈僕はいま、『手毬』『花に問え』『白道』を寂聴仏道探求三部作と呼びたいと思う。……寂聴の西行はさすがに仏道に全身漬かっている人が書いた西行である。最初は西行を書くことが大切だったのだろうが、最後には西行のなかに自分が溶けこんで消えていくことこそが大切になったのだと僕には感じられた〉(「読売新聞」平成七年十月十五日)

尾崎左永子〈『白道』とは、仏教上では……煩悩の二河に挟まれて彼岸に通ずる一筋の白い道をいう由で、それ自体象徴的な題名だが、読後の私には、そうした図式とは別に、遠い桜の霞につづく一本の道、白く照る道をゆっくりと歩み去る西行の、すがすがしい孤影がイメージとして残った。……ここには出離者の眼で捉えた新しい西行像があり、そこでは待賢門院も鳥羽院も崇徳院も、西行の歌の中でみごとに浄化されている。重い美しさを湛えた作品である〉(「すばる」平成七年十二月号)

竹西寛子〈小説『白道』で、私は二つの主題を読んだ。第一は、西行はなぜ出家したのか。第二は、西行における歌道と仏道はいかなる関係にあるのか。……それは、理由は何であれ、出家して後になお書くことへの執着を断ち切れない作者が、己れに即しながら己れを対象化することで自己の再確認をしようとする非情な願望と見合っている。（略）この作品の中で、自明を自明として自覚するだけでなく、不明を不明として認識する作者の明晰な勇気に、私は幾度立ち止まらされたことだろう。何が不明なのかを追い詰めてゆく過程で、作者が強いて企てではなく撒き続ける言葉の花束を拾いながら、文学のありがたさを思った〉（講談社文庫『白道』解説）

二〇〇一（平成十三）年『瀬戸内寂聴全集』という個人全集全二十巻が、新潮社から企画され、「この全集に一つくらい書下ろしを」という出版社の意向を受けて執筆することになったのが『釈迦』である。〈釈迦を書くことは、『源氏物語』の現代語訳をするより、大層なことであった〉と寂聴は回想する。〈出家して三年ばかり経った頃、円地文子さんが、どこから何を聞きこまれたのか、ある日呼ばれて行ったら、「あなた、釈迦を書くんですって？　お止しなさい。あなたに書けるものですか。釈迦はまだあなたには書けません」と怖い顔をしておっしゃった。私はそんな計画は全くない時のことで（とはいうものの内心そんな企てをひそかにしていたのかもしれない）びっくりして、勿論書きませんと言った。

いつ、どこで、どの編集者と呑んで酔っぱらって、そんな大言壮語をしたのだろうと不安になったが、酔って喋ったことを覚えていないのは酔っぱらいの常だから、誰を怨みようもない。ところが円地さんにそう決めつけられたことが動機になって、ひそかに胸中に抱いていた釈迦を書きたいという想いに火がつけられてしまった。それからずっと、釈迦は私の心の底に沈んでいた〉（『全集』解説）

『釈迦』は難産だったようである。出版社の都合で、完成するまで何度か中絶している。最初は出家後十一年目に、「恒河」という季刊誌の創刊号から連載。二度目は出家後十七年目、女性季刊文芸誌「フェミナ」の第二号から連載開始。雑誌が廃刊となり四回で中絶。全集のために、新たな視点から釈尊を見つめ、漸く本願達成、出離から三十年目である。

出家して十一年目、最初の書き出しは、〈只ならぬ仏縁に恵まれた以上、かねて、わたしの釈尊伝を書きあげたいという願いが心中深くきざしていた。それは、得度式の直後、当然のように、私の脳裡にしっかりと刻みつけられていた。いつか悲願は聖なる義務のような感じで私の中に定着していた。はるかな巡礼のどの途上でも、その悲願を私は忘れたことはなかった。殊に釈尊がそのみ足で歩かれたであろうインドの大地を歩く時には、いっそうその想いが熱いしぶきのように私の心に降りそそいでいた。この十年という歳月は、私にとっては釈尊伝を書くための準備の時でもあったのだろうか。それを書ききることは、私にとっては一沙門としての自分の信の証しにもなろう〉（季刊「恒河」創刊号秋—冬号　昭和五十八年十一月）

作品中で注目した記述を幾つか引いてみる。

〈真実の釈迦像は初期の原始仏教と呼ばれる阿含経に最もいきいき残されていると思った〉

〈私の書いたあまりに人間的な釈迦像に、仏教界からお叱りが出るのを覚悟で、私は釈迦を二千五百年後の現代に生き返らせてみたかった〉

〈釈迦の最後の旅の行動は、大般涅槃経《パリニッバーナ》にくわしく書かれている。私は釈迦があくまで私たちと同じ人間として生れ、老い、病に倒れ、死んで行く過程を身を以て私たちに示してくれたという意味で、この経を大切にしている〉

〈尼僧を認めたことで仏法は五百年早く滅ぶという釈迦の嘆きは、様々なところに出ているので、釈迦の本音だったと受け取った〉


ところで寂聴は、ニュー・アカデミズムの旗手中沢新一と三度対談を行なっている。一度目と二度目との間には十年以上の歳月が流れており、三回目の対談「釈迦に還る」も、それくらいの歳月の間隔がある。筆者が中沢新一の名を知ったのは、論壇デビューした頃からである。一九五〇年、山梨県生まれ。宗教学者。東京大学大学院人文科学研究科宗教学専攻修士課程修了。ネパールへ行き、チベット僧に弟子入り、密教の修行を積む。東京外語大学、中央大学教授を経て現在は明治大学教授。所謂「ニューアカデミズム」の中心的存在。ポスト構造主義の現代思想とチベット密教、さらには記号論や素粒子理論などを援用して、人間の霊性、心性を実践的に探る。多彩な分野で執筆を続けている。主要著書『チベットのモーツァルト』（サントリー学芸賞）、『森のバロック』（読売文学賞）、『哲学の東北』など。

朝日文庫『ブッダの夢——河合隼雄と中沢新一の対話』の中で、寂聴について語った場面がある。

スイスのユング研究所に留学した日本人初のユング派臨床心理学者の河合隼雄《はやお》と中沢新一は、その対談集で六つのテーマで丁々発止の意見のやりとりをしている。六つの主題は「仏教と癒し」「宗教と科学は対立しない」「箱庭療法の宗教性」「アメリカ・インディアン神話の潜在力」「善悪をこえる倫理」「汎神論風理論のこね方」である。

五番目の対話「善悪をこえる倫理」は、一九九七年一月十六日、行われている。雑誌「小説トリッパー」に掲載された。中沢新一は自分はクリスチャン（プロテスタント）家庭で育ったと言い、次のように発言している。

中沢　プロテスタントですから、結構古くからの耶蘇《ヤソ》です。うちの親父は、クリスチャンが共産党員になったみたいなところがある人だった。僕の周囲には倫理的というか、自分に過剰な命令を課しているところがある人たちが多かった。中でもすごいなと思ったのは、僕の母の父である、お祖父《じい》さん。この人は、若い時からクリスチャンで医者でした。早い時期からラジウム治療の研究をやっていたから、ジョリオ＝キュリーの研究所に出かけてた人ですが、たいへん女性にモテたようです。まあ、恋愛体質というんですかね、よく言えば。フランスでも結構ラブラブ生活して、日本へ帰ってきてからも、看護婦さんなんかとラブラブしちゃう。で、よそに子供ができちゃったなんて大騒ぎしていたりする人でした。それでいて、お祖父さんは、ある時、極端に自分を抑制するようになった。自分は悪い人間だと言って、自分の過剰な欲望をひじょうに弾圧するようになった。だから僕が知っているお祖父さんは、早朝五時に起きて、マラソンして、トマトに水やって、ニワトリに餌やって、それから神に祈りを捧げて、物も言わずに食事して、それから診察室へ行くみたいなお祖父さんだったわけです。だけど、僕は、この人が心の中では大好きだった。

お祖父さんは、僕に、ゲーテをしきりに読ませようとした。子供ながらに読むと、『ファウスト』(新潮文庫)なんて、女たらしの学者の話ですし、同じ書棚にあったトーマス・マンの『ファウスト博士』を読むと、ここでも悪の主題をトーマス・マンが、これでもかというぐらいに書く。こんなものをお祖父さんは、なんで僕に読ませようとしてるのかなって不思議に思っていた。そのお祖父さんの精神の秘密をはじめて理解できたと思ったのは、芹沢光治良の『巴里《パリ》に死す』という小説と、瀬戸内晴美の『死せる湖』という小説を読んだときでした。どちらの小説も、モデルに祖父の姿がとり入れられている。芹沢さんのには、パリ時代の祖父の姿がよく描いてあったし、瀬戸内さんのには、多少デフォルメされた祖父のエロスが描いてあった。

河合　読もう（笑）。

中沢　僕はそれを読んで、自分の中に流れている血を、初めて確認したのです。僕の中には、悪に対する強烈な関心がある。悪は要するに過剰にした自然なんだという意識がお祖父さんにもあったと思います。それを読んだ時、僕は、一種の自己確認ができました。ああ、自分の中にあって、キリスト教の世界を子供の時から知りながら、それを斜めから見ている自分がいる。倫理の問題は、自分の過剰な自然に対する抑圧としてあって、その抑圧が逆に罪意識をつくる。それから抑圧したものが歪《ゆが》んだ構造をつくり出すんだってことを、お祖父さんの生き方を通して、自己確認できた。だからこの二冊の小説には、内心感謝しているんです（笑）。その意味では瀬戸内晴美には感謝しているというか……（笑）。

河合　絶対読みますよ。

中沢新一の四十七歳の抵抗時における発言だが、まことに後生畏るべしというか。『死せる湖』は出家前の作品である。〈中野本町通の質屋だった蔵のある家で書いた。蔵を書斎に改造して、小さな鉄格子の明りとりの窓の下に机を据え、私は阿修羅のように髪を逆立てて、さながら劫罰のように仕事をしていた。（略）岡本かの子の言葉を借りれば、まさに私の「魔の時代」に当る時で、『黄金の鋲』に私はその頃の生活を書き残している〉（『全集』解説）

『死せる湖』は、結婚して五年目に、八つ年上の夫が性的不能者となり、以来、性の遍歴を重ねる人妻、萌子の物語である。エッセイ「解放されない性のために」で、〈性は、人間の愛の中で、どんな役割をもつか。私はこの主題に、小説を書きはじめの時から捕えられていて、今でもそこから放たれてはいない。（略）性を真摯に追求していく時、反性《セックス》のモラルにいつのまにかぶつかっているという手応えが、私にとっては最も切実な実感であるし、自分の文学の宿題になっていると思う〉と自己の方法意識に自覚的である。

当時、〈やっぱり、存分につくった小説が書きたいという欲求がわいてきた。すると、『花芯』の時は未熟で納得してもらえなかったことを、もっと、深めてつきつめて書いてみたいという気持が高じてきた。そういう時は私小説を書くのも読むのも厭になる。……私は一年間、私小説にはふりむかず、『花芯』以後あたためつづけていた意図で小説を書きはじめた。生れたのが、『死せる湖』である〉（「極楽トンボの記」）

四十四歳の年の作品で、「別冊文藝春秋」に「死せる湖」「昏い沖」「終りなき塔」と、三回にわたって執筆。翌年「白い椅子」を「文藝」に書き、その四作を合せて、「白い椅子」を「雪」として序章に置き、改めて総題『死せる湖』としてまとめた。四十五歳の七月、長篇小説として上梓するに当たって、かなり手を入れたという。

〈文庫になる時、川村二郎氏が、過分な有難い批評をして下さったことは、作者にとっては望外の喜びであった〉（『全集』解説）。一九七五年三月刊の文春文庫『死せる湖』の解説は川村二郎だが、現在、発売されているのは、二〇〇八年三月一〇日発行の新装版で、解説は村山由佳の新しく書き下ろされたものとかわっている。

今日では読むことの出来ない川村二郎の「解説」を寂聴の流麗なる筆で改めて再現してもらおう。

全体をバロック調だと認めて下さり、導入部序章の椅子の描写を、椅子は女体の比喩だと見立てた上で、後期ヴェネチア派の巨匠たちの規模壮大な絵画を例に、その絵は、神も肉をそなえており、逆に、肉にも神がひそんでいるという消息が、あざやかに明示されていることをあげた上で、

「実体と比喩の問題は、このように考えてくると、肉体と精神、官能性と精神性の問題に帰着させることができるようである。官能性と精神性。そういえば、瀬戸内晴美の小説は、まさしくこの二元を、一元的に把握する典型的な試みと見えはしないだろうか。『死せる湖』は、導入部が形式と内容の双方において提示している通り、一人の女の放恣な情念の運動を主題にしている」と解釈されている。

女主人公の、放恣な情念は、彼女の生活の抑制のない放恣、奔放な性の遍歴を臆面もなくつぶやきつづける。声にならない情念のつぶやきは怨み節にはならず、むしろ時としては、杳い星の子守唄のように聞えてくることさえある。セックス・アナーキーとも見える彼女の性の遍歴を、彼女も作者も、不潔とも不道徳とも感じてはいない。彼女がどのような性の対

象を得て、アナーキーな性交を繰り返しても、女の心の昏い空洞は一度たりとも満されたことがないからだ。色情狂患者として病院に何年か隔離されてしまった時でも、女は並の人間より誇り高く凜然と頭をあげている。

「物と意味、官能と精神とを、明暗画法によって一つに結びつける、その力は、月並な言葉ながら、やはり、生命力、矛盾を孕んだまま持続し一貫する生の力と呼ぶよりほか、致し方のないものという川村氏の批評が、私にはまぶしく光栄に思われた。精神と官能は本質的には不可分で、精神は官能から切り離されない。官能も、決して精神に見捨てられることはないという川村氏の指摘こそ、私にこの小説を書かせた核であった。

〈作家と批評家の「出会いの絶景」〉などと言えば、寂聴・川村二郎の両人から、文学の世界にそのような甘ったれたものはないと、否定されそうだから、取り下げてもいいが、少なくとも作家と批評家が自己の存在をかけて文学的に思想的に対峙した時代があったことも事実である。文学も批評も「まぶしく」「光栄に思われた」時代があったのである。

『死せる湖』を刊行してから四年後の一九七〇年、寂聴は『おだやかな部屋』を発表する。〈京都の家と東京の目白台アパートの仕事場を、目まぐるしく往来しながら、（寂聴は）相変らず廻りつづけて止まらない独楽《こま》のように仕事をつづけていた〉〈私はその三年ほどの間、文芸雑誌に短篇を書く時が、もっとも愉しく、いきいきしていた。一作書きあげるごとに、私は最後の原稿用紙の上に掌を重ね、これが書きたかったのだと、独り心につぶやいていた。それらが『蘭を焼く』という短篇集に収められた時、はじめての短篇集を持った時のような感動がもどっていた……〉

こんな感慨をひそかに呟く、いまどんな作家を私たちは持ち得ているか。そしてこの『おだやかな部屋』にも、川村二郎は懇切な解説を文庫に寄せる。〈作者の気づかなかった作品の深い意図を示されて、ああそうだったのかと膝を打つような深い心のこもった解説〉であった。

生きた金魚をトイレに流して殺す女の行為に、正確な意味を与えて下さって格別有難かった。小説を書くために他のあらゆる可能性の芽も枝も剪り捨ててきて、まるで根治することのないアルコール中毒者のように、書く中毒に冒されている自分の姿を、私は心の底でようやくうとましく思いはじめ、不具の金魚のように感じてもいた。殺したかったのはそんな自分自身であったかもしれない。

川村二郎の鋭い視線は、頽廃と紙一重の作者の絶望を見落してはいない。〈このような不安定な心が、ただ遠くを眺めつづけていることにも、やがて倦み疲れることは必然の成行である。では、その後何が残っているか。眼に見えるよりもさらに遠くへ、過去と夢の世界へ潜行することばかりが、残された道となる。そしてこの道において、もどかしく苛立たしい遠望は、終止符を打たれる〉と、女の心理に鋭いメスを入れながら、〈しかし、小説の最後の一行に「おだやかな闇だけが部屋をみたす」と記されているのを目にする時、このおだやかさが、強いられた遠望の苛立たしい静寂を超えて、一種の浄福に接近しているのを、予感することはできるのである〉と、作者に救援の手をさしのべてくれている……。

『おだやかな部屋』は、二百八十枚。「文藝」一九七〇年九月号に一挙掲載という形で発表された。小島千加子の『全集』解題を摘録する。〈馴染んでいる「男」を七階の部屋に迎える一人の「女」。男を迎え、翌朝送り出してから宵に至るまで一人部屋にいる時間を、女の、別れた前の男の情報をも含め、回想と、細かな心理とを絡ませ、一見淡々と、しかし濃い幻想味を喚起させる筆致で、風景画のように描いている〉

小島は〈この作品を書く頃、著者の念頭にあったのは、マルグリット・デュラスであったと思われる〉として、寂聴のエッセイ、「自分への問い」(「文学者」一九七〇年七月号)を引く。

いつからか、私は自分の想像力で見る詩的宇宙の拡がりや、自分自身の内奥の昏い褶襞にひそんでいる微細なものに光りをあてるには、従来の伝統的な小説のリアリズムではもどかしくなってきた。(略)手さぐりでもいい、未完成でもいい、過去の、あるいは現在の自分の場や、技法に安心していない作家の小説づくりが私には強い魅力を持って迫ってくる(略)デュラスに惹かれたのは彼女の小説の行間にこもる空白の部分である。(略)デュラスの手になると、愛も、死も、別離も、ひとつの風景のように見えてくる。……デュラスの、ほとんど動かない人物たちのとめどもない会話は、かえって、その人間の石のような無言の心の闇を覗かせられたような気持になる。

記述は前後してしまうが、この文章には、〈デュラスについて書くように〉と頼まれたのが、つい〈自分のことばかり〉喋ってしまう、という前段があり、ついで〈私は丘の上のアパートのてっぺんの部屋に囚人のように居据って窓からひとつの風景だけを見つめている。その限られた風景のすべてとせまいその部屋のなかだけを舐めるように書きたいという情熱だけが、私を椅子にしばりつけている〉と記されている。

上田三四二の時評を添えよう。〈このおびただしい細部を重ねた小説の目指すところは、名も素姓も明らかでない――というよりも、明らかにする必要もないような境位において、「男」と「女」の関係そのものを見据えるところにあったと言うべきだろう。豊富なイメージがつよい生命感を湛えながら、それが頽廃に萎えてゆく危い一点に作者の手腕がかけられている〉（「週刊読書人」一九七〇年九月七日）と論評している。

川村二郎の「解説」で、寂聴が引かなかった細部に亘る佳吟を補っておこう。〈「おだやかな部屋」即、生気の一つもない、閉ざされた密室から一歩も出ようとしない部屋の主の、〈すべてに向って滅びを命じている〉（傍点・引用者）不安定な心が、最後に、夢の結末によって、おだやかさが、強いられた遠望の苛立たしい静寂を超えて、一種の浄福に接近しているのを、予感することはできるのである〉などには、ムジールをはじめとする現代ドイツ文学の翻訳でも先駆的業績のある川村の批評魂が炸裂している。

三

さて寂聴・中沢新一の対談「釈迦に還る」(「すばる」二〇〇二年十二月号)に移る。この対談は単行本未収録だ。

中沢　僕はいま五十歳ちょっとで、ちょうどアーナンダの歳です。この本の出だしには、アーナンダが自分の肉体の衰えを気にする場面がありますが、これがまことに生々しく、よくわかってしまうのですね。五十歳のアーナンダが八十歳の釈迦を見る目、これがまた肉体的な目です。このような目で見られた釈迦というのは、たしかにいままで描かれたことがありません。イエスはわりあい若い肉体のまま殺されてしまった。三島由紀夫さんもそうでした。若い肉体のまま死へ飛び込んでいった。現代においては、若い肉体が語る言葉が老いた肉体の語る言葉よりもずっと大きな影響力を持ってきましたが、仏教はそうではありません。お釈迦様は長生きをして、まったくかっこうのよくない亡くなり方をしたわけですから。キノコを食べて下痢して、血まみれで亡くなっていきました。そのことを仏教は少しも隠し立てしませんでした。偉大な真理を語った人の肉体が、そんな状態で死へ向かっていったことを、むしろまぎれもないリアルとして語ってきたのが仏教です。それに僕はとてもひかれました。そこで瀬戸内さんが釈迦の小説をお書きになるようなことがあれば、肉体を持った仏陀が前面に出てきて、その肉体が考え語る、そのことの中にひそむ偉大さが描かれるんだろうな、と思っていました。この作品の主題は仏陀最後の旅です。自分のぼろぞうきんのような肉体を抱えながら、釈迦は死に向かって歩んでいきましたが、それが生々しく描かれた。いままで釈迦を描いた文学の中、ここまで生々しい肉体は描かれたことがなかったんじゃないかと思います。

この小説では尼さんと尼僧院がとても重要なテーマになっていますでしょう。尼僧院というのは、ほんとうに不思議な世界で、ここにも肉体の問題がからんでいる。今度は女性の肉体です。そもそも女性は出家して尼さんになる必要があるのかという疑問は、じつは仏教の内部でもいまだに消えていないでしょう。瀬戸内さん自身がそういう問題を抱えていらっしゃる。それに釈迦自身にしてからが、最初は尼僧院をつくろうなんて思ってもいなかったでしょう。

(引用者注・僅か冒頭の一ページを引いただけだが、釈迦をはじめとする仏教の諸問題が出てくる。出家や還俗の問題、遂には仏教［宗教の向こう側へ］までの暗示がある。しかも対談は二段組みで十二頁、紹介する余裕は限られている)

瀬戸内　そうそう。お釈迦さんは、女が男にとってとても魅力的だとよく知っているのよね、出家する前の体験で。だから、女のそばに寄るな、女のそばに行ったらかなわないぞと一所懸命言うでしょう。尼僧院をつくれば、そこに問題が起こることが、はじめからわかっていたんですよ。

中沢　チベットではよくお寺で、若い僧たちが、生まれてこの方、一度も女性と接触しないほうが悟りが早いか、それとも若いときからやれるだけやって、もう女なんかいいよと言って僧院に入るほうが悟りが早いか、論争してます。そういうときかならず出てくるのが、見ろ、お釈迦様だって、という話です。お釈迦様は若いときはけっこうご発展家だったのに、その快楽を自分の中からもぎ取るようにして捨てている。後世の出家者は、アーナンダもそうですが、そんなことは無駄で、最初から体験する必要もないと釈迦に言われて出家する。でも、この人たちの内面の疑問は、結局解消されないままという感じがするんです。

瀬戸内　釈迦の異母弟のナンダなんて、結婚の直前だったのに、むりやり釈迦に出家させられてかわいそうですね。何度も逃げ出すんだけれども、また連れて行かれて。ナンダは王位を継ぐべきでないと言い切るお釈迦さんもお釈迦さんですよね。自分の義理の弟じゃないですか。お釈迦さんが出家したのは、義理の弟に位を譲るためだなんて陳腐な説を立てている学者もいるけど、私はやはり王妃にちょっと問題があるような気がして、小説でもそう書いていています。仏教者に怒られたら困るから、ヤソーダラーの妄想だったことにしていますが。

中沢　でも、説得力のある妄想で（笑）。

瀬戸内　どこにでもエロ本ってあるでしょう。お釈迦さんに関しても、おそらくエロ本があったんだと思う。それが中国に渡って、日本の坊さんがまた持ち帰って、それを紫式部が見たんじゃないか。それが私の源氏の発想。あり得るでしょう。日本だってエロ本がいっぱいあるじゃないですか。あれは全部中国から持ってきたんですよ。中国のエロ本はすごいですからね。紫式部のお父さんはまじめそうな顔しているけど、絶対にそういう本を持ってたと思う。紫式部が見ないはずはない。

中沢　インドのタントラにも、仏陀が自分のお母さんと近親相姦をして悟りを得るという、とんでもないお経がありますね。

（以下、対談での印象的発言を摘録する）

中沢　「母とは誰か、子とは誰か」という聖書の言葉。イエスは、自分は人間の母親から生まれた子供だとわかっていたと思うんです。でも、あなたのお母さんはどういう方ですかと聞かれて、自分にとって母親というものは意味がないと答えています。それに対して、じゃあ仏陀にとって母親とはいったい何だったのか。そのことに、僕はずっと興味をいだいてきました。（略）今の日本人の社会や心を歪めているいちばんの原因は、まちがった母子関係です（……）この母子関係の問題は、アジア人みんなの抱える大問題で、仏教のサンガっていう共同体のことを考えてみても、やっぱりこのことはすごく大きかったんじゃないかと思うんですね。

仏典には、肉欲にかかわることがくどいようにしつこく深刻に書かれている。男性が女性の肉体に引かれていく源泉は、母親との長い時間続く一体関係にあるというのは、フロイトの発見ですが、このことを仏陀もはっきりと気が付いていたのではないでしょうか。幼年期に体験した幸福感は、人間の心の奥底に刷り込まれていて、そこからなかなか脱出するのが難しい。肉体への執着のいちばんの源泉といったら、お母さんの肉体との接触体験で、肉体的な快楽への執着からの解放を説いた仏陀ならば、とうぜんそのことが問題となってくるはずです。ですから仏陀の場合、肉欲からの脱出という主題には、母親からの離脱が重大な契機としてからんでいるように感じます。

そうしたことは、男にはじつによくわかるのですね。最初にセックスというものを体験したとき、なんだ、これは母親との肉体接触の再現じゃないかと感じました。フロイトをよく読んでいたせいかとも思いますけど、やっぱりフロイトは正しいと思いましたね。子供のころに母体と接触したときに体験していた幸福感は、人間の無意識の中のとても深いところに刷り込まれていて、なかなかそれを対象化して取り出すのは難しいものです（略）

仏典には女性から離れていくことの必要が書いてありますが、その裏にはしかしそれは無理だという口ぶりも感じる。これは仏教が生まれたインドの文化の問題だけじゃなくて、東アジア全般の問題かもしれないけど、仏教の深層には母親の問題、女性の問題が深く横たわっているのではないでしょうか。

瀬戸内　お釈迦さんは本当のお母さんの記憶がないでしょう。だから、余計に憧憬が強かったと思うんです。自分が母親の命のかわりに生まれてきたことが、彼にとって最初のトラウマになっている。

中沢　たしかにねえ、実際に生きている人間の母親と長くつきあっていると、母親との関係が憧憬になったりはしませんものねえ。そういう意味でいうと、仏陀の女性体験は宗教者としてとても恵まれているのでしょう。（略）大人のセックスが、母親との身体関係を再現するものであっちゃいけないというのは、一つの真理ですものね。ところが、インド文化と仏典の中でそのことが非常に大きな問題になっているのは、男女関係の原型に、母子関係がそのままスライドしているためではないのでしょうか。源氏物語の場合も、瀬戸内さんももちろんお気づきでしょうけれども、仏陀と同じような母親との関係ですね。

瀬戸内　だから源氏物語はインドから来たと思うんですよ。光源氏と桐壺更衣、藤壺女御との関係が、釈迦とマーヤとマハーパジャーパティとの関係に重なってみえるでしょう。

中沢　説得力あります。しかし、こうも考えられないでしょうか。日本の男は多かれ少なかれ源氏ではないかと。マザコンで、女性たちに充足させられなかった母親像を投影して、それが現実には充たされないものだから、次々と相手を替えていきたいという願望を抱いたタイプが、日本人の男性の中にはけっこう多いように思います。瀬戸内さんは源氏物語の中でこのことをかなり鮮明に意識して、現代訳をなさってらっしゃいますが、その背景に母親との関係の挫折を読んでいらっしゃいます。（略）だから瀬戸内さんがこの小説（『釈迦』）の中で、仏陀にとっての母と女性の問題を取り上げたという意味はすごく大きい。

瀬戸内　そこまで考えてなかったけど、考えたことにしておこう（笑）。

中沢　釈迦伝は幾つかあるんですけれども、これまで僕が一番好きだったのは渡辺照宏先生が描いた釈迦です。

瀬戸内　あの方はいいですね。ほかのものを読んでも全部いい。随分参考にさせてもらいましたよ。

中沢　渡辺照宏さんは仏陀という人を肉感でわかっていた人という感じがするのです。

（略　引用者注・対談は次の言葉で結ばれる）

中沢　僕が仏教の勉強を始めたのは、世界中から秘境が消えていく時代でした。どこへ行ってもテレビカメラが入ってくるし、どこへ行っても同じ価値観。グローバリズムが地球上を覆って、この地球上からみんな脱出できない。そんな時代に人間が内面的な自由を実現するにはどうしたらいいかと真剣に考えたんです。それでチベットに行ったんです。でもたしかにまだ足りないな。学者の仮面を長いこと着けていたら、仮面がとれなくなってってやつでしょうか。こうやって瀬戸内さんから背中を押されると、その気になってきますね。

瀬戸内　中沢さんも出家しなさいよ。私は中沢さんの機が熟して出家するのを期待してます。何宗でもいい、密教でも禅宗でも何でもいいから。

宗教とは何か。ひとり黙然と考えることはあっても、直接そうした設問を受けたことはないし、文章に書いたこともない。強いて言えば前著『寂聴伝　良夜玲瓏』(白水社、二〇〇八年刊)の「あとがき」で少しばかり触れたことがあるだけだ。未読の読者のために以下、引いてみる。

〈宗教に冥く信仰を持たぬ人間に(評伝を執筆するという無謀)寂聴さんのことがわかるのか、と言挙げする人にも応えましょう。寂聴さんの開講した徳島塾に平成十二年(二〇〇〇年)、講師として招かれた石牟礼道子さんは、共著『親鸞――不知火よりのことづて』(平凡社ライブラリー)の中の「名残りの世」と題した講演で、「一人の人間の実人生、その生涯、いかに平凡に見えようとも、一人の人間の生涯を超えるような文学はなかろうと思う。(中略)人間の生ま身と傷心の世界、人間存在よりも深い作品というものはなく、すべての宗教や文学は、人間存在への解説の試みなのだろう」と言っています。

私もまた文学に拠って宗教思想の本質に触れることを基本にしています。偉大なる観念や抽象化された思想は、太田修風に言えば、家族の夕食の卓袱台《ちゃぶだい》や近所の神社の夏まつりや路地の草花の中にあるのではないでしょうか。決して孤高の哲学者や碩学の高僧の「頭骸」の中や「仏典」のなかに在るものではないと思います。いな庶民の平凡な日々の一齣一齣、存在の原初にたちかえる一瞬は、よく見れば、聖書や仏典に出てくる神話の世界、日常の深淵を生きて

いるように見えてきます。彼らはみな、存在自体がその使徒たち（登場人物）に列しているのです〉

現在もほぼ同じような考えゆえ進歩なきこと我ながら呆れるほかないが、少しく補足させていただく。

寂聴は石牟礼道子と前出の徳島塾での出会い以前に、一九九二（平成四）年六月十五日〜十九日、「毎日新聞」紙上で、「非現実の時間　現実の時間」と題して対談している。現代作家で最も宗教性を感じさせるというお二人だ。順序を考慮せずに主要箇所を摘録したい。

瀬戸内　石牟礼さんは、一種巫女《みこ》的でしょう。死んだ人の声が聞こえてくるとか、霊感的なことはないの。おばあ様の声が聞こえるとか。

石牟礼　それはしょっちゅうでございますね。霊感というと気恥ずかしいのですが、何かの声が聞こえて、しょっちゅうとらわれている感じはございます。

瀬戸内　きょう日の霊感師とは違った、卑弥呼みたいなものね。だから卑弥呼は九州のあのあたりよ、石牟礼さんは卑弥呼の末裔よ、きっと（笑）。だから作品にも違和感なく私たちが入っていけるんです。腕ですね。

石牟礼　いやあ不器用なんですよ、とても。考えることからして、まず不器用ですから。

瀬戸内　あなたは感性の人ですから、感じたところをお書きになれば、そこに霊がついてくる。精霊の声ですね。『十六夜橋』でいえば、その中に流れる時間がゆったりとしていて素晴らしい。昔の日本にはこうした時間が流れていたはずだ、といった時間ですね。でもこれも石牟礼さんが作った非現実の時間なんですね。もしかしたらあり得たかもしれない時間、会えたかもしれない人とのかかわりとかをずっと書いてこられたのね。故郷のことも、この世にあり得ないような美しい光景ですね。現実の場所とは違うけど、石牟礼さんの創造したイメージが立ち顕れて重なるのね。

石牟礼　この作品は、四、五年はかかりましたが、私は年月の観念が欠落してるんですよね。今日は何年何月とか、あれは何年何月だったとか、ちっとも頭にないのです。これで時々大混乱するんですけれど。

瀬戸内　『十六夜橋』の中の時間がゆったりしてますけど、石牟礼さんの中に流れる時間そのものがゆったりしている、ということはいえるんじゃないでしょうか。石牟礼さんの時というものは時計のようには動いていないのね。あるところで感激したら三年でも五年でも立ち止まってしまうのね。

石牟礼　はい。立ち止まる最小単位が十年ぐらいかもしれません。自分でも本当にあきれます。『十六夜橋』も径書房にお渡しする前に、さる方に読んでいただいたら、驚くなかれ、ある人物は二十年ぐらいたっているのに、綾という子はいつまでも四歳のままだったりして。そのままでもいいような気もするんですけれど。

瀬戸内　石牟礼さんは母系から影響を受けておられますね。（中略）石牟礼さんは、現《うつつ》と幻の間を浮遊しているようなところがあるから、もう実は死んでるのかもしれないわよ（笑）。

石牟礼　そのようですねえ。何かもう、見るべきほどのことは見つ、という思いはあります。前作に『椿の海の記』という粗削りの作品があるのですが、これの少し前の状態をたぐり寄せて、時間の色の中に沈めたいなあ、とずっと考えていたのです。これまでにも書いてきましたけども、少し違うな、風土の奥が見えてないなと思っていたのですね。もう一度ちゃんと書かないと、死んでいった人たちへのたむけができない、託されたものを果たしていないな、と考えていたのです。（中略）

私は低学年の担任（代用教員）でしたが、高学年の先生方は、田舎なものですから青年学校と一緒なんですね。軍事訓練がありまして、人型を竹槍《やり》で刺す訓練をするんですよ。これがとても、見ていていやでした。その時、国というのはなんなんだろうと、心から考えました。水俣のほうでも防空壕があちこちにありましたが、空襲警報が出て防空壕へ入る時に、先に入ったものがあとから来たものに「来るな！」といって足で蹴りやるんですね。遅れた人が来ると敵機に見つかる、というんですね。そういうのを見てまして、銃後の守りとか聖戦とか、日本人は東洋の盟主といったことを教えなくてはならないのですが、防空壕に来る人を蹴りやる銃後の民の姿というのは何だろうと思いますでしょう。これが人間の本性かしらと思ってましたですね。万歳万歳、兵隊さん安心して行ってください、と児童を連れて送り出して戻ってきても、どうしても戦争の意味なんて教えられませんでしょう（註・対談時、瀬戸内寂聴　七十歳、石牟礼道子　六十五歳）

〈末世、末世と歴史上言われてきましたけど、今度は本当に末世ですね。どんな大崩壊の種が、どこに埋められているか分からない。それが突然出てくるという気がします〉〈私、あしたのことも今夜のことも分かりませず、何とか今日を生きてます〉〈八十六年生きてきて、今の時代が最も悪しき時代です〉〈著しい末法状況を呈しつつある現在は、『往生要集』を携えた源信の中世の比ではない〉〈末世は何も戦争や飢餓や雷、地震、津波、洪水など、私たちを直接に見舞う災害や破局など客観的な事件を指すものではなく、人間における主体的な危機（不安・虚無・絶望）、主体の死をいう〉

——どの言葉が寂聴か、道子か、敢えて告知しなくても不都合はないだろう。人間の危機及び終末の相を誰よりも敏感に察知した二人の幻視者、巫女の感性が把えた予兆である。予期したごとく阪神大震災、オウム事件、東日本大震災などが次々と勃発した。

そのとき宗教者は、文学者は何をなしえたか。筆者が市川白弦という反骨の禅者の存在を知ったのは、二十四、五年前である。導き手は鶴見俊輔、水上勉のお二人である。一九九三（平成五）年六月から八月にかけて、『市川白弦著作集』全四巻が京都の出版社、法蔵館から刊行され、同社発行の雑誌「仏教」の表紙四面に広告が出ていることを知らされたのであった。

鶴見俊輔、水上勉の推薦文を引こうと、いま雑誌を探したが見つからない。朝日新聞社編の『現代人物事典』（一九七七年三月発行）にその名があった。〈市川白弦《いちかわはくげん》　禅学者。一九〇二（明治三五）年二月二十八日、岐阜県加茂郡和知村の臨済宗華蔵寺に生まれる。少年時代は臆病だったが、それがのちの反権力思想のもとになったという。二六年に臨済宗大学を卒業、久松真一に師事した。母校の教員となり、三五年にツェルバツキーの『仏教哲学概論』を翻訳。三〇年ころ、仏教が現代の社会思想となるためには仏教・アナキズム・コミュニズムの結合を作る必要があると考えた。戦後は七三年まで同校が改称された花園大学教授として禅の社会倫理を考究してきた。その間、京都市教育委員を務め、宗教者の平和運動やべ平連の活動に参加する。『禅と現代思想』（六七年）では禅による社会的良心の反省と確立の総合を「原点ヒューマニズム」として主張、また『仏教者の戦争責任』（七〇年）では同様の趣旨を「空・無政府・共同体論」として提唱した。社会的無関心の傾向がつよい禅界では異色の存在である。（笠原芳光）〉

知り合いの宗教学者や僧侶に聞いても、市川白弦を知る人は皆無であった。一九九三年八月十日に全四巻完結を見た著作集は一巻一万五千円。当時も今もおいそれと購入出来る余裕がない。東京都下の市・区立の図書館に問い合わせたが、所蔵する図書館は、市立図書館では全国でも有数の所蔵冊数を誇る浦安図書館にも無い。埼玉県の亀有図書館で著名論文を複写することで、〈仏教者はどうあるべきか、生涯にわたって仏教者の良心を貫いた禅者が、全宗教界の覚醒をうながす白熱の書〉の一端に接近することが出来たのである。

四巻の構成を録しておこう。一巻『禅の基本思想』、二巻『禅と現代思想』、三巻『仏教の戦争責任』、四巻『宗教と国家』。若くして宮沢賢治の生き方に共鳴し、民衆と共にある仏教を願って求道一路。戦時下には反戦の姿勢を貫き、戦後は宗教者の戦争責任を糾弾しつつ反戦運動に挺身、晩年は還俗して、真に開かれた禅を求めて解放の禅学を提唱。つねに時代を先導してきた現代の一休禅師というべき禅者の全文集である。

市川白弦の著作では、NHKブックス『一休――乱世に生きた禅者』(日本放送出版協会)が手許に在るが、第一刷発行は一九七〇年十二月十五日。わが所蔵本は一九九〇年二月刊で第二十六刷。

「終章――禅と現代社会」の文字通りラストの場面を引いてみる。〈……ところで、一休もやはり時代の子であった。かれの「風狂」の何よりも特徴的な部面である淫坊への往来という破戒の行為は、当然のことながら、遊女つまり人身売買と娼家の存在を前提として、はじめて成りたつ風狂であった。いいかえるならば、このような人間疎外体制との共犯性においての風狂であった。そうした烙印をおびた禅者の風流であるほかはなかった。たとえ心境において歴史を超えていたとしても、行為という事実において、いぜん歴史的非拘束性のもとにあった。まことに「世間虚仮《こけ》」というほかはない。禅者の意識における絶対自由は、かれの歴史的社会的被拘束性からのまったき自由を意味するのではない。たとえば禅者たちの「聖戦体験」が、このことを反論の余地なく証明したであろう〉

〈一休は人間にたいする絶対批判にとどまったのではなかった。いうなれば批判の重層構造において、人間現実を根源的・形而上的に否定し批判するとともに、この世界を相対的・経験的に否定し批判したのであった。多くの制約をもったとはいえ、ここに一休の批判精神のダイナミズムがあった。必要なことは、人間の改善可能性を無限に鼓舞し増大させるような主体的・客体的条件が何であるか、どのようにしてこれを生産し整備するかを探究し、かつこれを実践するための自覚と協働をひろげると同時に、人間の底知れぬ醜悪化への傾斜を阻止し根絶する諸条件を、生産し充実する仕事に、無辺の大衆が不断の相互批判・自己批判をとおして協働することではなかろうか〉(『一休——乱世に生きた禅者』)

鶴見俊輔は書いている。〈メキシコに行った時、がいこつの運動として革命をえがくサパタの版画の中に、市川白弦の『一休』とあい通じるものを感じた。市川白弦の仏教は、日本の外の伝統につらなる見方だと思った。京都べ平連の中で市川さんと会うことができたことを、私は仕合せに思う〉と。全国を眺望しても、べ平連で活躍した宗教者、禅者は市川白弦を措いて他にいなかった。

市川白弦の名を内外に広く知らしめることになる『仏教者の戦争責任』(春秋社 一九七一年)、『禅とマルキシズム』(『現代禅講座』角川書店 一九六六年)、「解放の禅学へ——自伝風に」(「思想の科学」六八、一九七六年)などの論考を収録した『市川白弦著作集』第三巻の「解説」は鶴見俊輔が担当している。鶴見は前世紀の前葉、先の十五年戦争に遡る現代史をとおして、人間の苦悩とともにあった実践的な魂の救済の営みと、人間理性の闘いの記録を、鋭い論考を軸にして、市川白弦の魂の奥処《おくか》に在る実在とともに伝え、未来を拓く提案をもなそうとする。現代は、過去よりの連続であるから、そこには始源の「神的」風景＝非知の世界も重大な意を放ちながら、立ち現れてくる。そうなると、と鶴見は告知する。〈国法を主として、それに常にしたがう宗教としての仏教の伝統そのものを、戦前の日本史をさかのぼってうたがうことになる。市川白弦の批判は一九三一――一九四五年の期間の仏教徒の言動だけを切りはなして批判するということに終わらない〉と。

世界宗教、超民族的な人類宗教としての仏教における法（dharma）は、王法――たとえば帝国憲法、教育勅語、軍人勅諭など――を含めてこのようなカリスマ的支配の論理を根源的に批判する視点をもつはずである。内村鑑三の不敬事件にたいする当時の仏教者の態度を想起、検討する必要がありはしないか。キリスト教には国家権力への抵抗、反逆を是認する視座があるが（たとえばバルト、ニューバー、ニーメラー、ボンヘファー神学）、仏教の法概念のばあいはいかがであろうか。

殺仏殺祖的な禅の、いわば宗教としての「永久革命」性と、在来の仏教道徳ないし慣習の権威主義的な保守性・反動性との断層は、どのように整理すればよろしいのか。昨日は即心即仏、今日は非心非仏という禅境の不二、自在、無礙、円融が思想の論理の不可入性、隔歴不融性（同一律・矛盾律）を忘却させ、認識の倫理、思想の首尾一貫性をなおざりにするおそれはないであろうか。無節操、無原則な転向――「聖断」に即応する皇道仏教の転向のばあいはどうか――をゆるさぬ根拠、視点、理法が仏教にあるとするならば、それはどのようなものであろうか。（「挫折と転向」）

日本仏教の指さす道には、二つある。ひとつは、状況にあわせて、時の権威の立場にたって道を説くやり方で、戦争中ならば日中戦争は聖戦であり、米英は鬼畜であり、戦後は平和国家という仕方での説教にかわる。そのかかわり方があたり前と考える道。もうひとつは、そういうかかわり方をおぼえていて、そのようにかわる自分をかわりやすいものと見、そのようにかわる人間の状態をおぼえておく道。あとの道を歩く時には、その時々の政治を超えて政治を見る眼がひらかれる。市川白弦の見方は、あとの方に属する。

「仏教者の戦争責任」を読むと、戦時と敗戦時の仏教徒の発言がしっかりと記録されており、日本の仏教はこういうものか、ということがわかる。同時に、天台学教授佐々木憲徳の著書『仏教の忠義哲学』（一九四〇年）、『恩一元論』（一九四二年）に対して、山形県の角張東順のくわえた批評が記されている。

〈仏徒が仏徒たる気魄を全然喪失したのでは、大法の護持は思いも寄らぬことである。時の流れや、社会の推移に眩惑し、どうしたらよいかと、きょときょとしている醜態は何事ぞ。

(「教学新聞」一九四三年八月十四日、「挫折と転向」市川白弦)

角張東順の批評が、大東亜戦争のまっただなかで述べられたことは注目にあたいする。市川白弦は、戦中のこうした発言をほりおこして、あらためて戦後にみずからのものにしようとした。

日本の仏教は、日本政府のきめたことを追認し正当化する役割につきるのか? 戦中すでに市川白弦の中にあったこの問題は、敗戦後の彼の中にすわりつづけた。市川白弦の戦後の著作は、戦中の彼の分身にあったこの問題に対する彼の答えである。

それは一方では、倉田百三、西田幾多郎など仏教の流れをくむ思想家の戦中の思想的軌跡のたどりなおしであり、西谷啓治らの戦後の著作への批判の形をとった。他方では、マルクス主義の宗教批判への理解と反批判となった。(鶴見俊輔)

マルクス主義者ではない仏教徒市川が、マルクス主義の著作を自身の仕方でとらえた「学習ノート」を、二、三挙げておこう。「マルクス主義と禅」「禅・華厳・アナキズム」「マルクス主義対宗教論の埋没」などで、『著作集』第三巻に入っている。マルクス主義者で仏教者と対談した人は廣末保以外にいないので、どの論考も貴重である。

〈唐末五代の禅僧清涼文益に門弟慧超がいった。「慧超があなたにただします。仏とは何でありますか」　師「お前は慧超だ」〉（『碧巌録』、第七則）を引き、市川白弦は言う、曰く〈禅の本質を人間に解消したフォイエルバッハを思わせる対話である〉（「禅とマルキシズム」）。これを鶴見俊輔は、〈ここには、ヘーゲルよりフォイエルバッハが高く、フォイエルバッハよりマルクスが高く、という大正時代以来、日本の知識人をひたした階段式の思想観がなく、マルクス主義がしばしばとりおとす、思想をになう人そのものへの着目がある〉と解説する。雲門宗の僧雪竇《せっちょう》と市川白弦と鶴見俊輔が、がっぷり真剣勝負を挑んでいる。

〈マルクスの『資本論』にふれて、「その罪業を実際にあるがままのものとして公言する」こと、これが『資本論』における商品の分析ではなかったか。これが道元の「万法に証せらる」ということの、経済学の分野における内実ではなかろうか〉（「禅・華厳・アナキズム」）

鶴見の解説を読む。〈仏教徒は一個の隠者として、あらそいをこえた世界の姿を内にもつ。そのことは、現実の世界がそのようであることと混同されてはならない。現実界に生きる人としては、野狐としての禅のにない手自身の姿を自覚することが大切である〉。一読三歎、わかりにくいのではあるまいか。

一九三八（昭和十三）年、鶴見はアナキスト石川三四郎の文章を共感をもって読み、戦後の一九四六（昭和二十一）年、石川三四郎を訪ねて、話を聞くことが出来たらしい。その折、京都にアナキズムに親近感をもつ仏教徒の研究グループがあることを教えられた。あとから考えると、小笠原秀実、市川白弦のことだったと思い到ったと語る。

市川白弦は一九八六（昭和六十一）年六月、病没している。享年八十四。「富国強兵」の時代に生を享け、大正デモクラシー時代に青年期を過し、「大東亜共栄圏」形成への野望の戦争下を心情的抵抗の精神で生き、朝鮮戦争、ベトナム戦争に対しては反戦・平和の運動で抗した。高度経済成長と大学闘争の時代を経て「還俗」を決意し、そして、おそらくは日本仏教の現状に怒りと批判をいだいて去っていったであろう市川を追悼した丸山照雄の一文に複雑な想念が読み取れるだろう。

「日本仏教批判の今日的視座――市川白弦の遺志を確認しつつ」と題される。

〈……著述は、語りかけたり、訴える話法というより、自己との対話と思索のあとづけが基調であって、その叙述の質からみて、読者を広く求めようとするものではなかった。禅学の学徒として、哲学的思索を求めつづけた生涯であったといえよう。

孤立を怖れぬ闘いを最初から意図していたであろう市川が、遂に孤立に敗れたように察せられるのは、私の偏見であろうか。同じ現代仏教批判の立場に立ちながら私の立場とは基本的に異なる点がいくつかあるが、その中に、仏教教団への根源的な拒否の姿勢を貫いている点があげられる。私は「教団」を歴史的「所与」として批判し続けねばならないと考えている。「俗悪なる無為」を無視することと、その事実にこだわり続けることとは異なるだろう。田川建三の「キリスト教批判」が、批判主体消滅的論理矛盾におちいったように、市川白弦の仏教批判は、自己清算的であった。批判の再生構造を断ち切ったのである（中略）。

〔仏教学について〕これまでの仏教学を解体し御破算にすることである。時間表のなかの宗乗学、余乗学の部分だけが仏教学を学ぶ時間であって、社会学や経済学や哲学などは仏教とはちがった世俗の学問であるというような間違った学びかたを清算し、どの学を学ぶことも「道」を学ぶことであるというような学びかたの根本的体系的な原理と方法を確立することが必要である〉（「禅と唯物論」）

長々と紹介したのは、寂聴と市川白弦に多くの共通点を見出したからである。大杉栄や石川三四郎らアナキスト群像の研究、雑誌「思想の科学」や鶴見俊輔との関係、何より仏教徒として、仏教の「過去・現在・未来」に対して日々、真摯なビジョンを模索し実践しているからである。

寂聴は先にみた宗教三部作のほか、仏教に関する対談集や講話、紀行、解説書を数十冊刊行している。『伝教大師巡礼』『小さい僧の物語』『インド夢幻』『ブッダと女の物語』『寂聴辻説法』『印度・乾陀羅』『道元』『天台寺日記』、対談『寂聴の仏教入門』（久保田展弘）、『寂聴　般若心経』、対談『仏教とエロス』（ひろさちや）、対談『あの世　この世』（玄侑宗久）などなど。

この中で『伝教大師巡礼』を取りあげたい。平安仏教界にひときわ鮮やかな光芒を放つ巨星、天台宗を開いた最澄（伝教大師）を描いたこの紀行評伝を、「とてつもなく面白い」などと感想を述べることは作者寂聴はもとよりとして、伝教大師様に対して、それこそとてつもなく軽佻浮薄、不謹慎な行為になるのだろうか。何らかの天罰を覚悟しておかなければならないのだろうか。でも本当に面白いのだし、それを隠せば虚偽になる。何しろ寂聴は評伝の半ば、晩年は空海との劇的な対立に苦悩する最澄の姿も伝え、「えっ、ここまで書くか」と、寂聴師の舌鋒を危ぶんだくらいである。天罰が下るなら、執筆した寂聴師にこそまず下るだろう。しかし豈図らんや、師は何事もなく九十五歳の祝祭を迎えようとしている。

『伝教大師巡礼』が起筆されるには深い縁というものがあった。頁を繰ると、「序」と銘打たれた頁に邂逅する。

昭和五十四年（一九七九）は、伝教大師得度千二百年に当る。比叡山では宗祖得度千二百年を記念して、昭和五十一年から昭和五十五年にかけて、慶讃大法会が営まれ、様々な記念事業が計画されている。私事にわたるが、私にとってはたまたま、この大法会の最中に当る昭和五十三年が、自身の得度の満五周年目に当った。不可思議の仏縁により、天台宗の沙門としての得度を許された仏恩への報謝の祈りをこめて、秘かに伝教大師の伝記を書きあげることを、自分の得度五周年の記念にも重ねたいと思いたっていた。

先に寂聴・中沢新一対談の際に御両人の口から語られた仏教学者の渡辺照宏は、〈最澄と空海によって代表される平安仏教こそ鎌倉新仏教の母胎になったのだという評言が聞かれるようになった（中略）日本思想史上においても、この二人の人物を無視して、我が国の思想を語ることは許されないであろう〉（「最澄　空海の思想」）と断言している。

学生時代、講演を依頼したことで、筆者が後に何度か自宅にうかがうことになった詩人・評論家の栗田勇もまた、〈私は名僧・高僧の生涯と思想をたどりながら、日本精神の源流はどこにあるのかということを考えてきました。（中略）私にはどうも日本精神の原型は、平安初期の最澄、空海、特に伝教大師最澄に行きつくのではないか、という気がしてきました〉（「最澄の発見」）と言う。

因みに筆者が学生だった頃、栗田勇は仏教については全く発言していない。フランス象徴主義の研究者として翻訳書を刊行していた。ロートレアモンの『マルドロールの歌』は、当時の学生にとっては座右の書であった。『愛奴』という戯曲を書き上げ上演したこともあり、その後、建築評論の第一人者になる。それが或るときから、『道元』『一遍』『最澄』を次々に執筆。今日では宗教学者、仏教学者として畏怖されている。

「なぜフランス文学をやっている者が仏教なのか」が、講演会などで、栗田が聴衆から最初に受ける質問と言う。そんな時は、「フランス文学を漢字で書いてみろ。仏文学。何と読めるか」と言ってお茶を濁しているらしい。

今日、私たちが日頃接している仏教（禅宗、浄土宗、浄土真宗、日蓮宗など）は道元、栄西、法然、親鸞、日蓮などが、鎌倉時代にはじめたのだが、これらの人々はみんな比叡山で修行をしている。比叡山の中で、天台宗を母体としながら、それぞれが批判的に新しい鎌倉仏教を創始している。

〈比叡山はいわば「日本のバチカン」、すべてのルーツが比叡山にあるということを感じないわけにはいかない〉と言うのも栗田だ。

寂聴がスケッチする比叡山は非常に奥深いものがある。〈比叡山といえば、平安京の時代から、都の鬼門に聳え、都を鎮護する霊山という云い伝えが通っていたため、京都に属する山のように思いがちであるが、半分以上は滋賀県大津市に属する山である（中略）京都と滋賀の国境にまたがるこの山は、京都の中心四条の大橋の上から眺めると東山のなだらかな峰の西の端の方に一きわぬきんでて聳え、三角型の四明ケ岳の頂が端整にくっきりと空を支えている（中略）太古のままの、神霊の宿り給う霊峰という感じで迫ってくる（『伝教大師巡礼』）〉

栗田勇はこんな見方を示す。〈いちばん驚いたのは、その遥かなる展望です。東には琵琶湖のさざ波が峰々から見えます。朝日が昇るときは波が銀色の鱗のように輝き、そして白雲がその上を流れていく。「ああ、あの雲はどこまで行くのかなあ」という想いとともに遥かに消えてゆきます。

また、高いところから見ますと、驚いたことに淀川が見える。その先には瀬戸内海があり、そして淡海の波は中国大陸の岸辺の海まで続いているわけです。また、南の峰々手前に奈良の都、さらにその奥の吉野連峰も見えるのです。一方、西には平安京の都が眼下に見える。じつにまさに日本列島のヘソという感じがしてきました〉（「最澄の発見」）

読んでいると、いつのまにか比叡の頂上には自分が立っているような錯覚に襲われる。そして頂上がアルキメデスの支点ともなって、全世界の眺望を眼裏におさめるような気分になる。そんな幻覚に衆生を導くために、比叡がこの地上で唯一選ばれたと誇らかな気持になる。最澄はまさかそこまで考えて、この山を選んだわけではないだろうが……。

〈比叡の山に上ってみますと、本当に日本列島中が見えるような気がします。高い嶺から西には京都の市街地が見え、東には琵琶湖が、南の彼方は吉野連峰まで見わたすことができる。琵琶湖の水は瀬田川を流れて淀川へ入り、瀬戸内海となり、当時の貿易航路で半島や大陸へとつながっている。当時は主に新羅が貿易を担当しておりましたが、地理的に世界に向かって開かれている気がする〉（栗田）

八〇四（延暦二十三）年、最澄は渡唐の船に乗り組む。偶然のことだったが、最澄の乗った渡唐船の船団の別船に空海もいた。懇願を重ねて、やっと朝廷から許可をもらった空海とちがい、最澄は朝廷から選ばれた、いわば国家使命を担っての渡唐だった。目的は最古の経典、「法華経」などの入手筆写、国家護持のための祈禱秘本の修得だったといわれる。

『伝教大師巡礼』（寂聴）や『最澄の発見』（栗田）などは詳しく描写しているが、他の書はやたらと省略する。だから面白くないのだ。たとえば栗田本には次のようなことが記述される。

遣唐使船団は四艘の船から成り立っていた。そのうち二艘は沈没して、全員、溺死。まだ日本は航海術が未熟であったので、こういうことはしょっちゅうあった。残った二艘に、別々に最澄と空海が乗っていた。この二艘も半ば漂着するような形で、ようやく中国大陸へたどり着くといったような状態であった。〈もしこの時、二人あるいは二人のうちの一人が難破して亡くなっていたら、その後の日本の仏教、日本の思想界はどのように変わっていたか。奇跡というか、天の配剤というか、この僥倖に深い感動を覚えずにはいられません〉(『最澄の発見』)

ここで仏典・経典について一言触れておきたい(先刻ご承知の人は何卒読みとばしを……)。下里正樹は「知識人空海と宗教」という論考で、〈もともと仏教は、たんなる国家護持の儀式や、人の生死を哲学するだけのものではありません。聖徳太子の時代に渡来したさまざまな経典は、医学・薬学・土木・工学・美術等々の幅広い先進文化、先進技術の文献でもありました。大蔵経に収められた記録、正倉院に納められた豊富な文物は、当時の仏教経典が、あたかも百科事典のような性格を持っていたことをしめしています。飛鳥の頃、仏教は最新の自然観、人間観でした。であるからこそ、権力者は内乱の危険を冒して仏教を受け入れ、多くの犠牲をいとわず遣隋、遣唐の船を出したのです。だが、空海が華厳教学を学んだ時は、飛鳥時代からゆうに一世紀が経過していました。仏教は、七世紀のころの先進的な文化・イデオロギーの光芒を失い、儀式と制度の枠に窒息しつつありました。僧侶集団のなれあいと頽廃が進んでいました。権力との癒着がもたらした、悪しき帰結です。だが疫病、経済、人心の変化が、既成仏教を揺さぶりました――〉と過去を遡る。

さて帰国した最澄を待っていたのは、一年の間にすっかり弱りはてた病床の桓武帝であり、最澄の帰国の土産物の中から、何よりも喜んだのは、密教の伝来ということであった。密教が呪術をよくし、病気の祈禱にも験があることを、桓武帝は智識として早く伝え聞いていたのだろうか。最澄は帝からその死の直前に、天台宗公認を受けとることになる。

誰もが認めるように、最澄の輝かしい人生は、この時までで、この後の最澄の晩年は次第に苦境にかげっていったといわれる。ここらから寂聴の筆はいよいよ冴えることになる。一年の後には空海が帰京する。彼が持ち帰った密教は、最澄の密教とは比べものにならないくらい完全なものであった。次第に二人の仲は不和に傾いていく。理由は一方的に空海の方にあった。最澄は見栄も外聞もかなぐりすてて、自分より若い空海に辞を低くして教えを請い、いわばその膝下に土下座した有様なのに、空海は、最澄のそうした愚直なまでの真剣さ、一途さに冷たく意地悪く報いた。最愛の弟子の泰範は、悲痛な立場と孤独を訴える恩師の最澄を裏切り、全面的に空海に属してしまう。

最澄の最後の必死の懇願は、空海、泰範共議で、最も侮辱的な方法でふみにじられてしまった。即ち、空海自身筆をとり、泰範に替って、この返事を書き終えたのである。しかも決定的な絶交状としてであった。最澄、空海の仲が名実共に断交したのは、実にこの泰範返書代筆事件に於てであった。思えば、高雄山寺は、最澄にとって、叡山についで、否、ある意味では叡山以上に、運命的な関わりのある場所であり、最澄の栄光と悲惨の舞台となった宿命の寺であった。

『空海の風景』を書いた司馬遼太郎は、最澄と泰範の仲を、師弟の仲というより、もっとエロス的な関係であっても不思議ではないと同小説に書き、梅原猛は、最澄と泰範の関係を、ソクラテスとアルキビアデス、プラトンとディオンの関係にたとえて、ギリシア的エロスの関係があっただろうと推察している。

寂聴はこんな挿話も書いている。最澄は九州への旅で最初に訪れたのが宇佐八幡宮で、そこで白檀の千手観音像一体、高さ五尺を彫り、その外、大般若経二部千二百巻、法華経一千部八千巻を書写して、法華八講を修している。

その時、八幡大菩薩が感応され、「我れ法音を聞かずして久しく歳年を歴たり、幸に和上に値遇して正教を聞くことを得、兼て我が為めに修する所の種種の功徳には至誠随喜すれども、何ぞ徳を謝するに足らん苟《いささ》か我所持の法衣有り」と託宣があり、神自ら斎殿を開いて、手に紫の袈裟一、紫衣一を捧げて、最澄の前に捧げ、「大悲力の故に幸に納受を垂れよ」と渡されたという話が「大師伝」にも「宇佐八幡宮古記録」「元亨釈書」「古今著聞集」などにも残っている。この情景を目の当りにした八幡宮の禰宜祝《ねぎほうり》等がそれぞれ驚嘆して、

「こんな不思議なことは、かつて見も聞きもしないことだ」といったとつけ加えられている。

実際そんな奇蹟がおこれば、見も聞きもしないことだろう。しかもその法衣が今も比叡山の勅封唐櫃《からびつ》に保存せられているというのだから驚く。こういう霊験譚の解釈はどうすべきなのか。少なくとも当時、最澄が宇佐八幡で修した法華八講が人々に与えた感銘の深さはしのばれると

いうものである。

四

さて本章の前半に於いて寂聴が「『源氏物語』の作者紫式部は出家するだろう」と確信をもって記述されていることを取りあげ、筆者は単なる印象批評だが、と留保をつけながら、それに異をとなえた。紫式部は出家しないだろうと。

源氏学というか研究者の間ではどうなっているのだろうか。阿部俊子（学習院名誉教授）は「仏教と源氏物語」（『源氏物語とは何か——源氏物語講座Ⅰ』勉誠社、一九九一年十月刊）で、〈『源氏物語』では仏教の行事があると何時も山の僧侶が叡山から下りて来てこれを行い、法華経を誦んだり、供養する事が多い。これは彼女が仕えた道長家が、父祖以来深く叡山の仏教に帰依して来たことと無関係ではないと思われる。もともと式部自身も身内に天台僧がおり、父も源信たち学僧と知り合っていたと思われるし、道長も源信達とも交渉があったようであるから、式部は『往生要集』が世に出た後、直接間接に源信の話をきくこともあったであろう。殊に道長邸の法華三十講で彼女は、天台の講式や行法を十分に見聞した筈である。その出仕後の知見が加わって、『源氏物語』は天台の色彩を色濃く持つようになったのではないかと思う。

彼女は巷間の仏教説話的な話も取って物語の素材にするが、又正統の経文の中からも素晴らしい夢や比喩を拾い出す才能も持っている。その一方で、どれほど仏に帰依し、額づき、供養を重ねても人は救われるものではない。その身に染みついた愛欲・執念等の罪障から解脱しなければ救われないという現実から決して目をそらすことはしていない。

彼女自身は結局「人、といふともかくいふとも、ただ阿弥陀仏にたゆみなく経をならひ侍らむ。世のいとはしきことは、すべて露ばかり心もとまらずなりて侍れば、聖《ひじり》にならむに懈怠《けだい》すべうも侍らず。……心深き人まねのやうに侍れど、いまはただかかるかたのことをぞ思ひたまふる……」と日記に記しているのが、この人の物語を書き終えた時の心境であったとみるべきかと思う〉と結んでいる。

文中に〈紫式部は経品歌を詠んだり、特定の寺詣でをするという事はあまりしなかったようである〉と強調した箇所もある。出家したとは思われないのではないか。

沢田正子（静岡英和学院大学教授）の『紫式部』（清水書院　二〇〇三年）は、出家本懐を遂げて以後、〈浮舟は仏の道を一心に歩み、そこにようやく清安の心域を見出してゆくのである。が、心の内奥に仏道に対するかすかな疑念を抱いていたことはたしかであろう。ただしそれは仏道そのものへの懐疑の念ではなく、いわゆる現世利益的な発想での俗的信仰に対する拒絶反応であったろう。浮舟の求めた最後の道は、それとは次元の異なるわが魂の真の救済を求める旅であった〉。

今が出家の潮時といえるかもしれないと、言いながら、しかし〈自分のように罪深い者に果たしてそれがかなえられることなのかどうか、何とも心もとない。「前世からの罪が思いやられるようなわが身であるから」という結びを忘れないのである。自身の宿命の拙さに深い思いを致し、仏の救いが得られるかどうか疑念を投げかけているのである。紫式部の仏への思いは真摯なものであったろう。しかし盲目的に救いを求め、現世での利益を信ずる趣ではない。もっと深く、もっと迷いのある、そして無為、無心を求めてのたゆみない歩みではなかったか〉と出家否定説である。

原岡文子（聖心女子大学教授）の「『源氏物語』と仏教――浮舟の出家をめぐって」（『宗教文学の可能性』聖心女子大学キリスト教文化研究所編、春秋社、二〇〇一年二月刊）も、紫式部日記の中の〈後世に何の未練もない、と述べておいて、けれど作者は改めてためらいを示す。出家したとしても「雲に乗らぬ」、つまり聖衆来迎の雲に乗るまでに惑いが生じるのではないかと、そのことが気掛かりで、なお出家しかねる、と語るのである。このためらいの中にこそ、作者・紫式部の、往時の仏教、天台浄土教に対するある種の疑問、問題提起が込められているのではなかったか。たとえ出家したとしても、本当の救済につながるのだろうか、という惑いの中に生き沈み、けれど阿弥陀仏により頼む作者の姿に重なるように、阿弥陀仏にすがる浮舟のはかない境涯が浮かび上がる〉と推察する。

浮舟は出家して、朝に題目（法華経）、夕に念仏（日課念仏）を行ない、作務や写経、布施、法会の日課の中で、自らの罪障の消えるのを待つ生活となるのか。前述した太田修は、「浮舟は源信の観想念仏の思想では救われない」と喝破した。更に太田は前述したように、「紫式部の筆力の凄さゆえか、文学というジャンルの凄さからか、『源氏物語』は、源信から法然、親鸞までの浄土宗の流れまでが表現されているように思う。あるいは、親鸞登場の予感さえする」と、大喝破した！　そんな予感を抱かせる〈知〉の覚醒者・紫式部が出家するいわれはない。こんな大胆な断言をした源氏研究者はいただろうか。

つまり法然や親鸞は末法の世では、これらの修行や功徳は無駄である、人々は聖道門（難行道）をめざすのではなく、浄土門（易行道）をめざすべきである。女人でも貧者でも選択本願の念仏によって往生が可能であると述べる。親鸞ともなると、「選択さえしなくてもよい、往生は他力によって決っているので、感謝の念仏さえ上げればよい、出家などしなくて、在家のまま、女人のまま念仏すればよい」と、超過激である！　これが先進的な浄土思想の内実である。

浮舟の前に法然や親鸞がひょいと現われていたら、二十一世紀の『新源氏物語』が生誕するであろう。

畏友太田修が詩人・評論家吉本隆明の思想的影響下に在ることは一目瞭然であろう。筆者より八歳年下だが、勝手に兄事・私淑している（本人には告知していない）。

吉本隆明の宗教論を知るには、ちくま文庫『最後の親鸞』を勧めたい。解説を中沢新一が執筆している。天才中沢新一にとっても、現在、世界で最も信頼している思想家は吉本であろう。〈「知識」にとって最後の課題は、頂きを極め、その頂きに人々を誘って蒙をひらくことではない。頂きを極め、その頂きから世界を見おろすことでもない。頂きを極め、そのまま寂かに「非知」に向って着地することができればというのが、おおよそ、どんな種類の「知」にとっても最後の課題である。この「そのまま」というのは、わたしたちには不可能にちかいので、いわば自覚的に「非知」に向って還流するよりほか仕方がない。しかし最後の親鸞は、この「そのまま」というのをやってのけているようにおもわれる〉（吉本隆明）

太田は書いている。〈かつて、近代主義、マルクス主義は、宗教を排し、科学に従って、社会や国家の整合化を計った。だが、近代国家やマルクス主義国家の理念は、中世の宗教国家と同質の形を示して、人々に弾圧を強いているではないか。この状況から飛躍＝横超することはできないか。吉本隆明の現在のテーマや苦悩は、親鸞という一人の仏教者の仕事の中に見い出された。

ならばいつもの吉本隆明のごとく、徹底して研究した。西洋の哲学者を研究するごとくに、徹底して中世の仏教者の中から、思想家として救済した。親鸞が浄土思想の中で占めていた位置と、吉本隆明がマルクス思想の中で占めていた位置は、似ているのだ。「最後の」という形容動詞を付けてよいのは、親鸞と吉本隆明ではないか〉（太田修）

〈教信の幻を抱いて常陸の国をめざした親鸞の相貌は、法然にも、法然門下のだれにも似ていなかった。僧にあらず俗にあらず、どんな背光も袈裟も背負っていなかった。越後から坂東や近い奥州にかけて散在した親鸞の直門の念仏者たちの前に、親鸞は法然門に背をむけた一介の非僧の風体をとった念仏者としてあらわれた。教信は、本尊もおかず経文ももたなかったと口伝されている。親鸞もまた坂東の念仏者たちに、そう説いたことは疑いない。そこでは親鸞の像は徹底した放棄の姿をみせている〉（「ある親鸞」吉本隆明）

吉本は『最後の親鸞』の中で、そのイメージをさらに次のように述べている。

〈最後の親鸞を訪れた幻は、「知」を放棄し、称名念仏と結果にたいする計いと成仏への期待を放棄し、まったくの愚者となって老いたじぶんの姿だったかもしれない。「悪・不思」というのは、思議の法は聖道自力の門における八万四千の諸善であり、不思というのは浄土の教えが不可思議の教法であることをいっている。こういうふうに記した。よく知っている人にたずねて下さい。また詳しくはこの文では述べることもできません。わたしは眼も見えなくなりました。何ごともみな忘れてしまいましたうえに、人にははっきりと義解を施すべき柄でもありません。詳しいことは、よく浄土門の学者にたずねられたらよいでしょう〉（『末燈鈔』吉本隆明私訳）

〈眼もみえなくなった、何ごとみな忘れてしまった、と親鸞がいうとき、耄碌《もうろく》して痴愚になってしまったじぶんの老いぼれた姿を、そのまま知らせたかったにちがいない。だが、読むものは、本願他力の思想を果てるまで歩いていった思想の恐ろしさと逆説を、こういう言葉にみてしまうのをどうすることもできない〉（『最後の親鸞』）

錯覚してはならない。目を凝らして再読してほしい。いや、誰もが錯覚してしまうだろう。

これは、親鸞の最後を語っているのではない。吉本隆明が己れ自身を、「最後の吉本隆明」を語っているのだ。しかもこれを書いているとき、吉本隆明は、「眼もみえなくなっていた」。足の衰えで立って歩くことも出来ず壁沿いに四つんばいになり這うしかなかった。這ったままで、玄関口まで客を送った。それでも自己凝視は続く。「老蒙」「痴愚」を自覚すること明晰である。耄碌の先には痴呆があるだけではないのか。

弟子唯円が、自分は念仏をとなえても歓喜の心があまりわいてこない。浄土へゆきたい心もおこらない、どうしたことかと親鸞に問う。親鸞は語る。〈私もその通りだ。それは凡夫のしるしで、ますます「往生」できることの証拠であろう。私たちは煩悩があるからきっとそうなのだ。煩悩こそが「念仏」も嬉しくなく、「浄土」もいそいで行く気がしない。だからこそ、逆転して「往生は一足」となる。私たちはまぎれもなく、下品下生の悪人ではないか。死ぬまで煩悩をかかえてしまう悪人なのだ。娑婆の縁が尽きたとき、現世と別れればよいではないか〉。〈最後の親鸞は実に危険なことを言っている。最後の吉本隆明も負けていない。相当、危険なことを言っている〉（傍点引用者）と太田修は言う。

〈プロ教師は子供を軽く簡単に扱っているが、それは単に技術的に慣れただけだ。子供たちのこころにまで達していない。そんなのは、坊さんが死人に慣れているのと同じだ。そういう坊さんはよく「死ぬことは怖くないですよ」という。軽々しくそんなことをいわれたら、死ぬ側の人間にしたら立つ瀬がない。そういっていいのは宮沢賢治的な坊さんだけだ〉（吉本『家族のゆくえ』)

覚醒者吉本隆明の自己凝視は続いた。〈書きうつすだけでも涙が出てしまう〉という太田修。私とて同じだ。最期の言葉を遺しておきたい。〈幼児の成長過程と逆に老齢者は「ひと病気で寝込むごと」にどこかで衰える。歩行もそのひとつだが、わたしは虚血性の腸炎と早期の腸癌の切除手術のあと、病床中の尿とり紙おむつが取れないまま帰宅し、平常な生活にもどった。昼間起きているときは頻尿、残尿気味なトイレにおっくうがらずに通えばいいのだが、夜間睡眠中は尿とりと紙おむつを取って床につくことができない。すると乳幼児の「おむつかぶれ」と同じように、かゆみと皮膚の炎症ができる。少し入浴をおこたると、掻き傷やかさぶたを生じる。これを皮膚科の専門医師にかからないで薬局の売薬で済まそうとすると、しばしばこじらせる。身体の運動と医師の指示とで現在治療している〉(『家族のゆくえ』)

老いや死のことは誰もが恥ずかしいし、口には出したくはない。だが徹底的な人間はいる。ためらいなく表現し、西欧の哲学者以上に考え、寺院や権威に頼りかかることもない一介の知識人として生きた宗教者、思想家は良寛と親鸞であろう。吉本隆明や瀬戸内寂聴は、仏教(宗教)のテーマである生・老・病・死を近代的意識の中で、しっかりと散文として表現している。

吉本隆明は青春のアドレッセン期を過ごした東北がマグニチュード九の大地震に始まる、大津波、原発事故と続く巨大複合災害で、わが国の歴史上最大級の危機をもたらした「東日本大震災」(二〇一一年三月十一日)の翌年、二〇一二年三月十六日、午前二時十三分、死去。享年八十七歳三か月余。

「煩悩のない人は人間の資格なぞありません」「人間なくして誰が浄土などというものを希求するでしょうか」と言う寂聴は、〈宗教〉の本質の把握において過激であり、吉本隆明に並ぶ。「人間は歳月とともに成長もすれば、生きていくための垢《あか》を心にも躯《からだ》にもつもらせる。つもらせなければ生きていけないのだ」といった発言をも寂聴はためらうことなく口にする。「最後の寂聴」というか、「未来の寂聴」に只今、対面しているとの心地がする。

寂聴の御長命を祈念したい。

あとがき　如是我聞

此の中に真意有り
弁ぜんと欲して已《すで》に言《ことば》を忘る（陶淵明）

詩人の谷川俊太郎氏は屢屢《しばしば》、友人知己に〈質問〉をするらしい。その質問が素晴らしいこと。そしてそれに答える＝応える人たちの思わず膝を打ちたくなるような答えも魅力がある。質問の一つ、「死んだらどこへ行きますか？」への回答者のひとりの答えを今にして忘れることができない。要約すると、

リンボに行きたい。昔、ヨーロッパのキリスト教会で谷川氏と同じような質問が出て、侃侃諤諤の議論が交わされた。キリストの教えに正しく従う者は、死んだあとの最後の審判で天国へ行く。キリストの教えに背《そむ》いた者や、教えに接触する機会があったのに、入信しなかったような者は地獄に堕ちる。それでは、キリストが生まれる以前に生きていた徳の高い人

とか、洗礼を受ける前に死んでしまった乳幼児とか、当時の宣教師がまだ行けなかったようなアフリカやアジアの奥地の人たちはどこへ行くのか？　天国には行けないけれど、地獄に堕とすのも可哀想だということで、《リンボ》という所に行くことになる。だからリンボには、釈迦や孔子やソクラテスといったキリスト生誕以前の人間たちやキリスト教に接する機会のなかったアフリカやアジアや中南米の人々、洗礼前に死んだ乳幼児なんかがいる。聖徳太子、紫式部、北京原人とかクロマニヨン人とか、あるいはキリストの教えを理解できる能力のない猫や犬や豚や山羊なんかもいるらしい。

こんな「要約」を紹介している入信もしていない私（筆者）の地獄行きは必定だろうけど、ユナイテッド航空にでも乗って、出来れば地獄よりリンボに行きたいと思う。〈地獄は一定わが棲家〉、いいんじゃないか。

寂聴さんは〈伝教大師の偉大さに手さぐりで触れていくことは、視力を失った人が巨象を撫でるに等しい作業〉と書かれている。ならばいくら縁とはいえ、仏教に関しても全く無知無学の、非才浅学の私（こういう言葉を使うこと自体がその証ともしらず）が、『寂聴伝』を二冊も書くなど、もう人間の品格を疑われてもやむをえない所業といえよう。寂聴さんが「伝教大師に近づこうとするならば、まず比叡に登らなければならない」と、ひそかに助言してくれているのに、私は寂庵のある嵯峨にも数回しかお邪魔していないし、口に出すことも恐ろしいが、岩手の天台寺には一度も足を運んだことがない。寂聴さんがブッダを訪ねて、高齢というのにインドを十数回、シルクロードの天山山脈やゴビ砂漠を再度ならず往還しているというのに！

寂聴さんの〈最澄のすべては、あの比叡山に只《ただ》ひとりわけ入った日にあるのだと思った〉の万感胸に迫る一行は、その途轍もない歩行から生まれたことに気付くべきだった。寂聴さんのその魂の一行は『般若心経』の二六二文字と同じ質量がある。だから私たちは読みながら、静かな戦慄と興奮が背筋を走るのを覚える『寂聴伝』執筆は、私にとって生涯の僥倖だった。

寂聴さんは書くべき対象を決めると、その人間の生・老・病・死に関わりのあった大地を必ず歩くことをしてきた。何千年前の人、釈迦でも紫式部でも同じで、歩いて蹠《あしら》から〈いのち〉を吸いとる。寂聴さんにとっては釈迦も紫式部も同時代人なのである。釈迦も最澄も一遍も、寂聴さんは〈いま〉という共時的時間のところで出会っているのだ。

私たちは先きの戦争を生き延び、ヒロシマ・ナガサキ以後を生き、阪神大震災、東日本大震災、フクシマ後の「末世」を生きてきた。目を外に転ずればアウシュヴィッツ、チェルノブイリ以後である。

大澤真幸氏にエテイ・ヒレチスという若いユダヤ人の女性の日記を引用した一文がある。彼女は、ナチスが支配する一九四二年にユダヤ同朋を助け、彼らと共に苦しむために、自ら進んで強制収容所に向かっている。彼女は日記で、神への語りかけという形式で、一つのことが明らかになったと、述べている。

〈あなた（神）は、私たちを助けることが出来ない〉が、逆に、〈私たちの方こそ、あなたを助けることが出来る〉と。そして〈あなた〉を助けることが結局、〈私たち自身を助けること〉でもあると続ける。大澤氏は、「ヨブの場合のように、神の無能性が暴露されてしまったとき、あるいはキリストの場合のように、神自身が十字架上で死んでしまったとき、神の国に実質を与える責務は、すべて人間に課せられたことになる。そうすることで、神が人間を救うのではなく、人間が神を救うのだ。人間は、神を救うことにおいて、自分自身を救うのである」と、述べる。〈神〉を〈仏〉に替えて読んでほしい。

執筆中、梅原猛氏の力説する和気清麻呂の父子の話を知った。一人山深い比叡山にこもり新しい仏教を立て直そうとする最澄に注目し、桓武天皇と最澄を結びつけた清麻呂と長男広世。広世の弟眞綱は空海を高雄山寺に招き、最澄らに灌頂をうけさせた。平安時代の二大宗教、天台、真言仏教を育成したのは、和気一家の功績だと梅原猛氏は顕彰におおわらわだ。

奇しくも元白水社の和気元氏と眞の字が縁のように登場する。一年間の執筆期間を五年も待ってくれた和気氏に心からお詫びと感謝の気持ちを述べたい。三・一一後の混乱期、一年間一枚も書けなかった。氏の当時の胸中を察すると身も心も引き裂かれんばかりになる。

二冊もの『寂聴伝』を執筆するという破格の機会を与えてくれた氏に対して、愛誦する飯島耕一氏の詩「探す」を聞き、私の決意の表明としたい。「おまえの探している場所に／僕はいないだろう／僕の探している場所に／おまえはいないだろう／この広い空間で／まちがいなく出会うためには／一つしか途はない／その途についておまえはすでに考えはじめている」

資料その他でお世話になった徳島県立文学書道館の竹内紀子さん。渡辺久雄、高橋忠義兄。装幀の高林昭太氏にも御礼を申し上げる。

齋藤愼爾

二〇一七年四月

著者略歴

一九三九年、京城市生まれ。俳人、深夜叢書社主宰。二〇一〇年に『ひばり伝　蒼穹流謫』（講談社）で芸術選奨文部科学大臣賞受賞。句集に『齋藤愼爾全句集』（河出書房新社）、『永遠と一日』（思潮社）、『陸沈』（東京四季出版）、評論・エッセイ集に『読書という迷宮』（小学館）、『寂聴伝　良夜玲瓏』（白水社）、『周五郎伝　虚空巡礼』（白水社、樋口一葉記念やまなし文学賞）など。瀬戸内寂聴との共著に『生と死の歳時記　美しく生きるためのヒント』（光文社知恵の森文庫）、『対談　寂聴詩歌伝』（本阿弥書店）がある。

続《ぞく》・寂聴伝《じゃくちょうでん》　拈華微笑《ねんげみしょう》

二〇一七年五月一日　印刷
二〇一七年五月一五日　発行

著　者 ©　齋《さい》藤《とう》愼《しん》爾《じ》
発行者　及　川　直　志
印刷所　株式会社　理　想　社
発行所　株式会社　白　水　社

東京都千代田区神田小川町三の二四
電話　営業部〇三（三二九一）七八一一
　　　編集部〇三（三二九一）七八二一
振替　〇〇一九〇―五―三三二二八
郵便番号一〇一―〇〇五二
http://www.hakusuisha.co.jp

乱丁・落丁本は、送料小社負担にてお取り替えいたします。

株式会社松岳社

ISBN 978-4-560-09233-0

Printed in Japan

寂聴伝

良夜玲瓏

齋藤愼爾 著

一身にして二生も三生も経るがごとき、苛烈にして波瀾万丈の生の軌跡を、渾身の力を込めて書き下ろした初の評伝。未知の光芒を放つ文学空間を出現せしめた作家の、創造の秘密を解く。「これほど心のこもった批評鑑賞を得たことは、わが生涯になかった。幸せである。」瀬戸内寂聴